Jürgen Ehlers

Die Nacht von Barmbeck

Jürgen Ehlers, geboren 1948, arbeitet im Geologischen Landesamt in Hamburg. Seit 1992 schreibt er Kurzkrimis, die in verschiedenen Verlagen im In- und Ausland veröffentlicht wurden, und ist Herausgeber von Krimianthologien. Er ist Mitglied im »Syndikat« und in der »Crime Writers' Association«. Sein erster Kriminalroman »Mitgegangen« wurde in der Sparte Debüt für den Friedrich-Glauser-Preis nominiert. »Die Nacht von Barmbeck« ist nach »Neben dem Gleis« und »Mitgegangen« sein dritter Kriminalroman im Programm des KBV.

Jürgen Ehlers

Die Nacht von Barmbeck

KBV
KRIMI

Originalausgabe

www.kbv-verlag.de
E-Mail: info@kbv-verlag.de
Telefon: 0 65 93 - 99 86 68
Fax: 0 65 93 - 99 87 01
Redaktion, Satz Volker Maria Neumann, Köln
Druck: GEmediaprint, Eupen
www.gemediaprint.com
Printed in Belgium
ISBN 978-3-940077-26-4

I. Sieg

Tod eines Wachtmeisters

19. Mai 1919

1.

»Therése. Das ist Therése.« Wilhelm Berger tippte auf die sepiafarbene Fotografie. Niemand hörte ihm zu. Es war Nacht, er war betrunken, und von Therése Charpentier-Deterville, deren Bild er seit einem dreiviertel Jahr mit sich herumschleppte, hatte er seit jener Nacht in Huppaye nie wieder etwas gehört. »Warum schreibst du nicht?«, murmelte er. Sie hatte es doch fest versprochen.

Unter einer Straßenlaterne hielt er an, betrachtete das Bild. Das Foto war in einem Studio aufgenommen. Der Park im Hintergrund war nur gemalt. Und dieses hölzerne Ding, was sollte das sein? Eine Bank?

Ungestüm sah sie aus, die Therése.

Das Foto fiel ihm aus der Hand. Er bückte sich danach, geriet ins Straucheln, fing sich wieder. Noch ein Zettel war heruntergefallen. Die Seite, die er immer in sein Tagebuch kleben wollte, wozu er aber nie gekommen war.

Am 24. April Sturmangriff auf den Kemmel-Berg. Nachts um 3.30 Uhr Beginn des Trommelfeuers. Gasschießen. Wir setzen Masken auf, Regen. Noch vor 7 Uhr in den großen Sprengtrichter. Um 7.00 Uhr Sturm. Viel Gas und Pulverdampf, Blasen, Gefangene, Verluste, Halt. Splitter gegen Bein. Trull tot. Straße Kemmel-Ypern, Schlafen in Freien, Regen. Oft in Gefahr. Am Abend des 27. abgelöst. In unserer Kompanie 12 Tote, 30 Verwundete.

Zwölf Tote, dreißig Verwundete. Fast die Hälfte war das gewesen.

Zum Teufel damit. »Zum Teufel mit dem Krieg!«

Hatte er das wirklich laut gerufen? Und, was da knallte, waren das wirklich Schüsse? Hier, in Hamburg, mitten im Frieden? Nein, er träumte.

Undeutlich nahm er wahr, dass Leute auf ihn zurannten; sie sahen ihn, verschwanden nach links zwischen den Häusern. Und vor ihm, vor ihm lag etwas auf der Kreuzung. Vielleicht sollte er ... Da schepperte es unmittelbar neben ihm. Die Männer, die eben noch in die Gärten gerannt waren, kamen zurück, kletterten über ein Gitter.

»He, he! Nun mal langsam!«, rief er.

Sie stießen ihn zur Seite.

2.

»Jetzt haben wir es gleich geschafft!« Wernicke gähnte.

»Ja«, sagte Brandt. So hatte er sich den Dienst bei der Polizei nicht vorgestellt.

Die beiden Schutzleute standen an der Ecke Peterkampsweg und Wandsbeker Chaussee in Eilbeck. Eigentlich waren sie auf Streife, aber man konnte ja nicht die ganze Zeit herumlatschen, schon gar nicht mit den neuen Stiefeln. Es war drei Uhr morgens; die Straßen waren leer.

»Ich hör auf«, sagte Brandt.

Wernicke lachte. »Das hat schon mancher gesagt.«

»Doch, ganz im Ernst. Dieser Schichtdienst, der macht einen kaputt.«

»Gleich ist er ja vorbei!« Wernicke, der ältere der beiden Schutzleute, wollte diese Leier nicht schon wieder hören. Auch er war nicht begeistert davon, sich die Nächte auf diese Weise um die Ohren zu schlagen, aber er hatte sich damit abgefunden. Es wurde ja alles besser. Und sicherer. Die Hungerunruhen vom April – vorbei. Keine Gefahr mehr, dass der Mob die Polizeiwache stürmte. Sogar neue Stiefel hatte er gekriegt inzwischen. Die drückten zwar, aber wenn er sie gut fettete, würde sich das schon geben. »Und was willst du machen, wenn du wirklich hier aufhörst?«

Darüber hatte sich Brandt noch keine Gedanken gemacht. »Ich bin doch jung, ich kann überall Arbeit finden.«

»Denk dran, du hast hier 'ne Lebensstellung ...«

»Lebenslänglich, ja, das kannst du wohl sagen. Von den dreihundert Piepen kann man ja nicht leben und nicht sterben. Und wenn wir jetzt heiraten, die Irmi und ich ...«

»Heiraten willst du?«

»Ja, wir wollen heiraten.« Brandt klang etwas kleinlaut.

Wahrscheinlich muss er heiraten, dachte Wernicke. »Wenn ich dir mal was sagen darf, mein Lieber, dann ist es dieses: Bleib bloß in dieser Stellung und erzähl keiner Menschenseele, dass du hier weg willst. Denn wenn die da oben das erst spitz kriegen, dann kannst du sicher sein ...«

»Moment mal!«

»... dann kannst du ganz sicher sein, dass sie dir hinterher...«

»Sei doch mal still!«

»Was ist denn los?« Wernicke sah sich um.

»Da hinten, da sind welche!«

»Wo?«

»Da, bei der Kreuzung!«

Wernicke sah niemanden.

»Beim Roßberg muss das sein«, sagte Brandt. »Ja, das ist die Ecke Roßberg. Und da auf der anderen Seite, das ist die Maxstraße.«

Wernicke wusste selbst, wie die Straßen hießen. »Was hast du gesehen?«, fragte er ungeduldig.

»Da sind zwei Männer rübergegangen!«

»Um diese Zeit?« Mist, das sind Einbrecher, dachte Wernicke.

»Das sind Einbrecher! – Komm, die schnappen wir uns!«

»Die sind bestimmt längst weg.«

»Die haben uns doch nicht gesehen! Komm, wir teilen uns auf: Ich gehe hier drüben rein, Fichtestraße, und dann nach links. Du gehst hier runter und dann in die Maxstraße. Da haben wir sie in der Zange.«

»Ja, das können wir versuchen.« Wernicke war nicht begierig darauf, jetzt kurz vor der Ablösung auf ein paar Einbrecher zu treffen. Über den Eifer des Kollegen konnte er nur den Kopf schütteln. Eben wollte er noch den Dienst an den Nagel hängen!

Brandt eilte davon.

Wernicke ging die Wandsbeker Chaussee entlang. Nur nichts überstürzen. Da war schon die Maxstraße. Er guckte erst einmal, was hier überhaupt los war. Einbrecher. Wo könnten die herkommen? Aus jedem der anliegenden Häuser natürlich, das war klar. Oder hier aus dem Laden.

An der Ecke Roßberg/Wandsbeker Chaussee gab es ein Textilgeschäft. Lehmann, Weißwaren. Die Scheiben waren unversehrt, die Tür war geschlossen. Wernicke trat heran, fasste an die Klinke. Die Tür ließ sich öffnen! Tatsächlich ein Einbruch?

Schlagartig wurde Wernicke klar, dass sein Kollege in Gefahr war. Er rannte los.

3.

Brandt lief indessen die Fichtestraße entlang und bog dann in die Schellingstraße ein. Er war gut im Training, aber er wusste natürlich, dass er sich beeilen musste. Sein Weg war mehr als doppelt so lang wie der der beiden Männer, die er gesehen hatte. Nur mit Glück konnte er sie noch erwischen!

Schon hatte er die Kreuzung vor sich. Alles frei, niemand zu sehen. Brandt hörte auf zu rennen, fiel in einen gemächlichen Trab. In dem Augenblick kamen sie. Zwei Männer waren es, die einen Sack zwischen sich trugen. Jeder hatte einen Zipfel gepackt, und gemeinsam schleppten sie die offensichtlich schwere Last über die Kreuzung. Brandt war keine fünfzig Meter entfernt, er fing wieder an zu laufen. Da bemerkten die Männer ihn.

»Halt!«, rief Brandt, aber da hatten die beiden schon den Sack fallen gelassen und rannten in unterschiedliche Richtungen davon. Kein Zweifel, das waren Einbrecher! »Halt! Polizei!«

Sie hörten nicht auf ihn.

Brandt wollte hinterher, da sah er, dass auf der anderen Straßenseite noch jemand stand. Der Mann bewegte sich jetzt, wollte sich offensichtlich davonmachen, so tun, als ob er nicht dazugehörte. Aber er gehörte dazu, keine Frage, was hätte er sonst zu dieser Stunde hier auf der Straße zu suchen?

Brandt packte ihn am Arm.

»He, was soll das?« Der Kerl wollte sich losreißen.

»Mitkommen!« Brandt ließ nicht locker. Er zerrte den Mann auf die Kreuzung, ins Licht, zu dem liegen gebliebenen Sack. Der Kerl wand sich wie ein Aal. Zu spät bemerkte Brandt, dass der Bursche mit der freien Hand etwas aus der Tasche zog. Eine Waffe!

Der Wachtmeister griff danach. Zu spät.

4.

Wernicke sah die Männer vor sich auf der Kreuzung. Plötzlich krachte ein Schuss, dann noch einer. Zwei Schüsse in rascher Folge. Wernicke sprang in Deckung. Er riss seine Waffe heraus. Wo war Brandt? Da vorne stand er!

»Schieß doch, schieß!«, rief er.

Aber der Mann, der da vor ihm auf der Kreuzung stand, wendete sich ab und rannte. Als Wernicke hinterher wollte, sah er, da stand noch jemand, nicht auf der Kreuzung, sondern weiter vorn, hinter dem Baum!

»Brandt!« schrie Wernicke.

Da blitzte es auf. Nicht Brandt! Jemand schoss auf ihn!

Wernicke zückte die Trillerpfeife. Über ihm im Haus, über dem Krämerladen, wurde ein Fenster aufgerissen. »Was ist denn los hier?« Eine kräftige Männerstimme. Auch von den Fenstern auf der anderen Straßenseite wurden Stimmen laut. Als Wernicke sich wieder gefasst hatte, war der Mann verschwunden.

Wernicke rannte auf die Kreuzung. Da lag etwas groß und schlapp mitten auf der Fahrbahn. Um Himmels willen, dachte Wernicke. Aber es war nicht der Kollege. Es war der Sack, den die Einbrecher fallen gelassen hatten.

Brandt lag ein paar Meter weiter, auf halbem Wege zur Schellingstraße, aus der er gekommen war, und rührte sich nicht.

»Brandt!«, schrie Wernicke. Er kniete sich neben ihn. »Mensch, Brandt, was machst du für Sachen?«

Der Kollege antwortete nicht.

»Junge, komm hoch, so – schlimm wird's schon nicht ...« Wernicke brach ab. Er bemerkte jetzt, dass er sich in einen Blutfleck gekniet hatte.

»Sag doch was!«, bat er.

Umsonst. Der Schutzmann Brandt war tot.

5.

Was wollten diese Leute von ihm? »Ich will nach Hause«, sagte Berger. »Ich will einfach nur nach Hause und schlafen.« Sie hatten ihn auf die Wache gebracht.

Der Polizist schüttelte den Kopf. »Ich fürchte, so einfach geht das nicht. Hier ist ein Einbruch verübt worden, und ein

Mord. Sie wurden zur Tatzeit am Tatort angetroffen und haben uns bisher keine glaubhafte Erklärung darüber abgeben können, was Sie da gemacht haben!«

»Gar nichts hab ich gemacht. Ich hab gesoffen und bin auf dem Weg nach Hause.«

»Wo haben Sie gesoffen?«

»In Hamburg. Unten am – am Hafen.«

»Und wo sind Sie zu Hause?«

»Wandsbek. – Aber was geht Sie das an?«

»Und warum irren Sie dann hier mitten in der Nacht durch Eilbeck, anstatt mit dem Zug direkt bis vor die Haustür zu fahren?«

»Fährt doch kein Zug mehr, um diese Zeit!«

»Können Sie sich ausweisen?«

»Ja, wo hab ich denn – ach, im Mantel. Wo ist denn der – ach, da drüben.«

Einer der Polizisten prüfte den Inhalt der Taschen, fand nur ein vollgerotztes Taschentuch.

»Innen.«

Der Polizist zog das Foto von Therése aus der Tasche. »Was ist das denn für 'ne Schlampe?«

»Andere Tasche.«

»Ist das Ihre Freundin?« Der Polizist griff in die andere Tasche. Da steckte tatsächlich ein Dokument; er zog es heraus. »Oh«, sagte er. »Das ist ein Dienstausweis.«

»Was denn sonst?«, lallte Berger. »Wir bei der Kripo haben alle Dienstausweise!«

6.

Die Kriminalwachtmeister Jastorf und Krohn kamen fast gleichzeitig in Eilbeck an. Wache 38. Berger lag in der Arrestzelle und pennte.

»Ja, das ist er«, sagte Krohn. »Wie lange ist das jetzt her? Fast sechs Stunden? Gut, dann ist das Meiste wieder abgebaut, dann müssen wir ihn nur noch wach kriegen.«

»Das mache ich«, sagte Jastorf. »Man reiche mir einen Eimer Wasser!«

Zu dritt ließen sie sich berichten, was die Kripo vor Ort unternommen hatte.

»Wir haben drei Dinge gemacht. Zum einen haben wir festgestellt, was es mit diesem Einbruch auf sich hat. Wir haben den Sack auf die Wache gebracht. Er enthielt Kleidung. Der Sack war in der Tat so schwer, dass man ihn mit zwei Mann tragen musste. Festgestellt wurde, dass der Inhalt des Sackes bei dem Manufakturwarenhändler Hermann Lehmann, Wandsbeker Chaussee 160, mittels Einbruch gestohlen war. Die Täter sind vom Hausflur aus in den Keller gelangt, haben die Tür zu dem Keller, welcher unter dem Laden liegt, mit zwei Brecheisen aufgebrochen ...«

»Zwei Brecheisen?«, fragte Krohn.

»Ja, das sieht man an den unterschiedlichen Spuren. Die Täter haben vorher wohl mit einer Brustleier gebohrt, aber damit haben sie die Tür nicht aufgekriegt. Da haben sie sie dann mit dem Eisen aufgebrochen und sind so in den Laden gelangt.«

»Und dieser Lehmann – wo wohnt der?«

»Oben. Im ersten Stock. Aber der hat nichts gehört. Wir haben den Laden zunächst gesperrt und das chemische Staatslaboratorium in Kenntnis gesetzt – wegen der Fingerabdrücke.«

»Und?«

»Leider vergeblich.«

»Das waren Berufsverbrecher«, sagte Jastorf.

»Der Herr Lehmann hat uns ein Verzeichnis der gestohlenen Sachen erstellt.«

»Darf ich mal sehen?« Jastorf nahm sich die Liste.

»Die abgehakten Teile sind in dem Sack gefunden worden«, erläuterte Wernicke.

»Da fehlt also noch ein ganz erheblicher Teil?«

»Ja, mindestens die Hälfte. Sofort nach Bekanntwerden der Tat haben wir die Wohnungen der hier bekannten Verbrecher durchsucht. Nur einen davon haben wir zu Hause angetroffen: Fritz Wehner. Wir haben seine Kleidung kontrolliert ...«

»Wozu das?«, fragte Krohn.

»Die Täter haben das Diebesgut in einem Sack transportiert, in dem vorher Federn gewesen sind. Wir gehen davon aus, dass Spuren von den Federn an dem gestohlenen Zeug zu finden sein müssen.«

»Und? Haben Sie Federn gefunden?

»Nein. – Dann kam noch dieser Schmied infrage. Willi Martens heißt der. Wird wegen verschiedener Einbrüche gesucht. Aber der war nicht zu ermitteln.«

Berger zog die Stirn kraus. So konnte man doch nicht arbeiten! Auch Krohn schien nicht überzeugt, dass Martens und Wehner für diese Tat in Betracht kämen.

»Außerdem haben natürlich unsere Leute die Zeugen vernommen. Hier sind die Aufzeichnungen.«

Warum mussten immer die Kollegen mit der größten Sauklaue das Protokoll schreiben? Die Zeilen der Sütterlinschrift flossen ineinander; Oberlängen und Unterlängen überlappten sich. Berger hatte große Mühe, den Text zu entziffern.

Der Zeuge Milchhändler Wilhelm Knoor, wohnhaft Maxstr. 13, daselbst befragt:

»Am 19.5.1919 kurz vor 3.30 Uhr vormittags hörte ich Laufen bei uns in der Straße. Ich sprang aus dem Bett und öffnete die Tür, um zu sehen, was los war. Ich hörte, wie jemand rief: »Schieß ihn.« Dann hörte ich mehrere Schüsse. Ich lief hinaus und sah nun den Wachtmeister Brandt erschossen Ecke Max- und Ottostraße liegen. Auf Bitten des Wachtmeisters Wernicke bin ich so lange bei der Leiche geblieben, bis die Feuerwehr kam und Brandt abholte. Die Täter habe ich nicht gesehen.«

Die Zeugin Martha Sahlmann, geborene Brügge, wohnhaft Ottostraße 33 ptr daselbst befragt:

»Ich habe in der Nacht vom 18./19.5.1919 drei Schüsse gehört. Wie ich aus dem Fenster sah, lag der uns bekannte Wachtmeister Brandt auf dem Bürgersteig. Von dem Einbrecher habe ich nichts gesehen.«

Wenn sie alle Aussagen von den Leuten aufschreiben wollten, die nichts gesehen hatten, dann hätten sie viel zu tun, dachte Berger.

Die ermittelte Zeugin, Ehefrau Wilhelmine Graupner geb. Warnke, wohnhaft Ottostraße 29 I, daselbst befragt:

»In der Nacht zwischen 3-3.30 Uhr vom 18./19.5.1919 hörte ich zwei Schüsse fallen. Ich stand auf und sah aus dem Fenster. Ich sah nun, wie zwei Personen aus der Fabrik von Gierner Ottostr. 27 kamen und die Ottostraße nach dem Eilbecker Weg zu fortliefen. Der eine war 1,80-83 groß, und der zweite viel kleiner. Ich bin der Meinung, dass einer eine Schirmmütze trug und der andere einen weichen Hut, vermag aber nicht sicher anzugeben, wer von den beiden Hut oder Mütze aufhatte. Näher beschreiben kann ich sie nicht, da es noch zu dunkel war. Sachen hatten sie nicht bei sich.«

»Wunderbar«, sagte Jastorf. »Zwei oder drei Schüsse, zwei Männer, einer größer als der andere, was bei zwei Personen in der Regel der Fall ist, der eine hat einen Hut getragen, der andere eine Mütze, aber vielleicht war es auch umgekehrt.

Und dann noch ein sturzbetrunkener Kriminalbeamter, der am Tatort herumtorkelt. – An die Presse werden wir geben: Die Polizei verfolgt bereits verschiedene konkrete Spuren. Nähere Einzelheiten können nicht bekannt gegeben werden, um den Gang der Ermittlungen nicht zu behindern.«

7.

Als sie wieder unter sich waren, sagte Jastorf: »Na, Berger, nun zeig mal, was du gelernt hast! Was haben die Kollegen in Eilbeck falsch gemacht?«

Berger überlegte. Die kalte Dusche hatte ihn aufgeweckt; die nassen Haare waren inzwischen wieder getrocknet. Er war fast wieder einsatzbereit – bis auf die Kopfschmerzen. Es war klar, dass bei einem Mord, noch dazu einem Polizistenmord, jedem noch so unwahrscheinlichen Hinweis nachgegangen wurde. Das war kein Fehler. Auch, dass die Beschreibungen der Täter praktisch wertlos waren, konnte Jastorf nicht meinen. Dafür konnten die Kollegen nichts.

»Der Sack«, sagte Berger schließlich. »Nur die Hälfte der Beute ist sichergestellt worden. Die Kollegen glauben, dass die Täter zu zweit waren und zweimal gegangen sind. Aber das muss nicht sein.«

»Weiter«, verlangte Jastorf.

»Wenn sie zu viert gewesen sind, dann konnten sie zwei dieser Säcke gleichzeitig wegschleppen. Bleibt aber noch das Einbruchswerkzeug. Zwei Brecheisen und eine Handleier. Das wiegt einiges. Die haben sie sicher nicht zu der Wäsche in den Sack geworfen. Und da war ja auch noch der Mann, der auf Wernicke geschossen hat. Ich denke, sie werden mindestens zu fünft gewesen sein.«

»Selbst im Suff kann er noch nachdenken«, sagte Krohn. »Da sieht man, wozu so ein Abitur gut ist!«

»Große Einbrecherkolonnen sind aber selten«, sagte Jastorf. »Hier in Hamburg haben wir zur Zeit von dieser Art Gruppierung eigentlich nur die Bande des Adolf Julius Petersen.«

»Wer ist das denn?«

»Die Barmbecker Verbrechergesellschaft.«

»Wir sind hier aber in Eilbeck«, gab Berger zu bedenken.

»Ach, das Abitur ist doch nicht mehr, was es mal war«, sagte Jastorf. »Siehst du das Wasser da drüben? Das ist der Eilbeck-Kanal, dahinter fängt Barmbeck an.«

8.

»Das ist er, der Petersen!« Jastorf schob Berger die Akte hin. »Da hat sich einiges angesammelt im Laufe der Jahre!«

Berger überflog die Zusammenfassung:

Julius Adolf Petersen, geboren am 17. Oktober 1882.

9.6.1896 verurteilt wegen gemeinschaftlichen schweren Diebstahls zu 5 Tagen Gefängnis,

22.9.1897 verurteilt wegen einfachen und schweren Diebstahls zu 1 Monat Gefängnis,

18.11.1897 verurteilt wegen eines gemeinschaftlich begangenen schweren Diebstahls zu 1 Monat Gefängnis,

22.4.1898 verurteilt wegen eines gemeinschaftlich begangenen schweren Diebstahls und Raubes zu 6 Monaten Gefängnis,

14.3.1901 verurteilt wegen schweren Diebstahls und wegen Raubes zu 1 Jahr Gefängnis,

25.6.1901 verurteilt wegen schweren Diebstahls und Raubes in zwei Fällen zu 4 Jahren Gefängnis und 4 Jahren Ehrverlust,

24.4.1906 verurteilt wegen versuchter Gefangenenbefreiung zu 3 Tagen Gefängnis,

8.1.1908 verurteilt wegen gemeinschaftlich begangenen schweren Diebstahls zu 3 Jahren Zuchthaus, 5 Jahren Ehrverlust und Polizeiaufsicht,

8.6.1912 verurteilt wegen Hehlerei und Widerstands zu 1 Jahr 7 Monaten Gefängnis und 3 Jahren Ehrverlust sowie Polizeiaufsicht.

»Im Krieg war er natürlich interniert«, sagte Jastorf. »Ab 1916. Das steht hier nicht drin.«

Berger wusste, dass Gewohnheitsverbrecher vorbeugend in Haft genommen worden waren, um bei der Knappheit der Polizeikräfte die Sicherheit an der »Heimatfront« zu erhöhen. Genützt hatte es nicht viel.

»Wenn man sich das so anguckt«, sagte Berger, »hat man eigentlich nicht den Eindruck, dass der Mann besonders erfolgreich gewesen sein kann. Zehnmal geschnappt und verurteilt, und diese Strafen, das sind zusammen – Moment mal – zehn Jahre, zwei Monate. Dann kommt noch die Internierung dazu – der Mann hat ja fast ein Drittel seines Lebens im Gefängnis gesessen.«

»Nicht lange genug«, brummte Jastorf.

»Schade, dass kein Foto dabei ist«, sagte Berger.

»Das können wir dir besorgen, aber das hilft auch nicht viel. Er bezeichnet sich als Kaufmann, und so sieht er auch aus, als ob er vielleicht einen Kolonialwarenladen betreiben würde. Völlig unauffällig. Aber wie er aussieht, ist nicht das Problem. Das Problem ist, wie wir ihn kriegen.«

Krohn sah Berger an: »Du wunderst dich vielleicht, dass wir so viel über ihn wissen und ihn dennoch nicht festsetzen können? – Das liegt daran, dass diese Burschen so eng zusammenhalten. Ganze Verbrecherfamilien sind das. Nimm zum Beispiel die Petersens. Vier Geschwister. Da ist nicht nur der Adolf Petersen, sondern auch noch sein Bruder Arnold – ebenfalls mehrfach vorbestraft. Der zweite Bruder Karl, der lebt in Amerika. Was er da macht, weiß ich nicht, aber vermutlich auch nichts Gutes. Die Schwester Martha – eine obstinate Person. Und die Eltern – beides Galgenvögel, wenn du mich fragst. Der Vater ist ja inzwischen tot – im Gefängnis gestorben. Die Mutter hat natürlich gleich wieder geheiratet, einen Mohnsen. Den kennen wir noch nicht, aber der wird schon zum Rest der Familie passen.«

»Das vererbt sich«, sagte Jastorf. »Das ist doch ganz offensichtlich: Das Verbrechertum vererbt sich.«

»Ich weiß nicht, ob die Vererbung wirklich so einfach funktioniert.« Berger dachte: Wenn das stimmen würde, dann wäre ich ja genau wie mein Vater!

»Wie dem auch sei. – Die Amerikaner sagen: Nur ein toter Indianer ist ein guter Indianer. Das lässt sich auch auf Gewohnheitsverbrecher anwenden. Nur ein toter Einbrecher ist ein guter Einbrecher.«

»Das geht mir zu weit«, widersprach Berger.

»Tot oder lebenslänglich weggesperrt, damit er keinen Schaden mehr anrichten kann. Alles andere ist verlorene Liebesmüh.«

Berger schüttelte den Kopf. Aber er wusste, dass Jastorf nicht der einzige Polizist war, der in äußerster Härte das einzige Mittel gegen die wachsende Kriminalität sah.

9.

»Wie geht's deinem Sohn?«, fragte Schacht.

»Danke der Nachfrage.«

Hjalmar Schacht sah Friedrich Berger fragend an.

»Du weißt ja, wie es ist«, erläuterte Berger. »Er hat bei der Polizei angefangen.«

»Das ist eine ehrliche Arbeit, denke ich.« Schacht sprach es so aus, als ob es eine Spur anrüchig sei.

»Ich hab ja versucht, ihn zum Studium zu bewegen. Das hat er leider abgelehnt. Kein Interesse. Er hätte alles haben können. – Früher, da war er ganz anders. Voller Ehrgeiz und Lebenslust. Aber jetzt – der Krieg, der hat ihn total verändert.«

»Ich habe mich schon immer gefragt: Hast du ihn da nicht raushalten können?«

Berger zuckte mit den Achseln. »Er wollte nicht«, sagte er.

»Immerhin ist er heil zurückgekehrt. Das können die wenigsten von sich und ihren Kindern behaupten.«

»Ah, da kommt er ja! – Wilhelm, der Herr Schacht isst heute Abend mit uns!«

»Guten Abend, Herr Schacht!« Nicht der erste und nicht der letzte Bankier, den ich auf diese Weise kennenlerne, dachte Wilhelm. Er wusste, dass sein Vater mit dem jetzigen Chef der Nationalbank für Deutschland zusammen die Schule besucht hatte. Das Johanneum, genau wie er selbst.

Schacht hatte einen kräftigen Händedruck.

»Ihr Vater hat mir von Ihnen erzählt. Sie waren ja auch in Belgien, habe ich gehört?«

»Im Krieg, ja, 1918«, sagte Berger. Dieses Thema wollte er lieber meiden. Aber Schacht wollte sowieso nichts von ihm wissen; er redete offenbar am liebsten von sich selbst. Sehr von sich eingenommen, dieser Mensch, stellte Wilhelm Berger fest; er bestritt die Unterhaltung fast im Alleingang.

»Ich war ja auch in Belgien«, sagte er. »Schon 1914, gleich nach Kriegsausbruch ist man an mich herangetreten und hat mich gebeten, ob ich nicht vielleicht banktechnische Verwaltungsaufgaben in den besetzten belgischen Gebieten übernehmen könne. Sie wissen ja, dass ich aufgrund meiner Augen vom Wehrdienst freigestellt war.«

»Dabei guckt er wie ein Adler!«, lachte Wilhelms Vater.

Schacht sah ihn etwas pikiert an. »Das würde ich nun nicht sagen!«

Eher wie ein Geier, dachte Wilhelm.

»Wie dem auch sei – nun war natürlich zunächst die Frage meiner Stellung innerhalb dieses Kreises hoher Offiziere in der belgischen Hauptstadt zu klären. Und um gar keine Missverständnisse aufkommen zu lassen, da habe ich gesagt, dass ich wünsche, im Offizierskasino zu speisen. – Dieses Huhn ist übrigens ausgezeichnet, mein lieber Berger!«

»Danke, ich werde das Kompliment gern weitergeben. – Und? Wie ist das ausgegangen? Hat man dich im Kasino speisen lassen?«

»Nein. Ich habe mich also an den Generalmajor von Lumm gewandt. Ich weiß nicht, ob du dich an den noch erinnerst?«

Wilhelm hatte den Namen noch nie gehört, und selbst sein Vater schüttelte den Kopf.

»›Unmöglich‹, hat der gemeint, und das könne höchstens der Generalgouverneur genehmigen. Da habe ich gesagt: ›Dann fragen wir ihn eben!‹ Von Lumm hat gelacht und bloß gesagt, das sei völlig undenkbar, ihn in einer solchen Angelegenheit zu belästigen. Daraufhin habe ich mich an den zuständigen Herrn des Auswärtigen Amtes gewandt. Das war damals der Herr von der Lancken, und auch der hat abgelehnt. Da bin ich einfach hingegangen und habe mich beim Generalgouverneur angemeldet. Das war ja damals noch der General von der Goltz ...«

Wilhelm Berger hörte nicht mehr hin. Er dachte: Damit haben sich die hohen Herren also beschäftigt, während wir im Schützengraben gehockt haben, bis zu den Knöcheln im Matsch, und gewartet haben, dass der Feind kommt. Tanks sollten sie haben, unzerstörbare Panzerfahrzeuge, die Engländer, und Gas natürlich sowieso. Todesangst haben wir gehabt.

»... und ehe ich überhaupt mein Anliegen vorbringen konnte, da hat der Goltz mich direkt gefragt: ›Sie essen doch heute mit mir im Kasino?‹, und da haben dann die anderen natürlich nicht schlecht gestaunt, als ich nicht nur im Kasino gegessen habe, sondern obendrein noch direkt an der Seite des Generalgouverneurs!«

»Köstlich, mein Lieber! – Du bleibst doch sicher noch auf eine Tasse Kaffee?«

»Nein, Friedrich«, Schacht faltet die Serviette zusammen, »ich fürchte, das Angebot muss ich heute ausschlagen. Ich hatte dir ja schon telegraphiert, dass ich nur kurz vorbeischauen könnte; wir haben noch eine Besprechung in wichtigen Bankangelegenheiten.«

»Um diese Zeit?«

»Zu jeder Zeit, wenn es der Sache dient. Ich bin mit den Herren im Schauspielhaus verabredet.«

»Was hat er eigentlich gemacht in Belgien – abgesehen vom Essen?«, fragte Wilhelm, als der Besucher gegangen war.

»Hat er doch gesagt. Hast du nicht zugehört?«

»Ich war nicht besonders aufmerksam, fürchte ich«, sagte Wilhelm. »Es war ein anstrengender Tag.«

»Hjalmar Schacht hatte die Aufgabe, dafür zu sorgen, dass die Belgier die Besatzungskosten in bar bezahlen.«

»Wie?«, sagte Berger. »Wir haben das Land überfallen, und dieser Schacht hat dann die Belgier obendrein noch dafür bezahlen lassen?«

Sein Vater schüttelte den Kopf. »Deine Ausdrucksweise ist unangemessen, Wilhelm. Wir haben alle nur das getan, was getan werden musste.«

10.

Beerdingung auf dem Ohlsdorfer Friedhof. Ein riesiges Areal, bemessen für die Toten einer Millionenstadt. Einige davon in prunkvollen Mausoleen, andere nicht. Der Wachtmeister Brandt bekam ein schlichtes Grab. Auch die Trauergemeinde war klein; die meisten davon Polizisten. Der Pastor hielt eine kurze Ansprache am Grab. Es regnete in Strömen. Berger fror.

Es sei eine Art Unglück gewesen, hatte Krohn gesagt, musste ein Unglück gewesen sein. Die Einbrecher waren zwar fast alle bewaffnet, aber gewöhnlich schossen sie nicht. Schon gar nicht auf die Polizei. Es ging nur um die Abschreckung. Aber wo Waffen im Spiel waren und der Einsatz so hoch, da konnte leicht etwas passieren. Ein falsches Wort, eine falsche Bewegung, und schon fiel ein Schuss. Wer eine Waffe führte, musste bereit sein, sie zu ziehen; wer eine Waffe zog, musste bereit sein, sie abzufeuern. Das galt für Einbrecher wie für Polizisten.

Berger sah in die Gesichter der Kollegen. Jetzt, wo die Aktivität vorbei war, wo man nichts mehr tun konnte, um die Täter direkt zu fassen, sah er Leere, Hilflosigkeit und Wut. Brandt war schon der dritte Polizist, der in diesem Jahr ermordet worden war, wenn man den Hilfspolizisten aus Harburg mitzählte. Eines Tages könnte es dich selber treffen, Berger! Er wischte den Gedanken zur Seite.

Sie defilierten am Grab vorbei, warfen Erde auf den Sarg, kondolierten den Hinterbliebenen. Die Eltern sahen erschrocken aus, als ob sie es noch immer nicht wahrhaben wollten. Eine junge Frau weinte.

»Wir kriegen ihn!« , versprach Jastorf ihr auf die Hand.

Sie nickte.

Berger bezweifelte, dass es ihr Trost brachte.

11.

»So sieht's aus, Krohn, so sieht's aus!« Jastorf war deprimiert.

»Jetzt setz dich erst mal hin«, sagte Krohn. Sie waren nach dem Dienst zu ihm in die Wohnung gezogen, nicht zum ersten Mal, und es war auch nicht das erste Mal, dass der Kollege eine Aufmunterung brauchte.

»Es heißt doch, es gibt so viele Arbeitslose und so wenige offene Stellen; nun haben wir einen Posten zu besetzen, und wen schickt man uns: diesen Herrn Berger. Bürgersöhnchen, Abiturient!«

»Reg dich ab.« Krohn öffnete das Fenster. Ein Schwall kalter Luft drang in das Wohnzimmer. Krohn langte in den Blumenkasten, entnahm ihm eine Flasche Korn.

Jastorf nahm einen Stapel Zeitungen vom Stuhl, wusste nicht recht, wohin damit.

»Einfach fallen lassen!«, sagte Krohn.

Jastorf ließ sie fallen. Es setzte sich auf den Stuhl, immer noch angespannt. Krohn saß ihm gegenüber, völlig locker, der Stuhl ächzte unter seinem Gewicht. »Hier, trink das!«, sagte er. Er goss Jastorf einen Schnaps ein.

»Puh!« Jastorf schüttelte sich. »Ist das wieder irgend so ein königlich-hannoversches Zeug?«

»Nicht reden, trinken!«

Jastorf schloss die Augen, kippte den Schnaps mit einem Zug hinunter. »Oh Mann!«, sagte er.

»Das ist der Hundertjährige«, sagte Krohn. »Seit 1816 machen sie den in Hittfeld. Da war mein König noch gar nicht geboren. Das kam erst später. Du weißt ja wahrscheinlich, dass er als legitimer Nachfolger Georgs III in der englischen Thronfolge an zweiter Stelle stand ...«

»Wenigstens dieses Unglück ist den Briten erspart geblieben!«

»Ich sehe, dir geht es schon wieder zu gut!«, sagte Krohn. Er schraubte die Flasche zu. »Was nun den Berger angeht, so muss ich dir recht geben: Er ist ziemlich jung.«

»Nicht nur das«, sagte Jastorf.

»Der Rest sind Vorurteile. Ja, es ist richtig, er ist ein verzogenes Bürgersöhnchen, aber was hast du erwartet? Du als Maurerkind und ich als Sohn eines Landarbeiters – wir sind die krassen Ausnahmen. Das war doch schon immer so: Die Zweitgeborenen der reichen Familien – ganz gleich, ob das nun Adel oder Bürgertum ist – die hatten nichts zu erben; die sind dann Offiziere geworden. Oder Beamte, zum Beispiel bei der Kripo.«

»Er ist das einzige Kind, soweit ich weiß.«

»Spielt das eine Rolle? Er ist intelligent, aufgeschlossen, gutwillig. Pfeffersack, aber kein Angeber. Abiturient, aber kein Besserwisser. Was willst du mehr?«

»Ach, ich weiß auch nicht.« Jastorfs Blick ruhte auf der Schnapsflasche.

Krohn tat so, als ob er das nicht bemerkte. »Ich will dir sagen, was dich in Wirklichkeit wurmt: Er ist besser ausgebildet als wir. Heute sagen wir ihm, wo es langgeht, aber morgen ist er unser Chef. Das ist so, das bleibt so, da kannst du nichts dran drehen. Ich weiß ja, wie ehrgeizig du bist, und sie haben dir ja alles Mögliche versprochen, aber ich sage dir: Du wirst trotzdem kein Kommissar. Oben bleibt oben und unten bleibt unten. Das war beim Kaiser so, und das ist in der Republik nicht anders. Sieh mich an! Wenn du das akzeptierst, wie die Dinge liegen, dann kannst du ein feines Leben führen. Wenn nicht, machst du dich nur kaputt.«

»Es geht doch sowieso alles kaputt«, sagte Jastorf. »Hast du das gehört? In der Kleinen Reichenstraße sollen sie heute eine Sülzefabrik demoliert haben.«

»Ich mag keine Sülze«, sagte Krohn.

12.

»Was sollen wir tun?«, fragte Berger.

Den Lärm vom Rathausmarkt hörte man bis zum Stadthaus.

»Nichts«, sagte Krohn. »Wir haben keine Anweisungen.«

»Aber – das können wir doch nicht einfach hinnehmen!«

»Doch. Das Stadthaus wird verteidigt, denke ich jedenfalls, aber mehr ist nicht drin. Was willst du denn machen mit ein paar Pistolen gegen den gesamten Pöbel der Stadt? Das sind über tausend Leute da draußen. Wir sind ja im Gegensatz zur Schutzpolizei noch nicht mal als Ordnungsmacht zu erkennen. Wenn wir uns denen in den Weg stellen, da werden wir einfach weggefegt. Bei diesen Massen – da hilft nur noch Reichswehr.«

»Wolter sagt, Reichswehr sei unterwegs«, wusste Jastorf.

»Was für ein Wahnsinn!«

Angefangen hatte es gestern mit dem Gerücht, in der Sülze vom Heil werde Hundefleisch verarbeitet. Die aufgebrachte Menge hatte die Fabrik gestürmt, die Einrichtung verwüstet. Den Besitzer hatten sie aus seiner Wohnung geholt, im Triumphzug zum Rathausmarkt geschafft und in die Kleine Alster geschmissen, um ihn zu ertränken. Volkswehr und Polizisten hatten den alten Mann mit Mühe herausziehen können und waren mit ihm ins Rathaus geflüchtet.

»Ich war vorhin draußen«, sagte Jastorf. »Hab mir das angesehen. Die Kommunisten sind das, die wiegeln das Volk auf. Es heißt, zwei andere Sülzefabriken in der Lindenallee und an der Reismühle sind ebenfalls gestürmt worden. Angeblich sind die Angestellten gefangen genommen worden und sollen der Justiz des Volkes übergeben werden. Sie sind unterwegs zum Rathausmarkt.«

Berger sah vom einen zum anderen. Schließlich nahm er seine Pistole, schob das Magazin ein, lud die Waffe durch.

»Was hast du vor? Mach keinen Fehler!«, beschwor ihn Krohn.

Berger war klar, dass die Kollegen auch Angst hatten. »Ich geh raus«, sagte er.

Krohn hielt ihn zurück. »Wenn du in einer solchen Situation die Waffe ziehst, bist du ein toter Mann, Wilhelm!«

»Ja. – Lass mich los, Krohn!«

Das Gejohle war lauter geworden. Berger wollte zum Rathaus, doch als er auf die Straße trat, merkte er, dass das Geschehen sich in seine Richtung verlagerte. Im Neuen Wall strömte ihm eine Menschenmenge entgegen. In der Mitte ein Pferdekarren mit einer Gruppe von Frauen. Man hatte ihnen Schilder um den Hals gehängt: *Wir machen die Sülze.*

»In die Alster mit ihnen!«, rief jemand aus der Menge. »Ratten geben sie uns zu fressen, jetzt werden sie wie die Ratten ersäuft!«

Berger sah sich um, wog das Risiko ab. Es waren keine tausend Leute, ein paar hundert höchstens, aber zu viele, als dass er allein etwas hätte ausrichten können.

»Tod den Ausbeutern!«, rief einer, offenbar der Rädelsführer.

Es war absurd. Selbst dem größten Idioten sollte klar sein, dass diese zu Tode verängstigten Frauen keine Ausbeuter waren, sondern schlecht bezahlte Arbeiterinnen.

»Werft sie in das Alsterfleet!«

Den Rädelsführer würde er jedenfalls wiedererkennen.

In dem Augenblick, als der Zug auf Bergers Höhe war, wagten zwei junge Frauen die Flucht.

Ein Aufschrei ging durch die Menge. »Lasst sie nicht durch!«

Aber sie waren schon durch. Berger sprang hinzu, riss eine Haustür auf, die Frauen rannten hinein. Die Menge drängte nach, aber in der Enge des Hausflurs war der Einzelne im Vorteil. Berger und noch zwei andere, ihm völlig unbekannte Männer versperrten dem nachdrängenden Volk den Weg.

»Platz da!«, verlangte ein junger Kerl. Er baute sich drohend vor Berger auf.

»Nein.«

Einen Augenblick herrschte Stille. Sie starrten sich an. Der Mann hatte eine Narbe im Gesicht. Er war größer als Berger. Kein Zweifel, er war auch stärker. Die Frauen waren nicht mehr zu sehen, hatten sich irgendwo versteckt.

»He, was steht ihr hier rum?«, rief jemand vom Eingang. »Jetzt schmeißen sie sie ins Wasser! Komm mit, Hannack, das musst du gesehen haben!«

Der Flur leerte sich. Schließlich zog auch der Große ab. Berger war mit seinen beiden Helfern allein.

»Danke«, sagte er. »Mehr konnten wir nicht tun.«

Die beiden nickten.

13.

»Na, Adolf, wie war's draußen in der Stadt?«, fragte Helmi Petersen.

»Ruhig. Reichswehr ist eingerückt, der Aufruhr ist zu Ende.« Zu seinem Sohn sagte er: »Hatzel, ich hab dir etwas mitgebracht!«

»Was ist das?«

»Das ist ein Würfelspiel.«

Der kleine Adolf Petersen, den die Eltern Hatzel nannten, war fünf Jahre alt. Allzu viele Spiele hatte er nicht. Auch dieses war nicht gekauft, sondern ein Reklamespiel der Hamburger Sparcasse von 1827. Es hieß *Spar Dir was, dann hast Du was!* Petersen hatte es bekommen, als er seinen Anteil aus dem letzten Einbruch eingezahlt hatte.

Hatzel würfelte eine Zwei.

»Oh, eine Zwei«, sagte Petersen. »Da kannst du gleich vorrücken bis zur Zwölf.«

»Was steht da auf dem Pfeil?«, fragte Hatzel.

»Da steht: *Zur Sparkasse.*«

»Mama, willst du nicht auch mitspielen?«

Helmi war in der Küche. »Ich mache gerade das Abendbrot«, sagte sie. »Spielt ihr mal!«

Petersen hatte eine Sechs gewürfelt, aber die nützte ihm nichts. Auf dem Feld mit der Sechs war ein Junge eingezeichnet, der seine Taschen umkrempelte: leer. *1x aussetzen* stand da. Das ignorierte Petersen. Er behauptete: »Wer eine Sechs hat, darf noch einmal würfeln!«

Die Drei brachte ihn auf das Feld mit dem Spielwarenladen. Ach du Schreck, das ist bestimmt nicht gut, dachte Petersen. Aber der Junge war clever, er kaufte sich einen Roller und war damit schneller in der Schule. Vorrücken auf die Siebzehn!

Das Spiel zog sich in die Länge. Schon war Hatzel wieder vorn. Er war auf dem Feld mit der Sparkasse gelandet, kriegte fünfzig Mark ausgezahlt und fuhr nun mit der Eisenbahn zum Feld Sechsundzwanzig.

»Das Fleisch ist wieder teurer geworden!«, rief Helmi aus der Küche.

Macht nichts, dachte Petersen. Mit unserem kleinen Zuverdienst kommen wir schon über die Runden.

»Und ein neues Kleid brauche ich auch.«

»Schon wieder?« Sie gibt einfach zu viel Geld aus, dachte er.

»Ich kann doch nicht noch mal dasselbe anziehen wie im letzten Jahr!«

Hatzel hatte inzwischen eine neue Wohnungseinrichtung gekauft. Für 1560 Mark. Wie war das möglich? Das kluge

Mädchen auf dem Spielbrett erläuterte es mit erhobenem Zeigefinger der dummen Freundin: *Spare!*

»Spare!«, rief Petersen in die Küche.

Helmi tat so, als habe sie das nicht gehört. Konnte sie sich nicht selbst was schneidern wie andere Frauen auch? Aber dazu war sie sich ja zu fein!

Hatzel lag weit vorn. Petersen hatte schon wieder Pech. Diesmal war er auf dem Feld mit den Pokerspielern gelandet. *Zurück auf 9* stand da. »Einmal aussetzen«, sagte Petersen. Gut, dass der Kleine noch nicht lesen konnte.

»Was ist das da für eine Zahl?«, fragte Hatzel. Er wies auf die Neun.

»Das ist gar keine Zahl«, behauptete Petersen. »Das ist ein Fragezeichen.«

Diese Sparkassenmenschen hatten keine Ahnung, dass im wirklichen Leben das Glücksspiel eine Menge einbrachte. Solange man nicht selbst spielte, natürlich. Solange man die Spielbank leitete. Alles legal, ein privater Klub, wie er zu sagen pflegte, völlig ohne Steuern.

Doch hier auf dem Sparkassenspiel brachte alle Mogelei nichts. Schon war Hatzel auf der Fünfundfünfzig angelangt, und von dort ging es per Flugzeug zur Sechzig, zum Ziel. Dort war der Großvater eingezeichnet, wie er im Lehnstuhl saß, und jemand reichte ihm einen großen Sack voll Geld. *Rente* stand da drauf. Das war Hatzels Großvater nicht vergönnt gewesen. Der hatte sich aufgehängt im Gefängnis, aber das wusste Hatzel nicht. Petersen verglich die Größe des Sacks mit den anderen Geldsäcken auf dem Spiel. Er war mittelgroß. Schätzungsweise siebenhundert Piepen. Nicht schlecht, solch eine Rente. Sparen, sparen, sparen! Da würde er noch einige Tresore knacken müssen, bis er da hinkam.

14.

Ich möchte erwachen beim Sonnenschein
Und es müsst alles wie früher sein:
Kein Krieg, kein Elend, kein Mühn und Plagen
Die Meinen müssten verwundert sagen:
Hast lang geschlafen,
Hast viel versäumt,
Du sprachst vom Kriege –
Du hast geträumt.

»Was hörst du für traurige Lieder?«

Wilhelm Berger hatte nicht gemerkt, wie sein Vater hereingekommen war. Er nahm behutsam den Tonarm ab; die Grammophonplatte drehte sich stumm weiter.

»Entschuldige, ich wollte dich nicht stören. – Nachher kommt Hjalmar zu Besuch. Hast du Lust, mit dabei zu sein?«

Wilhelm schüttelte den Kopf. »Danke für die Einladung«, sagte er. »Aber ihr werdet ja doch nur über eure Geschäfte reden. Da störe ich nur.«

»Wie du willst.«

»Ich bin hundemüde.«

»Ich lasse dir etwas Essen auf dein Zimmer bringen.«

»Danke.«

Es ist grotesk, dachte Wilhelm. All das Elend, das ich Tag für Tag bei der Arbeit sehe, und dann dies. Er war wahrscheinlich der einzige Polizist in Hamburg, dem das Abendessen auf sein Zimmer gebracht wurde. Bei ihnen war in der Tat die Zeit stehen geblieben.

»Dein Sohn ist nicht zu Hause?«, fragte Schacht.

Berger schüttelte den Kopf. »Schon zu Bett gegangen. – Diese Polizisten haben sehr unregelmäßige Arbeitszeiten.«

»Das ist schlecht für die Gesundheit.«

»Ich weiß. Er sollte sich einen anderen Job suchen – und heiraten!«

»Es muss ja nicht jeder so früh heiraten wie du! – Aber wie alt ist er jetzt? Dreiundzwanzig? Und noch immer keine feste Beziehung?«

»Überhaupt keine Beziehung, soweit ich weiß.«

»Er ist doch nicht etwa ...«

»Schwul meinst du?« Friedrich Berger schüttelte den Kopf. »Er hat Briefe bekommen aus Belgien, von einer Therése irgendwas. Ich hab sie ins Feuer geworfen. Was soll er mit einem Soldatenliebchen?«

»Sehr vernünftig«, sagte Schacht. »Aber vielleicht solltest du mal selbst etwas arrangieren? Deine Geburtstagsfeier zum Beispiel, das würde sich doch anbieten. Wie alt wirst du? Lass mich nachdenken – fünfundvierzig, stimmt's? Wenn du nun ein paar Leute einlädst, die Töchter im heiratsfähigen Alter haben?«

»Ich kenne nur wenige Leute, die in diese Kategorie fallen.«

»Denk drüber nach! – Und wie gehts mit der Firma, was macht das Geschäft?«

»Mäßig«, sagte Berger. »Die Handelsbeschränkungen machen alle Bemühungen zunichte. Deutschland liegt am Boden. Wir müssen wieder ganz von vorn anfangen. Bei Null.«

»Bei Null?« Der Bankier lachte. »Mein lieber Berger, du bist gut! Wir können nicht bei Null anfangen.«

»Die Staatsverschuldung, ich weiß. – Noch ein Glas Wein?«

»Ja gern, danke. – Im Augenblick belaufen sich die Verbindlichkeiten Deutschlands auf knappe 90 Milliarden Mark. Die Finanzierung des Krieges durch Anleihen war ein Fehler.«

»Mein Lieber, hast du nicht selbst seinerzeit gedrängt, ich sollte die Kriegsanleihen zeichnen? Ich habe auf dein

Anraten immerhin einige tausend Mark in diese Papiere investiert.«

»Das war damals auch richtig. Aus deiner Sicht jedenfalls. Für den Staat war es falsch.«

»Wie hätte der Krieg denn sonst finanziert werden sollen?«

»Durch Steuererhöhungen. So haben es die anderen gemacht. Das wäre zwar unpopulär gewesen, aber es hätte gleichzeitig die überschüssige Kaufkraft abgeschöpft. Es ist ein ziemlich ungesunder Zustand, wenn die Kaufkraft das Warenangebot übersteigt. – Aber das brauche ich dir ja nicht zu sagen!« Der Bankier zog an seiner Zigarre. »Gutes Fabrikat! Wo hast du die denn bekommen?«

»Beziehungen. Man kennt halt ein paar Leute, wenn man im Im- und Export tätig ist.«

»Ja, das hat seine Vorteile.«

»Der Frieden hat überhaupt seine Vorteile.«

Schacht sah ihn an. »Das soll sich noch zeigen.«

»Was meinst du damit?«, fragte Berger.

»Die neue Regierung hat es versäumt, finanzpolitisch einen harten Schnitt zu machen ...«

»Abwertung der Mark?«

»Eine völlig neue Währung. Hundert zu eins oder so ähnlich ...«

»Das hätte einen Aufruhr gegeben!«

»Und wenn! – Mein Lieber, das Problem ist doch jetzt nur vertagt. Die Preise steigen immer schneller, und die Regierung druckt mehr Geld, um die Nachteile für die Gehaltsempfänger auszugleichen. Das ist krank. Der Haushaltsplan für 1919 hat ein Gesamtvolumen von knapp 18 Milliarden Mark. Weißt du, wie hoch der Anteil des Schuldendienstes ist? Zahlung deiner vier Prozent auf die Kriegsanleihen inklusive?«

»Ein Drittel?«, mutmaßte Berger.

Der Bankier lachte. »10 Milliarden!«

»Da bleibt ja kaum noch ein Handlungsspielraum ...«

»Da bleibt gar kein Handlungsspielraum!«

»Und – worauf läuft das hinaus?«

»Ist das nicht offensichtlich? Die dänische Lösung.«

»1813 meinst du? Staatsbankrott?«

»Ja. – Wenn wir den Mut nicht aufbringen, ist das das Ende dieser Republik.«

Berger schüttelte den Kopf.

»Das Ende dieser Republik!«, beharrte der Bankier. »Verlass dich drauf! Wie lange hat die Räteregierung in Sachsen sich halten können? Ein paar Monate. Und jetzt hier unsere Sozialdemokraten? Auch nicht länger, da bin ich mir ganz sicher. Und das ist auch gut so, weil sie von der Wirtschaft einfach keine Ahnung haben. Ganz im Vertrauen, es gibt bereits Gespräche zwischen verantwortungsbewussten Führungspersönlichkeiten aus Kreisen der Wirtschaft und der Reichswehr, die darauf abzielen, diesem traurigen Schauspiel ein Ende zu bereiten.«

Noch einmal schüttelte Berger den Kopf. »Das kann ich nicht glauben!«

»Glaub, was du willst.«

»Wer ist denn da drin verwickelt?«

»Die Namen habe ich jetzt nicht parat«, log Schacht.

»Lettow-Vorbeck wahrscheinlich«, mutmaßte Berger. »Und dieser Wangenheim hier in Hamburg auch? Ja, der vermutlich auch.«

Es wird geschossen!

15. März 1920

1.

Wilhelm Berger saß in Heimfeld in der Wohnung der Eltern von Fritz Wehner. Wehner war der einzige Verdächtige, der ihnen noch geblieben war, reichlich Vorstrafen hatte er, und er galt als Mitglied der Barmbecker Verbrechergesellschaft, aber sie konnten ihm die Beteiligung an dem Einbruch in das Wäschegeschäft Lehmann nicht nachweisen. Die Befragung der Eltern war eine reine Formsache. Dennoch hatte es Monate gedauert, bis die Einwilligung aus dem preußischen Harburg im Stadthaus eingetroffen war.

»Dieser Polizistenmord? Ja, wir haben davon in der Zeitung gelesen«, sagte Frau Wehner vorsichtig. Fünfzig Jahre mochte sie alt sein, und es war klar, dass Berger nicht der erste Polizist war, mit dem sie zu tun hatte. Einen Kaffee bekam er hier nicht angeboten.

»Aber ob Ihr Sohn etwas damit zu tun haben könnte, das wissen Sie nicht zufällig.«

»Mein Fritz?« Sie schüttelte den Kopf.

»Wann haben Sie ihn denn zuletzt gesehen?«

»So um Weihnachten muss das gewesen sein.«

Berger nickte. Er dachte: Hier gibt es für uns nichts zu holen. »Und Ihr Mann – der ist bei der Arbeit?«

»Der Otto, ja der ist vorsichtshalber hingegangen. Ist ja Streik, angeblich, aber ob die Jute nun mitmacht oder nicht, das hat er nicht gewusst.«

Ja, der Generalstreik, der hatte auch Bergers Anreise erschwert. Die Reichsbahn fuhr nicht; da hatte er die Straßenbahn nehmen müssen. An der Süderelbbrücke mussten alle aussteigen und sich kontrollieren lassen, Berger hatte den normalen Ausweis vorgezeigt; die Einwohnerwehr hatte ihn durchgewinkt.

»Und Sie verdienen sich durch Schneiderei ein paar Mark dazu?«

»Ja, Änderungen sind das vor allem. Die Leute haben ja kein Geld mehr, sich was Neues zu kaufen.«

Berger nickte. Er dachte: Änderungen können natürlich auch bei gestohlener Ware recht nützlich sein. Er nahm eine Tischdecke zur Hand: »Es gibt tatsächlich Leute, die das Monogramm ändern lassen?«

»Ja, wenn die Decke verschenkt werden soll ...«

Auf der Kommode standen drei gerahmte Fotografien von jungen Männern in Uniform.

»Das sind unsere Ältesten«, sagte die Frau. »Das waren unsere Ältesten. Jetzt haben wir nur noch den Fritz.«

Und den verdächtigte Berger nun, ein Einbrecher zu sein. Wenn nicht Schlimmeres.

»Das hier, das ist er mit seiner Minna und der kleinen Erna.« Frau Wehner nahm das Foto von der Wand.

Wachsam sah er aus, der Fritz Wehner. Seine Frau eher gutmütig. Wehner hatte den Arm um die Schulter seiner Tochter gelegt. Wie alt mochte sie sein, diese Erna? Sechzehn? Ganz offensichtlich eine glückliche Familie. Berger kam sich schäbig vor. Er verabschiedete sich und machte sich auf den Rückweg.

Das Wetter war trübe wie seine Stimmung. Drei Brüder tot, nur einer noch am Leben. Furchtbar. Aus anderen Familien war keiner der Söhne zurückgekommen. Aber – ein Gutes hatte er jedenfalls gehabt, der Weltkrieg. Die Völker hatten daraus gelernt. Krieg würde es so schnell nicht wieder geben.

2.

»Die Straße frei! – Es wird geschossen!«

Die Menschenmenge vor ihm geriet in Bewegung, zögerlich erst, dann in blinder Panik, als ein Maschinengewehr losfetzte. Berger rettete sich in einen Hauseingang. Mein Gott, dachte er, wo bin ich hier hineingeraten? Schreiende Menschen hasteten vorbei. Das MG schoss wieder, diesmal nicht mehr über die Köpfe, diesmal gezielt. Wer sich jetzt nicht in Sicherheit gebracht hatte, wurde getroffen. Direkt vor Berger, mitten auf der Straße, brach ein junger Mann zusammen, rührte sich nicht mehr.

Ich muss ihn holen, dachte Berger. Er zögerte. Muss ich wirklich? Das MG schwieg. Weiter entfernt brüllte ein Verwundeter. Sie werden nicht schießen, dachte Berger. Ich bin unbewaffnet, ich bin keine Gefahr. Er trat auf die Straße.

»In Deckung!« Erst jetzt bemerkte Berger, dass auch auf der anderen Straßenseite Leute im Hauseingang standen. Zwei Männer in Zivil, genau wie er. Einer hatte ein Gewehr.

Berger ging weiter. Langsam, aufrecht, den Blick nur auf den Mann gerichtet, der da hilflos am Boden lag. »Ich hole dich!«, sagte er, mehr zu sich selbst als zu dem Mann. Da fiel ein Schuss. Berger griff sich an den Arm, rannte zurück in den Hauseingang. Eine Schramme, dachte er, das ist nur eine Schramme. Aber es tat höllisch weh. Und wofür? Für nichts. Soviel hatte er jedenfalls gesehen: Der Junge, der da draußen in seinem Blut lag, der war tot.

Der Mann drüben im Hauseingang gab einen Schuss ab in Richtung des großen klassizistischen Gebäudes, das Berger vorhin nur unbewusst registriert hatte. Auch woanders fielen Schüsse. Berger wurde bewusst, dass er nirgendwo hin konnte. Er saß in der Falle.

»Rein hier!« Hinter Berger hatte sich die Haustür geöffnet.

Der Mann, der ihn in die Küche führte, mochte vielleicht vierzig Jahre alt sein. Ein großer, kräftiger Kerl mit einem Vollbart.

»Lamprecht«, stellte er sich vor. »Ich bin der Lehrer.«

»Lehrer?«, fragte Berger. Er registrierte, dass der Mann nur ein Bein hatte.

»Ja, drüben in der Mädchenschule. Heute fällt der Unterricht aus.«

»Was ist denn los hier?«, fragte Berger.

»Gleich.«

»Gibt es hier irgendwo ein Telefon? Ich muss dringend telefonieren!«

»Gleich. Jetzt wollen wir uns erst einmal ihren Arm angucken.«

»Das ist nur eine Schramme!«, wehrte Berger ab.

»Das habe ich auch gedacht damals«, erwiderte der Lehrer. Er wies auf sein Bein. »Aber dann war es doch ein kleines bisschen mehr. – Hertha, hol mal bitte das Verbandszeug!«

Die kleine Frau hatte Berger erst jetzt bemerkt. Das ist der Schock, dachte er. Mein Gott, ich stehe tatsächlich unter Schock. Er ließ es mit sich geschehen, dass der Lehrer ihm das Jackett auszog. Berger betrachtete den blutigen Ärmel. Das Loch – ob man das wohl stopfen konnte?

»Und jetzt das Hemd!«

Berger biss die Zähne zusammen.

»Ich schneide den Ärmel auf«, sagte der Lehrer. »Das Hemd ist sowieso nicht zu retten!«

Berger schrie auf, als der Mann ihm schließlich die Stofffetzen vom Arm riss.

»Na, das sieht ja gar nicht so schlecht aus! Es ist tatsächlich nur eine Schramme.«

Hertha verband ihn fachgerecht.

»Das machen Sie sicher nicht zum ersten Mal«, sagte Berger anerkennend.

»So haben wir uns kennengelernt«, sagte der Lehrer. »Im Lazarett in Flandern. Ich habe damals geglaubt, ich hätte nur eine Schramme abbekommen, und sie hat gemeint, ich müsste sterben. Ja, und da haben wir uns halt auf die Hälfte geeinigt!« Er lachte.

Einige werden damit fertig, dachte Berger. Die meisten nicht. Es gab mehr als genug bettelnde Krüppel auf den Straßen Hamburgs.

»So, jetzt können Sie wieder unter Menschen gehen!«

Hertha hatte eines der Hemden ihres Mannes geholt. Die Länge stimmte fast; nur am Bauch hatte es zu viel Spiel. Draußen fielen wieder Schüsse.

»In was bin ich hier eigentlich hineingeraten?«, fragte Berger.

»Das weiß noch keiner so genau. – Fest steht nur, dass heute früh Soldaten aus Stade gekommen sind und die Schule besetzt haben.«

»Aus Stade? Reichswehr?«

Der Lehrer schüttelte den Kopf. »Irgend so ein Freikorps ist das.«

»Was wollen die hier? Und warum wird geschossen?«

»Das weiß ich nicht. – Jedenfalls wird die Schule jetzt belagert. Von Einwohnerwehr und Schutzpolizei.«

Der Lehrer hatte kein Telefon. »Schmidt vorn an der Ecke, der Arzt, der hat ein Telefon«, sagte er. »Aber da können Sie jetzt schlecht hin. Sie haben ja gesehen, was passiert, wenn Sie auf die Straße gehen.«

Es muss einen Weg geben, dachte Berger. »Kann man nicht hintenrum, durch die Gärten?«

Der Lehrer sah ihn zweifelnd an. »Mit Ihrem Arm?«

»Es wird schon gehen«, hoffte Berger.

Und es ging, wenn auch mit Mühe. Wozu musste man sein Grundstück so massiv gegen die Nachbarn absichern? Berger verfluchte die hohen Zäune. Er musste noch dazu einen Umweg machen; einer der Höfe war mit einer Mauer gesichert, an deren Oberkante aufgeschlagene Glasflaschen einzementiert waren.

»He, was machen Sie denn da in unserem Garten?«

»Polizei!«, rief Berger.

»Das wird auch Zeit!«, brummte die Alte und verzog sich wieder in Richtung ihres Hauses.

Schließlich erreichte Berger das Eckhaus.

3.

»Hier sieht es ja aus wie auf einem Schlachtfeld!«

»Das ist ein Schlachtfeld.«

Berger hatte nur einen kurzen Blick in das Vorderzimmer geworfen. Die Arztpraxis lag im zweiten Stock, der Schule direkt gegenüber. Die Fenster waren zerschossen, und Putz war von den Wänden gefallen. In dem Zimmer hockten drei Männer, alle mit Karabinern bewaffnet, aber sie konnten ihre Waffen nicht einsetzen; das Haus war von der Schule aus genauso gut einsehbar wie die Schule von hier. Aber die Schule lag höher.

»Wer höher sitzt, ist im Vorteil«, sagte der Arzt.

Berger nickte. Das hatte er gelernt im Frühjahr 1918, als sie den Kemmel-Berg gestürmt hatten. Der Arzt und seine beiden Sprechstundenhilfen hatten sich in ein Zimmer auf der Rückseite des Hauses zurückgezogen. Die Frauen zuckten bei jedem Schuss leicht zusammen, obwohl sie hier völlig sicher waren.

Berger durfte telefonieren. Er wählte Jastorfs Nummer.

»Berger, wo stecken Sie denn?«

Berger berichtete, dass er in Harburg festsaß. »Was ist denn eigentlich los?«

»Wissen Sie es denn noch nicht? Die Regierung ist gestürzt! Berlin ist besetzt; der Kanzler ist geflohen, irgendwohin, keine Ahnung wo.«

»Und – die Reichswehr?«

»Die Reichswehr macht mit. Hier in Hamburg ist Militär aus Altona eingerückt und hat das Rathaus besetzt. – So wie es aussieht, ist der sozialistische Spuk endlich vorbei!«

Berger schluckte. Er hätte es sich eigentlich denken können, dass der markige Jastorf der Demokratie wenig Sympathie entgegenbringen würde.

»Sehen Sie zu, dass Sie sich da absetzen und gehen Sie nach Hause. Heute können wir sowieso nicht arbeiten!«

4.

»Die Reichswehr ist nicht beteiligt«, sagte Dr. Schmidt. Er hatte das Gespräch zwangsläufig mit angehört. »Das sind Freikorps, auf die sich dieser Kapp stützt.«

»Aber die Reichswehr könnte doch diesem Spuk ein schnelles Ende bereiten«, sagte Berger. »Und hier in Harburg liegt doch Reichswehr. Warum zeigt sie sich nicht?«

»So einfach ist das wohl nicht. Die Armeeführung sympathisiert nämlich mit den Putschisten. Die Mannschaften nicht. Die Pioniere hier in Harburg haben ihre Offiziere abgesetzt und unter Arrest gestellt.«

»Und diese Leute in der Schule da drüben? Was ist das für ein Haufen?«

»Das ist das Freikorps ›Eiserne Schar‹. Baltikumtruppen.«

»Und was wollen die hier?«

»Die Freilassung der Reichswehr-Offiziere.«

»Werden sie die erreichen?«

»Sieht nicht so aus. Es sind zu wenige. Nicht viel mehr als hundert. Sie sind umstellt. Und wenn nicht bald etwas passiert, kommen sie hier nicht mehr lebend raus. Die Leute sind ziemlich erregt. Hier auf den Dächern sitzen schon Scharfschützen der Einwohnerwehr. Und die Schule hat ziemlich große Fenster; da kann sich keiner mehr bewegen.«

Warum waren alle Ärzte Zyniker? »Das muss aufhören«, sagte Berger. »Wer ist der Anführer da drüben?«

»Hauptmann Berthold, der Flieger.«

»Hauptmann ist er? – Dann bin ich Major. Wie ist die Telefonnummer der Schule?«

5.

Berger ließ sich zur Schule durchstellen; er bekam Berthold ans Telefon.

»Was gibt's?«

»Major Müller, Reichswehr«, log Berger. »Ich überbringe den Befehl zur sofortigen Feuereinstellung.«

Einen Augenblick herrschte Stille am anderen Ende der Leitung. »Können Sie sich legitimieren?«, fragte Berthold schließlich.

»Legitimieren?«, entrüstete sich Berger. »Ich überbringe einen Befehl von Oberst Freiherr von Wangenheim, dem haben Sie gefälligst Folge zu leisten.« Gut, dass er wenigstens den Namen des Hamburger Reichswehr-Kommandeurs kannte!

Berthold zögerte.

»Hören Sie das Maschinengewehr?«, fragte Berger. In der Tat wurde in diesem Augenblick die Schule von mehreren Maschinengewehren unter Beschuss genommen. »Reicht das nicht als Legitimation? Ihnen steht Reichswehr gegenüber!

Jeder weitere Widerstand ist Meuterei und wird entsprechend geahndet!«

Bevor irgendwelche Fragen kamen, die er vielleicht dann nicht mehr beantworten konnte, legte Berger auf. Jetzt konnte er nur noch hoffen, dass sein Bluff gelang. Von Reichswehr war weit und breit keine Spur. Lediglich Gruppen von Pionieren hatten sich der Einwohnerwehr angeschlossen und ihre Waffen mitgebracht.

Wenig später ließ das Feuer nach. Berger atmete auf. Um acht Uhr abends begann die ›Eiserne Schar‹, die Schule zu verlassen. Abgabe aller Waffen, freier Abzug zurück nach Stade, so war es vereinbart. Plötzlich, als alles schon beendet schien, fielen erneut Schüsse. Jetzt gab es kein Halten mehr. Die Menge stürmte die Schule.

Aus!, dachte Berger.

Und es war aus. Die Gefangenen wurden zur Buxtehuder Straße hinuntergeführt. Es setzte Schläge und Fußtritte. Bewaffnete Arbeiter versuchten halbherzig, ihre Gefangenen zu schützen. Die Stimmung war äußerst gereizt. Wohin mit den Kerlen? Bis zur Klärung des Weitertransports erst einmal zum Gambrinus. Doch die wütende Menge drängte nach, zerrte Berthold aus dem Tanzsaal zurück auf die Straße. Er wurde geschlagen und getreten, zog mit der linken Hand seine Pistole, die wurde ihm entrissen, dann fielen Gewehrschüsse.

6.

»Tja, Majestät, und ich hatte schon gedacht, Sie kämen jetzt wieder ans Ruder!« Krohn hielt Zwiesprache mit dem Bildnis des hannoverschen Königs auf seinem Schreibtisch. König Georg beachtete ihn nicht; es sah aus, als ob er aus dem

Fenster sehe. Doch der letzte Welfenherrscher guckte nirgendwo hin; er war in dieser eigenartigen Pose porträtiert worden, damit man nicht erkennen sollte, dass er blind war.

Berger wusste längst, dass das Bild hier nur stand, weil es unerwünscht war, wenn auch nicht direkt verboten. Georg V., blind und politisch dickköpfig, hatte sich mit Preußen angelegt und verloren. Der Fortschritt hatte sich durchgesetzt. Genau wie heute.

»Die Demokratie hat gesiegt«, sagte Berger. »In Berlin wie in Hamburg, wenn auch nur knapp.«

Krohn sah ihn an. »Ich weiß nicht recht, ob die Demokratie auf diesen Sieg allzu stolz sein kann«, sagte er. »Es heißt, Hauptmann Berthold, übrigens der zweiterfolgreichste Flieger nach Richthofen, hatte sich bereits ergeben, als sie ihn abgemurkst haben. Entmenschte Weiber haben ihm die Kehle durchgeschnitten, wird gesagt. Und sein Kopf ...«

»Das weiß ich besser«, unterbrach ihn Berger. Er hatte die Vorgänge bis zum Schluss verfolgt. Inzwischen kannte er auch die Zahlen: fünfundzwanzig Tote, vierzig Verletzte – und das mitten im Frieden.

»Wie dem auch sei – das ist vorbei, und jedenfalls können unsere Bürger jetzt wieder ruhiger schlafen.«

»Ich weiß nicht ...«

»Der Kollege Jastorf meint etwas anderes«, erläuterte Krohn. »Das weißt du noch gar nicht: Als du in Harburg herumgeschossen hast ...«

»Ich habe nicht geschossen!«

»Also gut: Als du nach deinen Abenteuern in der preußischen Provinz zu Hause warst und fast zwei Monate lang deinen Arm gepflegt hast, da haben wir Adolf Petersen verhaftet.«

Jastorf berichtete: In der Nacht zum 21. April hatte die Bande einen Einbruch in der Wohnung des Kaufmanns Vollmer in der Schröderstraße verübt.

»Plau und Drescher haben Schmiere gestanden. Pohl und Arnold Petersen haben die Wohnungstür aufgebrochen und anschließend alles zusammengerafft, was sie für mitnehmenswert erachteten, im wesentlichen Wäsche und Kleidungsstücke. Einen Teil der Beute haben sie in einen dort vorgefundenen Koffer gepackt, den Rest in Wolldecken eingewickelt. Das alles haben sie dann zunächst in einer Straßenfegerbude zwischengelagert; Arnold Petersen hatte einen Nachschlüssel dafür. Am nächsten Morgen sind sie mit Feldbauer – das ist auch einer von der Bande – zurückgekommen. Der hat sich den Wagen eines Nachbarn geborgt; und gemeinsam haben sie damit das Diebesgut in die Desenißstraße 41 gefahren, ein Haus neben dem vom Feldbauer. Inzwischen war es aber heller Vormittag, und sie wollten nicht mit den gestohlenen Sachen über die Straße marschieren. Also haben sie ein Loch in die Planke gebrochen, die die beiden Grundstücke voneinander trennt. Ja, und dabei sind sie dann wohl ein bisschen zu laut gewesen.«

»Das ist dem Nachbarn aufgefallen?«

Jastorf schüttelte den Kopf. »Viel besser: Bei dem Nachbarn wohnt ein Polizist zur Untermiete. Dieser Wachtmeister Schultz hat den Vorfall von seiner Wohnung aus beobachtet und Verdacht geschöpft. Sie haben ihn nicht kommen hören ...«

»Prima.«

»So hat er sie erwischt. Drescher und Plau haben die Hände gehoben, die andern drei sind weggelaufen.«

»Und einer davon war Petersen?«

»Arnold Petersen, ja«, sagte Jastorf. »Der jüngere Bruder also. Wir wissen inzwischen genau, wer alles beteiligt war.

Plau hat nämlich unmittelbar nach der Festnahme ein paar Namen genannt. Außer den beiden Verhafteten waren Arnold Petersen, Schöneck und Feldbauer mit von der Partie. Die Beteiligung Feldbauers ist ja offensichtlich, schließlich sind sie dabei überrascht worden, wie sie das Diebesgut in seinen Schuppen geschafft haben.«

»Der Wachtmeister hat dem Plau natürlich gleich ins Gewissen geredet«, ergänzte Krohn. »Nur durch ein umfassendes Geständnis könne er seine Lage verbessern ...«

»Und? Ist er darauf eingegangen?«

Krohn nickte. »Elf Einbrüche hat er zugegeben. Und bei den meisten davon war auch Adolf Petersen mit dabei.«

»Eine klare Sache«, sagte Berger. »Jetzt haben wir sie im Sack.«

»Ja, das sollte man meinen.« Jastorf seufzte.

»Du zweifelst?«

»Es gibt da eine Reihe von Aussagen, die – um es mal vorsichtig auszudrücken – den uns bekannten Tatsachen widersprechen.«

»Was soll das heißen?«

»Drescher hat ein Alibi.«

»Das kann doch gar nicht sein. Du hast mir doch gerade erzählt, dass der Mann in flagranti erwischt und festgenommen worden ist.«

»Ja, das glaubst du. Die Juristen sehen das völlig anders. Inzwischen haben wir hier nämlich die Aussage einer gewissen Lina Neumann. Die ist mit dem Angeklagten Drescher von sechs Uhr abends bis acht Uhr morgens zusammen gewesen, sagt sie. Erst bis elf Uhr abends waren sie im Biebercafe, danach dann in der Weinstube von Gentsch. Bis drei Uhr nachts haben sie da ausgehalten; dann sind sie in die Wohnung der Mutter von der Neumann, und da sind sie bis zum Frühstück geblieben.«

»Das ist doch ganz offensichtlich gelogen.«

»Kannst du das beweisen?«

»Aber wir haben doch offenbar die Aussage von diesem Plau ...«

»Die hat er natürlich inzwischen widerrufen. Er selbst hat mit dem Diebstahl auch überhaupt nichts zu tun.«

»Das kann doch gar nicht sein!«

»Doch, natürlich kann das sein. Plau ist nämlich zur Zeit des Diebstahls mit einer gewissen Leni Stamm aus gewesen. Er hat die Stamm gegen acht Uhr abends getroffen und war mit ihr bis elf Uhr ebenfalls im Biebercafe, dann bei der Stamm in deren Wohnung. Bis zwei Uhr nachts waren sie zusammen. Die Ehefrau Plau hat bestätigt, dass ihr Mann erst nach zwei Uhr nach Hause zurückgekommen ist.«

»Unglaublich!«

»Ach ja, dann haben wir ja auch noch den Feldbauer. Auch in flagranti erwischt, wie du so schön sagst. Der war von halb acht bis elf Uhr in der Wirtschaft Lochtbaum. Dafür gibt es zahlreiche Zeugen, auch er kann mit dem Einbruch nichts zu tun haben. Danach ist er nach Hause, wo ihn eine gewisse Anna Brodersen um halb sieben Uhr geweckt hat.«

»Anna Brodersen? Wer ist das denn?«

»Seine Braut, sagt er. All diese Aussagen sind natürlich durch Eide bestätigt.«

»Aber das ist doch alles völliger Quatsch! Feldbauer und Plau waren doch mit drei anderen Männern zusammen an diesem Loch in der Planke damit beschäftigt, das Diebesgut aus dem Schuppen des Nachbarn auf Feldbauers Grundstück zu schaffen, das hast du mir selbst erzählt!«

»Ja, so hat es wohl ausgesehen. Feldbauer sagt aber, Plau und er hätten gemerkt, dass da Leute im Garten zugange waren, und als sie nachgucken wollten, was da los war, sei der Wachtmeister gekommen und habe sie festgenommen, während die wahren Diebe entkommen sind.«

»Das kann doch alles nicht wahr sein!«

»Bei der Stamm in der Wohnung ist übrigens Diebesgut gefunden worden. Fünf lederne Handtaschen ...«

»Na, dann ist der Fall ja wohl doch eindeutig.«

»Aber die Stamm sagt natürlich, sie hat keine Ahnung, was das für Taschen sind. Und da gibt es nun wieder die Aussage ihres Vermieters, dass bei ihr in der Wohnung in der Alexanderstraße in letzter Zeit häufig große Gelage gefeiert worden sind. Und wer da nun vielleicht was liegen gelassen hat, das lässt sich nachträglich nicht mehr klären.«

»Das kann doch kein Mensch glauben«, sagte Berger.

»Nein«, bestätigte Jastorf. »Das kann kein normaler Mensch glauben. Aber ein Jurist? Da sieht die Sache schon anders aus.«

»Ein Eid ist ein Eid«, gab Krohn zu bedenken. »Das war schon bei den alten Germanen so, und da kommt so leicht keiner gegen an.«

»Das kann ich nicht glauben«, sagte Berger. »Wann ist denn die Verhandlung?«

»Mitte Juli.«

Prügel

17. Juli 1920

1.

Adolf Petersen war wieder draußen! Nichts hatten sie ihm nachweisen können. Welch ein Triumph! Den Antrag auf Haftentschädigung hatte er schon gestellt. Sein erster Gang führte ihn nach Barmbeck, in Ansorges Gaststätte. Die Freunde begrüßten ihn mit großem Hallo. So viel war geschehen in den paar Wochen, die er weg gewesen war; so viele neue Möglichkeiten hatten sich aufgetan. Er wusste gar nicht, was er zuerst anpacken sollte.

Windhorst kam gleich wieder mit dem 58er Verein und mit dem Stahlschrank der Seewarte. »Alles todsichere Tipps!«

Pohl rief: »Die Post! Wir müssen uns um die Post kümmern!«

Und Wellmann sagte: »Farmsen. Das lohnt sich am meisten. Da sind Millionen zu holen!«

Das Projekt kannte er noch nicht, das stellte alles in den Schatten. »Was ist das für eine Geschichte?«

»Die Wettgelder von der Trabrennbahn.«

»Trabrennbahn? – Das geht nicht, da sind viel zu viele Leute!«

Wellmann schüttelte den Kopf. »Die Sache läuft so: Am Ende des Renntages wird das ganze Geld durchgezählt, die Scheine gebündelt und dann alles in einen Sack getan. Und der wird dann mit der Break nach Hamburg gefahren.«

»Wieso Brigg? Ist das nicht irgendsoein Segelschiff?«, fragte Plau.

»Keine Brigg, sondern eine Break. Das ist eine kleine, offene Kutsche mit Bänken hinten.«

»Wie viele Leute sitzen da drin?«, fragte Adolf Petersen.

»Zwölf Mann!«

Petersen schüttelte den Kopf. »Zu viele«, sagte er. »Und so ein Überfall auf offener Straße – das haben wir noch nie gemacht. Das klappt nicht.«

»Aber sie sind völlig unbewaffnet!«

»Trotzdem.«

»Denk an das Geld – das ist durchschnittlich eine Million, die da transportiert wird!«

»Wirklich eine Million?«

»Mal etwas mehr, mal etwas weniger. Das Geld liegt immer vorn beim Kutscher. Da kommt man leicht ran.«

»Eine Million«, wiederholte Plau. »Eine Million!«

»Sei doch mal still«, sagte Petersen. »Wie viel ist es denn mindestens?«

Das wusste Wellmann nicht. »Ein paar hunderttausend auf jeden Fall.«

»Und woher wissen wir, dass wir nicht gerade den schwächsten Tag des Jahres erwischen?«

»Ich arbeite doch beim Totalisator, ich weiß ja, was eingenommen worden ist.«

»Aber woher wissen wir das dann?«

»Einer muss die Nachricht weitergeben, das ist doch ganz einfach!«

»Das gefällt mir nicht«, sagte Petersen.

»Was soll schiefgehen?« Eine Million, dachte Plau, eine Million! Und dieses Rindvieh zögerte noch! »Wir machen es so: Windhorst alarmiert seine Freunde – Plau, Schade, Brandt, du alarmierst deine Freunde – Reimer, Junge, Neuberger, Helms, Heitmann, Menke und natürlich deinen Bruder, das muss doch reichen!«

»Ihr könnt so viele Leute nehmen wie ihr wollt«, sagte Wellmann. »Geld ist ja genug da!«

»Nein«, sagte Adolf Petersen. Das Risiko war ihm zu hoch. Er war froh, dass er wieder draußen war. Jastorf hatte versucht, ihn festzusetzen. Fast wäre es ihm gelungen. Jetzt nichts wie nach Hause, dachte er.

Als er aus der Straßenbahn stieg, lief ihm der Sohn vom Boesch über den Weg. Nett herausgeputzt, genau wie der Hatzel. Boesch musste offenbar zu Geld gekommen sein in letzter Zeit.

2.

»Ich besauf mich«, sagte Jastorf. So deprimiert hatte Berger den Kollegen noch nie gesehen. »Das ist die schwerste Niederlage, die ich je einstecken musste!«

Elf Einbrüche hatte er Petersen nachgewiesen. Das hatte gereicht für den Haftbefehl. Aber für mehr nicht. Als sechs der Fälle durch Alibis ausgeräumt waren und die Zeugen der Anklage sich alle nicht mehr genau erinnern konnten, hatte der Untersuchungsrichter sich geweigert, der Sache weiter nachzugehen.

»Beim nächsten Mal besser ermitteln!«, hatte er Jastorf mit auf den Weg gegeben. Aber selbst die besten Ermittlungen waren wertlos, wenn jedes Mal genügend Zeugen auftraten und heilige Meineide schworen, dass der Beschuldigte zur Tatzeit unmöglich am Tatort gewesen sein konnte. Alles junge Mädchen, eine hübscher als die andere. Jastorf kannte nicht eine Frau, die bereit wäre, für ihn einen Meineid zu schwören, nicht mal 'ne hässliche. Und mit ihm ins Bett gehen wollte erst recht keine. »Ich besauf mich jetzt!«

»Ich komm mit«, sagte Krohn.

Jastorf schüttelte den Kopf. »Lass mich allein.«

Besorgt sah Berger ihm zu, wie er Hut und Mantel nahm und ohne ein weiteres Wort verschwand. Er wollte ihm nach;

Krohn hielt ihn zurück. »Ich weiß, wo er hingeht«, sagte er. »Ich lass ihm zwei Stunden Vorsprung, dann geh ich hinterher.«

»Er wird sich doch nichts antun?«

»Nein. – Aber Niederlagen steckt er sehr schwer weg, der gute Jastorf. Sollte sich ein Beispiel an meinem König nehmen! Der hat in Saus und Braus gelebt, nachdem er abdanken musste.«

Berger hatte das Gefühl, dass Krohn auch in Saus und Braus lebte, soweit sein Gehalt das zuließ. Kein Zweifel, der Kollege war noch dicker geworden. »Wir kriegen ihn schon noch, den Petersen und seine Bande.«

»Ja, aber das ist natürlich schwer. Das kennst du ja, Wilhelm, diese Ganovenehre, die Jungs helfen sich gegenseitig aus, wo sie nur können, halten zusammen wie Pech und Schwefel, da kann man als Polizist gar nichts ausrichten. Und was den Petersen angeht – diese Runde hat er eindeutig gewonnen!«

3.

Diese Runde hatte Adolf Petersen eindeutig verloren. In dem Moment, als er die Tür zu seiner Wohnung aufschloss, war klar, dass nichts wieder so werden würde, wie es war.

»Mein Gott, Adolf, hast du mich erschreckt! Dich hätte ich jetzt nicht erwartet!«

»Ja, so kann's gehen«, sagte er. Seine Frau hatte im Bett gelegen, mitten am Tag; jetzt stand sie im Morgenmantel vor ihm, die Haare zerzaust. Er ging an ihr vorbei ins Wohnzimmer. »Was ist denn hier passiert?«

Die Möbel waren weg. »Mein Gott, Adolf, reg dich nicht auf, wir haben doch nicht gewusst, wann du wieder rauskommst. Es musste doch Geld her, wir mussten doch was zu essen haben.«

Petersen schob sie zur Seite, öffnete die Tür zum Schlafzimmer.

»Halt, nicht!«, rief sie.

Ihre Sorge war unnötig. Das Bett war zerwühlt, aber leer. Das Fenster stand offen.

»Boesch?«, fragte Petersen.

»Ich bitte dich, Adolf, es war – ich konnte doch nicht ...«

Also Boesch. Petersen packte seine Frau und verprügelte sie, wie er sie noch nie verprügelt hatte, bis sie am Ende wimmernd in einer Ecke des Zimmers liegen blieb. Aber was geschehen war, ließ sich dadurch nicht rückgängig machen.

4.

Jetzt war alles egal. Die wahnsinnigsten Pläne, die er bisher immer als unausführbar von sich gewiesen hatte, jetzt würden sie angepackt und durchgezogen. Die sollten ihn kennenlernen, diese Pfeffersäcke! Der Tresor in der Seewarte, diese Post in Altona, was auch immer! Aber zuerst war jetzt die Trabrennbahn an der Reihe. Eine Million, dachte er, eine Million! Da wirst du staunen, Helmi, wenn du das in der Zeitung liest! Aber das Geld ist nicht für dich. Das ist für Hatzel und für mich. Vor allem für mich.

Auf dem Weg zu seiner Kneipe traf er auf Menke. Der kam ihm gerade recht. Auch so eine Pfeife, genau wie der Boesch! Den schnappte er sich jetzt: »Du machst mit!«

»Was?«

»Farmsen ist wieder aktuell. Du machst mit!«

»Ich weiß gar nicht, worum es geht«, log Menke. Sie waren in der Auenstraße, direkt vor der Wohnung seiner Freundin. Petersen hatte schlechte Laune, und Menke hatte nicht die geringste Lust, sich auf irgendetwas einzulassen.

»Du weißt sehr wohl, um was es geht.«

»Was soll ich in Farmsen?«

Petersen packte ihn am Kragen. »Mitmachen sollst du, was denn sonst! Wenn du dich sträubst, dann hast du Hintergedanken.«

»Ich hab keine Hintergedanken«, sagte Menke.

Petersen ließ ihn los. »Ich traue dir nicht! – Aber das sage ich dir: Hier steigt keiner aus, bei mir nicht! Wer einmal dabei ist, der bleibt auch dabei, bis an sein Lebensende!«

»Odsche«, sagte Menke. »Warum ...?« Weiter kam er nicht.

»Komm mit!«, befahl Petersen.

»Wo willst du denn hin?«

Petersen antwortete nicht. Menke war mulmig zumute. Sie marschierten zur Ottostraße.

»Hier«, sagte Petersen. Er ging ein paar Schritte zurück, deutete mit der Zigarre auf den Bürgersteig. »Hier hat er gelegen. Der hat auch nichts mehr gesagt hinterher.«

Der Schutzmann Brandt! Menke schluckte. Mein Gott, Petersen hat den erschossen, dachte er.

»Du musst nicht glauben, dass ich Rücksicht nehme, weil du Familie hast. Ich kann abdrücken, das solltest du wissen!«

»Odsche, was für ein Blödsinn, du kannst dich auf mich verlassen!«, beteuerte Menke.

»Ja.« Plötzlich wurde Petersen bewusst, dass er, um Eindruck zu schinden, gerade einen Mord zugegeben hatte, den er gar nicht begangen hatte. Boesch war damals in Panik geraten und hatte abgedrückt, nicht er. »Farmsen«, sagte Petersen. »Du bist mit dabei!«

5.

»So, da steht der Kasten!« Ferdinand Peper, Möbelhändler aus der Banksstraße, war erschöpft, aber hochzufrieden. Man verkaufte nicht alle Tage ein elektrisches Klavier. »Jetzt brauche ich ein Bier!«

»Ich auch!« Der Gastwirt wischte sich den Schweiß von der Stirn. Er hatte beim Transport mit anfassen müssen.

Emmi Schween zählte die Scheine nach, die der Wirt ihr gegeben hatte. Ein Zwanziger zu viel. »Stimmt«, sagte sie.

Peper quittierte den Empfang des Geldes.

»Sollen wir es nicht anschließen?«, fragte Emmi. Emmi Schween, zweiundzwanzig Jahre, seine Assistentin, die ihm bei An- und Verkauf zur Hand ging.

»Unbedingt«, verlangte ein junger Mann, der an der Theke stand. »Ich bin übrigens der Richard. Richard Pohl.«

»Ja ja«, sagte Peper. Was mischte der Kerl sich ein? Es war offensichtlich, dass er sich mehr für Emmi als für sein Bier interessierte.

Max Wiese, der Gastwirt, bückte sich und steckte den Stecker in die Steckdose. »Passt«, sagte er. »Und jetzt?«

Peper legte eine Rolle ein und setzte die Kiste in Betrieb. »Na, das ist doch etwas!« Er dachte: Dämliches Geklimper. Mit echter Klaviermusik nicht zu vergleichen. Natürlich konnte man das Gerät auf normalen Handbetrieb umschalten, aber er bezweifelte, dass diese Kneipe sich einen eigenen Klavierspieler leisten konnte.

Emmi hörte fasziniert zu, wie die ersten Töne erklangen. Sie sang mit:

»Schorschl, ach fahr mit mir im Automobil,
Das kostet nicht viel
Von Hamburg nach Kiel!«

Sie hatte eine hübsche Stimme. Im Nu war Pohl bei ihr. »Darf ich bitten?«

»Gern.« Sie lachte.

Pohl nahm sie bei der Hand. Unter den missbilligenden Blicken Ferdinand Pepers legten die beiden einen flotten Rheinländer aufs Parkett.

»Warum eigentlich nicht?«, fragte Pohl, als die Rolle zu Ende war.

Emmi guckte ihn an. »Bitte?«

»Im Auto nach Kiel, meine ich. Wenn du Lust hast!«

»Im Ernst?«

»Ja, natürlich.«

Das kam jetzt etwas überraschend, aber so ein Angebot konnte man nicht ausschlagen. »Ja klar, ich komme mit«, sagte sie. Sie war noch nie in einem Auto gefahren.

»Morgen?«, fragte Pohl.

Nein, morgen konnte sie unmöglich weg. »Sonntag?«, fragte sie. »Geht das?«

»Es geht alles, was man will, Mädchen!«

6.

Pohl hatte während des Krieges Autofahren gelernt. Da musste er vor den kritischen Blicken eines Feldwebels einen Lastwagen einmal hin- und herfahren, und damit hatte er dann seine Fahrerlaubnis. Das Auto, das er sich jetzt ausgeliehen hatte, sah vollkommen anders aus. Aber er hatte keine Zweifel, dass er damit umgehen konnte.

Für diesen Opel 5/14 PS musste Pohl einige Scheine hinblättern. Ein wunderschöner weißer Zweisitzer, offen natürlich, für das Sommerwetter genau das Richtige. Außerdem gefiel Pohl der Name ›Puppchen‹, den dieses Modell trug. Der Händler zeigte Pohl die wichtigsten Handgriffe, und mit äußerster Vorsicht lenkte dieser das teure Gefährt durch das morgendliche Hamburg zur Banksstraße.

Am Sonntagmorgen gab es zum Glück nicht viel Verkehr, aber es waren schon genügend Leute auf den Beinen, um staunend zuzuschauen, wie Fräulein Emmi an der Seite des kühnen Wagenlenkers Platz nahm und mit ihm in Richtung

Kiel losbrauste. Emmi genoss die Aufmerksamkeit. Endlich, endlich ein richtiger Mann, jung und voller Tatendrang. Kein Vergleich mit Peper, dem alten Miesmacher.

Und Pohl freute sich, dass er das Mädchen so leicht beeindrucken konnte.

»Er hat vier Zylinder, der Wagen!«

Emmi nickte. Sie sah keine Zylinder, aber das war egal, solange sie auf diese Weise durch den Sommermorgen fahren konnten.

»14,5 PS! – Weißt du, was das heißt?«

Emmi schüttelte den Kopf.

»Der Motor hat die Kraft von vierzehn und einem halben Pferd!«

»Das arme halbe Pferd«, sagte Emmi.

Pohl lachte. Er tutete, und ein paar Kinder sprangen erschrocken zur Seite. »Dumme Gören!«

Der Fahrtwind war kühl. Emmi hätte sich wärmer anziehen sollen. So blieb ihr nichts weiter übrig, als so dicht wie möglich an Pohl heranzurücken.

Pohl hatte den Autohändler gefragt, wie sie am besten nach Kiel kämen. Zunächst über die Kieler Straße, das sei ja ganz offensichtlich, und dann Richtung Neumünster, Reichsstraße 4.

Schon bald waren sie aus der Stadt heraus. Wie weit es bis nach Kiel war, hatte Pohl nicht gefragt. Sicher nicht so sehr weit, dachte er. Mit der Bahn war man in wenigen Stunden da. Und dieses Auto – ihm schien, dass es schneller führe als die Eisenbahn.

Jetzt auf der freien Strecke traute er sich, ein bisschen mehr Gas zu geben. Der Geschwindigkeitsmesser zeigte über vierzig Kilometer in der Stunde an. Der Händler hatte ihm versichert, der Wagen schaffe auf gerader Strecke gut und gern fünfundfünfzig Stundenkilometer, aber das traute sich Pohl nicht. Auch Emmi saß bei dem hohen Tempo etwas verkrampft da. Zwar lachte sie fröhlich, als sie ein Pferdefuhrwerk überholten und in einer Wolke von Staub hinter sich ließen, aber dann sagte sie doch: »Nicht so schnell, bitte!«

Pohl fuhr langsamer. Für ihn konnte die Fahrt gar nicht lange genug dauern.

Emmi sah ihn von der Seite an. Womit mochte er sein Geld verdienen? So, wie er damit umging, war es leicht verdientes Geld. Aber er war keiner von diesen arroganten Schnöseln mit Abitur und Studium. Er war jemand wie sie. Ein Schieber. Aber das machte nichts. Wer in diesen Zeiten nicht schob, der war verrückt.

Inzwischen war es deutlich wärmer geworden, aber trotzdem rückte sie noch enger an Pohl heran.

7.

In Neumünster war die Fahrt zu Ende. Ein Gewitterschauer entlud sich über ihnen, Pohl schaffte es nicht, das Verdeck zu schließen, und schließlich mussten sie tropfnass in einem Hotel unterkriechen. Emmi zitterte vor Kälte, aber dennoch fühlte sie sich unendlich wohl. Als Herr und Frau Pohl hatte er sie angemeldet, mit der größten Selbstverständlichkeit, und niemand hatte das infrage gestellt. Emmi hatte ihre nassen Sachen zum Trocknen aufgehängt; jetzt saß sie in ein großes Handtuch gehüllt neben Pohl auf dem Bett und trank einen Becher heiße Schokolade. Auch Pohl hatte sich ausgezogen. Gut sieht er aus, dachte sie. Wie alt mochte er sein? Dreißig?

Richard Pohl war siebenundzwanzig Jahre alt. Er war Elektriker, hatte den Krieg durch angeblich kriegswichtige Arbeiten in der Heimat weitgehend unbeschadet überstanden. Jetzt, nach Kriegsende, hatte er keine feste Anstellung. Er bemühte sich, durch alle möglichen Geschäfte zu Geld zu kommen. Am einträglichsten waren dabei die Kontakte zur Barmbecker Verbrechergesellschaft. So einträglich immerhin, dass er sich diesen kleinen Ausflug ohne Probleme leisten konnte.

»Was arbeitest du eigentlich, Richard?«

Er legte ihr den Arm um die Schultern. »Danach darfst du mich nicht fragen«, sagte er.

Also ein Schieber. »Dann will ich das auch gar nicht wissen.«

Er sah sie ein. Was für ein hübsches Mädchen, so jung, so naiv! »Ist es eigentlich schlimm, wenn du morgen früh zu spät zu Peper zurückkommst?«

Sie schüttelte den Kopf. Peper, der alte Lustmolch. Umsonst musste sie für ihn arbeiten, nur für Kost und Logis, und wenn seine Frau nicht da war ...

»Und – wäre es schlimm, wenn du überhaupt nicht wieder zu Peper zurückgehen würdest?«

»Nein«, sagte sie mit ihrer unschuldigsten Kleinmädchenstimme, »das wäre gar nicht schlimm.«

Pohl küsste sie. Sie stellte den Kakao zur Seite und ließ es sich gefallen, dass Pohl sie aus dem Handtuch wickelte.

8.

»Elende Schlampe!«

Adelheid Boesch ignorierte Petersen, aber der ließ nicht locker. Er lief zu ihr hin, packte sie bei der Schulter.

»Was soll das?« Sie befanden sich auf offener Straße, auf dem Hansaplatz; Frau Boesch fühlte sich sicher. Irgendwo musste ihr Petersen ja über den Weg laufen; dass es Ärger geben würde, war auch klar. Besser hier als irgendwo anders, dachte sie, aber als sie sein Gesicht sah, fuhr ihr doch der Schrecken in die Glieder. Der Mann war ja außer sich!

»Wage es nicht noch einmal, deinen Bastard in den gestohlenen Sachen von unserem Hatzel auf die Straße zu lassen!«

Sie war nicht feige: »Gestohlene Sachen?«, fragte sie schnippisch. »Hat jemand Anzeige erstattet?«

Er schlug ihr mitten ins Gesicht. Ihre Lippe blutete. Fassungslos starrte sie den Rasenden an. Als er zum nächsten Schlag ausholte, fing sie an zu rennen.

Petersen ließ nicht locker. Sie lief durch die Lüneburger Straße zum Steindamm. Da stand Menke, aber der guckte weg, gab vor, sie nicht zu sehen. Sie lief weiter, Petersen neben ihr her. »Die Freunde beklauen, das kannst du!«

Mein Gott, sonst war doch die ganze Gegend voller Polizisten, und ausgerechnet jetzt war keiner da! In Panik rannte Frau Boesch weiter in Richtung Hauptbahnhof.

»Aber prahl nur weiter rum von dem Mord an dem Wachtmeister! Du wirst sehen, was du davon hast!«

»Ich hab nicht geprahlt!«, rief sie verzweifelt. Eine unbedachte Äußerung, Herrgott, wer konnte schon auf jedes Wort achten?

Jetzt waren sie am Hauptbahnhof vorbei, auf der Mönckebergstraße. Petersen lief immer noch neben ihr. Im größten Gewühl der Passanten schlug er noch einmal mit voller Wut auf die Frau ein.

»He, hören Sie mal!«, rief jemand, aber das war alles, was sie an Hilfe bekam.

Sie rannte weiter, das Taschentuch auf die Lippe gepresst. Sie rannte bis kurz vor das Thalia-Theater. Und da stand endlich ein Polizist.

»Herr Wachtmeister, Herr Wachtmeister!«

»Ja, bitte?« Gemächlich drehte sich der Polizist um, schaute die völlig aufgelöst wirkende junge Frau an. »Was ist Ihnen denn passiert? Hatten Sie einen Unfall?«

Sie sah sich um. Petersen war weg. »Ja«, sagte sie rasch. »Ja, ein Unfall.«

»Na, ich glaub da gehen Sie am besten mal eben bei Karstadt rein und bringen sich wieder in Ordnung.«

»Ja, danke, das wird wohl das Beste sein.«

9.

Petersen saß bei Ansorge, trank sein Bier. Auf einmal flog die Tür auf, Boesch stürmte herein. Im Lokal wurde es auf einen Schlag still. Jeder wusste, was sich heute Mittag in der Innenstadt abgespielt hatte. Adolf Petersen blieb ruhig sitzen. Er sah aus den Augenwinkeln, wie sein Bruder Arnold an der Theke die Hand in die Tasche gleiten ließ.

Boesch baute sich vor Adolf Petersen auf: »Hör zu, Adolf! Du kannst meine Alte schlagen, du kannst sie ficken, wenn du willst, das ist mir egal. Aber wenn du es jemals wagen solltest, mir zu nahe zu kommen, dann ...«

»Hau ab, du Lude«, sagte Petersen. »Du bist das größte Miststück, das Gott werden ließ. Hinterrücks Polizisten ermorden und Freunde feige bescheißen, wenn sie sich gerade nicht wehren können, das kannst du!«

»Halt die Fresse, du Maulkönig!«

Petersen sprang auf und streckte Boesch mit einem Faustschlag zu Boden. »Verpiss dich!«, sagte er. Er setzte sich wieder hin.

Boesch rappelte sich auf; einen Moment lang starrte er Petersen hasserfüllt an, dann machte er auf dem Absatz kehrt und trollte sich. Jemand klatschte Beifall. Von der Tür aus rief Boesch zurück: »Wir sprechen uns noch, Petersen!«

»Wohl kaum«, sagte Adolf. »Ich habe nicht die Absicht, zu deiner Hinrichtung zu kommen.«

Aber das hörte Boesch schon nicht mehr; er hatte sich eilig aus dem Staub gemacht.

Adolf Petersen wischte sich den Schweiß von der Stirn. »Das war das«, sagte er. »Jetzt brauch ich ein Bier!« Und zu Arnold, mit gedämpfter Stimme: »Du kannst hier doch nicht schießen!«

Arnold zuckte mit den Achseln. »Durchsuch mich! Ich bin unbewaffnet.«

Sieg und Platz

29. August 1920

1.

»Das mit diesen Pferdewetten ist ganz einfach«, behauptete Schade.

»Ja ja«, sagte Windhorst. Er interessierte sich nicht für Pferdewetten. Die beiden radelten hinter der Break her, die von der Trabrennbahn in Farmsen in Richung Innenstadt fuhr. Dieses elende Kopfsteinpflaster! Wenn man sich nicht voll auf das Fahren konzentrierte, lag man auf der Schnauze!

»Wenn du jetzt auf Sieg wettest, also vielleicht eine Mark auf Hansa setzt, und es sind insgesamt sechstausend Mark gesetzt worden, dann kommt es darauf an, wie viele Leute auf Hansa gesetzt haben. Ach ja, und natürlich darauf, dass dein Pferd gewinnt.«

»Jetzt könnten sie eigentlich geradeaus weiterfahren«, sagte Windhorst.

»Machen sie aber nicht. – Wenn jetzt nämlich vielleicht von den sechstausend Mark insgesamt nur fünfhundert Mark auf Hansa gesetzt worden sind, das Pferd also ein Außenseiter gewesen ist, dann kriegst du für deine Mark am Ende – das wären dann fünftausend durch fünfhundert – ja, also, dann kriegst du zehn Mark.«

»Aha.« Windhorsts Bein machte wieder Schwierigkeiten. Er musste sich auf das Fahren konzentrieren, und er wünschte, dass der Schade endlich mal den Mund halten würde.

»Wenn du jetzt aber selbst der Totalisator bist, dann kannst du diesen ganzen Quotentütel gleich vergessen. Du zählst, was eingezahlt worden ist, und davon nimmst du dir einfach ein Sechstel raus. Wenn sechstausend Mark gesetzt werden, hast du also auf jeden Fall schon mal tausend Mark verdient. Auf Ausländisch heißt das ›Take out‹. Und das ist das Geld, hinter dem wir her sind.«

»Fein. – Warte! Wir sind zu schnell! Nicht dass die am Ende noch merken, dass wir hinter ihnen her sind!«

»Ach, die merken sowieso nichts!«

Dennoch ließen die beiden Radfahrer den Abstand zur Kutsche wieder etwas größer werden.

»Uhlandstraße«, sagte Schade. »Ich wette, sie fahren wieder durch die Uhlandstraße.«

Windhorst wettete nicht. Dies war das dritte Mal, dass sie der Break folgten, und jedes Mal hatte der Kutscher denselben Weg eingeschlagen. Sie konnten wohl davon ausgehen, dass er immer dieselbe Route fuhr.

»Tatsächlich: Wieder Uhlandstraße. Wie kann man nur so sorglos sein, wenn man Millionen durch die Gegend kutschiert?«

»Dummheit muss bestraft werden!« Schade fuhr freihändig neben Windhorst her.

Max Windhorst fluchte. Er hatte nicht aufgepasst und konnte nur knapp einen Sturz vermeiden.

2.

»Na, Hatzel, guck mal, ich hab dir was mitgebracht!«

»Ein Buch?« Zweifelnd schaute Hatzel auf den dicken Wälzer, den Papa vor ihm auf den Tisch gepackt hatte.

»Adolf, dafür ist unser Hatzel doch noch zu klein!« Helmi konnte es nicht fassen, was ihr Mann glaubte, das der Kleine schon alles können sollte.

»Zu klein? Der Hatzel doch nicht! – Hier, guck mal: *Das Neue Universum* heißt das. Ein Jahrbuch für Haus und Familie!«

Helmi guckte ihm über die Schulter. »Besonders für die reifere Jugend, das steht auch da. Das hast du vergessen, vorzulesen!«

»So ein Quatsch! Guck doch nur, all die schönen Bilder! Hier gleich vorn ein großes buntes Bild – nein, lass mich mal! Das muss man ganz vorsichtig auseinanderfalten!«

Petersen nahm dem Kleinen das Buch aus der Hand und entfaltete das Farbbild. »Na, was ist das denn? – Der Tagbau eines Braunkohlenbergwerks, hier steht es ja.«

Hatzel betrachtete das Bild. Männer standen auf Leitern, rückten mit Spitzhacken dem Gestein zu Leibe. An der Grubensohle wurde die Kohle in Loren geschaufelt. Obwohl die Männer mit ihren Schlapphüten hell gekleidet waren, machte das Bild einen eher düsteren Eindruck.

»In der Lausitz ist das«, sagte Petersen.

Hatzel dachte: Ich werde sowieso Eisenbahner. Der Braunkohleabbau interessierte ihn nicht. Er blätterte weiter. *Abenteuer in der Durststeppe*. Die Zeichnung zeigte einen Löwen, der zwei erschöpfte Wanderer überraschte. Jedenfalls schien das Buch spannend zu sein. Und voller Bilder. Hatzel blätterte weiter.

»Adolf«, sagte Helmi.

Ihr Mann sah sie an. Jetzt nicht, dachte er. Stör uns jetzt nicht.

»Adolf, ich muss mit dir reden!«

Petersen seufzte. Er wusste, was jetzt wieder kommen würde. Vorwürfe wegen irgendwelcher Weibergeschichten. Nichts als Vorwürfe, tagaus tagein. Und sie selbst? Sie hatten nie wieder über dieses Thema gesprochen, aber die Sache mit Boesch war nicht vergessen. Es machte keinen Spaß mehr. Wenn der Hatzel nicht wäre ...

»Adolf, so geht das nicht mehr weiter. Ich lass mich scheiden.«

Das verschlug ihm die Sprache.

»Ich kann so nicht leben. Diese ganze Unehrlichkeit, die Leute, die hier ein- und ausgehen – das sind doch alles Verbrecher.«

Wenn es nicht so ernst wäre, hätte er laut gelacht. »Es sind Leute wie du und ich«, sagte er.

»Es sind Leute wie du, Adolf, nicht wie ich!«

Jetzt wurde er ernsthaft böse. Am liebsten würde er sie anschreien, sie packen, sie verprügeln, aber das ging nicht, was würde Hatzel denken! Er antwortete mit leiser Stimme, so beherrscht, wie es ihm nur möglich war: »Darf ich dich daran erinnern, wie wir uns kennen gelernt haben? Wer hat mit einer Blechbüchse für die Heilsarmee gesammelt? Du warst das.«

Sie wurde rot im Gesicht.

»Und? Hat die Heilsarmee jemals einen Pfennig von diesem Geld gesehen? Nein, das hat sie nicht. Du bist nicht besser als ich, Helmi, keinen Deut besser als ich!«

Petersen mochte leise gesprochen haben, aber der Kleine hatte doch den scharfen Unterton in seiner Stimme mitbekommen. Die Eltern sollten sich nicht streiten. »Guckt mal, Mama, Papa, was ist das hier denn?«

»Eisenbahnen sind das«, sagte Petersen. »Neue Eisenbahnen.« Er warf einen Blick auf den Text. *Akkumulatorentriebwagen der preußisch-hessischen Staatsbahn.* »Mit Strom sollen die fahren.«

»Wie eine Straßenbahn?«

Petersen schüttelte den Kopf. »Nein, das geht natürlich nicht. Bei den großen Strecken, die die Züge fahren müssen, da würde sich ein Fahrdraht wie bei der Straßenbahn überhaupt nicht bezahlt machen. Diese Kästen da vorn und hinten an dem Zug, das sind große elektrische Batterien, da nehmen die den Strom her.«

Hatzel betrachtete die Bilder. Petersen wandte sich Helmi zu: »Wenn es denn sein muss, können wir drüber reden.«

Helmi schluckte. Sie hatte geglaubt, er würde kämpfen wie ein Löwe, um die Ehe zu erhalten.

»Aber nur, wenn Hatzel bei mir bleibt!«

Seine Frau sah ihn entrüstet an. »Das kommt überhaupt nicht infrage!«

Hatzel zupfte sie am Ärmel. »Guck mal, hier, dieser Wagen hat einen Propeller, wie ein Flugzeug!«

»Ja ja«, sagte Helmi.

Petersen strich dem Kleinen über das Haar. »Das ist ein Triebwagen, der mit einer Luftschraube angetrieben wird. Hier steht, dass man vielleicht auf diese Weise eine Geschwindigkeit von neunzig bis hundertdreißig Kilometer in der Stunde erreichen könnte. Das wird jetzt in Berlin ausprobiert.«

»Und wie schnell ist ein gewöhnlicher Schnellzug?«

»Etwas langsamer«, behauptete Petersen.

Helmi guckte unwillig. Sie interessierte sich nicht für diesen technischen Kram. Das Foto mit dem Propeller-Triebwagen sah aus, als hätten sich Kinder eine Seifenkiste gebaut. Und die Mannschaft, die sich links und rechts des Ingenieurs aufgebaut hatte, unterschied sich nicht von den Leuten, mit denen Petersen auf Diebestour ging.

Ihr Mann sah sie an: »Du interessierst dich überhaupt nicht für unseren Sohn. Du hast nur dein eigenes Vergnügen im Kopf. Du kannst ihn gar nicht erziehen!«

»Aber du?«

Petersen nickte.

Es ist absurd, dachte Helmi. Sie sagte nur ein einziges Wort: »Brandt.«

Petersen sprang auf, versetzte ihr eine Ohrfeige. »Bist du verrückt? Was habe ich damit zu tun? – Niemals darf dieses Wort hier fallen, niemals!«

Helmi rieb sich die Wange. Hatzel kämpfte mit den Tränen. Sie durften sich nicht streiten! »Guckt mal hier«, sagte er verzweifelt. »Hier ist eine Eisenbahn entgleist!«

Petersen wandte sich wieder dem Sohn zu. »Schneidemühl«, sagte er. »Das ist der Anschlag von Schneidemühl.« Er überlegte, wie er dem Sohn den Vorfall erklären sollte.

Diesmal war Helmi schneller. Rasch hatte sie den Text überflogen. Sie las laut:

»Auch die menschliche Seele scheint an den Folgen des Krieges aus den Fugen gegangen zu sein! – Nacht liegt über der Strecke. Da schleichen drei Mordgesellen an den Schienen entlang. Sie haben sich einen eigenartigen, wahrhaft teuflischen Plan ausgedacht, sich in den Besitz fremden Eigentums zu setzen ...«

Empört blickte Petersen auf.

»Brandt«, sagte Helmi noch einmal.

Diesmal schlug er sie nicht. »Ich habe ihn nicht erschossen«, sagte er nur, aber es klang wie eine schwache Entschuldigung; schließlich war er ja mit dabei gewesen.

3.

Emmi Schween und Martha Blixen saßen bei Vernimb in der Spitalerstraße und tranken Tee. Unfassbar, dachte Emmi, wir sitzen hier und lassen es uns gut gehen, und rings um uns her müssen alle arbeiten und haben nichts von dem schönen Tag.

»Was für ein unerhört glücklicher Zufall, dass ich meinen Pohl kennengelernt habe!«

Martha lächelte. »Manchmal muss man Glück haben!« Sie wusste, dass das Zusammentreffen kein unerhörter Zufall gewesen war. Emmis Arbeitgeber Peper betätigte sich auch als Hehler; Pohl hatte ihn gesucht, weil er heiße Ware loswerden wollte.

»Weißt du – ich war so arm, hatte gar nichts, und auf einmal ist alles ganz anders. Manchmal denke ich, dass es geradezu ungerecht ist, so viel Glück zu haben!«

»Ungerecht? – Nein, das siehst du falsch. Wenn die Gelegenheit da ist, muss man sie beim Schopf packen. Meine Devise ist: Nimm dir was, dann hast du was! – Und nur deshalb sitze ich heute hier.« Martha war die Braut von Arnold Petersen, und ganz gleich, was für Ansprüche sie an ihn stellte, er würde sie ihr erfüllen.

»Es ist so – so unglaublich schön.«

Ja, dachte Martha Blixen, besonders wenn man die zwei Mark für Tee und Kuchen in dem Bewusstsein ausgeben kann, dass der holde Schatz sie genau an dieser Stelle zuvor aus dem Tresor geholt hat. Schade, dass er jetzt nicht hier sein konnte.

4.

Arnold Petersen ging unruhig auf und ab. Noch zehn Minuten, dachte er. Mindestens noch zehn Minuten.

»Wo steckt Junge?«, fragte sein Bruder.

Keiner wusste es. »Hat wahrscheinlich kalte Füße gekriegt. So viele Beteiligte – das ist ja auch riskant!«

»Unsinn!«

»Runge und Heitmann sind auch nicht da. – Ach ja, der Tilkowski lässt sich entschuldigen, seine Frau ist krank, da kann er nicht aus dem Haus!«

»Blöder Schnarchsack!«

Adolf Petersen zählte seine Leute durch. Karl Plau, Paul Reimer, Karl Helms, Max Mählmann, Fritz Zimmermann und Conrad Menke. Sechs Mann, das war wenig. Aber dazu kamen natürlich noch er selbst und sein Bruder, und außerdem waren ja Schade und Windhorst mit ihren Fahrrädern bei der Break. Und dann war da noch der zuverlässige Chauffeur. Karl Ellerbrock hieß er. Den hatten sie sich von einem anderen Ganoven ausgeliehen. Wellmann, der Tippgeber, hielt sich natürlich im Hintergrund.

»Also noch einmal: Mählmann und Conrad Menke bringen die Pferde zum Stehen. Arnold und ich holen zusammen mit Plau das Geld aus der Kutsche. Die anderen halten Wache in circa fünfzehn Schritt Abstand, damit uns nicht irgendwelche Passanten dazwischenkommen. Helms dreht kurz vor Ankunft der Break die Lampe an der Ecke Lenaustraße aus. Der Chauffeur wendet den Wagen und steht in der Lenaustraße in Fahrtrichtung zur Günterstraße. Windhorst und Schade verfolgen die Break; Schade sagt sie an und Windhorst folgt ihr, sodass die beiden uns dann noch verstärken.«

»Alles klar.«

Menke war unruhig: Wann kam denn diese Kutsche nun endlich? Das musste doch auffallen, dass sie hier alle rumstanden!

»Denkt dran, zwei Mann nach vorn, die Pferde anhalten.«

»Ja doch!«

Alle waren nervös. Adolf Petersen sagte: »Tücher umbinden!«

Menke bekam plötzlich Angst. Das konnte nicht gutgehen. Mein Gott, was machte er hier? Das konnte überhaupt nicht gutgehen. Da kam Schade auf dem Fahrrad herbeigeflitzt. »Noch drei Minuten!«, schrie er. »Noch drei Minuten!«

Helms trat gegen die Straßenlaterne; das Licht erlosch.

Arnold Petersen stieß Menke an: »Los, die Maske aufsetzen!«

Menke starrte ihn an.

»Wo ist deine Maske? Hast du das Ding etwa weggeworfen?«

Menke hatte die Maske nicht weggeworfen, er hielt sie zusammengeknüllt in der Hand.

»Odsche hat doch recht gehabt mit dir!«

Menke schüttelte den Kopf, war unfähig zu irgendeiner Reaktion. Nicht einmal weglaufen konnte er. Und da kam schon die Kutsche. Max Windhorst auf dem Fahrrad direkt dahinter. Zwei Mann sprangen auf die Straße, griffen den Pferden in die Zügel. »Halt, stehen bleiben!« Die Pferde blieben stehen. Einer der Wageninsassen wollte aussteigen, Adolf Petersen schlug ihm den Gummischlauch über den Schädel. Der Kutscher wollte weiterfahren; Mählmann sprang auf das Trittbrett, schoss zweimal; der Kutscher brach zusammen.

Das Auto stand etwa fünfzig Meter entfernt in der Lenaustraße mit abgeblendeten Scheinwerfern. Einwohner kamen gelaufen, jemand blies in eine Trillerpfeife. Polizei? Nichts wie weg! Menke erwachte aus seiner Erstarrung, raste wie ein Wahnsinniger los, quer über die Kreuzung, sprang in das Auto: »Los, los!«

Der Chauffeur ruckte an, hielt wieder. Er hatte den Wagen abgewürgt. Neuer Versuch, wieder abgewürgt. Nichts klappt hier, dachte Menke. In der Break herrschte indessen Chaos. Petersen schnappte sich einen Segeltuchsack, gab ihn an Plau weiter. Da schrie Arnold plötzlich: »Unser Wagen!« Reimer sah, dass der Wagen abfuhr. Er rannte los, schmiss den Revolver in den nächsten Garten. Nur weg hier! Schade hatte sich schon mit dem Fahrrad aus dem Staub gemacht.

Beim dritten Anlauf war der Fluchtwagen angesprungen und machte jetzt einen Satz nach vorn. Jemand kam mit einem großen Pappkarton gelaufen, die Maske noch vorm Gesicht. Es war Mählmann. Er sprang auf das Trittbrett, zerrte an der Tür, aber er kriegte sie nicht auf. Schließlich schmiss er den Karton über das Fenster in das offene Auto. Vermutlich Geld, dachte Menke. Scheiße, sie dürfen mich nicht mit dem Geld erwischen! In Panik warf er den Karton nach draußen. Er wollte nichts, aber auch gar nichts mit dieser Geschichte zu tun haben.

Und schon waren sie weg. Nein, nicht weg. Sie waren zu langsam. Als sie um die Ecke bogen, kamen Arnold Petersen und Plau gelaufen, hinter ihnen auch Adolf Petersen mit dem Geldsack in der Hand, sie schwangen sich in das fahrende Auto. In der Neubertstraße waren sie jetzt. Arnold Petersen stieß Menke zur Seite, kletterte nach vorn zum Fahrer, schrie ihn an, drohte mit der Faust. Schließlich verlangsamte der seine Fahrt, ließ sich von Petersen dirigieren.

Plau und Adolf Petersen droschen derweil auf Menke ein, der blutete aus der Nase, schrie in Todesangst. Der Fahrer guckte sich um.

»Fahr weiter!«, befahl Petersen.

»Macht mir bloß kein Blut auf die Sitze!«, rief Ellerbrock.

»Halt's Maul und fahr!«

Arnold dirigierte sie kreuz und quer durch Hamburg, bis sie sicher sein konnten, dass niemand hinter ihnen herkam.

Menke heulte. Die anderen hatten aufgehört ihn zu schlagen, aber Arnold Petersen bebte vor Wut: »Das Schwein wollte allein abhauen!«, rief er nach hinten. »Und den Karton mit dem Geld hat er vom Wagen geworfen!«

Da verprügelten sie ihn aufs Neue. Schließlich hielt der Wagen. Menke richtete sich auf. Sie waren am Eingang zum Stadtpark. »Los, raus hier!«, befahl Adolf Petersen. »Beweg dich! Du trägst das Geld!«

Menke musste das Säckchen tragen. Er hatte Angst, in den dunklen Park hineinzugehen. Die bringen mich um, dachte er, die bringen mich einfach um! Und niemand war da, der helfen könnte. Petersen nahm jetzt das Geld an sich. Menke musste den leeren Sack vergraben. Sie zogen weiter, machten schließlich mitten auf der großen Wiese Halt, auf halbem Wege zwischen dem Stadtparksee und dem Wasserturm. Und jetzt wurde die Beute geteilt.

»Du kriegst nichts!«, schnauzte Arnold Petersen. »Feiger Hund, du!«

Menke sagte nichts; er war froh, dass sie ihn überhaupt am Leben ließen.

Adolf Petersen schüttelte den Kopf. Er nahm seinen Bruder zur Seite: »Er muss seinen Anteil nehmen! Dann steckt er mit drin und muss den Mund halten!«

»Er kriegt nur fünftausend«, sagte Plau. »Höchstens.«

Adolf Petersen nickte. »Das reicht.«

Sein Bruder belegte Menke mit allen Schimpfnamen, die ihm einfielen. Schließlich beruhigte er sich, gab Menke ein Paket mit Fünfmarkscheinen und einen kleinen Packen Zwanziger. »Hier hast du dreißig Mille. Mehr kriegst du nicht, du Feigling.«

Menke zitterte noch immer. Er wollte das Geld nicht bei sich haben, auf keinen Fall; er fragte Plau: »Kannst du das nicht bitte für mich aufbewahren? Ich hole es morgen ab!«

Plau stimmte sofort zu. Er würde einiges für sich selbst abzweigen. Dreihundert? Nein, besser fünfhundert Mark. Geschäft ist Geschäft.

5.

Jastorf war außer sich. »Habt ihr das gelesen?« Er wedelte mit der neuesten Ausgabe des Hamburger Fremdenblatts herum.

Berger und Krohn schüttelten den Kopf.

»Das ist der Gipfel«, sagte Jastorf, »der absolute Gipfel!«

Berger fragte sich, wie nach diesem dreisten Überfall noch eine Steigerung möglich wäre. Zusammen mit Krohn las er:

Zu dem Attentat auf den Farmsener Trabrennwagen hatten wir die Vermutung ausgesprochen, dass der bekannte Ein- und Ausbrecher Adolf Petersen der Täter sein könnte. Heute erschien Herr Julius Adolf Petersen, der als kaufmännischer Angestellter am Pulverteich 25 wohnt und polizeilich angemeldet ist, auf der Redaktion und teilte uns mit, dass er nicht der Attentäter sei. Er sei überhaupt kein Ein*brecher, sondern höchstens ein* Aus*brecher. Der Untersuchungsrichter habe ihn selbst freigelassen, weil die elf Einbrüche, die man ihm habe nachweisen wollen, nicht von ihm ausgeführt worden seien. Seine letzte Straftat liege zwölf Jahre zurück, und wenn immer von ihm als einem Ein- und Ausbrecher gesprochen werde, so könne es ihm nicht gelingen, wieder eine ehrliche Stellung zu erringen. Um diese Möglichkeit nicht zu behindern, teilen wir diese Aussagen des Herrn Petersen unseren Lesern mit.*

»Kaufmännischer Angestellter?«, schnaubte Jastorf. »Bei wem denn? Und polizeilich gemeldet am Pulverteich? Ja gemeldet schon, aber da wohnt er nicht!«

Berger schüttelte den Kopf. So entsetzlich konnte er diesen Artikel nicht finden. Eine Eulenspiegelei, schön und gut, aber es führte nirgendwo hin. Am Ende würden sie ihn doch zu fassen kriegen. Er fand den Artikel eher amüsant.

Krohn sah ihn an: »Wilhelm, das ist nicht lustig. Ganz und gar nicht. Die ganze Stadt weiß, dass Adolf Petersen diesen Überfall begangen hat. Der Mann führt uns an der Nase herum, nach Strich und Faden. Und wer diesen Artikel liest, der muss doch denken, hier in Hamburg ist alles möglich. Das reizt zur Nachahmung. Was der Petersen kann, das kann ich auch.«

Jastorf sagte: »Petersen ist jetzt wirklich der ungekrönte König der Diebe!«

6.

Adolf Petersen saß auf einer Bank im Stadtpark und starrte auf das Wasser. Es war dunkel; außer ihm war niemand mehr draußen. Auch die Lichter des nächtlichen Barmbeck verlöschten jetzt eins nach dem anderen. Irgendwo hinten auf dem Südring fuhr ein Wagen vorbei. Wahrscheinlich Theaterbesucher auf dem Weg nach Hause. Die Liebesinsel war in dem schwachen Licht kaum zu erkennen. Liebesinsel! Mit ihren dunklen Säulenpappeln wirkte sie wie eine Toteninsel.

Scheidung. Alles zusammengebrochen, was er sich aufgebaut hatte. Dass Helmi längst mit einem anderen ins Bett ging, hatte sie ihm jetzt erst erzählt. Mit einem gewissen Hillesheim. Erst hatte er vorgehabt, den Kerl zu verprügeln. Doch das hatte er aufgegeben. Nicht einmal Helmi hatte er geschlagen. Alles sinnlos. Und wahrscheinlich war sie längst schwanger.

Der arme Hatzel. Sie hatte sich nie richtig für ihren Sohn interessiert, und jetzt natürlich erst recht nicht. Warum gab sie ihn nicht frei? Adolf Petersen fragte sich, ob er das Kind nicht einfach entführen und zu Mohnsens zum Pulverteich bringen lassen sollte. Seine, Petersens Mutter würde jedenfalls eine richtige Mutter für ihn sein, und dass er, Adolf, seinen Sohn über alles liebte, das war doch offensichtlich. Hatte er nicht ein Sparkonto auf seinen Namen angelegt, tausende von Mark darauf eingezahlt? Mündelsicher, wie es hieß. Das war gut, was immer auch geschehen mochte, dieses Geld konnte dem Hatzel keiner mehr nehmen. Da kam Helmi nicht ran und dieser Schnösel von Hillesheim auch nicht. Damit hatte der Kleine eine Basis, ein Startkapital für die Zukunft.

Und er selbst? Ja, er hatte auch in seine Zukunft investiert. Die Pension für Frieda, seine Freundin, hunderttausend

Mark hatte die gekostet! Und wenn schon. Ein Zimmer für ihn war immer frei. Und von den Einnahmen kriegte er auch seinen Anteil. Frieda Gehrken kannte er ja schon aus der Schule. Die war zuverlässig. Dass auch sie eine gescheiterte Ehe hinter sich hatte, machte sie ihm noch sympathischer. Den Rest seines Geldes hatte er zu einem Drittel nach Amerika geschickt; sein Bruder Karl sollte es in Dollar umtauschen und drüben gut anlegen. Ein weiteres Drittel lag auf verschiedenen Bankkonten. Und den Rest, den hatte er vergraben, hier im Stadtpark. Das war der einzige Anteil, der wirklich absolut sicher lag.

Adolf Petersen saß auf der Parkbank und starrte in die Nacht. Eine Sternschnuppe fiel vom Himmel. Er durfte sich etwas wünschen. Viel Geld, dachte er schnell. Als ihm bewusst wurde, dass das der falsche Wunsch war, war die Schnuppe schon verglüht. Petersen saß und wartete. Doch alle Sterne standen jetzt fest am Himmel; ein weiterer Wunsch war ihm in dieser Nacht nicht vergönnt.

Schlag auf Schlag

26. September 1920

1.

Der Tipp stammte von einem gewissen Lohberg; Max Windhorst hatte den kennengelernt und sich alle möglichen Einzelheiten erzählen lassen. Schließlich hatte Adolf Petersen angeordnet, dass sich zwei Mann unter einem Vorwand zur Seewarte begeben und herausfinden sollten, wie die Lage nun wirklich war, wie man in das Gebäude kam, wie drinnen die Türen gesichert waren, wo der Tresor genau stand und – vor allem – ob sie ihn öffnen könnten. Die Entwicklung der Panzerschränke war inzwischen vorangeschritten; aufknabbern, so wie Petersen das machte, konnte man nur die älteren Modelle.

Am 26. September war es soweit. Adolf Petersen, Arnold Petersen, Reimer, Tilkowski, Junge und Plau machten sich auf den Weg. Plötzlich hörten sie Schritte hinter sich. Adolf Petersen drehte sich um. Es war Max Windhorst.

»Wo bleibst du denn?«

»Mein Bein wollte nicht.«

»Wir hatten schon gedacht, du kommst nicht mehr!«

Der Kerl wurde auch immer wunderlicher. Wahrscheinlich hatte er einfach verschlafen. Aber gut, dass er jetzt da war. Einer mehr, der mithelfen konnte, die eigentlichen Einsteiger vor unliebsamen Überraschungen zu schützen. Und die könnten hier in dem unübersichtlichen Gelände am Elbhang von allen Seiten kommen.

Die erste unliebsame Überraschung bot das Fenster des Kassenraums. Sie konnten es nicht öffnen. Nach einer Reihe vergeblicher Versuche entschied Adolf Petersen: »Wir gehen durch das Nebenzimmer!«

Das klappte. Zu dritt stiegen sie ein. Auch die beiden Schlösser der Tür zum Kassenraum waren kein Hindernis; beide ließen sich mit Sperrhaken öffnen. Aber die Tür ging trotzdem nicht auf; sie war zusätzlich auf der Innenseite durch eine Eisenstange gesichert. Es blieb ihnen schließlich nichts anderes übrig, als die Tür mit roher Gewalt aus der Mauer zu brechen. Geschafft! Jetzt standen sie im Kassenraum.

»Scheiße«, sagte Reimer. »Das ist ein neuer!«

In der Tat war der Tresor, den sie vor sich sahen, ein ganz neues Modell. Beton zwischen den Panzerplatten. Da hatten sie keine Chance, mit dem Knabbergeschirr anzusetzen.

»Feierabend.« Arnold Petersen versetzte dem Panzerschrank einen Fußtritt.

Adolf drehte sich um: »Und was ist mit dem hier?«

In der Tat, an der anderen Wand stand noch ein Tresor. Und der hatte das richtige Alter.

»Na, dann los«, sagte Reimer. »Ich pass auf, wenn der Wächter kommt. Achtet auf mein Zeichen. Dann müsst ihr sofort aufhören!« Er stellte sich auf die Fensterbank.

Es dauerte endlos, bis sie den Schrank offen hatten. Wieder und wieder mussten sie die Arbeit unterbrechen. Einmal waren sie nahe dran, das Unternehmen abzubrechen, weil draußen ein Hund überhaupt nicht aufhören wollte zu bellen. Aber schließlich war es dann doch geschafft. Die Tür sprang auf; fasziniert starrten sie auf das viele Geld.

»Na bitte«, sagte Adolf. »Der Tipp war richtig. Das sind mindestens Fünfzigtausend.«

2.

»Seewarte«, schnaubte Jastorf. »Was machen die denn überhaupt?«

»Keine Ahnung«, sagte Krohn. »Das ist doch dieses große Gebäude da oben am Hafen? Das steht einfach nur da und wartet.«

»Von mir aus! – Aber warum diese Heinis bei ihrer Warterei auch noch zweiundsiebzigtausend Mark im Tresor liegen haben, das begreife ich nicht.«

»Das wird schon seine Richtigkeit haben. Ist ja schließlich 'ne Behörde.«

Berger seufzte. »Regt euch ab«, sagte er. »Dieser Einbruch ist doch geradezu ein Geschenk des Himmels. Er ist der Schlüssel, mit dem wir an die Bande herankommen. Kein normaler Mensch würde in dieser Behörde einen Panzerschrank mit so viel Geld vermuten. Die Einbrecher haben aber gewusst, dass er da ist. Sie sind genau an der richtigen Stelle in das Gebäude eingedrungen und haben genau den richtigen Tresor geöffnet. Das geht nur über einen Tipp von innen. Hier ist die Liste der Belegschaft. Dreißig Mann – einer davon hat den Tipp gegeben.«

»Ja, danke«, sagte Jastorf. »Du hast recht, wie meistens, einer dieser Namen ist der Schlüssel. Könntest du jetzt bitte noch kundtun, welcher von diesen Namen der richtige ist?«

3.

Drei Tage später traf Adolf Petersen sich mit seinen Leuten am Bahnhof Sternschanze.

»Hast du die Masken?«, fragte er.

Pohl nickte.

Petersen war misstrauisch. »Wie hast du das denn angestellt, sechs Masken zu kaufen, jetzt im September?«

»Ich hab Emmi geschickt.«

»Deine Braut? Bist du verrückt?«

»Ich hab ihr doch nichts erzählt, Mensch! Die glaubt, die Dinger sind für irgend so einen Maskenball.«

Na gut. »Hat jeder seinen Kracher dabei?«

Pohl zeigte seine Browning. Die anderen hatten Revolver, lediglich Plau wies nur einen Gummiknüppel vor.

»Die Schusswaffen müssen gesichert werden«, sagte Reimer.

Alle Waffen waren gesichert.

Plau schnupperte. »Sag mal, Pohl, bist du etwa besoffen?«

»Wieso?«

»Du hast getrunken, Mensch, das riech ich doch!«

»Ach was, nur ein, zwei Gläser!«

Er hatte sich Mut angetrunken. Hoffentlich machte er keinen Unsinn. Petersen war unzufrieden: »Du schluckst zu viel!«

Jedenfalls hatte Pohl die Knabberzange geholt. Petersen besaß zur Zeit kein eigenes Geschirr; diese Zange hatten sie von einem Mann namens Westphal besorgen müssen. Petersen hatte behauptet, es sei seine, und der Mann hatte keine Schwierigkeiten gemacht. Gut, wenn man einen schlechten Ruf hat, dachte Petersen. Die Leute tun jedenfalls, was man ihnen sagt. In Wirklichkeit gehörte die Zange Fritz Wehner; aber der konnte sich ja eine neue machen lassen.

Pohl, Reimer und Adolf Petersen drangen von der Bahnseite her in den Posthof ein. Pohl versuchte, die Kellertür aufzubohren. Ein Loch neben das andere setzte er – ohne Erfolg.

»Scheiße, das geht nicht!«

»Lass mich mal«, brummte Petersen. Doch auch er hatte keinen Erfolg. Die Tür war auf der Innenseite durch eine Eisenplatte gesichert.

»Was mag da drinnen vorgehen?«, fragte Reimer.

»Irgendwo sitzt der Wärter und löst Kreuzworträtsel oder so«, sagte Mattofski. »So ist das normalerweise.«

»Hier ist 'ne Leiter«, sagte Pohl, der inzwischen die Bohrerei aufgegeben hatte.

Vorsichtig stellten sie die Leiter auf. Die Fenster waren mit Holzschotten abgedichtet; man konnte nicht hineingucken.

»Oben drüber!«

Tatsächlich. Wenn Reimer sich auf die oberste Sprosse stellte, konnte er durch einen Spalt über die Luke hinweg in den Raum hineinsehen. Eine Weile war es völlig still. Reimer guckte.

»Was siehst du?«, fragte Mattofski schließlich.

»Das glaubt ihr nicht!«, sagte Reimer.

»Ist der Tresor offen?«, fragte Petersen.

»Nee, der ist doch von hier nicht zu sehen«, sagte Pohl.

»Reimer, was ist los?«, fragte Petersen. Er schickte sich an, gleichfalls die Leiter zu besteigen.

»Ein Mädchen«, sagte Reimer schließlich. »Dieser Wächter hat irgendein Mädchen da drin!«

»Wie sieht sie aus?«, fragte Pohl.

Petersen drehte sich zu ihm um: »Hast du sonst keine Sorgen?«

»Mensch, ich will doch nur wissen, ob das die Olle von dem Wärter ist. So 'ne dürre Zicke, schon ein bisschen angegraut ...«

»Nee«, sagte Reimer. »Ne dürre Zicke ist das nicht!« Petersen bedeutete ihm, dass er den Mund halten sollte.

»Was machen sie?«, fragte Tilkowski.

»Nichts«, sagte Petersen. Er hatte inzwischen gleichfalls die Leiter erklommen und starrte neben Reimer durch die Luke. Die Sprosse knarrte bedenklich, aber sie hielt. Bis jetzt jedenfalls. »Sie reden nur«, sagte Adolf Petersen. Zusammen mit Reimer guckte er zu, wie der Nachtwächter dem Mädchen die Bluse aufknöpfte.

»Wozu das denn?«, fragte Pohl. »Wozu hat er denn 'ne Frau hier in der Post? Er soll doch Wache halten!«

»Versteh ich auch nicht«, sagte Petersen. Scheinbar ungerührt sah er zu, was die beiden miteinander trieben. Das Mädchen war inzwischen völlig nackt; auch der Wächter war dabei, sich auszukleiden. Reimer biss sich auf die Lippen. Das Mädchen kniete sich vor den Wächter, nahm seinen Schwanz in den Mund.

»Jetzt gibt er ihr was zu essen«, sagte Petersen.

»Das kann ja dauern«, maulte Mattofski.

»Nee, glaub ich nicht. Sie guckt so, als ob sie seinen Kram nicht mag, als ob sie lieber ein Mettwurstbrot hätte!«

Reimers linker Fuß drohte einzuschlafen. Er musste das Gewicht verlagern. Die Leiter geriet ins Schwanken; Petersen griff mit einer Hand an die Mauer; die Leiter stand wieder fest.

»Willst du nicht wieder runterkommen?«, fragte Pohl. »Reicht doch, wenn einer guckt.«

»Nee, lass man«, brummte Reimer. »Vier Augen sehen mehr als zwei!«

Das Geschehen in der Post hatte sich inzwischen in die Horizontale verlagert. Wild ineinander verschlungen wälzten die beiden sich über den Boden.

»Ich glaube, sie haben so eine Art Auseinandersetzung«, sagte Petersen. »Die bleibt nicht mehr lange.«

Tatsächlich lösten sich die beiden Körper in diesem Augenblick voneinander, und das Mädchen blieb mit ausgebreiteten Armen auf dem Rücken liegen. Der Wächter verharrte einen Moment, dann erhob er sich und fing an, sich wieder anzukleiden. Er sagte irgendetwas, was sie draußen nicht hören konnten, dann stand auch das Mädchen auf und suchte seine Sachen zusammen.

»Jetzt sind sie fertig. – Eigentlich gehört es sich ja, dass man sich nach dem Backskram die Hände wäscht ...«

»Was redet ihr denn da? Was haben die denn gegessen? Das muss ja ganz unglaublich gewesen sein!«, wunderte sich Pohl.

»Ja, ganz unglaublich«, sagte Petersen. »Ich könnt so was nicht runterkriegen.«

»Nee, ich auch nicht.« Reimer schüttelte sich. Nicht vor Ekel, sondern weil er sich vor Lachen nicht mehr halten konnte. Die Leiter schwankte. Petersen griff wieder zur Wand, damit sie nicht herunterfielen.

Reimer starrte nach drinnen. »Weg, alle weg!«, rief er plötzlich. »Sie kommt!«

In der Tat verabschiedete der Nachtwächter jetzt seine Geliebte, nicht ahnend, dass im Schatten des Gebäudes sieben Mann jeden seiner Küsse beobachteten.

»Hach, muss Liebe schön sein«, brummte Reimer, als das Mädchen endlich durch das Tor in Richtung Susannenstraße verschwunden war. »Ich glaube, im nächsten Leben werde ich Nachtwächter!«

»Zehn Minuten geben wir ihm«, sagte Petersen. »Dann statten wir ihm unseren Besuch ab.« Bis hierher war es Spaß gewesen. Nun kam alles darauf an, wie der Wächter sich verhielt. Wenn sie schießen müssten, und sei es auch nur ein Warnschuss, dann wäre alles umsonst gewesen; dann müssten sie sehen, wie sie hier heil wieder herauskamen. Aber sie würden nicht schießen müssen. Der ermattete Wächter würde sich bestimmt in sein Schicksal fügen.

4.

»Hier, diese Nachricht ist eben aus Altona gekommen!«

In der Nacht zum 30. September wurde in das Postamt 6 in der Susannenstraße eingebrochen. Es wurden die Eisenstangen der Kellerfenster von der Hofseite her ausgebrochen und nach unten heruntergebogen. Sodann wurde das Fenster mit einem 8 mm starken Bohrer durch Hochheben des Fensterriegels geöffnet. Beim Herbeieilen des wachhabenden Postbeamten wurde dieser von 6 maskierten Männern unter Vorhalt von Pistolen in einen Schrank eingesperrt und dieser mit Draht respektive einem Tau umwickelt. Sodann erbrachen die Diebe einen im Erdgeschoss stehenden Geldschrank und stahlen daraus

60.000 Mark in 1000 Markscheinen,

15.000 in 100 Markscheinen,

100.000 in 50 Markscheinen

35.000 in 20 Markscheinen,

10.000 in 5 Markscheinen,

2000 in 1 + 2 Markscheinen,

300 Mark in 10 und 5 Pfennigstücken,

116 Mappen mit je 10.000 Marken, meistens 30 und 40 Pfennigmarken, aber auch 10, 20 und 60 Pfennigmarken – insgesamt für 356.000 Mark Briefmarken.

»Da stehen wir nun«, sagte Jastorf. »Ich wette mit dir, dass das wieder unsere Freunde aus Barmbeck gewesen sind. So ein großes Ding. Und so viele Ansatzpunkte für Ermittlungen! Mit diesem Einbruch könnten wir sie packen, das ist ganz sicher.«

»Dann sollten wir es tun.«

Jastorf sah Berger an, als ob der nicht ganz gescheit sei: »Susannenstraße, Berger! Das ist Preußen! Zwar nur hundert Meter hinter der Landesgrenze, aber das reicht. Die Kollegen in Altona werden diesen Fall bearbeiten.«

»Kann man denn nicht einfach ...«

»Das sind Behörden, Wilhelm! Da gibt es ganz klar definierte Zuständigkeiten, und für den Kontakt zu Nachbarbehörden gibt es den Dienstweg. Die Beamten da drüben werden es auf gar keinen Fall zulassen, dass einer von uns persönlich in ihrem Fall herumrührt. Sie werden uns über alles informieren, das schon, aber eben auf dem Dienstweg. Schriftlich. So wie heute.«

5.

»So«, sagte Jastorf, » jetzt haben wir endlich den vollständigen Bericht aus Altona. Was haben wir für ein Datum? 6. Oktober? Fast eine Woche haben sie gebraucht dafür!«

»Immerhin haben sie sich Mühe gegeben«, sagte Krohn. »Alles sauber abgetippt in dieser originellen Schnörkelschrift. – Was schreiben sie denn, unsere lieben Kollegen?«

Jastorf las vor: »*Der überfallene Postschaffner Otto Fritz Müller, geb. 15 Januar '89 in Hamburg, wohnhaft Marthastraße 44, 2. Stock bei Serbitzer, erklärt, zur Sache befragt, Folgendes:* ›*Ich habe die Hamburger Volksschule Altonaer Straße bis zu meiner 1903 erfolgten Konfirmation ...*‹ – na schön, das mit der Konfirmation lasse ich jetzt mal aus! Ah, hier geht es weiter: ›*Seit etwa 6 Monaten versehe ich nebst 5 anderen Kollegen namens Meyer, Helms, Schuldt, Ullmer und Hommel nachts den Wächterdienst im Postamt 6. In der Nacht vom 29. zum 30. September machte ich planmäßig Dienst. Der Vorschrift gemäß hielt ich mich in der Packkammer auf, woselbst ich mir auch das Ruhebett hergerichtet hatte. In der Packkammer hatte ich 3 elektrische Lampen brennen und zwar ...*‹ Ach, das ist alles unwichtig. Hier geht es weiter: ›*Bis gegen 12 Uhr habe ich auf dem Ruhebett gelegen, ohne zu schlafen. Ich stand dann auf, weil ich durch das Knistern der im Packraum liegenden Pakete unruhig geworden war. – Ich blieb im*

Packraum und hörte gegen 12.30 Uhr ein Geräusch, als ob sich jemand an der Toreinfahrt bzw. an der Planke zu schaffen machte. Dieses Geräusch hörte ich, als gleichzeitig ein Zug auf dem Bahndamm entlangfuhr. Ich konnte daher über die Art und die Ursache des Geräusches nicht recht schlüssig werden. Um die Ursache des Geräusches zu ergründen, begab ich mich nun in die 1. Etage und sah vom geschlossenen Fenster aus auf den durch den Mond erleuchteten Hof, woselbst ich jedoch nichts Verdächtiges sehen konnte.‹«

Sie haben ihn offensichtlich aufgefordert, jeden einzelnen seiner Schritte in dieser Nacht aufzuschreiben, dachte Berger. Und genau das hatte er dann auch getan.

»›*Ich ging dann rechts an ein Fenster, dessen Scheiben undurchsichtig sind, und öffnete dieses; so konnte ich gerade auf die Toreinfahrt sehen, aber auch hier war nichts Verdächtiges zu erblicken. Ich ging dann wieder zurück und öffnete eins der nach hinten gelegenen Fenster, sah den Hof ab, aber auch jetzt konnte ich nichts Auffälliges bemerken. Nachdem ich den Briefträgersaal abgeschlossen hatte, ging ich in den Keller und prüfte sämtliche Türen und Fenster auf ihren Verschluss hin, es war aber alles in Ordnung. Ich ging dann wieder nach oben in den Packraum. Die Windfangtür im Parterre ließ ich offenstehen, während ich die 1. Tür, die vom Korridor aus in den Packraum führt, wohl hinter mir einklinkte, aber nicht abschloss; dagegen ließ ich die zweite Tür, die unmittelbar in den Packraum führt, offenstehen. Ich setzte mich dann an den Tisch am Paketschalter, verzehrte mein Brot und las in einem Buch. Ich mag wohl 1/2 Stunde da gesessen haben, dann hörte ich plötzlich, dass der Drücker der ersten Tür zum Packraum niedergedrückt wurde, darauf hastige Schritte, und gleich darauf sah ich einen Mann, der in den Packraum trat, mit Blick auf das Ruhebett, als ob er den Wächter suche, und hinter ihm schnellen Schritts fünf andere Männer. Als der erste Mann zum Vorschein gekommen war, rief ich ihn an mit* Hallo, *während ich gleichzeitig den uns als Waffe zur Verfügung stehenden Knüppel hob. Der erste Mann richtete eine Browning-Pistole auf mich und rief:* Kamerod, wenn du di muckst, kriegst du eenen brennt; sünst doht wi di nix.‹«

Danach hatten sie den Wächter in den Garderobenschrank gesperrt.

»›*Als ich die ersten Schläge gegen den Geldschrank hörte, rief ich dem Posten zu, es hätte gar keinen Zweck, dass sie dort arbeiteten; das Geld ginge abends weg. Darauf erwiderte er:* Dat wüllt wi all finnen.‹«

Der gefangene Wächter berichtete dann ich allen Einzelheiten, was er in seinem Schrank alles gehört hatte.

»›*Insgesamt haben die Leute vielleicht – mit Unterbrechungen – 20 Minuten lang gehämmert, während sie etwa 1,5 Stunden lang gebohrt und aufgebrochen haben. Als diese Geräusche aufhörten, nahm ich an, dass der Geldschrank aufgebrochen sei. Gleich darauf hörte ich oben in der ersten Etage ein wildes Hin- und Herlaufen. Später hörte ich Leute die Treppe herunterkommen, und dann in der Packkammer ein Knistern, als ob dort etwas verpackt würde. Einer sagte:* Man nich so ilig, wie hebbt noch een Barg Tied!‹«

Als es schließlich ruhig geworden war, hatte sich der Mann aus dem Schrank befreit und von der Schalterhalle aus die Polizei angerufen.

»›*Ich glaube, ich bin verbunden worden von der Polizeizentrale mit der Polizeiwache Carolinenstraße. Ich sah nun den erbrochenen Geldschrank und lief dann nach oben in den Briefträgerraum, um die Adressen des Postdirektors und des Oberpostsekretärs Claussen festzustellen, weil diese Beamten bei Ausbruch eines Feuers sofort benachrichtigt werden sollen. Ich ließ mich jetzt mit dem Telegrafenamt verbinden und habe dem Direktor und dem Obersekretär ein Telegramm des Inhalts gesandt, dass in das Postamt eingebrochen sei. Dies Telegramm ist aufgegeben worden um 3.45 Uhr. Bis zum Eintreffen der Schutzleute, die um 4 Uhr kamen, bin ich in den unteren Räumen des Postamts planlos umhergelaufen, denn ich war von der Sache natürlich erregt.‹«*

»Warum hat das so lange gedauert, bis die Polizei da war?«, fragte Berger. »Das muss ja deutlich über eine halbe Stunde gewesen sein!«

»Carolinenstraße ist Hamburg«, sagte Krohn. »Die Alarmierung ist über Hamburg gelaufen, nicht über Altona.«

»Unglaublich!«

»Was mich viel mehr erschüttert«, sagte Berger, »ist dieser Bericht. Der Text verschweigt mehr, als er enthüllt. Dies ist ja alles nur das, was der Wächter gesagt hat. Aber was genau haben die Kollegen gefragt? Warum hacken sie so auf diesen unwichtigen Details herum?«

»Woher sollen wir das wissen?«, regte sich Krohn auf. »Es ist ja geradezu so, als ob wir nicht nur die Herren Räuber, sondern obendrein noch die Kollegen von der Nachbardienststelle durch die Mangel drehen müssten, um an brauchbare Informationen zu kommen. So kann man doch nicht arbeiten!«

»So kann man nicht arbeiten«, stimmte Jastorf zu. »Aber so arbeiten wir alle Tage!«

6.

Berger hatte sich zu einem nicht näher spezifizierten Dienstgang abgemeldet. Er bestieg am Rödingsmarkt die U-Bahn der Ringlinie, fuhr bis zur Station Sternschanze und von dort aus mit der Vorortsbahn weiter nach Altona.

»Ich hätte gern den Herrn Kriminalassessor Fehlandt gesprochen.«

»Sind Sie angemeldet?«

Berger schüttelte den Kopf. »Es dauert nicht lange«, sagte er.

»Worum geht es denn?«

»Um den Postraub in der Susannenstraße.«

»Nehmen Sie doch bitte einen Augenblick Platz.« Die Frau ging los und kam kurz darauf mit Fehlandt zurück.

»Das ist ja eine Überraschung«, sagte der. »Willst du ein Geständnis ablegen?«

»Ja«, sagte Berger. »Grenzüberschreitung. Und Kompetenzübertretung noch dazu.«

»Au, das sieht ja übel aus!« Fehlandt lachte. »Ich würde dir ja gern einen Kaffee anbieten, aber das Gebräu, das man hier bekommt, das kann ich dir wohl kaum zumuten.«

»Ich bin nicht wählerisch«, sagte Berger. »Im Stadthaus haben wir auch nur irgendeine zusammengefegte Mischung aus Eicheln und Bucheckern.«

»Jetzt übertreibst du aber!«

»Unwesentlich.«

Fehlandt und Berger kannten sich, waren zusammen zur Schule gegangen.

»Komm«, sagte Fehlandt, »wir setzen uns in mein Zimmer. Ich hab ein Dreierzimmer; da sind wir fast ungestört. Und Fräulein Schmidtke ist sicher so gut und bringt uns einen Kaffee.«

»Susannenstraße«, sagte Berger.

»Ja. – Hast du den Bericht gelesen?«

»Hab ich. Und was war nun wirklich los?«

»Ich habe keine Ahnung. Wir haben Fingerabdrücke nehmen lassen; die sind dann im chemischen Staatslaboratorium untersucht worden – so weit funktioniert die Zusammenarbeit über die Ländergrenzen hinweg! – aber das Ergebnis war gleich Null. Alle Abdrücke, die wir sicherstellen konnten, stammen von Postbediensteten. Und von der Polizei. Die Täter haben wahrscheinlich Handschuhe getragen.«

»Das muss dieser Nachtwächter doch gesehen haben!«

»Muss er eigentlich, ja, hat er aber nicht. – Jedenfalls, als wir bei der Post eingetroffen sind, da waren schon alle Spuren vernichtet. Diese Heinis haben nichts Besseres zu tun gehabt, als das Chaos so schnell wie möglich zu beseitigen. Sogar gefeudelt haben sie! Sie waren so gründlich, dass wir darauf verzichtet haben, den Tatort zu fotografieren.«

»Unglaublich«

»Nur den Geldschrank, den konnten sie nicht wieder geradebiegen. Der ist auf klassische Weise aufgeknabbert worden.« Fehlandt legte ein Foto auf den Tisch. »Du kennst die Handschrift?«

Berger nickte.

»Ach ja, die Täter haben übrigens Hamburger Platt gesprochen. Es sind ohne Frage Einheimische. Wir wissen, dass sie über die Bahn abgezogen sind. Wahrscheinlich sind sie auch von da gekommen. Auf dem Hof eines der Nachbargrundstücke, Schulterblatt 93, haben sie ihr Einbruchswerkzeug versteckt. Eine Zange mit einem 1,7 Zentimeter breiten Maul. Das Metall ist stark gehärtet; das Werkzeug offenbar speziell zum Zweck des Geldschrankknackens hergestellt worden. Im freien Handel nicht zu bekommen. Und auch die beiden Spitzeisen, die wir gefunden haben, sind typische Tresorknacker-Werkzeuge. Es sind Berufsverbrecher, die das gemacht haben, aber das ist natürlich ohnehin klar. Wahrscheinlich die Barmbecker Verbrechergesellschaft ...«

»Adolf Petersen.«

»Du sagst es. – Du weißt, wie diese Bande arbeitet. Es wird immer im Voraus ein hieb- und stichfestes Alibi arrangiert, und da man weder Diebesgut noch Einbruchswerkzeuge bei den Verdächtigen finden kann, können wir keine Anklage erheben.«

»Es muss doch möglich sein, diese Burschen irgendwie zu packen!«

»Das sollte man annehmen. Wir glauben, dass wir diesmal eine Chance haben. Es gibt nämlich ein paar Besonderheiten, die wir bisher nicht nach außen getragen haben: So ist es zum Beispiel auffällig, dass der Einbruch gerade jetzt ausgeführt worden ist, wo ein ungewöhnlich hoher Betrag in dem Stahlschrank lag. Außerdem – das weißt du vielleicht aus unserem Bericht – stehen in dem Zimmer zwei Stahlschränke. Bis vor drei Wochen wurde das Geld in dem anderen, gegenüberstehenden Schrank verwahrt. Die Täter haben sich aber gleich über den richtigen Tresor hergemacht.«

»Du glaubst, dass die Burschen einen Tipp bekommen haben?«

»Ich bin mir ziemlich sicher.«

»Und von wem?«

»Das ist die Frage. Erst hatten wir ja den Nachtwächter in Verdacht. Aber wenn der mit im Boot gesessen hätte, dann hätten sie ja nicht erst stundenlang an Fenstern und Türen herumgebohrt, sondern der Mann hätte sie hereingelassen.«

»Also ein anderer Insider.«

»Es sieht so aus. Aber wer? Diese Postler halten alle zusammen und behaupten, dass sie nur von großartigen, pflichtbewussten Kollegen umgeben sind.

Zwischenspiel auf St. Pauli

4. Oktober 1920

1.

In St. Pauli war es nicht schwer, Anschluss zu finden. Helene Rust und ihre beiden Freundinnen hatten auch heute keine Schwierigkeiten. »Kommt doch zu uns an den Tisch!«, hatten die Männer gerufen. »Ihr seid alle eingeladen!«

Jetzt saßen sie im Kaffeehaus Zastrow an der Reeperbahn. Ihnen gegenüber drei Herren in erheblich angetrunkenem Zustand. Vorher hatten sie schon ordentlich Glühwein getankt; jetzt waren sie zu normalem Wein übergegangen.

»Wir sind Schwestern«, sagte Martha Wodrig. Sie deutete dabei auf die neben ihr sitzende Grete.

»Wir sind auch alles Brüder, wir drei«, versicherte derjenige, den die anderen Heini nannten.

Wie Brüder sahen sie nicht aus, aber was machte das schon?

Heini zog eine Zeitung aus der Tasche, wies auf den Bericht über den Postraub in der Susannenstraße. »Hier«, sagte er, »seht ihr das? Da haben mein Bruder und ich grade vorher noch hundertfünfzigtausend Mark eingezahlt. Ob wir davon wohl noch mal was wiedersehen?«

»Red keinen Stuss!«, sagte der älteste von den dreien.

»Wieso? – Ist doch keine Schande, reich zu sein, oder? Jedenfalls ist das Geld jetzt in guten Händen, würd ich mal so sagen. In guten Händen. Das ist mal klar.« Er lachte übertrieben laut.

Die nächste Runde Wein kam.

»Prost, auf die jungen Damen!«

»Prost!« Die jungen Damen waren vorsichtshalber bei Kaffee geblieben.

Der älteste der Männer nahm sein Weinglas und schüttete den Inhalt unter den Tisch.

»Was machst du denn?«, rief Helene entsetzt. Sie zog die Beine hoch, aber zu spät. Bestimmt war ihr jetzt was auf das Kleid gespritzt.

»Ich muss nüchtern bleiben. Ich muss doch auf die beiden aufpassen!« Er wies auf Heini. »Das Bürschchen hier, das macht mir viel Kummer!«

Nüchtern ist er nicht mehr, dachte Helene.

Sie kamen wieder auf den Postraub zu sprechen.

»So viel Geld«, sagte Grete, »das kann man sich ja überhaupt gar nicht vorstellen!«

»Ach«, sagte der, der angeblich Heini hieß, »ich kann mir das sehr gut vorstellen. Geld spielt für uns überhaupt gar keine Rolle, stimmt's?«

Die beiden anderen stimmten zu. Die Mädchen sahen sie zweifelnd an. Alle drei hatten Arbeiterhände, das hatten sie sofort registriert.

»Hier, wollt ihr mal sehen?« Heini zog einen Haufen zerknüllter Banknoten aus der Tasche. Zehner, Zwanziger, Hunderter. Er griff in die andere Tasche – noch einmal dasselbe. »Na, ist das nichts?« Er stopfte alles wieder in die Taschen zurück. »Seht ihr? Wir schwimmen im Geld!«

»Pst, nicht so laut!«, stieß ihn sein Nachbar an. »Das muss doch nicht gleich jeder hören.«

»Nee, das muss nicht jeder hören«, rief Heini beschwingt. »Das darf gar keiner wissen. Sie sind nämlich hinter uns her. Bis Montag müssen wir über die Grenze sein, stimmt's?«

Sein Nachbar hatte nicht zugehört, aber die Mädchen, die waren schwer beeindruckt. Waren das am Ende wirklich die Posträuber?

»Wollt ihr nicht mitkommen? Ihr werdet es gut haben bei uns. Richtig gut haben. Kleider und Schmuck und alles, was ihr wollt!«

Die Mädchen kicherten.

»Das glaubt ihr wohl nicht?«

»Wie wollt ihr denn über die Grenze kommen?«, fragte Martha. »Habt ihr denn Papiere?«

»Ja klar!« Heini zog irgendein Dokument aus der Tasche. Er behauptete: »Das ist mein Auslandspass!«

»Zeig mal her!« Das Schriftstück zeigte seine Fotografie, aber den Text darunter konnte Martha nicht verstehen, er war in einer fremden Sprache abgefasst.

»Hast du denn auch deutsche Papiere?«

»Klar.« Heini wedelte mit seinem Meldeschein.

Den Namen konnte Martha so schnell nicht entziffern, aber die Straße. Carolinenstraße. Also hier in der Nähe.

»Nee, mal ehrlich«, sagte Heini. »Ich hab auf einem Dampfer nach Finnland angemustert. Als Koch. Dafür ist das alles.«

Martha glaubte ihm weder den Postraub noch den finnischen Dampfer.

»Wir drei, wir haben alle ein Kontor zusammen«, mischte sich jetzt der mittlere ein. »Am Schulterblatt. Das wisst ihr doch, wo das ist? Das war früher Silberstein. Und jetzt heißt das Kontor ...« Der Rest ging im allgemeinen Lärm unter.

›Iven und Ahrens‹ glaubte Martha verstanden zu haben, aber ganz sicher war sie sich nicht.

»Ich bin Silberstein«, behauptete der Mann. »Mir gehört der Laden.«

»Was redest du denn?«, wies ihn der ältere zurecht.

»Sei still, Sieveking, das ist meine Sache. Kann doch ruhig jeder wissen, dass mir der Laden gehört!«

Schöne Brüder, dachte Martha, alle mit verschiedenen Namen! Aber es machte ihr nichts aus, solange sie Spaß zusammen hatten und solange die Männer bezahlten.

2.

Als sie schließlich das Kaffeehaus verließen, hatten die Herren einige Mühe, noch gerade zu gehen. Sie kamen an einem fotografischen Atelier vorbei.

»Guck mal«, sagte Martha, »die haben noch auf!«

»Kommt mit, wir lassen uns alle fotografieren!«, schlug Heini vor. Schon war er im Laden verschwunden. Martha eilte ihm nach. Grete fragte: »Und ihr?«

»Nee, nee«, sagte Silberstein. »Ich nicht.«

Und auch Sieveking schüttelte den Kopf. So gingen die drei Frauen allein mit Heini in das Atelier. Aber der wollte kein Gruppenbild, wo alle mit drauf waren. Er ließ sich mit Martha aufnehmen. Auch gut, dachte Grete. Amüsiert verfolgte sie den Ablauf des Geschehens. Martha und Heini standen da wie ein jung vermähltes Paar. Martha stolz wie eine Schneekönigin, ihr Mann ziemlich belämmert. Als das Bild geknipst war, fasste sich Heini plötzlich an den Kopf, als habe er eine riesige Dummheit gemacht.

»Nimm mal eben!«, sagte er und drückte Martha seinen Spazierstock in die Hand. Ohne ein weiteres Wort lief er zum Ausgang und verschwand nach draußen.

»Die Aufnahmen sind morgen fertig«, sagte der Fotograf.

»Ja, mein Mann wird sie dann abholen«, versprach Martha.

Die beiden anderen kicherten.

Draußen vor dem Studio trafen sie nur Silberstein und Sieveking.

»Wo ist der Heini denn hin?«, fragte Martha.

»Keine Ahnung. Einfach weggerannt.«

»Um ehrlich zu sein, ich muss auch weg«, sagte Silberstein.

»Ach nee, wieso das denn?«

»Ich – ich fühle mich hier nicht mehr sicher. Sie sind hinter mir her, das wisst ihr ja. Ich muss sehen, dass ich den Zug um 0.56 Uhr noch kriege.«

Sieveking schüttelte den Kopf. Er lallte: »Aber – du kannst doch nicht ohne deinen Überzieher fahren!«

Martha wurde bewusst, dass sie noch immer Heinis Spazierstock in der Hand hielt. Wohin damit? Hier lassen konnte sie ihn nicht. Sie musste ihn mit nach Hause nehmen.

»Ja, dann tschüss«, sagte Grete. Sie war müde, und morgen müssten sie alle wieder arbeiten.

Sie verabschiedeten sich. Doch Silberstein schien den Nachtzug vergessen zu haben; als die Mädchen sich auf den Weg zurück nach Altona machten, kamen die beiden Männer hinter ihnen her.

Das wird jetzt lästig, dachte Helene Rust. Sie hatten sich doch vorhin schon für morgen verabredet, das musste nun reichen. Sie gingen schneller.

Die Männer diskutierten lautstark. Plötzlich schrie Silberstein: »Geht weg! Alle weg, sonst schieße ich!« Er griff in seine Gesäßtasche.

Da fingen die Mädchen an zu rennen.

3.

»Danke, dass Sie gekommen sind«, sagte Fehlandt. Er hatte sich die Geschichte der Mädchen angehört. Vielleicht war das eine erste heiße Spur.

»Wir haben uns für heute Nachmittag auf dem Bahnhof Altona verabredet«, sagte Martha. »Um viertel nach fünf.«

»Ob sie wirklich kommen werden?«, zweifelte Grete.

»Doch, klar, die kommen auf jeden Fall; ich hab ja noch den Stock von diesem Heini!«

»Gut. Wenn Sie damit einverstanden sind, gehen wir da nachher zusammen hin, und Sie zeigen mir dann die Herrschaften.«

Ja, die Mädchen waren einverstanden. Welch ein Abenteuer! Monatelang würden sie davon erzählen können!

Eine Stunde warteten die Polizisten am Bahnhof; keiner der Männer ließ sich blicken. Auch als Fehlandt und seine Kollegen später am Abend mit den Mädchen nach St. Pauli gingen und mal gemeinsam, mal getrennt durch die Kaffeehäuser streiften, hatten sie keinen Erfolg. Heini, Sieveking und Silberstein blieben verschwunden.

4.

Am nächsten Morgen wurde Fehlandt fündig. Das Telefonbuch wies eine Firma Boysen und Ahrens aus, die am Schulterblatt 58 beheimatet war. Fehlandt machte sich auf den Weg. An der Ladentür prangte der Schriftzug *Boysen & Ahrens, ehem. Silberstein*. Fehlandt glaubte sich am Ziel. Er verlangte den Geschäftsführer.

Der Kaufmann Arthur Silberstein erwies sich dann allerdings als wesentlich älter als der angebliche Silberstein, ihn hatten die Mädchen auf einundzwanzig geschätzt; dieser Herr hier war vierundvierzig. Er war im Gegensatz zu dem Silberstein der Mädchen relativ groß. Und glatt rasiert war er auch nicht; er trug einen gepflegten Vollbart.

Der echte Silberstein sagte: »Natürlich weiß ich, dass es im Postamt 6 einen Einbruch gegeben hat, das ist ja hier gleich um die Ecke, aber ich habe damit selbstverständlich nichts zu tun, und ich weiß auch nicht, wer die Täter sein könnten. – Ich fürchte, da hat sich jemand einen Scherz erlaubt.«

Eigenartig, dachte Fehlandt. Wenn ich mir einen falschen Namen ausdenken wollte, dann würde ich nicht gerade diesen nehmen. Viel zu auffällig. Und dann auch gleich noch mit der kompletten Firmenbezeichnung. Da musste es eine Beziehung geben.

Der Fall klärte sich rasch auf. Anhand der Fotografie des Ateliers Sonn auf der Reeperbahn, für die Fehlandt sechs Mark berappen musste, fand er in der Carolinenstraße 16 einen einundzwanzigjährigen Heinrich Brokstedt, der dort bei seinen Eltern wohnte. Ja, er war gestern mit zwei Freunden, dem Schlosser Johann Sieveking aus der Lagerstraße und dem Arbeiter Johannes Witte zusammen auf Sauftour auf St. Pauli gewesen, und sie hatten da drei Mädchen kennengelernt. Ja, das da auf dem Bild sei die eine davon. Wie hieß sie doch noch gleich? Martha? Sie hatten im Suff ziemlich angegeben, so viel wusste er noch. Ja, auch vom Postraub sei die Rede gewesen; was genau gesagt worden sei, daran könne er sich nicht erinnern. Das viele Geld? Ja, er habe gerade von einem dänischen Dampfer abgemustert und tausendsiebenhundert Mark Heuer ausgezahlt bekommen. Davon habe er dreihundert Mark gestern auf St. Pauli verjubelt. Warum er aus dem Fotostudio getürmt sei? Ihm sei schlecht geworden. Er sei rausgerannt, habe sich in eine dunkle Ecke verkrochen und sich übergeben. Als er mit Kotzen fertig war, waren die anderen schon verschwunden.

Fehlandt suchte die Freunde auf und bekam ähnliche Geschichten zu hören. Die beiden hatten sich von Brokstedt aushalten lassen. Warum sie sich nicht hatten fotografieren lassen wollen? Sechs Mark für ein Foto? Das hatten sie nicht über. Johannes Witte war der angebliche Silberstein. Wie er auf den Namen gekommen sei? Er arbeitete bei Silberstein.

Daran, dass jemand die Mädchen bedroht habe, kann sich keiner erinnern. Sie waren einfach sturzbetrunken. Und einen Revolver besaß sowieso keiner von ihnen.

5.

Es war kurz vor Weihnachten. Nichts haben wir erreicht, dachte Berger. Die viel versprechenden Spuren – alle sind ins Leere gelaufen. Sie hatten weder herausgefunden, wer den Tipp für den Einbruch in die Seewarte gegeben hatte, noch wussten sie, welcher der Postangestellten in der Susannenstraße mit den Räubern unter einer Decke steckte. Zwei Listen von Namen, aber keine Übereinstimmung. Sie mussten abwarten. Irgendwann würde Petersen einen Fehler machen.

Berger ging vom Stadthaus in Richtung Innenstadt. Eine Art weihnachtlicher Frieden lag über Hamburg. In Berlin sollte angeblich Schnee liegen; hier glänzte die Straße vom Nieselregen. Berger war auf der Suche nach einem Geschenk für seinen Vater. Das musste sein, klar. Aber was? Alles, was Friedrich brauchte, konnte er sich selber kaufen, und er zögerte auch nicht, das zu tun. Guten Wein, gute Zigarren – beides hatte er immer vorrätig. Irgendetwas Originelles wäre nicht schlecht – aber was? Planlos wanderte Wilhelm durch die Einkaufsstraßen, guckte in die Schaufenster. Es waren auffällig wenig Menschen unterwegs. Das konnte nicht nur am Wetter liegen. Die wirtschaftliche Situation war noch trostloser als im letzten Jahr. Man hatte sich an den Frieden gewöhnt; die Not war geblieben. Auch in Hamburg gab es Menschen, die hungerten.

Berger kam an einem Buchladen vorbei. Ein Buch, das wäre vielleicht etwas. Das war einer der Punkte, in dem er sich mit seinem Vater einig wusste. Sie lasen beide gern – wenn auch nicht dieselbe Art von Büchern.

Auch Adolf Petersen war an diesem späten Nachmittag unterwegs. Am Dammtorbahnhof hatte er sich mit Reimer getroffen. Reimer hatte seine Herta am Arm, Petersen war mit Erna Obst verabredet. Erna war ein junges Ding, die Tochter, die Fritz Wehners Frau mit in die Ehe gebracht hatte. Kaum mehr als achtzehn Jahre alt, leicht zu beeindrucken.

»Wo wollen wir hingehen?«, fragte Petersen. »Vielleicht ins Cabaret Esplanade? Da soll doch dieser komische Dichter, dieser Ringeldings, seine Verse vortragen ...«

»Nein, das ist was für alte Männer!«, erklärte Erna.

Auch Reimer war kein Freund des Cabarets. »Was haltet ihr vom Kino? *Das Zeichen des Zorro* muss hier doch irgendwo laufen. Mit Douglas Fairbanks. Da fliegen die Säbel, da geht es richtig zur Sache!«

Herta war eher für *Anna Boleyn*. Henny Porten spielte die junge Königin.

»Oder *Das Kabinett des Dr. Caligari*?«, schlug Petersen vor.

»Das ist nicht dein Ernst«, sagte Herta. »In so ein Zauber-Grusel-Stück kriegst du mich nicht rein.«

»Eigentlich hatten wir gedacht, dass ein paar neue Kleider nicht schlecht wären«, sagte Erna. »In drei Tagen ist Weihnachten. Wollt ihr uns nicht ein paar nette Sachen schenken?«

»Ja, das ist eine gute Idee!« Auch Herta war einverstanden.

Adolf Petersen sah Reimer an. So hatte er sich den Abend nicht vorgestellt.

»Warum nicht?«, sagte Reimer. »Dann setzt ihr euch am besten hier irgendwo in ein Café, esst ein paar Stücke Kuchen oder ein Eisbein, was weiß ich, und in zwei Stunden treffen wir uns hier wieder. Hinterher können wir ja noch zu uns gehen ...«

»Ja, das ist gut!« Petersen gefiel dieser Vorschlag. Mit Erna Obst konnte er weder zu Hause bei Helmi noch in den

Colonnaden bei Frieda Gehrken auftauchen. Und bei Fritz Wehner sowieso nicht. Aber bei Freund Reimer, da könnte er wohl mit Erna ins Bett steigen. Und Erna war wichtig. Wieder jemand, der im Notfall für ihn ein Alibi beschwören könnte.

»Und jetzt?«, fragte Reimer. Sie hatten die Frauen mit einem Hunderter losgeschickt; nun kam der schwierigere Teil der Aktion. »Weißt du hier irgendeine gute Gelegenheit?«

»Die wird sich schon finden«, sagte Petersen. »Die meisten Leute sind jetzt beim Weihnachtseinkauf ...«

»Die meisten können sich keinen Weihnachtseinkauf leisten«, widersprach Reimer.

Petersen schüttelte den Kopf. »So welche interessieren mich nicht. Die, die wir jetzt gleich besuchen wollen, die können sich ihren Einkauf leisten, da kannst du Gift drauf nehmen!«

Sie gingen an der Universität vorbei.

»Da ist jedenfalls nichts zu holen!«, sagte Reimer. Der bombastische Kasten war dunkel. Wahrscheinlich alle schon in den Weihnachtsferien. »Und da drüben auch nicht. Das ist 'ne Schule!«

Doch die Schule interessierte Petersen. »Das ist das Wilhelm-Gymnasium«, sagte er. An dem Gebäude vorbei gelangte man auf den Schulhof. Und der grenzte wiederum an zahlreiche Nachbargrundstücke. Ein idealer Startplatz für einen Einsteiger. Petersen und Reimer sahen sich um.

»Siehst du«, sagte Petersen. »Keiner zu Hause.«

In der Tat waren die meisten Fenster dunkel. Die beiden Männer überkletterten eine Mauer und gelangten so durch den Garten an die Rückseite eines Hauses in der Beneckestraße.

»Und jetzt? Scheibe einschlagen?«

Petersen schüttelte den Kopf. »Guck mal, was ich mitgebracht habe!«

»Was ist das denn für ein Spielzeug?«

»Klein aber fein!« Petersen schickte sich an, das Fenster anzubohren. »Ist doch gut, wenn man das nötigste Werkzeug immer dabei hat!«

Das Fenster ließ sich problemlos öffnen. Sie stiegen beide ein, landeten in einem Schlafzimmer. Reimer machte Licht.

»Licht aus!«, rief Petersen. »Bist du verrückt?«

Reimer schüttelte den Kopf. »Ich will doch sehen, was ich mitnehme! Das müssen Kleider sein, die unsere Frauen auch anziehen können – nicht irgend so etwas für eine Großmutter oder so!«

Sie hatten Glück. »Das hier, das mag passen. Meinst du nicht?«, fragte Reimer.

»Ja, wahrscheinlich.« Mit Kleidern kannte Petersen sich nicht aus. Sowohl Helmi als auch Frieda hatten ihre Sachen immer selbst gekauft. Aber der Pelz, den Reimer da gegriffen hatte, der konnte wohl kaum falsch sein.

Petersen öffnete verschiedene Schubladen. In einer Frisierkommode fand er einigen Schmuck. »Nimm nicht alles«, sagte Reimer. »Ein Ring oder eine Brosche – das wirkt mehr als eine ganze Hand voll Schmuck.«

»Wieso?« Petersen sackte alles ein. »Wir geben den Mädchen einen Ring, den hier zum Beispiel, und den Rest versilbern wir bei Petrov.«

»Die Armbanduhr!«, rief Reimer. Die hätte Petersen fast übersehen.

Berger hatte eine ganze Weile gebraucht, aber schließlich war er doch fündig geworden. Der neue Wallenstein-Roman, dafür könnte Friedrich sich interessieren – auch wenn Döblin vielleicht nicht ganz seinem Geschmack entsprach. Andererseits war er aber für Experimente durchaus zu haben – wie sonst wäre dieses unglaubliche Gemälde im Treppenhaus zu erklären, dieses *Selbstporträt mit fiedelndem Tod*? Ein Druck nur, für ein Original war sein Vater zu geizig, aber schon ein sehr starkes Stück.

Berger hatte sich das Buch als Geschenk einpacken lassen. Als er den Laden verließ, stieß er fast mit zwei ausgelassenen jungen Frauen zusammen. »Oh, Entschuldigung ...«

»Schon gut, schon gut! – Fröhliche Weihnachten!« Lachend liefen sie weiter.

Dabei war es noch gar nicht Weihnachten.

»Fröhliche Weihnachten!«, sagte Petersen. »Schon mal im Voraus!« Er gab Erna die Armbanduhr und einen Kuss.

»Nicht doch!«, kicherte sie.

Auch Herta war etwas angeheitert. Die beiden Frauen hatten offenbar nicht nur Kaffee getrunken, während sie auf die Rückkehr der Männer gewartet hatten. Aber jedenfalls waren sie rechtzeitig wieder am Dammtorbahnhof erschienen. Jetzt saßen sie alle bei Reimer in der Wohnung.

»Ich glaube«, sagte Erna, »ich glaube, ich muss jetzt wohl – wohl eigentlich nach Hause!« Die Worte kamen etwas schleppend.

»Nicht doch, das Beste kommt ja noch erst!« Petersen griff nach ihr.

»Nein, nein!«, protestierte Erna. Sie wehrte sich tappsig gegen seine Zudringlichkeit. Aber das glaubte Petersen ihr nicht. Das war alles nur Spiel. Hinter den Büschen im Stadtpark hatte sie sich auch erst geziert.

6.

Das neue Jahr fing an, wie das alte aufgehört hatte: Regen ohne Ende. Wilhelm Berger hatte etwas getan, was die Kollegen sich nicht trauen würden: Er hatte sich für eine Nacht in der Pension der Frieda Gehrken eingemietet. Schöne, große Räume, geschmackvoll möbliert. Nichts Verdächtiges zu sehen. Natürlich war dies keine Haussuchung; er konnte nicht in alle Zimmer gucken, aber er hatte sich doch immerhin einen Eindruck verschaffen können. Von der Wohnung und von Frieda Gehrken. Und die hatte ihn beeindruckt. Jetzt saß er am Frühstückstisch, Frieda kam mit dem Kaffee.

»Bin ich der einzige Gast hier?«, fragte er.

Frieda schüttelte den Kopf. »Der einzige, der bis neun Uhr geschlafen hat!«

»Ah.«

Sie goss ihm den Kaffee ein. Echter Kaffee, nicht das Zeugs, das sie im Präsidium tranken.

»Möchten Sie ein Ei zum Frühstück?«

»Nein, danke.« Berger betrachtete die junge Frau, zögerte, dann fasste er sich schließlich ein Herz: »Wie ist das denn passiert?«

»Oh, haben Sie es bemerkt?« Sie hatte alle Tricks der Schminkkunst angewandt, aber ein Veilchen blieb ein Veilchen. »Ich bin gestürzt«, sagte sie.

»Das muss ein sehr unglücklicher Sturz gewesen sein«, sagte Berger leichthin. »Das einzige Mal, dass mir so etwas passiert ist, war, als ich in einem Boxkampf zweiter Sieger gewesen bin.«

Sie lachte. »Ja, das war ein sehr unglücklicher Sturz.«

Was für eine hübsche Frau! Und dann Gefährtin eines Räubers, der sie obendrein noch verprügelte! Er starrte ihr nach, als sie mit der Kaffeekanne verschwand. In der Tür sah sie sich um und lächelte ihn an.

Berger saß eine Weile da, hoffte, dass sie zurückkommen möge. Aber sie kam nicht zurück. Verdammt, dachte er, wie mach ich's? Sie direkt zu fragen, traute er sich nicht. Die Rechnung – warum nur hatte er sie gestern schon beglichen? Sein Frühstück hatte er gehabt, blieb ihm nur noch, zu verschwinden.

Er inspizierte seine Brieftasche. Ja, tatsächlich, er hatte eine der Visitenkarten seines Vaters dabei. Die waren neutral. *Berger – Im- und Export* stand da drauf, und die Adresse in Wandsbek. Alles unverdächtig. Er schrieb auf die Rückseite: *Heute Abend, 20 Uhr, Lessing-Denkmal?*

7.

Martha Blixen kicherte.

Emmi Schween stuppste sie an. Das war eines der Dinge, die man im Theater nicht tat, wenn man als feine Dame auftrat. Und sie waren feine Damen heute, herrlich herausgeputzt. »Wir brauchen neue Kleider«, hatte Emmi gesagt, und ihr Pohl hatte keine Miene verzogen und gezahlt.

Sie war nicht zum ersten Mal im Theater, aber doch kam sie sich noch stets so vor, als ob sie gerade etwas Unerhörtes tue, etwas, das ihr nicht zustehe, und Emmi hatte immer ein kleines bisschen Angst, dass jemand sie einfach rauswerfen könnte.

Der Vorhang ging auf. Auf der Bühne saß ein alter Mann im Lehnstuhl. Ein junger Mann ging nervös auf und ab. Er hielt einen Brief in der Hand. Schließlich wandte er sich an den älteren Herrn und sagte: »*Aber ist Euch auch wohl, Vater?*«

Martha hielt sich beide Hände vor den Mund, aber man hörte doch, dass sie kurz davor war, loszuprusten. Und auch

Emmi musste sich zusammenreißen. Weder bei ihr zu Hause noch bei Pastor Strasser in Lüneburg, wo sie als Dienstmädchen gearbeitet hatte, war je so viel Aufhebens um einen Brief gemacht worden, mochte er nun aus Leipzig oder gar aus Deutsch-Ostafrika kommen.

Was sagte der junge Mann? *»Fasst Euch! Ihr vergebt mir, wenn ich Euch den Brief nicht selbst lesen lasse ...«*

Dabei wirkte der Alte ganz gefasst. Aber vielleicht war es ein Brief vom Finanzamt oder sonst etwas Unangenehmes, was der Vater nicht hören wollte. Was auch immer! Dieses Gewese um den Brief interessierte Emmi nicht. Sie hatte eigentlich gehofft, dass sich etwas mehr Handlung auf der Bühne abspielen würde. Sie warf einen Blick nach rechts, wo Pohl neben dem Mann saß, den er als Odsche bezeichnete. Marthas Arnold war nicht mitgekommen; er musste irgendetwas mit Teppichen regeln, hatte er gesagt.

Die beiden Männer interessierten sich nicht fürs Theater; sie wollten geschäftlich miteinander reden. Und es ging auch tatsächlich. Erst hatten sie sich ja zurückhalten müssen, aber jetzt in der zweiten Szene, wo mehr Leute auf der Bühne herumliefen und sich über die unglaublichsten Sachen unterhielten, da fiel eine leise Unterredung im Zuschauerraum nicht auf.

»Hasen, Krüppel, lahme Hunde seid ihr alle, wenn ihr das Herz nicht habt, etwas Großes zu wagen!«

»Halt's Maul!«, rief Pohl in Richtung Bühne. Emmi stieß ihn an.

Auch Petersen stieß Pohl an. Der Bursche sollte sich nicht von dem Gezänk auf der Bühne ablenken lassen, sondern sich auf ernsthafte Dinge konzentrieren. »Also, ich nehme Paul Handke, Neuberger, dich und Drescher.«

»Ich weiß nicht«, sagte Pohl. »Der Laden ist so dicht bei der Pension, wenn das nur nicht auffliegt.«

»*Mut!*«, forderte Spiegelberg inzwischen auf der Bühne. »*Mut sag ich, Schweizer! Mut, Roller, Grimm, Razmann, Schufterle, Mut!*«

»Lohberg holt den Kram mit dem Auto ab.«

»Mal sehen«, sagte Pohl. »Das schafft ihr doch wahrscheinlich auch alleine.«

»*Wenn noch ein Tropfen deutschen Heldenbluts in euren Adern rinnt – kommt! Wir wollen uns in den böhmischen Wäldern niederlassen, dort eine Räuberbande zusammenziehen und – was gafft ihr mich an?*«

In der Tat hatten Pohl und Petersen den Mann gerade fassungslos angestarrt. So ein Schwachsinn! Und dieses ganze Gerede von Mut und Heldentum! – Der Bursche log doch ganz offensichtlich. Das war ein ganz elender Feigling.

Endlich Pause! Pohl zog los, um für die Mädchen Sekt zu besorgen. Petersen stand abseits und rauchte einen Zigarillo. Er dachte: Dieser Schiller ist ja nicht ganz bei Trost. Das sollen nun Räuber sein? Wenn wir so viel über Mut und Ehre und Gott und Teufel diskutieren würden, dann kämen wir ja nie zu Potte! Und dann allein dieser Aufzug, diese riesigen Schlapphüte und dieses ganze Gezottel mit den Dolchen und Säbeln. Das machte ja einen Heidenlärm, wenn man damit über die Fensterbank kletterte!

Auch Pohl war unzufrieden. Mehr Aktion auf der Bühne! Aber nein, da redeten sie davon, wie sie das Nonnenkloster überfallen hatten und was sie alles mit den jungen Nonnen gemacht hatten, anstatt das auch mal wirklich zu zeigen. Das wäre echtes Theater! Sturm und Drang sollte das doch sein! – Bier hatten sie nicht an der Theke; als Pohl endlich dran war, musste er genau wie die Mädchen mit einem Glas Sekt vorlieb nehmen.

»Gut seht ihr aus!« Die Kleider waren zwar teuer gewesen, aber sie zeigten auch was her. Emmi und Martha waren die am besten angezogenen Frauen von allen.

»Hier, euer Sekt!« Pohl schnupperte, zog die Stirn kraus: »Habt ihr gepupt?«

8.

Berger stand unterdessen vor dem Lessingdenkmal. Ein paar Mädchen gingen vorbei, guckten ihn an, gackerten los. Gänsemarkt, dachte Berger. Was konnte man da schon anderes erwarten?

Noch eine Viertelstunde. Um diese Zeit war hier nicht mehr viel Betrieb. Eine Straßenbahn fuhr vorbei. Noch zehn Minuten. Ob sie wohl kommen würde? Immerhin hatte sie ihn angelächelt. Wer weiß. Er summte leise vor sich hin:

»An einem Bach, in einem tiefen Tale,

Da saß ein Mädchen an einem Wasserfalle ...«

Ja, dachte er, das ist genau das, was ich schon immer gewollt habe. Er malte sich aus, wie es sein würde: Vater, darf ich dir meine zukünftige Gemahlin vorstellen? Eine Räuberbraut! – Wie, du hast Einwände? Das verstehe ich nicht; Kaufmann und Räuber, das sind doch verwandte Berufe!

Nein, nichts davon würde er sagen. Es würde gar nicht nötig sein, denn Frieda Gehrken kam nicht. Jetzt war es schon nach acht Uhr. Eine Viertelstunde gab er ihr noch.

Doch auch diese Viertelstunde verstrich. Jetzt kam sie wirklich nicht mehr.

II. Niederlage

Verhaftet

5. Juni 1921

1.

Lohberg war derjenige, der den ersten Schritt machen musste. Sie hockten in seinem Elektroladen in der Großen Theaterstraße, und Lohberg wählte die Nummer.

»Nichts«, sagte er. Er hielt den anderen den Hörer hin. Sie hörten das Freizeichen.

»Lass noch einen Augenblick läuten, zur Sicherheit!«

Niemand ging ran. Das wäre um diese Zeit auch ganz unwahrscheinlich, denn es war Sonntagnachmittag, und die Besitzer wohnten nicht im Hause, sondern irgendwo in Eimsbüttel.

»Das reicht jetzt«, sagte Adolf Petersen. »Komm!«

Zu viert machten sie sich auf den Weg: Petersen, Handke, Neuberger und Drescher. Pohl war nicht gekommen. Weit hatten sie es nicht zum Wäschegeschäft Flachdecker, Colonnaden 104. Die Ladentür lag in einem Hauseingang, sodass sie von der Straße aus nicht gut sichtbar war. Sie war durch drei Schlösser gesichert. Für zwei davon hatten sie Nachschlüssel zurechtgefeilt; das dritte öffnete Petersen mit einem Sperrhaken.

Da sie bei Tag arbeiteten, war der Laden durch die Schaufenster hell genug. Rasch räumten sie die Regale leer. Die vier Männer wickelten sich so viel Kleidung um den Leib, wie sie tragen konnten. Sie ließen den Laden unverschlossen. Vier fette Gestalten wanderten zur Großen Theaterstraße. In Lohbergs Laden wurden sie ausgepackt; dann ging es zurück zum Wäschegeschäft, zur nächsten Runde. Dreimal machten sie den Weg. Danach marschierten sie noch zweimal auf dieselbe Weise die zweihundert Meter zu Frieda Gehrkens Pension in den Colonnaden 21; dann war der Laden leergeräumt.

2.

»Diese Burschen werden auch immer dreister!« Frieda Gehrken war ganz aufgeregt.

»Was ist denn passiert?« Petersen tat ahnungslos.

»Ein paar Häuser weiter ist eingebrochen worden! Bei Flachdecker!«

»Die wohnen doch gar nicht...«

»Nicht in der Wohnung! Im Wäschegeschäft!«

»Ach, was!«

Frieda sah ihn an. »Da hast du doch nicht etwa die Hand im Spiel gehabt, Adolf?«

»Ich?«

»Adolf!«

»Die sind doch wahrscheinlich versichert, oder etwa nicht?«

»Odsche, so einfach ist das nicht. Du siehst ja selbst, wie die Preise steigen! Die Flachdeckers haben den Schaden natürlich an die Versicherung gemeldet, aber die reagiert ja nicht so schnell. Erst muss die Polizei mit ihren Untersuchungen fertig sein, sagen sie, und danach gibt es immer noch eine ganze Menge Verwaltungskram, bis sie schließlich mal zahlen. Und wenn das Geld kommt, dann ist es viel weniger wert.«

»Hätten sie eben höher versichern müssen!«

»Das geht nicht. Man kann nicht überversichern. Da passen die schon auf.«

»Ach, dann hätten sie eben sagen müssen, dass mehr Sachen geklaut worden sind. Die doppelte Menge von dem, was weg ist.«

»Das muss doch alles belegt werden, Odsche!«

»Jeder muss in diesen Zeiten sehen, wie er durchkommt, Frieda. Jeder für sich. Ich sorge dafür, dass es uns gut geht, und der Flachdecker muss dafür sorgen, dass es ihm gut geht.«

»Ja, Odsche, du sorgst gut für uns!«

Ja, dachte Petersen, ich tue, was ich kann. Der Einbruch war leicht gewesen, aber nun mussten sie sehen, dass sie das Zeug loswurden. Es musste weg, verschwinden, sich in Luft aufgelöst haben, lange bevor irgendjemand darauf kam, dass er in die Sache verwickelt sein könnte.

Lohberg sollte den Anteil, der bei ihm im Laden lagerte, per Auto zu seiner Wohnung in die Isestraße bringen; Petersen würde seinen Anteil der Beute zunächst zur Wohnung seiner Mutter schaffen, wo die Wäsche im Kohlenkeller gelagert werden konnte, bis sie schließlich an Hehler verkauft war. Der Gesamterlös des Einbruchs dürfte bei etwa vierzehntausend Mark liegen.

3.

»Und jetzt dies noch!« Frau Flachdecker war empört.

»Wenn alles gut geht, werden wir die Täter bald haben«, tröstete sie Berger.

»Wer's glaubt wird selig!«

Auch wenn es sich nicht um Mord, sondern nur um Einbruch handelte – das Gespräch mit den Opfern war nie erfreulich.

»Sind Sie denn nicht versichert?«, fragte Berger.

»Natürlich sind wir versichert. Aber – das kennen Sie doch, da kriegt man nie den vollen Betrag. Die finden immer einen Dreh, damit sie nicht zahlen müssen. Igendetwas stimmt doch immer nicht; notfalls sagen sie einfach, man hat das falsche Schloss an der Tür ...«

Das könnte in der Tat ein Problem sein, dachte Berger. Die Täter waren offenbar ohne jede Gewaltanwendung in den Laden eingedrungen.

»Wir haben so schon schwer genug zu kämpfen. Die großen Kaufhäuser überall – alles Juden! Die halten zusammen, unterbieten alle Preise und machen die ehrlichen deutschen Einzelhändler kaputt. Da sollte mal einer was gegen tun!«

Berger bezweifelte, dass die großen Kaufhäuser jüdisch waren. Die einzigen jüdischen Geschäftsleute, die er kannte, waren kleine Ladenbesitzer genau wie die Frau Flachdecker.

»Diese Deutsche Arbeiterpartei«, sagte Frau Flachdecker. »Die könnte das wohl ändern.«

Berger interessierte sich nicht für Politik. Schon gar nicht für die kleinen Splittergruppen, die überall aus dem Boden sprossen. Was gab es da nicht alles! Für die Bürgerschaft hatten, soweit er sich erinnerte, neben den großen Parteien unter anderem auch der Hamburger Wirtschaftsbund, das Grundeigentümer-Wahlbüro, die Vereinigten Bürgervereine der inneren Stadt, die Friseur-Innung und der Hamburger Ausschuss für Leibesübungen kandidiert – da kannte sich ja keiner mehr aus. Aber diese Frau hatte offenbar ihre Partei gefunden.

»In München sitzen die. Anton Drexler heißt der Vorsitzende. Und dann gibt es da noch so einen Hiller oder so, der hat das Parteiprogramm geschrieben. Hier. Hier steht das, Punkt 4: *Staatsbürger kann nur sein, wer Volksgenosse ist. Volksgenosse kann nur sein, wer deutschen Blutes ist. ... Kein Jude kann daher Volksgenosse sein.*«

»Das interessiert mich nicht«, sagte Berger. »Ich brauche von Ihnen eine Aufstellung der gestohlenen Gegenstände.«

4.

»Meine Herrschaften, ich habe Sie zu mir gebeten, um noch einmal mit Ihnen die aktuelle Lage zu besprechen.« Wolters machte einen unzufriedenen Eindruck.

Nach einer Besprechung sieht mir das nicht aus, dachte Berger. Eher nach einer Art Standpauke.

»Es kann nicht länger hingenommen werden, dass die Verbrecher in Hamburg mit der Polizei Katz und Maus spielen. Schon wieder ein größerer Einbruch letzte Nacht. Die Presse macht sich bereits lustig über uns!«

»Wir arbeiten nicht für die Presse«, sagte Krohn.

»Selbstverständlich nicht. Wir arbeiten für die Bürger unserer Stadt. Und im Sinne dieser Bürger fordere ich von Ihnen, dass Sie alle Möglichkeiten ausschöpfen, die Ihnen zur Verfügung stehen. Und das meine ich auch so. Lassen Sie nichts unversucht, was nicht nachweisbar illegal ist.«

»Dies ist ein Rechtsstaat«, sagte Berger.

Wolter starrte ihn böse an. Einen Augenblick lang glaubte Berger, der Kriminalrat würde ihn vor versammelter Mannschaft zurechtweisen. Aber das tat er nicht. Er sagte: »Ja, dies ist ein Rechtsstaat. Und ich wünsche von Ihnen, dass Sie auch die äußersten Mittel einsetzen, die Sie zur Verfügung haben. Es ist alles erlaubt, was nicht direkt strafbar ist. – Meine Rückendeckung haben Sie!«

5.

Doch es schien, als müssten sie gar nicht bis an die Grenzen des Rechtsstaats gehen, um den neuen Einbruch aufzuklären. Als sie in ihr Zimmer zurück kamen, läutete bereits das Telefon.

»Berger, Kriminal...«

»Ja, hier ist Elisabeth Garn. Ich rufe an wegen des Wäschediebstahls, der neulich in der Zeitung stand. Bin ich da bei Ihnen richtig?«

»Sie meinen den Einbruch in das Wäschegeschäft Flachdecker, Colonnaden 104? – Ja, da sind Sie bei mir richtig.«

»Hören Sie zu! Bei uns im Haus, da wohnen ja oben die Lohbergs. Und die Frau Lohberg, die hat mich gefragt, ob ich nicht vielleicht Wäsche bei ihr kaufen wollte. Sehr günstig, hat sie gesagt. Und dann hab ich mir die Wäsche mal angesehen. Sie hat eine ganze Menge, und sie sagt, ihr Mann hat die irgendwo billig gekauft. Dabei hat er doch eigentlich ein Elektrogeschäft.«

»Das ist in der Tat seltsam«, sagte Berger. »Ist die Ware noch in der Wohnung?«

»Ja, ich hab gleich bei Ihnen angerufen.«

»Das ist sehr freundlich. Wo ist diese Wohnung?«

»In der Isestraße 13, dritter Stock.«

»Wir kommen gleich vorbei.«

»Gib mir mal bitte diese Frau Garn«, sagte Krohn. »Mal sehen, was sie noch so weiß. Wilhelm, besorge uns doch mal bitte schnell einen Durchsuchungsbefehl!«

Ganz so schnell ging es dann doch nicht. Als Berger den Durchsuchungsbefehl endlich hatte, stand kein Wagen zur Verfügung; Krohn und er mussten mit der U-Bahn fahren. »Isestraße? Hoheluftbrücke ist das«, sagte Krohn. Er kannte sich aus in Hamburg.

Berger war nervös. Fast zwei Stunden verloren. Wenn sie Pech hatten, hatte dieser Lohberg die heiße Ware inzwischen weggeschafft.

»Lohberg? Kennen wir den?«, fragte er Krohn.

Der schüttelte den Kopf. »Nie gehört.«

»Da sind Sie ja endlich!« Frau Garn erwartete sie schon.

»Tut mir leid«, sagte Berger, »schneller ging's nicht. – Dritter Stock, sagten Sie? Wissen Sie, ob da jemand zu Hause ist?«

»Ja, die Frau Lohberg, die müsste zu Hause sein. Gerade eben habe ich sie noch gehört.«

»Gehört?«

»Ja, sie ist immer so laut. Wir haben doch Holzbalkendecken, und sie geht immer mit Straßenschuhen in der Wohnung umher. Ich habe ihr schon ganz oft gesagt, dass ich das unmöglich finde, aber da ist jedes Wort vergeblich!« Frau Garn folgte den Polizisten ins Treppenhaus.

Krohn sagte: »Liebe Frau Garn, schönen Dank für Ihre Hilfe; ich glaube, jetzt kommen wir auch allein klar.«

»Bitte!« Sie blieb im Treppenhaus stehen.

»Die ist ja gar nicht zu bremsen«, raunte Krohn, als sie außer Hörweite waren. »Die würde am liebsten die Wohnung mit durchsuchen!«

»Es geht doch nichts über nette Nachbarn!«

6.

Frau Lohberg öffnete sofort nach dem Läuten. »Ich hab Sie schon kommen sehen«, sagte sie. »Polizei, nicht wahr? Das war wieder die Garn, stimmt's? – Ja, das war sie. Dauernd macht sie Streit, weil wir angeblich zu laut sind. Das Haus ist nun mal hellhörig, da kann man nichts machen. Und mit dem kleinen Kind – unsere Tochter ist drei – natürlich geht es da manchmal etwas lebhafter zu als bei einer alten Frau wie der Garn!«

Berger unterbrach ihren Redefluss: »Frau Lohberg, es geht um etwas anderes. In Ihrer Wohnung soll eine größere Menge Wäsche gelagert sein, ist das richtig?«

»Oh. – War das auch die Garn?«

»Bitte beantworten Sie meine Frage.«

»Ja, das war sie, das ist wieder typisch! – Ja, wir haben Wäsche hier gelagert. Mein Mann hat einen größeren Posten sehr günstig erstanden, und den wollen wir nun verkaufen.«

»Aber Sie haben eigentlich kein Wäschegeschäft?«

»Nein, eine Elektrohandlung. Aber im Augenblick – Sie wissen ja auch, wie das ist! Das Geschäft läuft schlecht, und wenn wir die Möglichkeit haben, mit irgendetwas Geld zu verdienen, dann nutzen wir natürlich die Chance, ganz gleich, ob das nun Elektroartikel sind oder Wäsche oder sonst irgendetwas.«

»Können wir die Wäsche mal sehen?«, fragte Krohn.

»Ja, selbstverständlich.« Frau Lohberg führte die Beamten ins Schlafzimmer. »Das ist jetzt alles noch nicht aufgeräumt«, sagte sie. »Dazu sind wir noch gar nicht gekommen.«

Beide Betten waren mit hohen Stapeln von Wäsche belegt.

»Und – wo schlafen Sie?«, fragte Berger.

»Im Augenblick im Wohnzimmer.«

»Wilhelm, hast du mal die Liste?«, fragte Krohn. Berger gab ihm das Verzeichnis der gestohlenen Gegenstände.

»Das ist doch hoffentlich nicht verboten, das mit der Wäsche?«, fragte Frau Lohberg. »Mein Mann hat die Dinge von einem Herrn Becker gekauft. Den hat er, wenn ich mich recht entsinne, im Café Vaterland kennengelernt. Der Mann hat gesagt, dass er diese Waren wegen der ungünstigen Konjunktur unbedingt loswerden müsse, und weil die Sachen wirklich billig waren, da hat mein Mann dann – was machen Sie denn da?«

»Ich zähle die Sachen«, sagte Krohn.

»Die brauchen Sie nicht zu zählen, ich habe eine Aufstellung gemacht!«

»Wunderbar; könnte ich die bitte mal sehen?«

Frau Lohberg reichte ihm die Aufstellung. Krohn verglich die Listen. Berger sah Krohn an. Der verzog keine Miene. Und Frau Lohberg? Die war nervös, aber das war auch kein Wunder, immerhin hatte sie die Polizei im Schlafzimmer.

Krohn war fertig. Er richtete sich auf. »Und wo ist der Rest?«, fragte er.

»Welcher Rest?«

»Was hier liegt, das ist ziemlich genau die Hälfte der Waren, die vor drei Wochen aus dem Wäschegeschäft Flachdecker in den Colonnaden gestohlen worden sind.«

»Mein Gott! – Das kann doch nicht sein! Sind Sie sich da denn auch wirklich sicher?«

»Ganz sicher«, sagte Krohn. »Fabrikate, Stückzahlen, alles identisch. Nur dass eben ein Teil der Ware fehlt.«

»Dies ist alles, was wir gekriegt haben. Das heißt, ein paar Sachen haben wir natürlich inzwischen verkauft. – Mein Gott, gestohlen sagen Sie? Das ist ja furchtbar! Dann – dann sind wir betrogen worden!«

»Das ist bedauerlich«, sagte Krohn. »Vielleicht lässt sich das ja alles ganz leicht aufklären. Wenn Sie uns sagen können, von wem Sie die Wäsche erworben haben. Wer ist dieser Becker, und wo finden wir ihn?«

»Ich weiß nur das, was ich Ihnen schon erzählt habe. Da müssten Sie sich dann wohl an meinen Mann wenden. – Wie schrecklich! Was für ein Verlust!«

»Ja, die Ware ist natürlich beschlagnahmt.«

»Und jetzt?«, fragte Berger. Sie fuhren nicht mit der U-Bahn zurück zum Rödingsmarkt; Krohn war stattdessen zur nächsten Straßenbahnhaltestelle gelaufen.

»Jetzt nehmen wir Lohberg fest«, sagte er.

»Warum?«

»Damit er sich nicht mit seiner Frau abspricht. – Wilhelm, weißt du, wo dieses Elektrogeschäft ist? Das ist in der Großen Theaterstraße, einen Katzensprung vom Wäschegeschäft Flachdecker in den Colonnaden entfernt.«

»Was heißt das schon?«

»Nicht viel, aber ich habe vorhin am Telefon ja noch ausführlich mit dieser Frau Garn geplaudert. Und die sagt: Lohberg und seine Frau haben die Wäsche nachts in ihre Wohnung geschafft, und zwar genau in der Nacht nach dem Einbruch. Diesen angeblichen Herrn Becker, den gibt es nicht.«

7.

Es dauerte keine zwei Stunden, da hatten sie die Haftbeschwerde eines Rechtsanwalts auf dem Tisch. Lohberg möge sofort mangels Tat- und Fluchtverdacht auf freien Fuß gesetzt werden.

Berger überflog das dreiseitige Schreiben. Im Kern stand:

Lohberg ist durchaus in der Lage, die Aussage der Frau Garn, die Eheleute Lohberg hätten die Wäsche in der Nacht vom 5. Auf den 6. Juli um 3 Uhr morgens mittels Automobil in ihre Wohnung geschafft, durch folgende Zeugen zu widerlegen:

erstens die Eheleute Hamdorf,

zweitens den Oberkellner Jens,

drittens den Klavierspieler Rademacher im Restaurant Zum Molch, Ecke Theaterstraße und Colonnaden. Die Eheleute Lohberg haben in jener fraglichen Nacht mit Schluss der Polizeistunde, gegen 12 Uhr, jenes Lokal verlassen und sind mit einem Automobil nach Hause gefahren.

»Das werden wir dann wohl nachprüfen müssen«, sagte Berger.

Krohn schüttelte den Kopf. »Ich hab schon angerufen im Molch. Die Herrschaften haben zwar gesehen, dass die Lohbergs um Mitternacht gegangen sind, aber wo sie hingegangen sind, können sie natürlich nicht sagen. Und das bewusste Lokal ist nur einen Steinwurf sowohl von Lohbergs Laden als auch von dem Wäschegeschäft Flachdecker entfernt. Fazit: Lohberg bleibt in Haft.«

»Und er bleibt dabei, dass er die Wäsche von diesem Becker erworben hat?«

»Es gibt sogar eine handschriftliche Quittung darüber ...«

»Aber?«

»Aber die Quittung ist nicht echt. – Natürlich haben wir bei Lohberg erst einmal seinen ganzen Schreibkram konfisziert. Jede Menge Briefe von allen möglichen Leuten. Und beim Sichten der Unterlagen ist herausgekommen, dass die Schrift dieses angeblichen Becker genauso aussieht wie die Schrift eines gewissen Sevecke, mit dem Lohberg wohl befreundet ist.«

»Das sieht schon besser aus.«

»Das Beste weißt du noch gar nicht: Sevecke hat gestanden, dem Lohberg zu Gefallen diese Quittung geschrieben zu haben.«

»Und jetzt?«

»Gegenüberstellung. Wir brauchen nicht Sevecke, wir brauchen diesen Lohberg!«

8.

»Herr Lohberg, wir möchten Sie noch einmal zur Sache vernehmen.«

Lohberg reagierte mürrisch: »Ich kann nichts anderes aussagen, als was ich bereits gesagt habe. Das steht alles in den Akten, mehr sage ich nicht.«

Jastorf sagte: »Ich habe hier die Aussage Ihres Freundes Sevecke. Wenn Sie sich die bitte einmal durchlesen würden?«

Lohberg nahm das Blatt Papier und las. Er sah blass aus. Am Ende der Lektüre schüttelte er den Kopf: »Der lügt, der Sevecke. Das hab ich nie gesagt, dass er mir irgendeine

Quittung ausstellen soll. Und dass er für mich falsch aussagen soll auch nicht.«

»Haben Sie denn irgendeine Erklärung dafür, warum Sevecke das behauptet?«

Lohberg schüttelte den Kopf.

In dem Augenblick kam Krohn mit Sevecke herein. Lohberg sprang auf, wies auf das Protokoll: »Mensch, da hast du mir ja was Schönes eingebrockt! Wie kannst du so was sagen, das ist doch nicht wahr!«

»Das darfst du mir nicht übel nehmen. Dass das jetzt so gekommen ist, daran habe ich keine Schuld. Das geht alles aufs Konto deiner Frau. Ich muss doch die Wahrheit sagen, ich will ja schließlich nicht ins Gefängnis ...« Er sah seinen Freund Lohberg nicht an dabei.

Lohberg ballte die Fäuste, enthielt sich aber ansonsten jeden Kommentars.

»Hast du das gehört?«, fragte Jastorf.

Berger nickte. Beide Polizisten hatten keine Miene verzogen, aber sie hatten sehr wohl registriert, was Sevecke gesagt hatte: *Das geht alles aufs Konto deiner Frau.*

»Die schnappen wir uns!«

9.

Reimer wusste es zuerst: »Lohberg und Sevecke sind verhaftet!«

»Verdammt!«

»Die Idioten haben versucht, die Wäsche direkt an irgendwelche Weiber zu verkaufen.«

»Elende Amateure!« Petersen überlegte. Frau Lohberg, das war der Schwachpunkt. »Die Alte, die darf auf keinen Fall schwatzen. Komm mit, Reimer, der müssen wir sofort Bremsen anlegen!«

Sie fuhren zur Isestraße, doch dort war niemand.
»Die ist bestimmt im Laden!«, sagte Petersen.

Sie kamen zu spät. Als Frau Lohberg ihnen die Tür öffnete, sah Petersen gleich, was passiert war.
»Oh«, sagte Reimer, »du hast Besuch?« Mehrere Herren waren dabei, das Kontor zu durchsuchen.
»Ich soll festgenommen werden«, jammerte die junge Frau. Sie sah blass aus.
Auch Petersen war blass geworden. »Was wirft man dir denn vor?«
»Hehlerei. Ich soll gestohlene Ware verkauft haben. Aber das stimmt doch alles gar nicht ...« Sie weinte.
»Lass dich nicht einschüchtern«, sagte Petersen. »Dir kann gar nichts passieren.«
»Kann ich Ihnen helfen, meine Herren?« Der dicke Polizist, der sich bisher im Hintergrund gehalten hatte, war jetzt auf die Gruppe zugetreten.
»Nein, danke. Wir wollten nur ...«
»Herr Petersen, ich kann mir sehr gut vorstellen, was Sie wollten, aber es hat keinen Zweck mehr. Das Spiel ist aus«, sagte Krohn.
Petersen ignorierte ihn. »Lass dich nicht einschüchtern!«
Petersen und Reimer machten sich aus dem Staub.
Die Frau schluchzte: »Und was wird nun aus unserer Kleinen? – Mein armer kleiner Schatz, oh Gott, mein armer kleiner Schatz!«
Gleich haben wir sie soweit, dachte Krohn. Hier half am ehesten die sanfte Tour weiter. »Überlegen Sie es sich doch noch einmal«, sagte er. »Frau Lohberg, alles was Sie bisher zu Protokoll gegeben haben, das ist doch nicht wahr. Damit bringen Sie sich nur weiter und weiter in Schwierigkeiten.«

»Ich weiß nichts von gestohlener Wäsche.«

Krohn schüttelte den Kopf. »Damit kommen Sie nicht durch. – Denken Sie doch an Ihre Lage. Ihr Kind, das kleine Mädchen – wer soll sich denn darum kümmern, wenn Sie am Ende jahrelang im Gefängnis sitzen? Das ist falsch verstandene Solidarität; Ihrem Gatten können Sie sowieso nicht helfen!«

Sie schluchzte, murmelte irgendetwas, das Krohn nicht verstand.

»Bitte?«

Sie wischte sich mit dem Ärmel die Tränen aus dem Gesicht. »Nein, das geht doch nicht. Ich kann doch nicht gegen meinen Mann aussagen!«

»Da haben Sie etwas missverstanden«, sagte Krohn mit seiner sanftesten Stimme. »Niemand kann Sie *zwingen*, gegen Ihren Mann auszusagen, das ist richtig. Aber Sie *dürfen* schon.«

Frau Lohberg schüttelte den Kopf.

Krohn wartete. Er wusste, er brauchte nicht mehr lange zu warten.

10.

»Hör zu«, sagte Petersen. »Es sind ein paar Sachen schiefgelaufen!«

Frieda Gehrken nickte. Es musste ernst sein. So aufgeregt hatte sie ihren Odsche noch nie erlebt.

»Die Wäsche, die ich dir gegeben habe, die muss verschwinden. Sie haben jetzt auch die Frau Lohberg festgenommen. Die redet bestimmt, und dann wird hier die Wohnung durchsucht.«

»Oh Gott, hoffentlich finde ich das alles zusammen!«

»Das schaffst du schon. Du nimmst die Sachen, tust alles in deine Handtasche und gibst die am Dammtorbahnhof bei der Gepäckaufbewahrung ab. Und den Gepäckschein versteckst du so, dass er bei einer Durchsuchung nicht gefunden wirst, verstehst du?«

Frieda nickte.

11.

»Hier!« Petersen reichte Drescher das Fremdenblatt. »Lies mal! Seite fünf.«

Drescher überflog den Artikel. »Ach, du Scheiße!«

»Ich war dabei, als die Bullen bei der Lohberg aufgetaucht sind! Ich hab sie beruhigt, auf sie eingeredet, hab ihr gesagt, ihr kann nichts passieren – überhaupt gar nichts! Und was tut die dumme Kuh? Legt ein Geständnis ab.«

»Dann ist Lohberg dran. – Und wir auch, wenn wir nicht aufpassen. Wir brauchen dringend ein Alibi!«

Petersen überlegte. »Meine Schwester, die hat doch gerade geheiratet. Diesen Flügge.«

»Ja, und? Das war ja wohl nicht am 5. Juni!«

»Nein, jetzt erst. Aber am 5. Juni, da hat sie sich verlobt!«

»Ehrlich?«

»Nee, nicht an dem Sonntag jedenfalls, zwei Wochen vor der Hochzeit, so'n Quatsch! Aber als Alibi geben wir das einfach an! Wir sind alle auf dieser Feier gewesen: Meine Mutter und mein Stiefvater, du mit deiner Holden, Emmi Schween und Wilhelm Klein ...«

»Das glaubt uns doch keiner!«

»Doch, das wird überhaupt gar niemand in Zweifel ziehen. Wir können es nämlich beweisen: Ich lasse das Datum in den Ringen ändern!«

12.

Jastorf hatte Dr. Davidsohn aufgesucht. Er, der sonst so forsch und bestimmt auftrat, wirkte in Gegenwart des Akademikers wie verwandelt. Nicht dass der Untersuchungsrichter ihm Angst eingejagt hätte, das nicht. Sie verstanden sich, waren sich in allen Grundfragen einig. Aber jetzt wollte er etwas von Davidsohn, eine Art Generalvollmacht, und für dieses ungewöhnliche Ansinnen hatte er wenig in der Hand. Die einzige Straftat, die bisher fast aufgeklärt war, war der Einbruch in das Wäschegeschäft Flachdecker. Und selbst da fehlten noch die Verhaftung und das Geständnis der Haupttäter. Jastorf stützte sich bis jetzt nur auf Informationen aus zweiter Hand, Gerüchte – alles was die Frau Lohberg so aufgeschnappt hatte. Bei den Straftaten der Bande war sie ja nicht selbst mit dabei gewesen.

»Ich weiß jetzt alles«, behauptete Jastorf. »Also, der Tipp für die Trabrennbahn kam von einem Holzhändler. Der hat sein Geschäft in Dehnhaide und wohnt da auch in einer Villa. Und dieser Holzhändler kennt wiederum am Toto in Farmsen jemand, der ihm dann sagt, wie hoch die Einnahmen sind. Und der Holzhändler ruft dann in einer Wirtschaft an der Kuhmühle an, wo die Verbrecher warten. Der Chauffeur steht schon bereit mit seinem Auto.«

»Was ist das für ein Holzhändler?«, fragte Davidsohn.

»Den Namen weiß ich noch nicht, den kannte mein Informant nicht.«

»Nun, das müsste sich ja leicht herausfinden lassen ...«

Jastorf hörte einen leichten Vorwurf in der Stimme des Untersuchungsrichters. »Das sind ganz frische Informationen«, sagte er. »Ich bin direkt zu Ihnen gekommen.«

»Ja, natürlich.«

»Der Chauffeur heißt Berthold Schwarz«, sagte Jastorf.

Davidsohn wunderte sich. Berthold Schwarz? War das nicht der Mönch gewesen, der das Schießpulver erfunden hatte?

»Neben ihm saß einer, von dem wir bisher nur wissen, dass er Jenky genannt wird.«

»Yankee vielleicht? Ein Amerikaner?«

»Das weiß ich nicht.

»Das ist alles sehr verwirrend. Und Adolf Petersen war jedenfalls auch mit dabei?«

»Ja, natürlich. Der hat ja das Geld an sich genommen. Und Plau hat den Schreckschuss abgegeben.«

»Schreckschuss ist gut, mein Lieber! Er hat dem Kutscher den Arm zerschossen.«

»Der Holzhändler jedenfalls hat einen kleinen, schwarzen Schnurrbart, wettet viel beim Pferderennen und verkehrt in der Wirtschaft von Fischer in der Volksdorfer Straße, Ecke Hamburger Straße.«

»Ja.«

»Und der Chauffeur, dieser Berthold Schwarz, der hat seine Stellung aufgegeben und hält sich verborgen, weil er fürchtet, dass die Polizei nach ihm sucht. Aber ein Halbbruder des Schuhmachers Hein Kloth, der wohnt im Holsteinischen Kamp, und der kann angeblich Auskunft über seinen Aufenthaltsort geben.«

»Mein lieber Jastorf«, unterbrach ihn Davidsohn. »Das ist schön und gut, aber warum erzählen Sie mir das alles?«

»Damit Sie wissen, wo wir jetzt stehen. Dies ist ein sehr großer Fall, Herr Dr. Davidsohn. Wenn ich alle Informationen zusammenzähle, die wir bisher erhalten haben, dann umfasst der Kreis der Beschuldigten bereits einundzwanzig Personen. Nicht alle davon sind unbedingt strafrechtlich zu belangen. Aber es besteht die Hoffnung, dass wir die Leute gegeneinander ausspielen können. Zum Beispiel ist wohl die Beute nicht immer gerecht geteilt worden. Da können wir ansetzen!«

»Einundzwanzig Personen – mein lieber Jastorf, Ihre Fähigkeiten in allen Ehren, aber das ist eine Größenordnung, die einer allein nicht mehr handhaben kann.«

Jastorf wurde rot. »Da bin ich anderer Ansicht. Um ehrlich zu sein – das ist genau der Punkt, um den ich Sie bitten wollte. Es sollte sichergestellt sein, dass alle Ermittlungen von mir, das heißt von Krohn und mir durchgeführt werden. Und Berger natürlich. Wenn die Arbeiten auf verschiedene Sachbearbeiter verteilt werden, gibt es zu große Reibungsverluste, und die Feinabstimmung der polizeilichen Maßnahmen, zum Beispiel wer wann verhaftet werden soll, die würde darunter leiden.«

»Ich sehe, was Sie meinen«, sagte Davidsohn. Er überlegte. »Gut«, sagte er schließlich. »Wir machen es so: Sie führen zunächst alle Ermittlungen. Sie sind mit der Materie vertraut, und ich will auf keinen Fall, dass jetzt irgendein besser bezahlter aber ahnungsloser Oberpolizist die Geschichte an sich reißt ...«

»Danke!«

»Das ist das eine! Das andere ist aber, dass wir den Fall aufteilen in eine ganze Reihe von Einzelverfahren, also zum Beispiel Adolf Petersen und Genossen, Plau und Genossen, Junge und Genossen – und so weiter. So viele Prozesse wie wir eben Beschuldigte haben. Wenn wir dann in einem der Verfahren Schiffbruch erleiden sollten, was man ja leider nie ganz ausschließen kann ...«

Jastorf wurde noch roter. Dass er Petersen im letzten Sommer hatte laufen lassen müssen, wurmte ihn zutiefst.

»... dann haben wir ja immer noch zwanzig andere Verfahren. Das hat, nebenbei gesagt, auch den Vorteil, dass die Strafen in der Summe viel höher ausfallen, als wenn wir das alles in einem einzelnen Mammutprozess aufrollen würden. Ich denke, das ist auch in Ihrem Sinne!«

»Ja, natürlich.«

Vor allem ist es natürlich in meinem Sinne, dachte Davidsohn. Auf diese Weise wird ein unübersichtliches Knäuel von Verfahren erzeugt, das am Ende nur noch einer entwirren kann, und dieser eine bin ich! Da wird sich Kapital draus schlagen lassen, falls es mit dem Sprung nach Berlin nicht klappen sollte.

»Wen wollen Sie denn zuerst festnehmen?«

»Adolf Petersen natürlich, wenn wir ihn kriegen können, dann seine derzeitige Braut, die Frau Gehrken.«

»Ich wünsche Ihnen viel Glück.«

Das werde ich brauchen, dachte Jastorf.

Petersen verhaftet

29. Juni 1921

1.

»Ja, bitte?« Frieda Gehrken starrte die Polizisten mit großen Augen an. Dass sie Berger schon kannte, gab sie durch nichts zu erkennen.

»Frau Gehrken, könnten wir bitte Herrn Julius Adolf Petersen sprechen? Gegen ihn liegt ein Haftbefehl vor.«

»Der Herr Petersen ist nicht hier«, sagte sie.

Log sie? Berger war sich nicht sicher.

»Wenn Sie vielleicht morgen Abend wiederkommen könnten ...?«

Berger schüttelte den Kopf. »Nein, wir bleiben hier. Wir müssen Ihre Wohnung durchsuchen.«

»Haben Sie einen – wie heißt das – einen Durchsuchungsbefehl?«

Berger gab ihr das Schreiben. Sie legte es zur Seite, ohne es zu lesen.

Die Polizisten machten sich an die Arbeit. Gestohlene Wäsche, dachte Berger. Woran erkenne ich gestohlene Wäsche? Die Tischtücher, die er aus dem Schrank nahm, sahen nicht neu aus. An der Ecke eingestickt ein Monogramm FF.

»FF?«, fragte Berger.

Er erfuhr, dass Frieda Gehrken mit einem Herrn Follmer verheiratet sei.

»Dann heißen Sie also eigentlich Follmer?«

»Ja.«

»Und wo ist der Herr Follmer jetzt?«

»Einen Meter unter der Erde«, witzelte einer der Polizisten.

Berger ärgerte sich: »Lassen Sie diese Bemerkungen!«

»Er hat sich aus dem Staub gemacht«, sagte Frau Gehrken.

In dem Augenblick wurde es im Nachbarzimmer laut. »Holla, wen haben wir denn da?«

»Julius Adolf Petersen«, sagte Petersen. »Sie wollten mich sprechen?«

»Als wir ins Zimmer kamen, war er gerade dabei, aus dem Schrank zu steigen!«, rief der Beamte.

Berger verzichtete darauf zu fragen, was Petersen in dem Schrank gemacht habe. »Sie sind verhaftet«, sagte er.

»Ich habe mir nichts zuschulden kommen lassen!«

»Einbruch in das Wäschegeschäft Flachdecker«, sagte Berger. »Sie sind als einer der Täter identifiziert worden.«

»Ich kann nachweisen ...«

»Nicht jetzt«, sagte Berger. »Das können Sie im Präsidium tun. Kommen Sie mit!«

»Frieda, kannst du das bitte für mich aufbewahren?«, sagte Petersen scheinbar ungerührt. Er steckte seiner Gefährtin einen größeren Umschlag zu.

»Moment mal, bitte!« Berger nahm ihr den Umschlag aus der Hand und schüttete den Inhalt aus. Ein Ring wollte vom Tisch kullern; Berger schlug mit der Hand drauf. Insgesamt vier Ringe waren in dem Umschlag, Gold mit Brillanten. Außerdem eine Art Brieftasche; darin fand sich ein Wechsel über dreiunddreißigtausend Mark und ein Scheck über fünfzehntausend Mark, beides ausgestellt von einer Baronin Ada von Thorvald. Außerdem verschiedene Quittungen über den Verkauf von Teppichen, Schmuck und einem silbernen Kaffeeservice. In einem Seitenfach steckten zusammengefaltete Hypothekenpapiere.

Berger sah Frieda Gehrken an, wartete einen kleinen Moment. Wenigstens »was ist das denn?« hätte sie jetzt sagen müssen. Aber sie schwieg.

Berger sagte: »Frau Gehrken, auch Sie sind vorläufig festgenommen. Diese Gegenstände sind beschlagnahmt.«

2.

»Herr Berger?«

»Ja, bitte?« Das musste einer der Anwälte sein.

»Schröder ist mein Name. Ich vertrete den Herrn Adolf Petersen.«

»Freut mich sie kennenzulernen«, sagte Berger. Es freute ihn nicht im Geringsten. Ganz offensichtlich hatte der Mann ihn hier vor dem Stadthaus abgepasst, um mit ihm in Abwesenheit von Jastorf und Krohn reden zu können.

»Sagen Sie – was ist es eigentlich genau, was gegen meinen Mandanten vorliegt?«

Das ist dreist, dachte Berger. »Darüber kann ich Ihnen nun wirklich keine Auskunft geben.«

»Schade. – Falls Sie jemals etwas haben, was ich wissen sollte – ich gebe Ihnen auf jeden Fall mal meine Karte mit, damit Sie wissen, wie Sie mich erreichen können.«

»Dankeschön.«

»Es liegt mir sehr am Herzen, dass hier keine unnötigen Missverständnisse aufgebaut werden. Es stehen ja für meinen Mandaten abgesehen von seinem guten Ruf durchaus auch größere Summen auf dem Spiel.«

War das nun ein Bestechungsversuch? »Ich glaube auch, dass mehr auf dem Spiel steht als nur das Geld und der gute Ruf des Herrn Petersen«, sagte Berger. »Und jetzt entschuldigen Sie mich bitte; ich habe zu tun.«

3.

»Herr Kriminalrat, eins möchte ich gleich von Anfang an völlig klarstellen: Ich bin ein ehrlicher Mensch. Ich habe niemals, also zu keinem Zeitpunkt mit dieser Petersen-Bande, von der Sie da sprechen, irgendwelche strafbaren Handlungen begangen.«

»Ja, ja«, sagte Krohn. »Das freut mich zu hören. – Sie haben aber immerhin gestern bei einer Vernehmung durch unseren Kollegen Strauch zu Protokoll gegeben, dass Sie in der Lage wären, Aufklärung über verschiedene Straftaten zu bieten, die wir Adolf Petersen und Genossen zur Last legen.«

»Ja, das stimmt.«

Krohn nahm die Brille ab, sah Lohberg forschend an. »Nun könnte man sich natürlich fragen ...«

»Herr Kriminalrat, Sie haben ja recht. Aber ich muss zu meiner Entschuldigung anführen, dass ich kein besonders mutiger Mensch bin, und solange dieser Petersen noch frei herumgelaufen ist, da hatte ich einfach Angst. Ich meine, ich hätte ja das Schlimmste befürchten müssen; diese Kerle schrecken vor nichts zurück. Die hätten sich an mir gerächt, die hätten mich abgemurkst, das ist so sicher wie das Amen in der Kirche.«

»Da ist es ja gut, dass Sie jetzt erst einmal unter unserem Schutz stehen! – Wie sind Sie denn überhaupt in diese ganze Geschichte reingeraten?«

»Durch einen ganz dummen Zufall, Herr Kriminalrat. – Ich kann eigentlich gar nichts dafür.«

»Das habe ich mir schon gedacht.« Krohn zündete sich eine Zigarre an, nahm ein paar Züge, ließ sich Zeit. Lohberg rutschte unruhig auf seinem Stuhl hin und her, wusste offenbar nicht, ob er einfach weiterreden sollte, traute sich aber nicht.

»Nun erzählen Sie mal«, sagte Krohn schließlich.

»Ja, also, mein Onkel, der hat doch diese Gaststätte in der Volksdorfer Straße, und da ...«

»Langsam, langsam!«, bremste ihn Krohn. »Wir haben Zeit. Fangen Sie ruhig ganz von vorne an.«

Krohn kannte den Lebenslauf schon aus den Akten, aber Berger nicht, und der sollte auch ins Bild gesetzt werden. »Keiner wird als Verbrecher geboren«, hatte Krohn gesagt. Und der Lebenslauf, den der Untersuchungshäftling vor ihm ausbreitete, unterschied sich zunächst kaum von Bergers eigenem.

Lohberg war am 9. August 1895 geboren – als Sohn rechtschaffener Eltern, wie er betonte. Nach der Schulzeit hatte er eine Lehre bei einer Exportagentur begonnen, und hatte dann schließlich bei der Kaufmännischen Krankenkasse von 1858 angefangen zu arbeiten. Dann kam der Krieg; Lohberg wurde 1915 eingezogen, kam zum Ersatz-Reserve-Regiment 213 und war bei St. Eloi schwer verwundet worden. Beckenschuss, dreizehn Monate Lazarett, danach als Invalide ausgemustert. Er hatte bei der Kasse wieder anfangen können.

Glückspilz, dachte Berger. Bei den vielen Arbeitslosen! Aber es hatte dem Lohberg nichts genützt, die Kasse zahlte schlecht, das Geld reichte nicht aus. Alles war teurer geworden inzwischen, und Lohberg – er hatte zu früh geheiratet – musste jetzt nicht nur seine Frau ernähren, sondern nach dem Tod des Vaters obendrein auch noch die Mutter. Sie lebten zusammen in einer Wohnung.

»Da habe ich beschlossen, mich selbstständig zu machen. Wirtz und Lohberg, Elektrowaren en gros. Haben Sie vielleicht schon mal gelesen irgendwo.«

Krohn schüttelte den Kopf.

»Wir inserieren im Fremdenblatt und im Echo. Und unser Laden, der ist in der Großen Theaterstraße, gar nicht weit von hier.«

»Wo Ihr Laden ist, weiß ich«, sagte Krohn.

»Wer ist Wirtz?«, fragte Berger. Möglichweise ein weiterer Verdächtiger? Der Name war schon mal irgendwo aufgetaucht, so viel stand fest.

»Der Tobias Wirtz, der hat nicht lange mitgemacht. Ist schon nach fünf Monaten wieder aus der Firma ausgetreten.

Mai 1919 ist das gewesen. Er war ja eigentlich Intendantursekretär bei der Marineverwaltung, ja und den Posten wollte er natürlich nicht aufgeben ...«

»Und da hat er sein Geld zurückhaben wollen«, mutmaßte Berger.

»Ja, natürlich.«

»Was die Firma nicht verkraftet hat.«

Lohberg schüttelte den Kopf. »Herr Kriminalrat, so war das nicht. Das Geschäft lief blendend. Läuft noch immer blendend. Ich habe zur Zeit sechs Angestellte, und der Bruttogewinn von Januar bis Mai dieses Jahres liegt immerhin bei fünfundachtzigtausend Mark. Aber die allgemeine Entwertung des Geldes ...«

»Sie mussten also aktiv werden, um die Firma zu retten?«

»Ich habe meinem Onkel von meinen Problemen erzählt. Paul Ansorge heißt der.«

Berger sah Krohn an. Der schüttelte den Kopf. Ansorge war bisher unbekannt, sollte das heißen. Lohberg erklärte: »Der hat eine Gastwirtschaft in der Volksdorfer Straße 12. Und in dem Lokal habe ich dann einen Gast getroffen, der sich für meine Probleme zu interessieren schien.«

»Wer war das?«, fragte Berger.

»Ein gewisser Max Windhorst ...«

Krohn nickte lebhaft. Er saß so, dass Lohberg das nicht sehen konnte.

»Max Windhorst?«, fragte Berger so gleichgültig wie möglich.

»Ja. Wir haben ein paar Bier zusammen getrunken, und er hat mich alles Mögliche gefragt. Ich habe ihm von meiner Firma erzählt und von meinen privaten Problemen – wir haben ja auch obendrein noch seit September 1918 eine kleine Tochter. – Ich glaube, ich habe im Augenblick gar kein Foto ...«

»Macht nichts«, sagte Berger. »Aber von der Tochter wollte der Herr Windhorst vermutlich nichts wissen?«

»Doch, er hat sich schon dafür interessiert, aber vor allem hat er mich nach dem Herrn Wirtz gefragt, meinem früheren Teilhaber. Er hat gesagt, dass der Herr Wirtz da ja einen guten Posten habe, bei der Marineintendantur, und dass das ja wohl eine ziemliche Vertrauensstellung sei, und dass da vermutlich große Summen durch seine Hände gingen. – Herr Kriminalrat, ich war ja völlig arglos, ich hab doch schließlich nicht wissen können, dass der Max Windhorst vorbestraft ist!«

»Und was geschah dann?«

»Nichts. – Zunächst jedenfalls. Der Herr Windhorst hat mir erklärt, dass er zur Zeit leider auch kein Geld flüssig habe, aber dass er sich mal umhören wolle – und dann hat er sich verabschiedet und ist gegangen.«

»Aber er hat sich wieder gemeldet?«

»Ich hab ihn wieder getroffen, ungefähr eine Woche später, wieder in dem Lokal von meinem Onkel. Er hat mich noch alles Mögliche gefragt, über Referenzen und so etwas, und ich hab ihm gesagt, er könne sich gern bei der Hanseatischen Electrizitäts-Gesellschaft über mich erkundigen. Oder bei Hermann Strube & Co. – Ja und dann hat er mich mit dem Herrn Petersen zusammengebracht.«

»Adolf Petersen?«

»Ja.«

»Den kannten Sie vorher nicht?«

»Nein. Max Windhorst hat uns vorgestellt. Und Petersen hat sich dann die ganze Geschichte angehört, selbst auch noch ein paar Fragen gestellt, und ein paar Tage später habe ich dann von ihm fünfzigtausend Mark erhalten.«

»Großzügig«, sagte Berger.

»Na ja, ich musste das Geld natürlich verzinsen, zunächst mit zwanzig Prozent, später dann mit zwölf Prozent. Und damit war der Fall dann zunächst einmal für mich erledigt.«

Berger nickte, sagte aber nichts.

»Später hab ich dann gerüchteweise gehört, Max Windhorst und noch irgendein Mensch hätten unter einem Vorwand die Intendantur aufgesucht und gesagt, dass sie den Herrn Wirtz sprechen wollten ...«

Krohn malte im Hintergrund ein großes Fragezeichen in die Luft.

»Und wer war dieser unbekannte Dritte?«, fragte Berger.

»Der hieß Junge oder so ähnlich. Aber den kenne ich nicht. – Sie sind dann tatsächlich da hingegangen, aber der Herr Wirtz war nicht da, sodass sie nur mit seinem Vertreter sprechen konnten. – Und dann hab ich noch gehört, wie jemand gesagt hat, dass da ein Einbruch geplant sei.«

»Bei der Marineintendantur?«

»Bei der Deutschen Seewarte, ja.«

Krohn war plötzlich hellwach. »Ach, diese Dienststelle ist bei der Seewarte untergebracht?«

»Ja. – Hab ich das nicht gesagt?«

Berger schüttelte den Kopf. Jetzt fiel ihm auch ein, woher ihm der Name Wirtz bekannt war: der Kassierer der Seewarte!

Krohn fragte nach: »Und Sie haben diese geplante Straftat nicht zur Anzeige gebracht?«

»Nein. – Nein, ich hab das für leeres Gerede gehalten.«

»Ach, wirklich?«

Lohberg schlug die Augen nieder. »Natürlich wollte ich mich auch nicht bei Petersen und seinen Freunden unbeliebt machen, denn immerhin hatten die mir ja diesen Kredit gegeben, den ich so dringend brauchte.«

»Das ist verständlich«, sagte Berger. Er ging davon aus, dass der Richter später diese Handlungsweise weniger verständlich finden würde. Aber das war jetzt unwichtig. Lohberg sollte nicht erschreckt werden – er sollte reden.

Und Lohberg redete. »In der Zeitung hab ich dann gelesen, dass tatsächlich in der Seewarte eingebrochen worden ist. Ja, und da hab ich dann den Windhorst zur Rede gestellt. Ich hab ihm gesagt, dass ich mich für so etwas nicht hergebe und dass ich den Fall zur Anzeige bringen werde. Der Windhorst hat dann den Petersen geholt, und dem habe ich das Gleiche gesagt.«

»Und wie ist das ausgegangen?«, fragte Berger.

»Petersen hat mir ein Schweigegeld angeboten. Das habe ich abgelehnt.«

»Und dann?«

»Dann haben sie mir gedroht. Der Petersen hat gesagt, ich könne gar nichts machen. Max Windhorst und er hätten überall herumerzählt, ich hätte den Tipp für diesen Einbruch gegeben und sei entsprechend dafür bezahlt worden. Das war natürlich gelogen, und ich hab mich gewaltig aufgeregt und herumgeschrien, aber sie sind beide ganz ruhig geblieben und haben gesagt, ich komme da nicht mehr heraus. – Da habe ich schließlich einsehen müssen, dass das alles keinen Zweck hat, und ich musste mich wohl oder übel in das Unvermeidliche fügen ...«

Berger nickte, aber jetzt war sein Auftritt zu Ende. Krohn hatte sich von seinem Sitz erhoben. Er sagte: »So, Jungchen, das hast du gut gemacht, aber nun lass mich mal ran!« Berger machte ihm Platz. Lohberg starrte den massigen Kriminalisten an, und es war klar, dass er große Angst vor dem Mann hatte. »Das ist die Wahrheit«, sagte Lohberg. »Das ist alles, was ich weiß!«

»Das reicht nicht«, sagte Krohn. »Etwas mehr brauchen wir schon, sonst müssen wir davon ausgehen, dass du mit drinhängst. Mittendrin!«

»Was soll ich denn nur sagen?«, jammerte Lohberg.

»Die Namen!«, verlangte Krohn.

»Ich weiß doch nichts ...«

Einen Moment lang hatte Berger das Gefühl, dass sein Partner zu weit ginge. Besorgt sah er ihn an.

Aber Krohn hatte die größere Erfahrung, ließ sich nicht beirren: »Die Namen!«, forderte er, jetzt etwas lauter, drohender.

Und dann knickte Lohberg ein.

»Reimer«, hauchte er.

»Lauter bitte!«

»Reimer.«

»Weiter!«

»Außerdem dieser Junge. – Und Arnold Petersen. Und einer, der hieß Plau, glaube ich.«

»Karl Plau?«

»Ja. Neuberger vielleicht auch, aber das weiß ich nicht sicher. Und – und ein Schade, aber den hab ich nie gesehen. Ja und natürlich Adolf Petersen und Max Windhorst.«

Krohn sah in seine Unterlagen. »Ja«, log er, »das stimmt wohl, das habe ich hier auch stehen.«

Berger konnte im Gegensatz zu Lohberg sehen, was für ein Blatt Krohn aufgeschlagen hatte. Es war der Speiseplan der Polizeikantine.

»Reingelegt«, sagte Krohn. Lohberg war inzwischen wieder in Untersuchungshaft.

»Was geschieht nun mit ihm?«, fragte Berger.

Krohn zuckte mit den Achseln. »Mal sehen«, sagte er.

Berger dachte, dass der junge Mann seine Frau so bald nicht wiedersehen würde. Und das kleine Mädchen auch nicht.

Krohn durchschaute ihn. »Du hast ein zu weiches Herz«, sagte er. Es klang jetzt gar nicht mehr bedrohlich.

Berger sagte: »Wie schnell das gehen kann! Ein falscher Schritt, und schon ist man auf der falschen Seite. Und dann gibt es keine Rettung mehr ...«

»Ganz so ist es ja nun nicht«, sagte Krohn. »Zunächst einmal ist klar, dass dieser Lohberg gelogen hat. Aber er ist nicht gut im Lügen. Er ist noch zu unerfahren. Er hat natürlich geahnt, worauf das hinausläuft, wenn wir ihn vernehmen. Und da hat er dann ein paar besonders schöne Sätze schon einmal vorsichtshalber auswendig gelernt: ›... und ich musste mich wohl oder übel in das Unvermeidliche fügen!‹ So redet kein Mensch, Berger!«

»Kann es nicht wirklich so gewesen sein? So oder ähnlich?«

Krohn schüttelte den Kopf. »Dafür weiß er zu viel. Die Namen kann er nur wissen, wenn er wirklich tief mit drinsteckt.«

»Kann das nicht immer noch ein dummer Zufall sein? Ist er vielleicht nichts weiter als ein Pechvogel?«

Krohn lachte. »So viel Pech ist polizeilich verboten! Seine Umgebung scheint ja geradezu vom Unglück verfolgt zu werden ...«

Krohn tippte auf eine dünne Mappe, die vor ihm auf dem Tisch lag. »Kennst du diesen Vorgang?«

Berger schüttelte den Kopf. *Einbruch zum Nachteil der Kaufmännischen Krankenkasse von 1858* stand auf der Mappe. Offensichtlich ging Krohn davon aus, dass bei dieser Geschichte auch Lohberg seine Finger im Spiel hatte.

»Und was werden wir jetzt tun?«, fragte Berger. »Nehmen wir uns den Petersen vor?«

Krohn schüttelte den Kopf. »Wir werden ihn vernehmen, das ist klar, aber das ist nur eine Formsache. Petersen ist ein alter Hase, der lässt sich nicht überrumpeln. – Nein, wir werden einen kleinen Umweg machen müssen. Bei unserer Arbeit ist es genau wie beim Skat, Wilhelm. – Spielst du Skat?«

Berger spielte Skat. »Die Kleinen holen die Großen«, sagte er.

Krohn nickte. »Die Kleinen holen die Großen.«

Jetzt wurden Haftbefehle ausgestellt für Drescher, Reimer, Plau, Junge, Schade, Schröter und Neuberger. Die Petersens hatten sie schon. Jetzt bewegte es sich, jetzt kam die Sache ins Rollen!

Doch nicht alles gelang auf Anhieb. Reimer war untergetaucht. Neuberger hatte versucht, sich der Verhaftung durch einen Sprung aus dem Fenster zu entziehen, sich dabei die Beine gebrochen und lag nun im Krankenhaus.

4.

Unruhig ging Frieda Gehrken in ihrer Zelle auf und ab. Die Festnahme hatte sie schwer erschüttert. Was sollte nur werden? Wie sollte sie hier wieder herauskommen? Bei der Verhaftung Odsches hatte sie keine gute Figur gemacht. Es war klar, dass die Polizei sie als Mittäterin einstufte. Dabei hatte sie doch nur ein paar Geschenke angenommen, weiter nichts. Musste man denn bei jedem Geschenk nachfragen, wo es herkam und ob es nicht vielleicht geklaut war? Das konnte doch nicht sein! Und dieser Affe von Polizist, dieser Berger? Was hatte er denn geglaubt, was er hier tat? Lessingdenkmal, 20 Uhr? Fast wäre sie hingegangen. Ins Gesicht hätte sie ihm spucken sollen bei der Festnahme! Schade, dass sie es nicht getan hatte.

Die Handtasche fiel ihr ein. Sie hatte geglaubt, dass es gut sei, die gestohlenen Sachen verschwinden zu lassen. Jetzt kamen ihr Zweifel. Wenn die Tasche nun entdeckt würde, dann war natürlich völlig klar, dass sie versucht hatte, die Wäsche zu verstecken, und dass sie sehr wohl gewusst hatte, dass etwas damit nicht gestimmt hatte. Sie hatte ja vorgehabt, die Tasche so rasch wie möglich auszulösen. Aber nun, wo sie hier festsaß, konnte sie das nicht. Irgendwann würde die Gepäckaufbewahrung feststellen, dass das Gepäckstück nicht mehr zurückgefordert wurde. Sie würden die Tasche öffnen, um zu sehen, was es damit auf sich hatte; sie war ja nicht einmal verschlossen! Wann würden sie das tun? Nach einem Monat? Womöglich schon eher. Und natürlich stand ihr Name drin. Die Handtasche musste verschwinden.

Der freundliche Anwalt, den Odsche zu ihr geschickt hatte, der hatte angedeutet, dass er vielleicht in der Lage sei, eine Nachricht an ihre Freunde und Verwandten zu überbringen. Das war die Lösung. Sie würde an Mohnsens schreiben; die würden die Tasche auslösen. Odsches Stiefvater hatte den Zweitschlüssel für die Wohnung; er konnte hingehen und den Gepäckschein holen, den sie an die Übergardine geheftet hatte. Er wusste ja auch, worum es ging. Sie brauchte es nicht allzu deutlich zu formulieren, damit unbefugte Augen nichts damit anfangen konnten, falls die Nachricht doch abgefangen werden sollte.

Ach ja, da war ja auch noch der Pelzmantel! Auch der musste auf jeden Fall abgeholt werden. Sie machte sich daran, die erforderliche Nachricht zu schreiben.

5.

»Frau Mohnsen?«

»Ja, bitte?« Misstrauisch musterte Petersens Mutter die Beamten.

»Haussuchung«, sagte Jastorf. »Würden Sie bitte zur Seite treten?«

»Oh Gott, oh Gott! Das geht nicht – ich hab doch überhaupt nicht aufgeräumt!«

»Keine Sorge, Frau Mohnsen, das stört uns überhaupt nicht.« Krohn hatte diesmal die Rolle des netten Polizisten übernommen.

Den Durchsuchungsbefehl hatte Frau Mohnsen keines Blickes gewürdigt. Sie hatte ihn achtlos auf den Tisch gelegt, saß jetzt in der Küche kerzengerade auf einem der Holzstühle, tat uninteressiert, aber verfolgte das Vorgehen der Beamten aus den Augenwinkeln.

»Ist das der Durchsuchungsbefehl?«, fragte Mohnsen, der inzwischen aus dem Schlafzimmer aufgetaucht war. »Lass mal sehen!«

Petersens Stiefvater setzte sich hin, studierte das Dokument. Falls es irgendwelche Formfehler geben sollte – er wäre nicht in der Lage gewesen, sie zu entdecken. Sein Puls raste. Das musste ja so kommen, dachte er. Und sie würden bestimmt etwas finden. Der Odsche war immer so sorglos. Viel zu sorglos für jemand, der solch ein riskantes Leben führte.

Einer der Männer hatte die Besteckschublade auf den Tisch geschüttet, wühlte in den Messern, Gabeln und Löffeln herum.

»Waren Sie mal in Afrika?«, fragte er.

Mohnsen schüttelte den Kopf.

»Wo kommt denn dieses Messer her?«

D.O.A.=Linie stand drauf. Mohnsen zuckte mit den Schultern. Er hatte dieses Messer noch nie gesehen. »Was heißt das denn, D.O.A.?«

»Deutsche Ostafrika-Linie. Eine Reederei ist das. – Und W.R.?«

»Ein Monogramm.«

»Ja, das sehe ich. Aber wessen Anfangsbuchstaben sind das?«

»Keine Ahnung.«

Jedenfalls nicht Petersen oder Mohnsen, dachte Berger.

Frau Mohnsen räusperte sich. »Wir haben manchmal von Einlogierern solche Sachen gekriegt«, sagte sie. »Als Teil der Mietzahlung. Wenn die knapp bei Kasse waren.«

»Von wem zum Beispiel?«

»Das weiß ich nicht mehr.«

Alles gelogen, dachte Berger. Aber vor Gericht konnte man damit nichts anfangen.

Jastorf hatte sich inzwischen das Schlafzimmer vorgenommen. Mit Erfolg. Er kam mit einer goldenen Uhr zurück. »Eine Doppelkapsel-Herrenuhr mit Schlagwerk! Die lag in einem Kasten im Vertiko.«

»Müssen Sie denn nun wirklich alle Schränke durchwühlen?«, empörte sich Mohnsen. »Diese Uhr – das ist ein Geschenk von unserem Karl aus Amerika.«

»Schönes Geschenk«, brummte Jastorf. »Schade, dass Sie es gar nicht benutzen!«

Mohnsen zuckte mit den Achseln.

»Und dieses Collier, das tragen Sie auch gar nicht? – Brillanten und Smaragde, nicht übel!«

»Wir haben ja nicht gewusst, dass Sie kommen, sonst hätte ich es angelegt!«, fauchte Frau Mohnsen.

Jastorf verzog keine Miene. Er gab Berger ein Zeichen. Berger folgte ihm ins Schlafzimmer.

»Guck mal, was ich gefunden habe!«

Auf dem Bett lagen zwei Notizbücher. Auf dem dickeren stand *Adolf*, auf dem dünneren *Arnold*. Berger nahm das Buch *Adolf* in die Hand. Da war Seite für Seite aufgeführt, was die Mohnsens dem Sohn an Lebensmitteln und Wäsche ins Gefängnis geliefert hatten. Außerdem war aufgeführt, wann sie dem Sohn Nachrichten geschickt hatten, und wann sie Nachrichten aus dem Knast erhalten hatten. Der Transport dieser Botschaften war offenbar jedes Mal zwischen hundert und zweihundertfünfzig Mark wert gewesen.

Jastorf und Berger gingen in die Küche zurück.

»Wer hat die Nachrichten überbracht?«, fragte Jastorf.

»Was denn für Nachrichten?«

»Diese Nachrichten hier, beinahe jeden Tag eine!«

»Nee, das weiß ich nicht, was das sein soll ...«

»Kommen Sie, Frau Mohnsen, das ist doch Unfug, was Sie hier machen; es ist doch völlig klar, dass sie damit bei uns nicht durchkommen!«

Herr Mohnsen erhob sich.

»Wo wollen Sie denn hin?«

»Zum Klo«, sagte Mohnsen. »Man wird ja wohl noch austreten dürfen!«

Jastorf winkte einen der Schutzleute herbei: »Leibesvisitation!«

Mohnsen wurde von einem der Polizisten durchsucht.

»Was soll das?«, rief Mohnsen, »das ist mein Portemonnaie!«

Der Polizist übergab es Kriminalwachtmeister Krohn. Der schüttete den Inhalt auf den Tisch. Kleingeld, alle möglichen Quittungen und ein eng zusammengefalteter Zettel. Ein Kassiber:

Liebe Mutti!

Geh sofort nach der Wandsbeker Chaussee oben, bei der Ritterstraße, zu Fichtner. Hol die alte Seide und den Mantel. Mach das sofort in Ordnung, dann geh zu meiner Nichte Friedel, sie soll aussagen, dass im Februar ein Hermann Wolter aus Berlin das Mittelzimmer gemietet hat. Er hat sich von mir 6000 Mark geliehen und mir dafür den Brillantring dagelassen, den mit dem großen Stein, den haben sie mir hier abgenommen. Welches Jahr waren wir beide in Schleswig? Schreibe es mir unter »der Hund Pussy ist im Jahr 1919 geboren«. Wenn Friedel einverstanden ist, schreib mir: »Friedel ist wieder gesund.« – Die Verlobung von M., wie lange hat die gedauert am 5. Juni? Im Jahre 1914 war ich verlobt mit einem Amerikaner. Das mögen meine Mutti, Emmi und Martha mir bezeugen. Der brachte mir den Pelzmantel mit und den Pelzkragen. Der Amerikaner hieß John Black und hatte schwarze Haare.

Die Uhr im Mittelzimmer zu Füßen im Bett sofort wegbringen! Rechtsanwalt nehme ich mit A. zusammen. Wegen des Wäschediebstahls verhaftet: L. Nochmals: Die Seide und den Mantel da sofort wegholen. Pelzgeschäft Fichtner. Eilt! Eilt! Überbringer 20 Mark geben.

F.F.

»F.F.?«, fragte Krohn.

»Frieda Gehrken«, sagte Berger.

6.

Den Laden in der Wandsbeker Chaussee 159 hatten sie schnell gefunden.

»Der Pelzmantel? – Ja, den hat mir eine Frau gebracht, für die ich den umändern sollte. Vor einem Monat ungefähr muss das gewesen sein.« Der Kürschner Otto Fichtner blickte unsicher von einem Beamten zum anderen.

»Wie die Frau hieß, haben Sie das notiert?«

»Ja, natürlich. Aber das weiß ich auch so noch. Ein junges Fräulein war das, ein Fräulein Follmer, aus den Colonnaden.«

Jastorf und Berger sahen sich an. Kein Zweifel, das war der Mantel.

»Das ist ein sogenannter Elektrik-Bisammantel. Ein ziemlich schlichter Pelzmantel. Das ist natürlich von Vorteil; den kann man auch noch tragen, wenn sich die Mode gerade mal wieder geändert hat. Ich sollte den Mantel umändern. Ich glaube, Fräulein Follmer sagte, sie hätte ihn von einer Tante geerbt. Aber da bin ich mir nicht mehr ganz sicher.«

»Aber Sie haben die Änderungen noch nicht ausgeführt?«

»Nein, sie wollte ja noch zur Anprobe kommen, damit ich alles abstecken kann, aber bisher ist sie noch nicht dagewesen. Stattdessen waren ein Mann und eine Frau da und haben gesagt, dass sie den Mantel abholen sollen. Aber ohne die Quittung habe ich ihn nicht herausgegeben.«

»Das war richtig so«, sagte Berger.

»Ach ja, neues Futter sollte der Mantel auch bekommen. Das hat das junge Fräulein mir schon dagelassen!«

»Ich fürchte, Herr Fichtner, wir müssen den Mantel und das Futter jetzt beschlagnahmen«, sagte Berger. »Wahrscheinlich handelt es sich um Diebesgut.«

»Ha!« Jastorf triumphierte. In der Wohnung Colonnaden hatte der Hausmeister auf Wunsch der Polizei das alte Schloss durch ein Steckschloss zusätzlich sichern lassen, sodass Mohnsen den Auftrag nicht hatte ausführen können. In dem Bett im Mittelzimmer fanden sie die im Kassiber erwähnte goldene Armbanduhr.

»Diebesgut!«

Der Hausmeister war offensichtlich beeindruckt, gab aber keinerlei Kommentar ab.

Berger fragte nach: »Sie kennen doch die Mohnsens?«

Ja, die kannte er.

»Haben Sie die vielleicht in letzter Zeit hier in der Nähe der Wohnung gesehen?«

»Ja, vor einigen Tagen hab ich Herrn Mohnsen im Treppenhaus getroffen. Ich hab gegrüßt, aber er hat mich wohl gar nicht bemerkt; jedenfalls hat er nicht zurückgegrüßt.«

»So«, sagte Jastorf, »das war nicht schlecht! Die Mohnsens sind verhaftet, die Vorladung für diese Nichte Friedel ist raus. Ich hab schon mit Davidsohn gesprochen. Jetzt kommt es darauf an, ob die Mohnsens vorher bei ihr gewesen sind oder nicht. Wenn sie diese Sache mit dem Wolter und dem Brillantring vorbringt, vereidigen. Wenn sie bei der Darstellung bleibt, setzen wir sie wegen Meineids fest.«

7.

»Guck dir dies an«, sagte Krohn.

»Das ist eine Streichholzschachtel.«

»Mach sie auf.«

In der Schachtel lag ein klein zusammengefalteter Zettel. Berger nahm ihn heraus, faltete ihn vorsichtig auseinander. Ein Antragsformular für einen Gesprächstermin mit dem Anwalt, nicht ausgefüllt. »Was soll das?«

»Diese Schachtel samt Inhalt haben wir auf der Straße Hütten vor dem Gefängnis eingesammelt. Sie ist offenbar aus einem der Fenster geworfen worden.«

»Ja – aber wozu?«

»Das werde ich dir gleich demonstrieren. Jastorf, du hast doch sicher eine Kerze dabei?«

»Bin ich der Weihnachtsmann oder was?«

»Jastorf!«

Jastorf brachte die Kerze. Krohn hielt den Zettel vorsichtig über die Flamme. Das Papier begann sich zu bräunen. Bevor es jedoch in Flammen aufgehen konnte, erschien plötzlich Schrift auf den unbedruckten Rändern des Formulars.

»Was ist das denn?«, fragte Berger.

»Ein Kassiber natürlich. – Ach, du meinst die Schrift? Da gibt es verschiedene Möglichkeiten. Wenn du das irgendwo nachliest, dann schreiben sie, dass man Zitronensaft nehmen soll. Aber im Knast sind Zitronen schlecht zu bekommen. Da nimmt man andere Flüssigkeiten, die gerade zur Hand sind. Urin zum Beispiel.«

Berger strich den Zettel vorsichtig glatt. Da stand: *Der Elektriker hat gesungen. R soll aufpassen!*

8.

»Eine Baronin – das ist dein Metier«, hatte Jastorf gesagt.

Berger hatte nicht widersprochen, obwohl er als Kaufmannssohn zum Adel bisher keinerlei Kontakte gehabt hatte.

»Ja, das ist mein Scheck und mein Wechsel«, bestätigte Ada von Thorvald. »Kann ich die wieder haben?«

»Nein, Moment, so geht das nicht!« Berger nahm die Schriftstücke schnell an sich, bevor die Baronin danach greifen konnte. Er sagte: »Achtundvierzigtausend Mark, das ist eine ganz hübsche Summe!« Er dachte: Dafür muss ein Polizist mehr als zehn Jahre arbeiten!

»Ja, das sind Spielschulden.« Sie lachte. »Ich hatte da wohl gerade eine Pechsträhne. Und damit ich nicht aufhören musste, da hab ich mir halt das Geld geliehen. Der Herr Petersen war so freundlich ...«

»Sie waren also mit dem Herrn Petersen zur Spielbank?«

»Spielbank!« Sie blies einen Rauchring in die Luft. »Das brauche ich nicht. Soll ich vielleicht für ein bisschen Spaß extra nach Baden-Baden fahren oder nach Monte Carlo? Nein, ich spiele hier. In dem Lokal von dem Herrn Petersen. Das mache ich immer.«

»Ja, das ist sicher sehr praktisch«, gab Berger zu. Richtig, es hieß ja, dass der Petersen in seinem Lokal illegales Glücksspiel betreibe. Dies war nun also der Beweis.

»Ist immer gut besucht. Und ganz normale Leute – Leute wie Sie und ich!«

Einen größeren Unterschied als den zwischen der abgehobenen Baronin, die offenbar ihre Erbschaft verjubelte, und ihm selbst, dem schlecht bezahlten Polizisten, konnte sich Berger kaum vorstellen.

»Petersen ist ja auch immer gut bei Kasse. Er hat natürlich nicht nur dieses Lokal; er hat mir anvertraut, dass er sich außerdem mit dem An- und Verkauf von Juwelen beschäftigt.«

Das ist in gewisser Weise richtig, dachte Berger.

»Als ich das Geld gebraucht habe, das ging ganz unkompliziert. Erst hatte ich ja nur fünfundzwanzigtausend Mark haben wollen, aber als dann die Chips wieder alle waren, da hat er mir immer noch weiter Geld nachgesteckt. Ich hab dann schließlich den Wechsel über dreiunddreißigtausend Mark ausgestellt. Keine Ahnung, ob das so stimmt. Ich glaube, das war bestimmt mehr.«

»Schön, wenn man nicht so auf den Pfennig achten muss«, sagte Berger. Er dachte: Gleich fragt sie nach, was denn eigentlich ein Pfennig ist.

»Ja, das ist angenehm. Das gilt für den Herrn Petersen natürlich auch. Er hat mir gesagt, wenn er mal in Schwierigkeiten kommt – das ist bei Geschäftsleuten ja immer leicht möglich – dann hat er da einen Anwalt, der alles für ihn macht. Auch Sachen, die andere Rechtsanwälte nicht machen würden.«

Berger zückte seine Brieftasche, entnahm ihr die Visitenkarte. »Dieser da?«

»Dr. Claus Schröder aus der Mönckebergstraße, ja genau, das ist der Anwalt!«

Jastorf war hochzufrieden, als Berger mit dem Ergebnis seiner Vernehmung ankam.

»Das reicht!«, sagte er. »Haussuchung! Dr. Claus Schröder, jetzt haben wir dich!«

Die Meineidfalle

2. August 1921

1.

Als Emmi Schween vom Einkaufen zurückkam, stand Martha Flügge vor ihrer Wohnungstür. »Hallo, Emmi!«

»Guten Tag, Frau Flügge!« Diese Krähe hatte ihr jetzt gerade noch gefehlt. Adolf Petersen war ihr schon suspekt genug, aber seine Schwester, die konnte sie nun wirklich nicht ausstehen. Am liebsten hätte Emmi Schween ihr die Tür vor der Nase zugeschlagen. Aber das ging natürlich nicht. »Kommen Sie doch rein!«

»Ich habe Nachricht von Odsche«, sagte die Flügge. Sie war auch nervös, ganz offensichtlich.

»Ist er wieder draußen?«

»Nein. Es geht um seine Alibis. Odsche hat zwei Alibis angegeben, für die du beide Male als Zeugin auftreten sollst, einmal zusammen mit Heidel.«

»Lassen Sie Heidel aus dem Spiel! Die Schwester von meinem Pohl hat da überhaupt nichts mit zu tun!«

»Odsche hat das so angegeben.«

»Was sind das für Alibis?« Emmi konnte nicht verhindern, dass ihre Stimme ganz leicht zitterte.

»Erstens bist du mit auf meiner Verlobung gewesen.«

Emmi schüttelte den Kopf.

»Und das zweite ist, du bist am Sedantag 1920, am 2. September also, abends mit uns und mit Odsche, Arnold Petersen, den Mohnsens, Frieda Gehrken und deren Nichte Friedel und den beiden Kindern von Odsche und Arnold zusammen in der Großen Allee gewesen.«

»Das weiß ich alles nicht.«

»Jetzt weißt du es! Und die Helmi, Odsches Frau – damals waren sie ja noch nicht geschieden – die ist auch vorbeigekommen und hat uns da gesehen.«

»Warum soll ich das alles machen?«

»Das brauchst du nicht zu wissen. Es ist immer besser, wenn man nicht zu viel weiß.«

»Ich kenne die Helmi doch nur vom Ansehen.«

»Das macht nichts. – Gegen zehn Uhr sind wir dann in Richtung Berliner Tor nach Hause gegangen, und ihr seid zum Pulverteich zurück. Du hast dich vor der Haustür von allen verabschiedet, und dann bist du ins Bett gegangen, und Odsche hat die Frieda Gehrken und ihre Nichte noch zur Elektrischen gebracht.«

Das will ich nicht, dachte Emmi, das will ich auf gar keinen Fall! »Da muss ich erst noch drüber nachdenken«, sagte sie.

Frau Flügge fasste ihren Arm, redete beschwörend auf sie ein. »Emmi, wir müssen zusammenhalten in dieser schwierigen Zeit. Und wir müssen Vertrauen haben. Odsche weiß, was für uns alle am besten ist. Wenn wir tun, was er sagt, dann wird alles gut ausgehen.«

»Ich – ich komme heute Abend vorbei und sage Bescheid!«

»Emmi!«

»Frau Flügge, ich kann das hier jetzt nicht so schnell entscheiden. Ich melde mich heute Abend bei Ihnen – Ehrenwort!«

»Emmi, mach bloß keinen Fehler!«

2.

Als Berger nach Hause kam, war der Garten hell erleuchtet. Jemand hatte überall in den Büschen Lampions aufgehängt, und aus einem Grammophon schallte flotte Musik. Richtig, die Geburtstagsfeier! Die hatte er völlig vergessen. Ob er sich einfach heimlich verdrücken konnte?

Nein, konnte er nicht. Sein Vater hatte ihn sofort erspäht. »Da bist du ja endlich! Komm, ich muss dich unseren Gästen vorstellen!«

Wilhelm stellte die Aktentasche hinter den großen Wacholder und folgte seinem Vater. Was blieb ihm anderes übrig, er musste gute Miene zum bösen Spiel machen. Mechanisch schüttelte er verschiedene Hände. Und wer war dieses junge Mädchen?

»... aus Düsseldorf mit seiner Tochter Jutta.«

Jutta? Die kannte er doch! »Mensch, als ich dich zum letzten Mal gesehen habe, da warst du noch im Kindergarten!«

Das Mädchen kriegte rote Ohren. Berger begriff, dass sie das nicht hören wollte. Aber im Augenblick gab es keine Gelegenheit, den Fehler zu korrigieren. Andere Hände waren zu schütteln. Es dauerte eine halbe Stunde, bis er sich einigermaßen sicher sein konnte, die meisten Gäste begrüßt zu haben.

Hjalmar Schacht war natürlich auch gekommen. »... gäbe es eine Möglichkeit, jetzt sofort Geld anzulegen. Wir hatten ja vorhin darüber gesprochen ...«

Geld anlegen? Berger fragte sich, wo das herkommen sollte. Die Inflation fraß doch alles auf. Aber das war nicht sein Problem. Papa musste selbst wissen, was er tat.

Nebenan plauderte ein Oberst der Reichswehr von seinen Erlebnissen im Weltkrieg. »... von Anfang an. Von Anfang an habe ich das gesagt.«

»Und Hindenburg?«, fragte einer der Zuhörer.

»Der hat gar nicht zugehört. Ich hatte immer das Gefühl, der denkt in Wirklichkeit an ganz etwas anderes. Der Schlachtplan, der stammte ja auch gar nicht von ihm, sondern von Hoffmann. Ein überaus fähiger Offizier ...«

Hoffmann? War das nicht dieser unglaublich fette General gewesen? Was wohl aus dem geworden war? Wahrscheinlich geplatzt, dachte Wilhelm Berger.

»... war natürlich völlig klar, was gemacht werden musste. Die Russen waren ja durch die Masurischen Seen in zwei Blöcke gespalten. Wenn diese Sektgläser hier jetzt die Masurischen Seen sind, dann haben wir hier auf der einen Seite den General Samsonov und auf der anderen Seite ...«

Im Hintergrund wurde getanzt. Erstaunlich, dass sein alter Herr so flotte Musik aufgetrieben hatte. Shimmy war das. Berger hatte seit der Absolvierung des Tanz- und Anstandsunterrichts vor sieben Jahren nicht mehr das Tanzbein geschwungen. Und Shimmy stand damals noch nicht auf dem Programm. Jutta hüpfte mit einem der Kaufleute auf der Tanzfläche herum. Wie alt mochte sie jetzt sein? Sechzehn oder siebzehn?

Ausgerechnet Bananen
Bananen verlangt sie von mir.
Sie tun nicht erfreuen,
Die schönsten Levkojen,
Und Rosen aus Glanzpapier ...

Unschlüssig sah Wilhelm Berger sich um.

»... erschüttert«, sagte der Mann, der ihm am nächsten stand. »Ausgerechnet in Hamburg, dem deutschen Tor zur Welt, wird die Auflösung des Kolonialinstituts verfügt!«

»Aber Siegfried, ich nehme an, dass du in deiner Eigenschaft als Leiter des Geographischen Seminars dafür sorgen wirst, dass auch künftig die wirtschaftlichen Interessen unserer Kaufleute im Lehrplan berücksichtigt werden?«

»Da kannst du ganz sicher sein. Ich habe in diesem Sommersemester eine Vorlesung gehalten zum Thema ›Charakterentwicklung der Völker als Grundlage der Staatenbildung und Politik‹, und für das Wintersemester habe ich ...«

»Ach, entschuldigen Sie, Herr Berger, könnten Sie mir vielleicht mal eben helfen?«

Eine junge Frau mit einem kleinen Mädchen auf dem Arm.
»Ja, gern«, sagte er, etwas verblüfft.

»Ich bin Dagmar«, sagte sie. »Ich glaube, wir kennen uns noch nicht.«

»Ich bin Wilhelm Berger.«

»Ja, ich weiß. – Das Problem ist, ich bräuchte mal ein Tuch, ungefähr so groß.« Sie zeigte es mit den Händen.

»Ein kleines Tischtuch?«, fragte Berger.

Sie schüttelte den Kopf. »Etwas Weicheres wäre besser.«

Berger verstand immer noch nicht.

»Eine Windel«, sagte sie.

»Oh.« Berger war sich sicher, dass es so etwas in diesem Haus nicht gab. »Ein Handtuch vielleicht?«, schlug er vor.

»Danke.«

»... und während jetzt also alles darauf ankam, dass das I. Korps rechtzeitig in Richtung Willenburg vorstieß, um die Russen einzukesseln, da hat Hindenburg schlicht und ergreifend geschlafen, meine Herren, während Hoffmann – er war damals ja erst Oberstleutnant ...«

»... nach dem Zusammenbruch Deutschlands hat es für mich nur einen Weg gegeben, um das seelische Gleichgewicht wiederzuerlangen: die wissenschaftliche geographische Arbeit. Dabei steht für mich ein Problem im Vordergrund: Das Problem des Judentums ...«

»Mein Papa sagt, du bist bei der Polizei?«

Berger nickte. Jetzt hatte Jutta ihn gefunden.

»Die Polizisten, die man bei uns auf der Straße sieht, das sind meistens ziemlich alte Knacker mit einem dicken Bauch ...«

»Das kann ja noch kommen«, sagte Berger. »Das mit dem Alter sicher, und das mit dem Bauch wahrscheinlich auch. Guck meinen Vater an!«

»Der ist doch nicht dick! Guck meinen an!«

Berger musste zugeben, dass beim Vergleich der Väter sein eigener als der sportlichere Typ durchgehen würde. Dabei trieb er keinen Sport. Aber wegen seiner Kreislaufprobleme aß und trank er äußerst diszipliniert.

»Warst du schon mal in Düsseldorf?«

Berger schüttelte den Kopf, korrigierte sich aber dann. »Doch, einmal schon. Im November 1918.« Er hatte es geschafft, seine Kompanie rechtzeitig nach dem Waffenstillstand über den Rhein zurückzuführen.

»1918? Das zählt nicht! – Du musst kommen und gucken, wie es heute bei uns aussieht!«

»Ich komme erst, wenn meine jetzige Arbeit abgeschlossen ist«, sagte Berger. Er hielt inne. Bis jetzt hatte er überhaupt nie daran gedacht, nach Düsseldorf zu fahren.

»Wann wird das sein?«

»In einem Jahr vielleicht. Oder in zwei Jahren.«

»Das ist eine lange Zeit. Was ist das für eine Arbeit? Darfst du darüber sprechen?«

»Wir jagen eine große Bande von Räubern und Verbrechern«, sagte Berger. »Es sind sehr viele, über vierzig Personen.«

»Die Männer sind alle Verbrecher – heißt es nicht so im Lied?«

»Frauen sind auch dabei«, sagte Berger.

»Oh.«

»Das ist ein ziemlich unerfreuliches Thema, fürchte ich.«

»Ja.«

Und jetzt?, dachte Berger. »Möchtest du tanzen?«

»Klar.«

»Oder lieber eine Banane?«

Sie lief auf die Tanzfläche; er eilte hinterher.

»Eins zu eins«, sagte Schacht. »Das ist die Zauberformel. Die Reichsbank steht auf dem Standpunkt Mark ist gleich Mark.«

»Das klingt doch vernünftig«, sagte Friedrich Berger.

»Das ist auch vernünftig, aber in ganz anderer Weise als du jetzt denkst, mein Lieber!« Schacht zog an seiner Brasil-Zigarre. »Wenn du heute hundert Mark hast, und eine Inflation von fünfzig Prozent, dann hast du morgen nur noch fünfzig Mark. Aber wenn du heute hundert Mark Einkommen hast und eine Inflation von fünfzig Prozent, dann wird man dein Einkommen zwangsläufig erhöhen müssen, weil du sonst ja nichts mehr kaufen kannst. Das heißt, dein Einkommen steigt auf zweihundert Mark.«

»Ja, und? – Davon habe ich doch nichts, wenn die Preise gleichzeitig steigen!«

»Wenn du jetzt aber Schulden hast, hundert Mark Schulden, und dein Einkommen beträgt auch nur hundert Mark, dann kannst du die nicht zurückzahlen. Wenn du jetzt aber plötzlich zweihundert Mark verdienst, sieht das ganz anders aus, denn Mark ist Mark.«

»Du meinst also, man sollte heute leichtsinnig sein und sich verschulden? Das widerstrebt mir völlig, Hjalmar. Das ist das glatte Gegenteil von dem, was wir gelernt haben.«

»Vergiss, was du gelernt hast! Tue genau das Gegenteil! Es ist nicht nur leichtsinnig, sondern geradezu irrsinnig, an seinem Geld festzuhalten. Mark ist Mark; du verlierst jeden Tag an Wert. Wenn du alles ausgibst und dafür Sachwerte kaufst, verlierst du nichts, denn Fabrik ist Fabrik, aber Mark ist eben nicht Mark, auch wenn die Reichsbank das so sagt, sondern morgen ist die Mark nur noch fünfzig Pfennige wert.«

»Du rechnest mit einer Inflationsrate von fünfzig Prozent?«

Schacht lachte. »Fünfzig Prozent? Mein Lieber, in weniger als zwei Jahren werden wir eine Inflationsrate von tausend Prozent und mehr haben. Die brauchen wir auch, um die überschüssige Kaufkraft abzuschöpfen. Danach können wir zu normalen Verhältnissen zurückkehren, nur dass dann eben das überschüssige, gehortete Geld aus dem Verkehr gezogen ist.«

»Das wird ja eine ungeheure Verarmung zur Folge haben!«

»Eine Verarmung der Dummen! Wer klug ist, geht mit Gewinn aus dieser Krise hervor.«

»Du rätst mir also – irgendwelche Dinge zu kaufen?«

Schacht nickte. »Eigentlich würde ich dir raten, dich auf Teufel komm raus zu verschulden und ein Stahlwerk zu kaufen. Oder zwei. Oder eine Reederei, irgendetwas Riesengroßes. Weil ich dich aber kenne, und weil ich weiß, dass du so groß nicht einsteigen wirst, sage ich dir: Wenigstens ein paar Häuser solltest du dir zulegen. Dieser Kasten hier ist doch nur gemietet, oder? Kaufe ihn! Der Böcklin im Treppenhaus, das ist doch auch nur ein Druck, oder? Kauf dir das Original! Kaufe alles, was du kriegen kannst und verschulde dich hoch.«

»Was du da sagst – das klingt ungeheuerlich.«

Schacht lachte: »Tu es einfach!«

3.

Emmi hatte dem Untersuchungsrichter die Geschichte erzählt, so wie sie sie gelernt hatte.

Davidsohn sah sie prüfend an. Schade, dass ich nicht malen kann, dachte er. Diese junge Frau gäbe ein ideales Gemälde. Titel: Die Lüge. Schon allein wie sie ihre Hände hielt! – »Festnageln« hatte Jastorf gesagt. Er hatte recht. Diese junge Frau würde er jetzt festnageln.

»Können Sie diese Aussage gegebenenfalls auch beeiden?«

Emmi starrte ihn mit weit aufgerissenen Augen an. »Beeiden?«

»Sie wissen, dass Sie unter Eid unbedingt die Wahrheit sagen müssen, und dass ein Meineid schwer bestraft wird?«

»Ja. – Ich muss mir das überlegen.«

Davidsohn zog die Augenbrauen hoch. »Überlegen?«

»Ja. Ja, ich muss doch ganz sicher gehen, dass – dass ich mich nicht geirrt habe, dass das auch wirklich alles stimmt!« Sie sprang auf und wollte davoneilen.

»Halt«, rief der Gerichtsschreiber. »Nicht weglaufen! Erst unterschreiben!«

In großer Hast leistete sie ihre Unterschrift. Dann rannte sie davon.

Davidsohn war zufrieden. Als Beamter wurde er nicht allzu gut bezahlt, aber dafür gab es andere kleine Freuden, die einen für die Mühen entschädigten. Geld mag schön sein, dachte Davidsohn, aber es gibt etwas, das ist noch viel schöner: Macht. Er genoss es, wenn Leute vor ihm Angst hatten.

4.

Als Richard Pohl nach Hause kam, saß Emmi in der Küche und weinte. »Was ist passiert?«, fragte er erschrocken.

»Ach, alles ist schiefgegangen. Alles!«

»Jedenfalls bist du nicht verhaftet worden, das ist doch schon einmal etwas! – Komm, setz dich her zu mir und erzähl mir, was passiert ist, und dann sehen wir weiter.«

»Ich wünschte, wir würden einfach mit dem Ganzen aufhören, dem Petersen erzählen, dass wir nichts mehr mit ihm zu tun haben wollen und etwas völlig Neues anfangen.«

»Ja, das wäre schön«, sagte Pohl. Aber er konnte nicht mehr so einfach aufhören. Dazu steckte er viel zu tief in der Geschichte mit drin. Der Postraub in der Susannenstraße – das war sein Tipp gewesen. Die Verbindung war doch so offensichtlich. Schanzenstraße 97, der Post beinahe gegenüber hatten sie gewohnt! Zwar hatten Emmi und er dem Eckel erzählt, dass sie Durwald hießen, und zwar waren sie inzwischen längst wieder ausgezogen, aber Eckel wusste natürlich, dass Emmi nicht Durwald hieß, sondern Schween. Wenn Eckel aufflog, waren sie auf jeden Fall geliefert. Wenn Petersen auspackte auch.

Pohl streichelte seine Emmi. Er suchte nach einem Ausweg. Es gab keinen. Die Verstrickung in Petersens Alibi war fatal, aber da kamen sie jetzt nicht mehr raus. Alle mussten dicht halten, das Alibi durfte nicht erschüttert werden, sonst waren sie verloren.

»Wenn wir hier heil wieder raus sind, dann höre ich auf. Nie wieder werde ich etwas mit dem Petersen zusammen unternehmen. Nie wieder!«

Emmi seufzte. Das hast du schon einmal versprochen, dachte sie.

5.

Sie trafen sich nach Dienstschluss in einer Kneipe unweit der Landungsbrücken. Nicht gerade die nobelste Gegend, aber jedenfalls ein Ort, wo sie vor Anwälten und Journalisten sicher waren.

»Bier«, sagte Jastorf. »Für alle. Die Runde geht auf mich!«

Davidsohn verzog das Gesicht, sagte aber nichts. Berger war sich sicher, dass der Jurist kein Biertrinker war.

»Jetzt haben wir sie«, sagte Jastorf. »Diese Meineid-Bande! Jetzt haben wir sie alle im Sack. Petersen hat Anweisung gegeben, dass sie schwören, er sei am 5. Juni auf der Verlobung seiner Schwester gewesen. Aber wir haben handfeste

Beweise, dass das nicht stimmt. Wir lassen sie jetzt schön in die Falle laufen. Die Mohnsen, die Schween, die Flügge, die Drescher, die Gehrken, einfach alle!«

Warum wollte Jastorf diese Frauen ins Unglück stürzen? Berger räusperte sich. »Das Missgeschick im letzten Jahr«, sagte er. »Ist das der Grund, warum du diese Frauen reinlegen willst?«

Jastorf schüttelte den Kopf. »Das ist nicht persönlich«, sagte er. Seine Stimme verriet das Gegenteil.

»Das darf auch nie persönlich werden«, verlangte Davidsohn. »Aber ich gehe davon aus, dass Sie alle über solche Dinge erhaben sind.«

Niemand ist darüber erhaben, wusste Berger. Auch er selbst nicht. Er wollte nicht, dass die Gehrken ins Gefängnis kam, und das war rein persönlich. Er mochte sie. »Ich glaube, wir sind im Begriff, einen schweren Fehler zu begehen«, sagte er. »Was wollen wir eigentlich? Das Ziel ist doch offensichtlich das Geständnis von Adolf Petersen.«

»Das kriegen wir nie«, sagte Krohn. »Du hast es doch auch schon versucht ...«

»Das kriegen wir nicht, weil wir ihm nichts anbieten können«, widersprach Berger. »Irgendwelche dubiosen Versprechen von richterlicher Gnade – dazu ist Petersen zu erfahren, darauf fällt er nicht herein. Aber wenn wir etwas anzubieten haben – zum Beispiel die Freiheit der Frauen, die ihm wirklich etwas bedeuten: Frieda Gehrken, vielleicht die Helmi als Mutter seines Kindes und natürlich seine Mutter – dann könnte ich mir vorstellen, dass er darauf ...«

»Ausgerechnet die Mohnsen, die ist in meinen Augen ...«

»Ruhe mal bitte«, verlangte Davidsohn. Er nahm einen Schluck von seinem Bier. Es schmeckte ekelhaft, genau wie er es sich vorgestellt hatte. »Herr Berger, wie stellen Sie sich denn dieses sogenannte ›Angebot‹ vor? Das Strafgesetzbuch lässt uns da wenig Spielraum. Wenn Straftaten begangen worden sind, dann müssen wir die verfolgen, das ist doch selbstverständlich.«

»Ja. Aber nur, wenn sie nachweisbar sind. Die allermeisten Dinge, die wir diesen Frauen vorwerfen, die lassen sich aus der Welt schaffen, solange wir sie nicht darauf festnageln. Wenn Petersen behauptet, er habe alles allein ausgeheckt und durchgeführt, dann sind sie aus dem Schneider. Er hat es in der Hand, sie zu retten. Und zwar durch ein umfassendes Geständnis.«

»Du siehst diesen Mann völlig falsch«, sagte Jastorf. »Du liest zu viel Zeitung. Der ›Lord von Barmbeck‹, wenn ich das schon höre! Das haben diese Schreiber sich ausgedacht! Er ist kein Lord. Er ist kein Gentleman, er ist ein ganz gewöhnlicher, hundsgemeiner Verbrecher.«

Berger ließ sich nicht beirren. »Wenn wir diese Frauen in die Enge treiben, wenn wir sie quasi zum Meineid zwingen, dann haben wir kein Spiel mehr. Deshalb wäre mein Rat: Wir tun es nicht.«

Jastorf wollte protestieren, aber Davidsohn schnitt ihm das Wort ab. »Jastorf, Sie wissen, wie sehr ich Ihre Erfahrung schätze, aber ich glaube, in diesem Fall hat unser junger Freund recht.«

»So, so!« Jastorf stürzte sein Bier hinunter und gab dem Ober mit dem leeren Glas ein Zeichen: »Noch mal dasselbe!«

Gewonnen, dachte Berger. Tatsächlich gewonnen!

6.

Endlich war es soweit. Gut, dass diese Gefängnisaufseher so schlecht bezahlt wurden. Tausend Mark hatte Petersen dem Metzendorf versprochen, wenn er es schaffte, ihn hier aus dem Knast herauszubringen. Leider war das Gefängnis Fuhlsbüttel, in dem er sich jetzt befand, nicht gut geeignet für einen Ausbruch. Es lag zu weit draußen; man musste nicht nur die Mauer überwinden, sondern obendrein auch noch auf irgendeine Weise in die Stadt kommen. Aber das ließ sich alles arrangieren.

Den Rohrschneider hatte Metzendorf zuerst besorgt. Das schwierigste, größte Teil. Es folgten die Drahtzange, die Eisensäge und jetzt zuletzt noch ein Schlüsselbund mit Dietrich und Zellenschlüssel. Der bestvorbereitete Ausbruch, der je unternommen wurde! Fehlte nur noch das Seil, mit dem er über die Mauer kam. Sein Schwager Flügge sollte es ihm über die Mauer werfen. Schon vor drei Tagen hatte er ihn deshalb angeschrieben. Aber die Antwort ließ auf sich warten. Ob Flügge kalte Füße bekommen hatte?

In diesem Moment wurde die Zellentür aufgeschlossen. Es war Metzendorf. »Zellenverlegung!«, rief er. »Geht gleich los! Mach dich bereit!«

Petersen sah das Entsetzen in Metzendorfs Gesicht. »Schon gut«, sagte er. »Ich bin bereit!«

Metzendorf sperrte die Tür wieder zu.

Petersen war natürlich nicht bereit. Das Geschirr konnte er nicht mitschleppen, vor allem nicht die sperrige Rohrzange! Er warf sie aus dem Fenster. Er hörte, wie sie unten auf dem Hof aufschlug. Er konnte nur hoffen, dass niemand dies Manöver beobachtet hatte, und dass die Zange weit genug von seinem Fenster weg lag, sodass man nicht rekonstruieren konnte, wer sie geworfen hatte. Die anderen Teile hätte er in der Anstaltskleidung verbergen können, aber er nahm gar nichts mit. Er versteckte die Dinge unter der Matratze. Wenn sie ihn durchsuchten, sollten sie nichts an ihm finden.

So, jetzt war er bereit. Es würde sich eine neue Gelegenheit ergeben, und solange die Verbindung zur Außenwelt durch den Anwalt so gut klappte, solange konnte eigentlich gar nichts schiefgehen.

7.

»Emmi, wir müssen mit dir reden.« Die Flügges! »Können wir reinkommen?«

»Ja natürlich!« Nun kamen sie schon zu zweit! Emmi Schween führte ihre unerwünschten Gäste ins Wohnzimmer. Hoffentlich kommt mein Pohl bald nach Hause, dachte sie.

»Wie war's?«, fragte Martha. »Die Vernehmung meine ich.«

»Furchtbar. Ganz, ganz furchtbar.« Emmi berichtete, was sie erlebt hatte.

»Das hättest du nicht sagen dürfen! Mein Gott, Emmi, wie dämlich bist du denn? Jetzt glaubt der Untersuchungsrichter natürlich, dass du gelogen hast!«

Emmi hatte Tränen in den Augen.

Dumme Göre, dachte Martha Flügge. Sie sagte: »Das Geflenne bringt nichts. Nimm dich jetzt zusammen. Mit dem Schwören, das ist nicht so schlimm. Die können dich nur vereidigen, wenn sie auch wirklich glauben, dass du die Wahrheit sagst.«

»Ist das wahr?«

»Ja, natürlich. Und wenn sie glauben, dass das die Wahrheit ist, und du beschwörst das, dann ist das die Wahrheit, und sie hängen genauso mit drin wie du!« Hoffentlich glaubte sie das nun auch. Dämlich genug war sie ja. Hoffentlich blieb sie bei der Stange. »Es gibt übrigens etwas Neues ...«

»Ja, ich habe eine neue Vorladung bekommen, und Richard auch!«

»Eben. Deshalb ist es ja wichtig, dass wir noch einmal miteinander reden. Frau Mohnsen hat uns einen Kassiber geschickt, und da steht genau drin, was sie über die Feier gesagt hat. Zum Beispiel hat sie angegeben, Getränke habe es nicht gegeben.«

»Oh Gott! Ich habe jetzt aber doch gesagt ...«

»Da hast du dich eben geirrt. Mit Getränken meint die Mohnsen natürlich Wein und Schnaps. So etwas trinkst du ja sowieso nicht, da hast du deshalb nicht so genau drauf geachtet!«

Emmi trank gern Wein und Schnaps. Hatte sie dem Untersuchungsrichter nun gesagt, dass sie keinen Wein getrunken hatte? Oder hatte sie gesagt, dass es keinen Wein gegeben hatte? Sie konnte sich nicht mehr genau erinnern.

»Außerdem hat Herr Mohnsen etwas Klavier gespielt.«

»Klavier?« Sie hatte doch erzählt, es habe Musik vom Grammophon gegeben!

»Und außer den Personen, die du genannt hast, ist auch noch die Henni Pemöller dagewesen. Die ist aber morgens schon um fünf Uhr gegangen, weil sie noch die Gänse füttern musste.«

»Aber Frau Flügge, das passt doch alles nicht zu dem, was ich bisher ausgesagt habe!«

»Doch, doch!«, griff jetzt Herr Flügge ein. »Das passt hundert Prozent! Hundert Prozent, mein Mädchen!«

Emmi hasste es, wenn der fette Kerl sie ›mein Mädchen‹ nannte.

»Das ist so gewesen: Was die anderen getrunken haben, das weißt du nicht so genau. Du hast jedenfalls mit meiner Frau ein Glas Weißwein getrunken, und Odsche hat Cognac getrunken. Der trinkt immer Cognac, wenn welcher da ist. Was die anderen getrunken haben, das weißt du nicht. Dazu sagst du besser gar nichts. Wir können ja nicht wissen, was die Frau Drescher und die Frau Gehrken aussagen. – Und das mit dem Klavier, also das Geklimper von dem Mohnsen, das würdest du nicht als richtiges Klavierspielen bezeichnen.«

»Aber mit den Namen der Gäste ...«

»Das machst du so: Du lässt dir deine Aussage noch einmal vorlesen, dann weißt du auch gleich wieder, was da genau drin steht, und dann sagst du: Ach, da war ja noch das Fräulein Henni, das ist eine Bekannte von den Mohnsens, die hattest du vergessen.«

»Aber die Henni – weiß die denn auch Bescheid?«

»Verlass dich drauf! Da gehen wir gleich morgen früh hin und machen mit der alles klar!«

»Wenn sie nun nicht mitspielt?«

»Mein Mädchen, da mach dir keine Sorgen. Die Henni muss mitspielen. Ihr Verlobter, der Karl Plau, der hängt ja in der Rennbahnsache mit drin, und beim Einbruch in diese Sternwarte ...«

»Seewarte!«, warf Frau Flügge ein.

»Sag ich doch! – Jedenfalls, wenn wir hochgehen, dann geht der Plau auch mit hoch, das ist ja wohl klar.«

Emmi glaubte nicht, dass das alles gut gehen könnte.

»Du musst diese Aussagen machen, Emmi, und du musst diese Dinge auch beschwören. Es kann sein, dass sie dich einschüchtern wollen, und dass sie dich zwei bis drei Wochen in Haft nehmen. Davon darfst du dich nicht beirren lassen. Du bleibst auf jeden Fall bei deiner Aussage!«

»Aber – das kann doch gar nicht gut gehen, so viele Leute, so viele Aussagen ...«

»Mein Mädchen!« Flügge packte sie bei den Schultern, schüttelte sie. »Alle Beteiligten bei diesem Alibi sind echt! Keiner fällt um! Da kannst du jetzt doch nicht als Einzige aus der Reihe tanzen! Du kannst doch nicht einfach zehn Menschen unglücklich machen!«

»Nein, nein ...«

»So, und jetzt üben wir noch einmal die Aussage, die du für das Alibi am Sedantag machen musst.«

8.

Termin vor dem Untersuchungsrichter. Alles Üben hatte keinen Zweck gehabt. Was sollte sie noch sagen? Emmi war so aufgeregt, dass sie kaum mitbekam, was der Richter ihr vorlas.

»... wird mit Zuchthaus bestraft!«

Das war doch nur leeres Gerede. Das meinte er nicht so, das konnte er doch gar nicht so meinen!

So kam Emmi Schween in Haft.

Pohl, hilf mir, dachte sie. Du musst mich hier rausholen!

9.

Pohl stand vor dem Untersuchungsrichter. Er sagte: »Ich kann zu dem Thema, über das Fräulein Schween befragt worden ist, überhaupt gar keine Auskunft geben.«

»Aber Sie kennen Fräulein Schween?«, fragte Dr. Davidsohn.

»Ja, natürlich. Emmi Schween ist meine Verlobte.«

»Gut. – Ich möchte Sie aber nicht zu Fräulein Schween befragen, sondern zu einer ganz anderen Angelegenheit, und zwar dem Postraub in der Susannenstraße vom 29. September letzten Jahres. Was wissen Sie darüber?«

Pohl fiel aus allen Wolken. Er hatte damit gerechnet, bezüglich der Alibikonstruktionen vernommen zu werden, und sich ausgerechnet, mit völliger Unwissenheit ungeschoren davonzukommen. Aber nun ging es um die Susannenstraße! Da hieß es, vorsichtig sein. Gab es etwa neue Erkenntnisse? »Ja, von dem Einbruch in das Postamt 6 habe ich damals in der Zeitung gelesen.«

»Nun stehen Sie allerdings heute nicht als Zeitungsleser vor mir, sondern weil Sie jemand beschuldigt hat, an dem Postraub beteiligt gewesen zu sein. Was sagen Sie dazu?«

Einer hat gesungen, dachte Pohl. Verdammte Scheiße, einer hat gesungen! »Wahrscheinlich habe ich irgendeinen ›guten Freund‹, der auf meinen Erfolg neidisch ist. Sie wissen ja wahrscheinlich, Herr Richter, dass meine Verlobte und ich zusammen eine kleine Wäscherei betreiben ...«

»Ja, das weiß ich.«

»Da hat ja auch schon mal jemand versucht, mich wegen des Verkaufs von Seide anzuschwärzen. Auch das war eine falsche Verdächtigung.«

»Nun gut. – Machen wir mal alles hübsch der Reihe nach. Können Sie sich ausweisen?«

Pohl legte Geburtsurkunde und Meldeschein vor. Davidsohn diktierte dem Schreiber: »Der Erschienene legt Geburtsurkunde und Meldeschein vor und legitimiert sich als Richard Pohl, geboren am 17. Dezember 1893 zu Königshütte.«

Und dann an Pohl: »Herr Pohl, Sie sind angeschuldigt, an dem Postraub im Postamt 6 in Hamburg, Susannenstraße, vom 29. September 1920 beteiligt gewesen zu sein. Die Voruntersuchung wird hiermit eröffnet. Ein Haftbefehl liegt vor ...«

»Haftbefehl?«, rief Pohl. Damit hatte er nicht gerechnet.

»Sie können gegen diesen Beschluss im Rahmen des Beschwerderechts Einspruch erheben.«

»Das ist doch alles nicht wahr!«

»Herr Pohl, das wird sich herausstellen.«

10.

Haussuchung in den Praxisräumen des Anwaltsbüros Dr. Schröder! Der Anwalt wurde blass, als Jastorf ihm den Durchsuchungsbefehl präsentierte. Er wusste, dass er erledigt war.

In der Tat wurden genügend Beweise dafür gefunden, dass der Anwalt den Nachrichtenaustausch seiner Mandanten untereinander und auch mit der Außenwelt aufrechterhalten hatte. Dr. Schröder wurde verhaftet.

Jastorf und Davidsohn waren zufrieden.

Berger bebte vor Zorn. Auf dem Korridor im Stadthaus stellte er Dr. Davidsohn zur Rede. »Was soll denn das jetzt? Hatten wir nicht vereinbart, dass die Frauen geschont werden sollen, damit wir an Petersen herankommen können? Und jetzt setzen Sie diese Emmi Schween doch wegen Meineids fest!«

»Junger Freund«, sagte Davidsohn in seiner herablassendsten Art, »hier liegt, glaube ich, ein Missverständnis vor! Wir hatten vereinbart, dass diejenigen Frauen geschont werden sollen, die in enger Beziehung zum Herrn Petersen stehen. Das kann man von Fräulein Schween nicht behaupten. Sie ist die Geliebte von Richard Pohl. Und den knacken wir auch ohne irgendwelche Zugeständnisse. Bei ihr kommt daher die volle Härte des Gesetzes zur Anwendung.«

»Ich hatte gedacht ...«

Davidsohn schüttelte den Kopf. »So ist die Lage. – Und jetzt entschuldigen Sie mich bitte, ich habe zu tun!«

11.

Natürlich war es riskant. Er hatte in diesem Block nichts zu suchen, und wenn ihn jemand fragte, was er hier machte, dann könnte er beim besten Willen keine vernünftige Ausrede präsentieren. Er musste einfach darauf bauen, dass ihn niemand zur Rede stellte. Ein Wärter war ein Wärter; der würde schon wissen, was er tat.

Die Wache guckte nicht einmal von der Zeitung hoch, als Metzendorf den Block betrat. Das war schon mal gut. Ein rascher Blick auf den Belegungsplan. Petersen lag in Zelle 38. Adolf Petersen? Ja, es war Adolf Petersen. Nur nicht nervös werden; Arnold lag doch noch immer drüben in der anderen Abteilung.

Die Treppe hoch und dann nach links. Alles war, wie es sein sollte. Die Zellen versperrt, die Schemel mit dem Zeug vor der

Tür. 37, 38. Hier war es! Vorsichtig sah Metzendorf sich um. Niemand beobachtete ihn. Er nahm den Zellenschlüssel, den er hatte anfertigen lassen, und steckte ihn in Petersens Wäschestapel. Jetzt konnte er nur hoffen, dass der Schlüssel nicht morgen früh zu Boden polterte, wenn Petersen sein Zeug ausgehändigt bekam. Ach, wird schon nicht, dachte er.

Metzendorf eilte zurück. Schon war er wieder die Treppe herunter, schon an der Wachstube vorbei – nein, doch noch nicht! Die Tür öffnete sich, und der Wärter kam heraus, leuchtete ihm mit der Lampe ins Gesicht.

»He, he!«, empörte sich Metzendorf. »Was soll das?«

»Ach, du bist's! – Was machst du denn hier?«

Ja, das war die Frage! »Also«, sagte Metzendorf, »bei uns drüben, da hat einer behauptet, der Lohberg sei ausgebrochen. Unsinn, hab ich gesagt, aber er ist nicht davon abgegangen. – Na ja, da hab ich mir gesagt, bevor du groß Krach schlägst, guckst du mal schnell nach, was da los ist!«

»Und?«

»Nichts ist los, genau so, wie ich es mir gedacht habe.«

»Hättste doch anrufen können!«, sagte der Wärter. Er schüttelte den Kopf über so viel Dummheit.

»Ich wollt dich nicht stören!«

»So ein Quatsch!«

Metzendorf machte sich auf den Weg zurück zu seinem Block. Alles gut gegangen! Aber ihm zitterten noch die Knie. Der Wärter hatte inzwischen vorsichtshalber selbst noch einmal überprüft, was mit dem Lohberg los war. Dass er da jetzt nur keinen Fehler machte! Nicht dass der Lohberg am Ende doch abgehauen war! Aber Lohberg lag friedlich auf seiner Pritsche und schlief.

Der Kern

14. September 1921

1.

Landgericht in Hamburg. Untersuchungsrichter VI. Hamburg, den 14. September 1921.

In der Strafsache gegen Petersen und Genossen wegen Einbruchsdiebstahls zum Nachteil Seewarte erscheinen vorgeführt Lohberg, Windhorst, Schade.

Der Gerichtsschreiber Gundlach legte die Feder zur Seite, wartete ab, was geschah. Dr. Davidsohn ließ Lohberg vorführen.

»Herr Lohberg, ich habe hier den schriftlichen Bericht von Ihrer Aussage vom 13./14. September. Sie haben diesen Bericht gelesen und unterschrieben. Haben Sie ihrer Aussage noch etwas hinzuzufügen?«

»Nein.«

»Gut. – Gundlach, notieren Sie: *Ich beziehe mich auf meinen dem Richter persönlich übergebenen Bericht vom 13./14. September, dessen Inhalt ich zu meiner heutigen gerichtlichen Aussage mache.*«

Juristenkauderwelsch, dachte Lohberg. Man sagte eine Sache, und sie schrieben etwas ganz anderes auf. Man konnte nur hoffen, dass sie einem da am Ende keinen Strick draus drehten.

»Führen Sie den Angeklagten Windhorst herein!«

Max Windhorst hatte Lohberg schon draußen beim Warten auf den Einlass böse angestarrt, und als der Aufseher einen Moment lang nicht hingesehen hatte, hatte er ihm mit der Faust gedroht. Jetzt, unter den Augen des Untersuchungsrichters, ignorierte er Lohberg.

»Herr Windhorst, Ihnen wird vorgeworfen, am Einbruchsdiebstahl zum Nachteil der Deutschen Seewarte beteiligt gewesen zu sein.«

»Das ist Unsinn«, sagte Windhorst.

Gundlach schrieb: *Windhorst hereingerufen erklärt: Ich habe die Sache nicht mitgemacht.*

Dr. Davidsohn rief Lohberg auf. »Herr Lohberg, würden Sie bitte dem Herrn Windhorst ihre schriftliche Aussage vorlesen? Ich meine den Teil, der sich auf den Einbruch in die Seewarte bezieht?«

Windhorst starrte Lohberg an.

Lohberg bemühte sich, keine Notiz von ihm zu nehmen. Er verlas seinen Text. »... wie ich dann später erfuhr, wurde der Einbruch gemeinsam ausgeführt von Adolf Petersen, Reimer, Plau, Junge, Arnold Petersen, Schade und Max Windhorst.«

»Lüge!«, rief Windhorst dazwischen.

Dr. Davidsohn rief ihn zur Ordnung. »Herr Windhorst, Sie werden gleich noch Gelegenheit zur Stellungnahme erhalten. Jetzt ist der Herr Lohberg dran.«

Lohberg las: »Zur teilweisen Überführung der Täter kann ich die Aussage machen, dass, wie ich hörte, Max Windhorst und Schade Schmiere gestanden haben und einen Wärter, der sich der Seewarte näherte, ablenkten, indem sie Betrunkene markierten und ihm eine Zigarre anboten und ihn somit von dem Gebäude entfernten. Bei einer Gegenüberstellung wird der Wärter Max Windhorst und Schade wohl wiedererkennen können.«

»Das reicht«, sagte Davidsohn. »Herr Windhorst, was sagen Sie jetzt?«

»Ich bleibe dabei: Ich habe bei diesem – diesem Einbruch nicht mitgemacht.«

»Der Herr Lohberg hat an anderer Stelle zu Protokoll gegeben, dass Sie einen Anteil von viertausend Mark an der Beute erhalten haben.«

»Nein.«

»Kennen Sie die Seewarte überhaupt?«

»Kennen? – Na ja, die machen doch solche Wassersachen, also ...«

»Aber dagewesen sind Sie noch nie?«

»Doch, ich bin zusammen mit einem Kollegen schon einmal in der Seewarte gewesen. Wir wollten Zucker verkaufen.«

»Nun ist die Seewarte allerdings meines Wissens kein Kolonialwarengeschäft!«

»Nein, wir kannten da jemand ...«

Lohberg rief: »Das war doch nur ein Vorwand, um in die Seewarte zu kommen. Das hast du doch nur deshalb gemacht, weil ich mal geäußert habe, dass einer der Mitarbeiter, dieser Wirtz, sich für Zucker interessiert!«

»Das war kein Vorwand! Herr Richter, ich hatte wirklich Zucker zu verkaufen. Acht Zentner waren das. Der Zucker stammte von einem Spediteur ...«

»Name?«, fragte Davidsohn.

»Der Name fällt mir gerade nicht ein. Einer aus dem Hafen war das. Ich hab den bei Ansorge im Lokal getroffen, da kam er ab und zu hin.«

»Was sollte der Zucker denn kosten?«

»Drei Mark oder 3,50 oder so.«

Es war offensichtlich, dass Windhorst keine Ahnung hatte. Das Kilo Zucker kostete etwa eine Mark.

»Und wo lagerte der Zucker?«

»Das hat mir der Mann nicht gesagt.«

»Und warum sind Sie zu zweit zur Seewarte marschiert?«

»Der andere, den ich mit dabeihatte, der verstand auch was von Zucker.«

»Und wer war das?«

»Das weiß ich gar nicht mehr.« Windhorst wischte sich den Schweiß von der Stirn.

Dr. Davidsohn rief jetzt Schade herein. »Erklären Sie bitte dem Herrn Windhorst, was Sie in Ihrem Geständnis im Zusammenhang mit dem Einbruch in die Deutsche Seewarte geäußert haben.«

Geständnis, dachte Windhorst. Scheiße, der Schade hat ein Geständnis abgelegt! Lohberg war ein Idiot und wusste gar nichts, aber Schade – das war übel!

»Max«, sagte Schade, »tut mir leid, aber ich musste alles angeben, was ich weiß. Nicht nur den Überfall auf den Totalisatorwagen, sondern auch alles über die Seewarte, und da habe ich sagen müssen, dass du zusammen mit Junge in der Seewarte gewesen bist, um dem Wirtz diesen Zucker anzubieten. Ich habe auch gesagt, dass das natürlich nur ein Vorwand war, um die Lage der Amtskasse zu erkunden.«

Windhorst schüttelte den Kopf.

»Max, ich musste das alles sagen. Die haben mich beschuldigt, dass ich bei der Seewarte mit dabei gewesen bin. Aber das bin ich doch gar nicht. Du hast die Lage sondiert, und bei dem Überfall hast du dann draußen Schmiere gestanden und dafür deine viertausend Piepen kassiert. Du hast mir doch selbst erzählt, wie du den Wächter mit der Zigarre weggelockt hast.«

»Herr Richter – das brauchen Sie gar nicht erst aufzuschreiben, das ist alles gar nicht wahr!«

»Was ist denn aus Ihrer Sicht wahr?«

»Das – ich muss mir das erst einmal überlegen, und dann gebe ich Ihnen Bescheid. Aber das mit dem Zucker, das war kein Vorwand. Und von dem Geldschrank in der Seewarte, da hast du doch von angefangen, Lohberg! Ich hab da überhaupt gar nichts mit zu tun. Das war doch, als wir uns mit Petersen und Junge in dieser Wirtschaft da am Grindelberg getroffen haben. Ich weiß das noch ganz genau, der Petersen ist doch mit dem Auto vorgefahren ...«

»Herr Windhorst, es geht im Augenblick nicht darum, was Sie irgendwann in irgendeiner Gastwirtschaft gesagt oder nicht gesagt haben. Es geht im Augenblick ganz allein um die Frage: Waren Sie an dem Abend, als der Diebstahl ausgeführt wurde, in der unmittelbaren Nähe der Seewarte, so wie Junge, Schade und Lohberg das angegeben haben oder nicht?«

»Ja.«

Na bitte, dachte Davidsohn. Kannst du das nicht gleich sagen? »Mit wem waren Sie da zusammen?«

»Mit niemand. Ich war ganz allein.«

»Ach. Und was wollten Sie da?«

»Ich wollte sehen, was da abläuft. Die anderen haben da ja das Geld weggenommen.«

»Haben Sie das gewusst?«

»Ja, ich bin doch nicht blöd; das konnte ich mir doch denken.«

»Und was wollten Sie da?«

»Ich war neugierig.«

»Mit wem sind Sie da zusammen hingegangen?«

»Ich glaube mit Junge.«

Eben war er noch ganz allein dagewesen, dachte Davidsohn. Der Mann schwamm total, der verfing sich immer mehr in seinen Lügen. Er hatte zugegeben, dass er zur Tatzeit am Tatort gewesen war. Da kam er jetzt nicht mehr heraus. »Und was hat Junge gemacht?«

»Das weiß ich gar nicht mehr.«

Dr. Davidsohn warf einen raschen Seitenblick auf den Protokollanten. Jetzt kam es auf jedes Wort an! Ja, der Gundlach schrieb alles mit. »Haben Sie auch Adolf Petersen gesehen?«

»Ja.«

»Haben Sie mit ihm gesprochen?«

»Ja. Die kamen da ja alle die Brücke rüber. Alle, die da mit dabei waren. Adolf Petersen, Reimer und Plau.«

»Die Brücke über die Helgoländer Allee?«

»Ja.«

»Und diese Leute kennen Sie alle?«

»Ja, die kenne ich.«

Gut, dachte Davidsohn. Das hätten wir damit also auch geklärt. »War auch Arnold Petersen dabei?«

»Ja.«

»Auch Leo Mittag?«

»Das weiß ich nicht mehr. Schade, weißt du, ob er mit dabei gewesen ist?«

»Du hast mir damals gesagt, dass er mit dabei gewesen ist.«

»Wenn du das sagst – ich kann mich nicht mehr sicher daran erinnern. Ich glaube, dass da noch zwei andere mit bei waren.« Er überlegte. »Der eine, das war so ein Schwarzer, der immer mit dem Paul Reimer geht. Der heißt Josef mit Vornamen. Und wie der zweite heißt, das weiß ich nicht.«

»Ein Schwarzer sagen Sie? Ein Neger?«

»Nee, Neger ist der nicht. Schwarze Haare hat er, das ist alles.«

»Und wie viel haben Sie nun von der Beute abbekommen?«

»Viertausend.«

So, dachte Dr. Davidsohn, jetzt sind wir ein schönes Stück weiter. Max Windhorst, der gehörte zum Kern der Bande. Der Erste aus dem Kern, der wirklich geredet hatte. Und zwei neue Namen hatten sie auch. Haftbefehl für Leo Mittag. Und Josef? Das musste Joseph Tilkowski sein. Mal sehen, was es mit dem auf sich hatte. Vorladung.

2.

Adolf Petersen schrieb an seinen Bruder:

Mein lieber Arnold! Die Sache nimmt einen unglaublichen Umfang an. Ich mag nicht arbeiten, habe keine Ruhe, laufe mich täglich matt in meinem Käfig! Meine Ruhe im Arrest ist schon mehrere Nächte durch »Sänger« gestört. Das hörst du wohl auch. Es hört sich an, als wenn sie vertrimmt werden, ist aber nicht der Fall. Donnerstag schrie einer, als wenn sie ihn alle an der Kehle hätten, ist aber nicht wahr! Sie können die Einsamkeit in den Zellen und die Stangen vor den Fenstern nicht ab!

Und wie sieht es mit dir aus, Petersen? Kannst du das ab? Berger hatte das Gefühl, dass auch dem hartgesottensten Verbrecher der Aufenthalt im Gefängnis stark zusetzte. Sie konnten sich ein recht genaues Bild der Stimmung unter den Gefangenen machen. Inzwischen wurden die meisten Kassiber abgefangen, kopiert und dann weitergeleitet.

Unter Boeschs Fenster hat man einen Rohrschneider gefunden! Deshalb schläft er jetzt in Arrest!

Ja, dachte Berger, die Zeiten waren vorbei, wo man ohne viel Mühe aus dem Gefängnis ausbrechen konnte.

3.

Freistunde! Richard Pohl durfte mit anderen Gefangenen auf dem Hof des Untersuchungsgefängnisses im Kreis gehen. Es war früher Morgen, die Sonne schien. Wann komme ich hier wieder raus, dachte Pohl. Wann komme ich hier endlich wieder raus? Da öffnete sich das Tor zum Holstenglacis. Ein Zweispänner fuhr auf den Gefängnishof. Der Wagen brachte Kartoffeln für die Gefängnisküche. Pohl sah das offene Tor; er rannte los.

»Halt!«

Der Posten am Tor hatte ihn zu spät bemerkt. Pohl rannte.

»Halt, stehen bleiben!«

Pohl kümmerte sich nicht darum. Er rannte und rannte, bis ihm plötzlich bewusst wurde, dass er ja nirgendwo hin konnte. Seine Emmi saß doch auch im Gefängnis.

»Bleiben Sie sofort stehen!« Der Wärter brüllte, so laut er konnte. Das war das einzige, was er tun konnte. Er konnte nicht hinterherlaufen, sonst rückten die übrigen Gefangenen auch noch aus.

Aber Pohl hatte jetzt der Mut verlassen. Er blieb stehen, ließ sich von dem Wärter ins Gefängnis zurücklotsen. Ich habe mich selbst gestellt, dachte er. Das können sie mir doch nicht übel nehmen; dafür können sie mir doch nichts tun!

Strafverfügung:

Pohl wird künftig zur Freistunde gefesselt. Er erhält eine Strafe von sieben Tagen Dunkelarrest bei Wasser und Brot.

Für den Aufseher wird eine Belohnung beantragt.

4.

Weder Jastorf noch Krohn waren da, so war Berger derjenige, der das neueste Geständnis von Wilhelm Lohberg entgegennahm.

»Bezüglich Farmsen ist mir noch etwas eingefallen!«

»Na, dann erzählen Sie mal!« Berger glaubte nicht, dass Lohberg ihm zum Überfall auf den Totalisatorwagen noch viel Neues erzählen konnte. Es war typisch, dass jemand, der ein Geständnis abgelegt hatte, hinterher versuchte, noch weitere und immer weitere Details preiszugeben, in der Hoffnung, weiter interessant zu bleiben.

»Das muss Anfang September 1920 gewesen sein, da war ich in Barmbeck bei meinem Onkel Ansorge in der Gaststätte. Dem habe ich ja die Geschäftsbücher geführt. Ich war nachmittags da, mit dem Fahrrad. Wenig später kamen dann noch zwei weitere Radfahrer. Damals hab ich die nicht gekannt, aber heute weiß ich, dass das Max Windhorst und Willi Schade gewesen sind.«

»Sie sagen Anfang September«, hakte Berger nach. »Kann das sein, dass das am 2. September gewesen ist?«

»War das der Tag, an dem ...? Ja, dann ist das am 2. September gewesen. Jedenfalls hat mich dann schließlich der Herr Windhorst gefragt, ob ich ihm vielleicht mein Rad leihen könnte, denn sein eigenes sei defekt. Ja, und da habe ich ihm dann mein Fahrrad geliehen.«

»Und er hat nicht gesagt, wofür er das Rad brauchte?«

»Nein. – Selbst als ich dann am nächsten Tag in den Hamburger Nachrichten von dem Raubüberfall gelesen habe, da hab ich das natürlich nicht mit meinem Fahrrad in Verbindung gebracht.«

»Das ist verständlich.«

»Der Überfall soll ja schon Wochen vorher geplant gewesen sein ...«

»Ja. Das wissen wir schon«, sagte Berger.

»Ja. – Wenn mir sonst noch etwas einfällt, dann will ich es Ihnen natürlich jederzeit gern mitteilen. Das habe ich Herrn Dr. Davidsohn ja auch schon zugesichert. Und wenn nun meiner Entlassung nichts mehr weiter im Wege stehen sollte, dann würde ich darum bitten, dass ...«

Das versetzte Berger einen Stich. Hatten sie diesen Mann tatsächlich in dem Glauben gelassen, er brauchte nur alles zu sagen, was er wüsste, und dann würde er freikommen? Das musste aufhören, jetzt sofort.

»Herr Lohberg«, sagte Berger. »Ich glaube, ich muss Ihnen eine betrübliche Mitteilung machen. Ihre Freilassung steht überhaupt gar nicht zur Diskussion. Aus Ihren eigenen

Angaben und aus den Geständnissen der anderen Bandenmitglieder geht klar hervor, dass Sie an mindestens neunzehn Straftaten beteiligt gewesen sind oder zumindest davon gewusst haben. Das Einzige, was Ihnen bleibt, ist die Hoffnung auf die Gnade der Richter.«

»Mein Gott – und ich hatte gehofft – ich hatte geglaubt – nächsten Monat hat doch unser Püppchen Geburtstag, und da wollte ich doch so gerne ...«

»Es tut mir unendlich leid«, sagte Berger. »Aber hier liegt ein kolossales Missverständnis vor. Wir haben nie den Eindruck erwecken wollen, dass Sie jetzt freikommen würden ...«

Lohberg weinte hemmungslos. Berger schaffte es, sich jedenfalls so lange zusammenzureißen, bis Lohberg draußen war.

5.

»Diese Nachricht muss Reimer kriegen!«

Der Wärter nickte. Flügge, diese Pfeife, hatte sich nie wieder gemeldet. Keine Entschuldigung für die Panne mit dem Seil, keine Nachricht, nichts. Schwager oder nicht – der Mann war für ihn erledigt. Da war es schon besser, man verließ sich auf die Kumpane, mit denen man jahrelang zusammengearbeitet hatte. Paul Reimer war einer der Letzten, die noch in Freiheit waren. An ihn ging dieser Kassiber:

Heute Nacht eine halbe Stunde nach Mitternacht setz die Leiter an. Leuchte dreimal mit der Taschenlampe zum Kirchenfenster hin. Ich mache nichts, bis du da bist! Odsche.

Endlich war es soweit! Metzendorf hatte wochenlang Hofdienst gehabt, und Petersen konnte nicht mit ihm in Verbindung treten. Aber jetzt – jetzt war alles bereit. Dass Metzendorf am Sonntag Dienst auf der Station haben würde –

Petersen hatte es auf dem Dienstplan abgelesen, der auf dem Korridor in der Registratur hing.

»Hier!« Metzendorf gab ihm Schlüssel und Dietrich.

Das Risiko war extrem hoch, und Metzendorf klopfte das Herz bis zum Hals, aber er konnte nicht mehr zurück. Schon zweimal hatte er Petersen Ausbruchswerkzeug in die Zelle geliefert; beide Versuche waren gescheitert. Ein Wort von Petersen, und er war seinen Job los! Also musste er weiter mitspielen, und also musste der Ausbruch gelingen. Die versprochene Belohnung war schon lange uninteressant geworden.

Metzendorf sah sich ängstlich um. Aber da war niemand, der sie beobachtete. »Und hier die Feile!«

Petersen nickte. Die Feile war dazu da, dem Schlüssel den letzten Schliff zu geben. Das war auch erforderlich; der Schlüssel passte schlecht, wie Petersen feststellen musste. Eine halbe Stunde feilte er daran herum, bis endlich alles reibungslos funktionierte.

Die Sicherheitsmaßnahmen waren verschärft worden, da Petersen schon einen Ausbruchsversuch unternommen hatte. Tagsüber war er in einer anderen Zelle untergebracht als bei Nacht. Regelmäßig abends um 7.30 Uhr fand die Verlegung statt. Auch heute schloss Metzendorf wie üblich die Tageszelle auf, aber er führte Petersen nicht heraus, sondern es geschah nichts weiter. Die Zellentür blieb offen; Petersen war frei.

Frei? Noch nicht. Petersen wartete, bis Metzendorf vom Hof her das vereinbarte Zeichen gab. Jetzt! Er öffnete die Zellentür. Vorsichtig lugte er nach draußen. Der Gang war leer. Petersen schloss die Tür hinter sich und lief die Treppe zum Hof hinunter. Der Hof lag verlassen da. Petersen eilte hinüber zur Kapelle. Der Eingang war extra durch eine eiserne Gittertür gesichert. Petersen griff nach dem Schlüssel.

Passte er? Ja, er passte! Die eigentliche Kirchentür war leicht zu öffnen. Im Nu war Petersen in die Kirche geschlüpft und hatte beide Türen hinter sich wieder zugezogen.

Es dauerte eine Weile, bis er sich an die Dunkelheit gewöhnt hatte. Er tappte durch die Bankreihen nach vorn. Etwas fiel klirrend zu Boden. Erschrocken hielt Petersen inne. Konnte das jemand gehört haben? Nein, wahrscheinlich nicht. Es war ja niemand auf dem Hof, und die Mauern der Kirche waren dick genug, die schluckten jeden Schall. Was war da zu Boden gefallen? Ach, die Handfesseln! Metzendorf hatte ihm eingeschärft, er sollte die Handschellen durchfeilen und nach gelungener Flucht in den Gefängnishof zurückwerfen, damit man glauben sollte, Petersen sei ordnungsgemäß gefesselt gewesen.

Jetzt hieß es Warten! Petersen setzte sich auf eine der harten Holzbänke und begann zu feilen. Was würde er tun, wenn er draußen war? Erst einmal sicherstellen, dass die Angehörigen der Verhafteten versorgt waren. Die Konten waren beschlagnahmt, das wusste er, aber er hatte genug anderes Geld verborgen, das die Polizei nicht gefunden hatte. Wenn das Geld verteilt war, kehrte endlich wieder Ruhe ein, und keiner würde sich mehr danach drängen, sein Maul aufzureißen.

Die Zeit verging. Die Fessel war durchgefeilt, Petersen wusste nicht mehr, was er noch machen sollte. Unruhig ging er in der Kirche auf und ab. Es gab keine Uhr, natürlich nicht, nur das Schlagen der Turmuhr draußen alle halbe Stunde. Er hatte das Gefühl, dass die halben Stunden länger und länger wurden. Und es war kalt in der Kirche. Er fror.

Endlich halb eins! Petersen stand schon seit mehr als zehn Minuten am Fenster, spähte durch die bunten Scheiben nach draußen. Aber so sehr er sich auch mühte, er konnte kein Licht entdecken. Nichts. Reimer hatte ihn versetzt! Und jetzt?

Zurück in die Zelle konnte er nicht und wollte er nicht. Die Freiheit war doch zum Greifen nah! Aber wie sollte er über die Mauer kommen? Auf dem Fremdenhof lagen einige Holzbalken. Wenn er einen davon aufrichtete und daran hochkletterte? Blieb immer noch der Sprung auf der anderen Seite. Die Gefahr war groß, dass er sich das Bein brach. Was half's? Es musste gewagt werden!

Vorsichtig öffnete er die Kirchentür. Sie quietschte. Petersen verharrte, aber nichts regte sich. Da huschte er hinaus auf den Hof, machte sich an den Balken zu schaffen. Sie waren schwer, zu schwer für ihn. Fast zu schwer. Wenn er sie gegen die Mauer stemmte und Stück für Stück ...

»Halt!«

Er hatte die Nachtwache nicht kommen hören. Resignierend ließ Petersen den Balken fallen und drehte sich um. Er war gefangen.

Eine Viertelstunde später kam Reimer mit der Leiter, leuchtete mit der Taschenlampe. Vergebens. Im Gefängnis regte sich nichts. Keine Spur von Petersen.

6.

»Ich hab mir die Aussage von Max Windhorst noch mal vorgenommen«, sagte Berger.

»Was ist damit?«

»Irgendetwas stimmt nicht. Als ich das zum ersten Mal gelesen habe, da hab ich ja gedacht, dieser Windhorst sei einfach nur ein grenzenlos dummer Bär. Aber – so dumm wie der, so dumm kann doch gar keiner sein. Kein Einbrecher jedenfalls. Der würde doch in jede Falle tappen!«

»Er ist nicht ganz gesund, dieser Herr Windhorst«, sagte Krohn. »Seine erste Aussage haben wir ja im Krankenhaus aufgezeichnet.«

»Wieso war er im Krankenhaus?« Berger kannte nur das sauber getippte Geständnis Max Windhorsts, da war von keinem Krankenhausaufenthalt die Rede.

»Er hatte Lähmungserscheinungen«, sagte Krohn.

»Lähmungserscheinungen? Das ist ja seltsam. In welchem Krankenhaus ist er denn gewesen?«

»Langenhorn.«

»Was?« In Langenhorn war die psychiatrische Klinik.

»Ja, er ist wohl auch nicht so ganz richtig im Kopf, der Herr Windhorst. Aber seine Aussage ist brauchbar. Und der Arzt meint, zur Tatzeit sei er voll handlungsfähig gewesen.«

»Komm, lass dir nicht alles aus der Nase ziehen!« Berger war ärgerlich.

»Nun, der Arzt sagt, dass es sich bei der Erkrankung um Neurolues handelt.«

»Neurolues? Was heißt das?«

»Nichts Gutes«, sagte Krohn. »Mehr weiß ich nicht. Und mehr will ich auch gar nicht wissen.«

Berger rief in Langenhorn an.

»Syphilis«, sagte der Arzt. »Wenn die nicht behandelt wird, kommt es später zu einer chronischen Hirnentzündung, die zur Demenz und gleichzeitig zu einer progressiven Paralyse führt.«

»Schwachsinn, Lähmung – mein Gott, im Krieg haben sie uns doch erzählt, dass man Syphilis medizinisch behandeln kann ...«

»Mit Salvarsan, ja, das ist möglich, aber nicht mehr in diesem Stadium. Was bei einer Neurolues passiert, ist, dass der Erkrankte geistig mehr und mehr abbaut, Sprachstörungen treten auf, das Rückenmark wird geschädigt, am Ende ist der Patient gelähmt. Ach ja, Blindheit kann auch noch dazukommen. Hab ich irgendetwas vergessen?«

»Danke, mir reicht das jedenfalls«, sagte Berger. Damit war das Geständnis Windhorsts eigentlich wertlos. Wenn die Verteidigung davon erfuhr, würde Jastorf damit vor Gericht nicht weit kommen. Aber im Augenblick erfüllte es natürlich seinen Zweck. Die Kumpane wussten ja nicht, dass der Mann nicht mehr zurechnungsfähig war. Max Windhorst hatte gestanden! – Das würde eine wahre Lawine von weiteren Geständnissen auslösen. Dass der Untersuchungsrichter dieses Geständnis einem hilflosen Kranken praktisch diktiert hatte, das wusste ja keiner.

7.

Die Nachricht erreichte Reimer über einen Kassiber. *Max Windhorst hat gestanden!* Nun gab es keine Rettung mehr. Reimer wusste, dass er nicht mehr heil aus der Geschichte herauskommen konnte. Er musste endgültig untertauchen. Bisher hatte er sich bei seiner Schwägerin in der Ahrensburger Straße versteckt gehalten. Das reichte jetzt nicht mehr aus. Er musste ins Ausland. Herta brachte ihn zur Bahn.

»Hast du auch wirklich alles mit?«

Ja, er hatte alles dabei, was er brauchte. Er reiste mit leichtem Gepäck.

»Den Pass, hast du auch den Pass?«

Ja, hatte er. Es war der Pass seines Halbbruders, den er sich ausgeliehen hatte. Damit würde er sicher unbehelligt über die Grenze kommen. Herta weinte.

»Ich komm ja wieder«, sagte Reimer. »Sowie etwas Gras über die Sache gewachsen ist, komm ich ja wieder!« Er dachte: Wann fährt denn dieser verdammte Zug endlich ab? Noch war er nicht weg, noch war er nicht in Sicherheit!

Da setzte sich der Zug in Bewegung.

8.

Pohl war bereit, ein Geständnis abzulegen.

»Na, dann erzählen Sie mal«, sagte Wilhelm Berger.

»Womit soll ich anfangen?«

»Mit dem Anfang. Wie sind Sie mit Adolf Petersen und seiner Bande in Kontakt gekommen?«

»Nach dem Krieg habe ich bei Mohnsens gewohnt. Da habe ich dann auch Adolf Petersen kennengelernt. Er hat mir erzählt, dass er viel nach Holland fährt und Stoffe, Seide und Wäsche mitbringt. Er hat vorgeschlagen, mein Vater und ich sollten in das Geschäft mit einsteigen. Es hörte sich so an, als sei da viel Geld zu verdienen. Mein Vater hat einen Gewerbeschein beantragt, Petersen hat dann Hunderte Meter Stoff und Seide und über hundert Blusen geliefert. Ich hab ja nicht wissen können, dass das alles heiße Ware ist!«

Berger sah Pohl an. Du bist doch nicht doof, dachte er. Das hast du selbstverständlich gewusst!

»Später haben sie mich dann direkt in ihre schmutzigen Geschäfte einbezogen. Ich wollte das nicht. Ich habe versucht, mich als Händler selbstständig zu machen. Im Sommer 1919 ist das gewesen. Ich hab Obst und Gemüse gekauft an der Lühe und in Glückstadt, und das dann in Hamburg wieder verkauft. Das ging ganz gut, aber dann hab ich einmal Pech gehabt: eine Schute mit dreißig Zentnern Birnen ist wegen stürmischen Wetters in Glückstadt liegen geblieben; das Obst ist verschimmelt, konnte nicht mehr verkauft werden. Da musste ich wieder bei Petersen mitmachen.«

»Und was hat Ihre Emmi dazu gesagt?«

»Gar nichts. Die weiß doch gar nichts davon, ist der harmloseste Mensch auf der Welt: Die tut keiner Fliege was zuleide. Dass ihr die eingesperrt habt, das ist einfach – ein Verbrechen.«

»Na, na«, sagte Berger. »Zwei Meineide, das ist ja schließlich nicht nichts.« Außer dem jetzigen falschen Alibi für Adolf Petersen hatten sie noch eine alte Geschichte aus dem letzten Jahr wieder ausgegraben. Auch da hatte Emmi Schween unter Eid gelogen.

Pohl setzte seinen Bericht fort. Emmi und er waren mit Arnold Petersen und dessen Freundin in eine Wohnung am Lokstedter Weg gezogen. Junge hatte die besorgt.

»Pfingsten hat Arnold Petersen dann einen Ausflug nach Blankenese vorgeschlagen. Als wir von der Tour zurückgekommen sind, stand die Wohnungstür offen. Bei uns war eingebrochen worden. Unser ganzes Zeug – alles weg! Emmi und ich hatten nur noch das, was wir auf dem Leib trugen. Und auf dem Tisch lag ein Zettel, da stand drauf: *Geschäft ist Geschäft!* Ich hab das erst nicht verstanden und mich bloß gewundert, dass dem Arnold Petersen und seiner Verlobten fast nichts weggekommen war. Später ist mir dann klar geworden, dass Arnold den Einbruch selbst arrangiert hat.«

»Und wer hat ihn ausgeführt?«

»Junge.«

Das alles hatte Pohl nicht daran gehindert, weiterhin mit den Petersens auf Diebestour zu gehen. »Wir haben dann ja stiekum mal hier mal da gewohnt. Ich wurde inzwischen von der Polizei gesucht, konnte daher keine feste Arbeit mehr annehmen. Ich brauchte dringend Geld. Mit Fritz Junge zusammen hab ich dann dem Fritz Wehner hundertfünfzig Block gefälschte Butterkarten geklaut. Die hab ich unter der Hand zum Preis von fünfundzwanzig bis fünfunddreißig Mark verkauft.«

Berger schüttelte den Kopf. So viel hatte er inzwischen gelernt: Mit der sogenannten Ganovenehre war es nicht allzu weit her.

»Wir sind dann zu Eckel gezogen.«

»Eckel?«

»Der Postbeamte aus der Susannenstraße. Von dem haben wir doch den Tipp bekommen ...«

Berger ließ sich nicht anmerken, dass dieser Punkt für ihn neu war.

»Nun hatte ich Geld, aber ich bin von Adolf Petersen einfach nicht losgekommen. Und dabei hatte ich Emmi doch versprochen, nie wieder – ich hab es einfach nicht geschafft. Irgendwann im Sommer hab ich dann Adolf Petersen, Paul Reimer und Joseph Mattofski am Sternschanzenbahnhof getroffen. Die drei waren unterwegs zu einem Einsteiger. Sie haben gesagt, ich solle mitkommen. Ich war betrunken, ich wollte eigentlich nach Hause, aber sie haben mich dann doch breitgeschlagen. Die Beute – drei kleine Handtaschen voll Silber und ein Zwanzigmarkstück. Das Silber ist für sechstausendfünfhundert Mark beim Schärfer gelandet ...«

»Bei wem?«, fasste Berger nach.

»Beim Hehler.«

»Den Namen meine ich.«

»Gregor.«

»Was für ein Gregor?«

»Petrov. Der macht doch all diese Dinger. – Ich hab tausend Mark und ein halbes Dutzend versilberte Bestecke für Eckel gekriegt; in dessen Wohnung haben wir die Beute geteilt. Ich hab dann das Besteck verkaufen wollen, aber ich war so betrunken, dass ich es am Ende in einem Lokal am Pferdemarkt an zwei Frauen verschenkt habe. Einfach so verschenkt. Die hab ich überhaupt gar nicht gekannt!«

Berger hatte das Gefühl, dass Pohl auch schon vor seiner Festnahme ziemlich am Ende gewesen war.

»Schließlich sind im Winter dann meine Eltern nach Hamburg gekommen, um hier für uns gemeinsam eine neue Existenz aufzubauen. Sie haben sich nicht getraut, in Oberschlesien zu bleiben. Wenn das jetzt am Ende vielleicht doch polnisch wird! Wir haben dann zusammen eine Wäscherei in der Schmilinskystraße gekauft. Aber das Geld hat nicht ganz gereicht; ich hab mir von Petersen 20.000 Mark leihen müssen. Die hab ich nach fünf Wochen zurückgezahlt, aber da war es schon zu spät.«

»Wieso?«

»Weil der Adolf Petersen nun meine Eltern kannte. Und da hat er versucht, sie unter Druck zu setzen. Er hat gesehen, dass mein Vater ein rechtschaffener Mann ist. Von dem hat er verlangt, er solle einen Meineid leisten. Mein Vater hatte ja überhaupt keine Ahnung, in was für Geschäfte ich inzwischen verwickelt war. Petersen hat ihm alles in den schwärzesten Farben dargestellt. Und dann hat er gesagt: ›Wenn Sie den Schwur nicht leisten, geht Ihr Sohn ins Gefängnis! Wollen Sie das?‹ Da hat mein Vater ihn rausgeschmissen.«

»Bravo!«, sagte Berger.

»Ja, bravo, das hab ich auch gedacht. Aber dann kam es: Petersen verhaftet, ich verhaftet, Emmi Schween verhaftet; die Wäscherei war schon vorher wegen eines technischen Mangels stillgelegt worden. Da hat mein Vater sich dann erschossen.«

»Mein Gott, wie furchtbar!«, sagte Berger. Das hatte er nicht gewusst.

»Ich hätte mich am liebsten auch erschossen – wenn ich es gekonnt hätte. Aber ich saß ja im Gefängnis ...«

»Das dürfen Sie nicht tun«, sagte Berger. »Das dürfen Sie nicht einmal denken! Sie haben doch Verantwortung! Denken Sie an Ihre Emmi, die braucht Sie!«

Pohl schüttelte den Kopf. »Ich komme hier doch nie wieder raus!«

»Unsinn!«

Viel konnte Berger nicht tun für Pohl. Den Pfarrer zu ihm schicken, vielleicht half das. Und dann ging es daran, das Geständnis auszuwerten. Fritz Wehner und Josef Matofski hatten sie schon. Gregor Petrov musste verhaftet werden; aber die wichtigste Ausbeute war Eckel, der Tippgeber für den Postraub in der Susannenstraße. Der Fall war damit restlos aufgeklärt.

9.

Ein Geheimnis war nur so lange geheim, wie es nur einer wusste. Von Reimers Flucht wussten zu viele seiner Freunde und Verwandten. Schon nach wenigen Tagen erfuhr die Polizei, dass der Mann sich nach Holland abgesetzt hatte. Angeblich wollte er auf einem griechischen Dampfer anheuern. Jastorf schickte ein Telegramm an den deutschen Konsul in Rotterdam. Der handelte rasch, aber nicht rasch genug. Er schrieb:

Nach Auskunft der hiesigen Polizeibehörde ist Reimer unter dem Namen Willy Blome auf dem griechischen Dampfer »Nicolas Zafirahie« angemustert worden und nach Barry bei Cardiff abgefahren. Von dort soll das Schiff nach Triest gehen. Über die Rückkehr des Dampfers nach Rotterdam ist nichts bekannt. Die Angelegenheit wird im Auge behalten.

10.

Richard Pohl schrieb an seine Braut:

Meine Liebe Emmi,

Du glaubst gar nicht, wie lieb ich dich habe. Ich weiß wohl, ich bin ein komischer Mensch, und wenn ich mal keine gute Laune hatte, so hat das daran gelegen, dass ich gern Geld verdiene und mit den Geschäften irgendwas nicht geklappt hat. Hier kümmert sich kein Mensch um mich, ich bin ganz nervös vor Wut, dass man mich

hier festhält. Dann denke ich auch immer viel an dich, mein süßer Schatz. Halte den Kopf hoch! Ich möchte dich doch so gerne wiedersehen. Mein süßer Liebling, sei gegrüßt und geküsst
von deinem Männe.

Jeder Brief der Untersuchungsgefangenen ging über den Schreibtisch von Dr. Davidsohn. Dort wurde er gelesen, und dann wurde verfügt, was weiter damit zu geschehen habe. Dr. Davidsohn schrieb:

Der anliegende Brief wird zu den Akten genommen, weil er keine wichtigen Mitteilungen enthält und nur die Besprechung unaufschiebbarer oder dringend notwendiger Geschäfts-, Familien- oder persönlicher Verhältnisse in Briefen von Untersuchungsgefangenen oder an diese gestattet werden kann (§ 116 StPO).

11.

Adolf Petersen hatte kaum noch Kontakte zur Außenwelt. Reimer hatte auf seine letzten zwei Kassiber nicht mehr geantwortet. War er womöglich verhaftet worden? Nein, wahrscheinlich hatte er sich abgesetzt. Post von Hatzel ließen sie nicht durch. Aber jetzt kam ein Brief von Helmi. Adolf Petersen dachte: Wenn der Teufel Jastorf ihn durchgelassen hat, wird sicher wenig Erbauliches drinstehen! Ah ja, natürlich. Seine geschiedene Frau stellte neue Forderungen. Jetzt wollte sie neue Garderobe für Hatzel.

Von Flügge erhielt ich seinerzeit nur Fetzen für Hatzel ausgeliefert, und von deinem Zeug kann ich Hatzel gut etwas arbeiten lassen ...

Das war wirklich dreist! Nach der Geschichte mit dem Luden jetzt dasselbe noch einmal? Mein Zeug für Hatzel umarbeiten? Das ging doch gar nicht. Sie wollte die Sachen nur ihrem lieben Hillesheim weitergeben, damit der was Gutes zum Anziehen hatte.

Ferner möchte ich dich noch bitten, die Ehelichkeit des Kindes anzufechten ...

Petersen brauchte einen Augenblick, bis ihm klar wurde, wen Helmi mit »das Kind« meinte. Für ihn war Hatzel »das Kind«. Dass letztes Jahr ein Jonni Helmut geboren worden war, hatte er kaum registriert. Aber für Helmi war dieser Bastard jetzt »das Kind«! Armer Hatzel! – Jetzt wollte Helmi, dass er an die Vormundschaftsbehörde schreiben und die Vaterschaft bestreiten sollte, denn sonst hieße das Kind in allen Papieren Jonni Petersen.

Mache es bitte meinetwegen, denn ich habe oft Zerwürfnisse deswegen.

Aha, hatte sie also einen echten Goldschatz geheiratet! Geschah ihr recht. Aber dieses Schreiben, das konnte sie haben. Ein fremdes Kind mit seinem Namen – das wäre nun wirklich das Letzte, was er sich wünschen würde.

Hatzelmann besucht die Volksschule in der Forsmannstraße und ist in seinen Arbeiten oftmals sehr flüchtig, aber verhältnismäßig gut. Werde dich auch von seinem Zeugnis, das er zu Ostern erhält, benachrichtigen, auch ob er mit versetzt wird. Wenn ich ihn frage, antwortet er stets: »Ja natürlich, Mutti. Du kannst gern nun schon das Luftdruckgewehr (dieses will er sehr gern haben, kostet nur hundertfünfundsiebzig Mark) kaufen, denn mit rüber komme ich ganz bestimmt.«

Hätte ihn auch gern in eine Realschule umgemeldet, aber Flügge hat sich geweigert, das Schulgeld zu zahlen, und drei Mark Fahrgeld pro Tag war mir auch zu teuer und konnte ich nicht aufbringen ...

Warum sollte mein Schwager das Schulgeld zahlen? Es ist dein Sohn, Helmi! Und wenn du ihn mir wegnimmst, dann muss eben dieser Hillesheim zahlen! Du hast es so gewollt, nicht ich!

Kannst du nicht dafür sorgen, dass ich in den Genuss der Zinsen von Hatzels Geld komme? Es ist doch sein Geld, und niemand kann es ihm streitig machen.

Doch, das machen sie, diese Geier! Mündelsichere Anlage, hatten sie behauptet – und jetzt?

Deine Antwort erwartend, grüßen dich herzlich Hatzel und Helmi.

Wahnsinn

1. Februar 1922

1.

»Die schreiben, dieser Pohl, der ist jetzt wahnsinnig geworden«, sagte Krohn.

»Als ich ihn zuletzt gesehen habe, war er noch ganz normal!« Jastorf hatte ihn vor zwei Wochen zuletzt gesehen.

»Jedenfalls ist er gestern nach Langenhorn eingeliefert worden.«

»In die Irrenanstalt?«

»So heißt das nicht mehr. Das ist heute das Staatskrankenhaus Langenhorn.«

»Es ist mir egal, wie das heißt. Das ist ja eine schöne Schweinerei! Erst macht er einen Fluchtversuch, und als das nicht klappt, schwups, wird er wahnsinnig! Aber damit kommt er nicht durch. Das wäre ja noch schöner, wenn sich einer einfach irgendeine Krankheit ausdenkt und dann nicht ins Gefängnis braucht!«

»Was schreibt denn das Krankenhaus?«, fragte Berger.

»Laut Überführungsschein ist er deprimiert, zerfahren, abstiniert vollkommen, hat Wahnvorstellungen.«

»Das reicht aus? Da können sie mich gleich mit einliefern! Mein Gott, bin ich deprimiert, wenn ich mir hier diesen Haufen Arbeit ansehe, und all die Scheißer, die uns ins Handwerk pfuschen! – Was war das nächste? Zerfahren? Nach zwölf Stunden Arbeit bin ich auch zerfahren, das könnt ihr mir glauben. Kein Wunder, dass meine Alte damals abgehauen ist; kann ich ihr nicht verdenken. – Und was weiter? Abstiniert? Was soll das denn heißen? Abstinent meinen sie wahrscheinlich. Na ja, wenn ich kein Bier kriege, da kann ich auch ganz schön ungemütlich werden. – Und Wahnvorstellungen? Ja, das stimmt, das sehe ich auch so! Der gute Richard Pohl hat die Wahnvorstellung, dass er mit diesem Trick durchkommt! Aber nicht bei Dr. Davidsohn und mir!«

»Reg dich ab«, sagte Krohn. »Dieses Geschimpfe kann mein König nicht vertragen.« Er hatte das Bild mit dem Gesicht nach unten auf den Schreibtisch gelegt.

»Du kannst dich auch gleich mit anmelden in Langenhorn«, sagte Jastorf, jetzt etwas ruhiger.

Berger nahm den Bericht aus Langenhorn zur Hand.

Vor seiner Einlieferung hatte Pohl vier Tage im Gefängnislazarett gelegen, wo gar nichts mit ihm aufzustellen war. Er war abweisend, wollte nichts essen, schimpfte auf »den Juden«, der ihn ermorden wolle.

Dass Pohl auf »den Juden« schimpfte, konnte Berger immerhin nachvollziehen. Er meinte damit einen ganz bestimmten Juden: Dr. Davidsohn.

Hier in Langenhorn ist er ebenfalls fast unzugänglich. Er blickt mit finsterem Gesichtsausdruck starr vor sich hin, antwortet nicht auf Anreden und gibt auch nicht durch Zeichen, Winke oder dergleichen zu verstehen, dass er den Frager verstanden habe. In seiner Zelle, wohin er als Fluchtverdächtiger gekommen war, lag er still und untätig mit dem Gesicht nach der Wand auf dem Strohsack. Wenn man ihn herumdrehte, ihm die Arme aufhob und so weiter, so ließ er sich alles gefallen, doch fühlte man deutlich einen leisen Muskelwiderstand (es bestand also ebenso wenig kataleptische Starre wie Lähmung). Alle Beeinflussungsversuche, alles gütliche Zureden blieben erfolglos. Auch als er aus seiner Zelle heraus in den Wachsaal gelegt wurde, um ihn im Einzelzimmer nicht verkommen zu lassen, änderte er sein Verhalten zunächst gar nicht. Nur einmal rief er einem der Wachsaalpfleger zu: »Meine Emmi soll herkommen.«

Mein Gott, dachte Berger, was treiben wir hier, was tun wir diesen Menschen an? Dieser Pohl ist ein Einbrecher, kein Mörder! Und selbst dann wäre es nicht gerechtfertigt.

»Der Arzt schreibt, dass es sich um eine Haftpsychose handelt«, sagte er.

»So was gab's früher nicht!« Jastorf war ruhig jetzt, resigniert.

Krohn sagte: »Der Arzt tut das, was er gelernt hat. Vielleicht stimmt's, vielleicht hat er aber auch was Falsches gelernt, das kann ich nicht beurteilen. Was ich aber sehe, genau wie unser Freund Jastorf hier, ist, dass er den Gang der Ermittlungen stört. Wir brauchen das Geständnis, wir brauchen den Prozess und das Urteil. Und das kriegen wir nicht, wenn dieser Mediziner den Mann da rauszieht. Reicht es denn nicht aus, wenn er den Kerl danach erst in die Klappsmühle steckt?«

Berger schüttelte den Kopf.

»Du bist zu weich, Wilhelm. Aber ich versteh das, du bist noch jung. Jastorf und ich, wir waren auch mal so. Das ist lange her. – Wart mal ab, in zehn Jahren wirst du dich an dieses Gespräch erinnern und feststellen, dass du dann genauso denkst wie wir heute.«

Berger sagte nichts. Nie werde ich so wie ihr, niemals!

Krohn sah ihn bekümmert an. Dann wendete er sich an Jastorf: »Hast du dich nun beruhigt? Kann ich jetzt bitte den König wieder aufstellen?«

2.

»Ihr Bruder Arnold war über Weihnachten zu Hause«, sagte Jastorf. »Hafturlaub. Glauben Sie nicht, dass Ihr Hatzel sich auch gefreut hätte, wenn sein Papa nach Hause gekommen wäre?«

Petersen ballte in ohnmächtiger Wut die Fäuste.

»Herr Petersen«, sagte Jastorf, »ich bin gekommen, um Ihnen noch einmal Ihre Lage zu verdeutlichen ...«

»Ich kenne meine Lage.«

»... und die ist nicht besonders rosig: Vermögen beschlagnahmt, Frau im Gefängnis, Mutter im Gefängnis, Geliebte im Gefängnis ...«

»Das verstößt gegen Recht und Gesetz, was Sie hier machen. Das ist allein Ihre Schuld, dass diese unschuldigen Menschen ...«

»Nein, Herr Petersen, das stimmt nicht. Die Frauen könnten längst frei sein. Sie wären lägst wieder zu Hause, wenn Sie ein umfassendes Geständnis ablegen würden.«

»... aber ich habe jeden Ihrer Schritte genau registriert, und vor Gericht werden all Ihre Untaten zur Sprache kommen, da werden Sie sich verantworten müssen, Punkt für Punkt!«

»Sie werden sich am Ende vor einem ganz anderen Richter verantworten müssen, Herr Petersen, und da möchte ich dann nicht in Ihrer Haut stecken! – Wenn Sie so weitermachen, haben Sie demnächst auch noch den Tod Ihrer Mutter auf dem Gewissen, genau wie den Tod Ihres Vaters; der hat sich ja seinerzeit auch aus Gram über Ihre Verbrechen das Leben genommen ...«

»Du Teufel!«, brüllte Petersen, »du elender Teufel!« Er spuckte in Jastorfs Richtung.

»Mäßigen Sie sich!«, sagte Jastorf. Er hatte Petersen in Fesseln vorführen lassen, so ließ es ihn nahezu unberührt, dass der Gefangene tobte und schrie. Er wusste, seine Botschaft war angekommen. Mal sehen, was Petersen daraus machte. Jastorf erhob sich. »Ich komme wieder!«, sagte er.

3.

Es klopfte. Herta Reimer schreckte hoch. Wer konnte das sein? Um diese Zeit? Draußen war es schon dunkel. Polizei, dachte sie. Das war bestimmt wieder die Polizei! Obwohl sie bereits mehrere Besuche der Kripo hinter sich hatte, war sie doch jedes Mal aufs Neue erschrocken.

»Ja, bitte?«, rief sie.

Keine Antwort. Zögernd öffnete sie die Tür. Draußen stand ihr Mann.

»Paul!«, rief sie überglücklich.

»Nicht so laut!«, mahnte er. Er ging rasch in die Wohnung, schloss die Tür hinter sich. »Ich habe es nicht mehr ausgehalten. Ich musste einfach zu dir!«

»Oh, mein Paul, wie schön, dass du wieder da bist!«

»Ja.« Er zögerte. »Aber ich kann nicht bleiben. Die suchen mich ja noch immer. Ich muss zurück ins Ausland. – Kommst du mit?«

»Ich gehe überall mit dir hin!«

Er hatte mit Einwänden und allen möglichen Schwierigkeiten gerechnet, aber Herta kam einfach mit. War das nicht wunderbar? »Hör zu! Wir müssen so rasch wie möglich verschwinden. Morgen früh nehmen wir den ersten Zug nach Kiel. Da kommen wir für ein paar Tage bei meinem Schwager unter ...«

»Bei Kurt? – Aber wenn sie uns suchen, werden sie doch dort zuerst ...«

»Nein, nicht direkt bei Kurt. Er kennt da eine Frau in Gaarden, das ist auf der anderen Seite der Förde. Die Frau ist bereit, uns für ein paar Tage aufzunehmen, bis wir unsere Papiere beisammen haben. Und von da aus gehen wir über Schweden nach Dänemark.«

»Aber wir könnten doch auch direkt mit dem Zug nach Dänemark fahren?«

»Wir müssen doch unsere Spuren verwischen! – Mein Bruder muss dann die Sachen hier verkaufen; er schickt uns das Geld nach Dänemark nach. Postlagernd nach Hadersleben; das habe ich schon alles arrangiert.«

4.

»Es gibt da noch eine leidige Geschichte, die erledigt werden muss«, sagte Jastorf. »Richard Pohl. Einer muss mit Pohl sprechen. Wir glauben, dass du der richtige Mann bist.«

»Sie werden mich gar nicht zu ihm lassen«, gab Berger zu bedenken. »Ich kann mir nicht vorstellen, dass die im Krankenhaus in Langenhorn mich so einfach an sein Bett marschieren lassen und dann ...«

»Er ist nicht mehr in Langenhorn«, sagte Jastorf. »Davidsohn hat ihn da rausholen lassen. Er liegt jetzt im Untersuchungsgefängnis.«

»Ist er denn geheilt?«, fragte Berger überrascht.

Jastorf sah ihn nicht an. »Ja, da ist wohl etwas schiefgegangen«, sagte er. »Die haben hier angerufen, weil sie offenbar bei Davidsohn nichts erreicht haben. Einer von uns muss hin. Machst du's?«

»Ja, natürlich.«

Berger schwante Fürchterliches. Als Erstes griff er zum Telefon und ließ sich mit Dr. Sierau in Langenhorn verbinden. Jastorf und Krohn hatten auf einmal wichtige andere Termine; Berger konnte völlig ungestört mit dem Mediziner sprechen.

»Ja«, sagte der, »es ist ziemlich skandalös. Am 6. August sind hier plötzlich zwei Kriminalbeamte erschienen, ohne vorherige Anmeldung. Die hatten offenbar den Auftrag, den Pohl gefesselt mit der Hochbahn zum Untersuchungsgefängnis zurückzubringen. Ich habe ihnen erklärt, dass ich dem unmöglich zustimmen kann. Aber gegen die Verfügung des Untersuchungsrichters bin ich natürlich zunächst einmal machtlos.«

»Dr. Davidsohn?«, fragte Berger nach.

»Ja, so heißt der wohl. Natürlich ging das nicht so, wie die sich das vorgestellt haben. Als die Polizisten das versucht haben, hat er sich geweigert, sich überhaupt anzuziehen. Er hat sich gesträubt, geweint, an Türgriffen und an unseren Pflegern festgeklammert, es war zum Steinerweichen. Da haben auch die Beamten einsehen müssen, dass es so nicht geht und den Pohl dann später mit dem Sanitätsauto abholen lassen.«

»Und was war der Sinn dieser Aktion?«

»Dr. Davidsohn hat geglaubt, dass unsere Diagnose falsch ist, dass der Mann nur simuliert, und er wollte dazu ein Gegengutachten einholen. Wie ich inzwischen erfahren habe, hat er dabei an Dr. Glüh aus dem Krankenhaus Friedrichsberg gedacht. Nun, Glüh ist ein Kollege, den ich sehr schätze, auch wenn ich nicht immer mit ihm einer Meinung bin, aber hier hat er genau das getan, was ich von ihm erwartet hätte: Er hat sich geweigert, unter diesen Umständen ein Gutachten zu erstellen.«

»Entschuldigen Sie, dass ich das jetzt so direkt frage, aber ob der Dr. Glüh nun von Friedrichsberg nach Langenhorn gefahren wäre oder zum Untersuchungsgefängnis, das hätte doch kaum zusätzlichen Aufwand bedeutet!«

»So wie ich es verstanden habe«, und hier zitterte die Stimme des Mediziners ein wenig, »kam es Dr. Davidsohn vor allem darauf an, den Patienten meinem Einfluss zu entziehen.«

»Und das lassen Sie sich gefallen?«

»Ich habe mich natürlich bei den zuständigen Stellen beschwert, aber bisher keine Antwort erhalten.«

Kaum hatte Berger den Hörer aufgelegt, läutete das Telefon.

»Berger?« Das kam ihm jetzt sehr ungelegen.

»Spreche ich mit der Kriminalpolizei?« Eine Frauenstimme.

»Ja. Worum geht es?«

»Hier ist Else Kant aus der Desenißstraße. – Sie wissen vielleicht, dass hier neben uns im Haus ein Mitglied dieser berüchtigten Petersen-Bande gewohnt hat. Der Paul Reimer.«

»Aha.«

»Ja, und jetzt ist seine Frau plötzlich weg.«

Es war Berger völlig egal, ob die Frau Reimer weg war oder nicht. »Das tut mir sehr leid«, sagte er, »aber da kann ich auch nicht viel machen.«

»Ja, aber der Reimer, der ist doch noch flüchtig, und da dachte ich ...«

Er würde sich drum kümmern müssen. Aber nicht jetzt! »Könnten Sie mir bitte sagen, wo Sie genau wohnen? Einer von uns wird nachher bei Ihnen vorbeikommen ...«

5.

Richard Pohl lag nicht im Untersuchungsgefängnis, sondern im Hafenkrankenhaus. Doch die Erleichterung, die Berger bei dieser Information empfand, verflog, als er den Patienten sah. Pohl lag abgewandt und völlig unzugänglich auf einem Strohsack, die Augen zugekniffen, beide Fäuste in die Augenhöhlen gedrückt. Er war blass, abgemagert; in der Zelle stank es nach Urin und Kot.

»Wir können nichts tun«, sagte der Mediziner. »Er macht einfach unter sich.«

Berger sah ihn nur groß an.

»Er verweigert die Nahrungsaufnahme. Wir sind dazu übergegangen, ihn mit einem Schlauch zu füttern. Seit seiner Ankunft hier hat er vierzehn Kilo Gewicht verloren. Wenn wir ihn nicht zwangsweise künstlich ernähren, stirbt er uns weg.«

»Sie sind Arzt«, sagte Berger. »Können Sie das hier verantworten?«

»Danach werde ich nicht gefragt.«

»Ich verlange, dass der Patient sofort in die Klinik nach Langenhorn zurückgebracht wird!«

»Dazu sind Sie nicht befugt.«

»Sie sind doch Arzt! Haben Sie da nicht diesen Eid geschworen? *Ärztliche Verordnungen werde ich treffen zum Nutzen der Kranken nach meiner Fähigkeit und meinem Urteil* und so weiter – alles schon vergessen? – Kommen Sie mit!«

Befehlen konnte er. Das jedenfalls hatte er gelernt im Weltkrieg. Berger marschierte mit dem Arzt zum Geschäftszimmer. Er zückte seinen Dienstausweis. »Polizei. Darf ich mal bitte?« Er wartete die Antwort nicht ab, schob die Sekretärin kurzerhand zur Seite und griff zum Telefon. »Das Landgericht. Herrn Dr. Davidsohn bitte!«

»Einen Moment bitte!«

Es verging eine kleine Ewigkeit. Schließlich die Antwort:

»Der Herr Dr. Davidsohn ist leider zur Zeit in einer Sitzung und kann nicht gestört werden!«

War das ein Grinsen, was da über das Gesicht des Mediziners huschte?

»Dann geben Sie mir bitte den Präsidenten des Landgerichts.«

»Moment bitte!«

Berger hatte Glück. Der Mann war in der Tat an seinem Arbeitsplatz. Berger riss sich zusammen und schilderte dem

Mann so sachlich wie möglich, was er hier vorgefunden hatte. »Wenn der Pohl stirbt, geraten wir in eine sehr schwierige Situation«, sagte er. Am liebsten hätte er ganz andere Dinge gesagt. Aber das führte hier nicht weiter; seine Sachlichkeit überzeugte schließlich, der Herr Präsident versprach sofortige Abhilfe.

»Danke!« Berger legte auf, wendete sich dem Mediziner zu, der immer noch wie erstarrt da stand. Er wies auf das Gerät: »Das ist ein Telefon«, sagte er. »Wie man das bedient, haben Sie jetzt gesehen. Und wenn Ihnen jemals wieder ein Fall wie dieser vorkommen sollte, dann nutzen Sie es gefälligst!«

»Wie reden Sie denn mit mir?«

»Genau so, wie Sie es verdient haben!«

6.

»Da sind Sie ja endlich!« Jastorf war ungnädig.

»Ich habe mich um Pohl gekümmert.«

»Ja, ja, das ist alles schön und gut, aber der Pohl, der läuft uns doch nicht weg! Inzwischen hat hier eine Frau Kant angerufen: Reimer ist wieder in Deutschland ...«

»Ja, das habe ich schon gehört.«

»Die Herta Reimer ist verschwunden. Krohn hat die Wohnung durchsucht. Hals über Kopf abgehauen, wie es scheint. Wahrscheinlich zusammen mit ihrem Mann.«

Mist, dachte Berger. Wenn erst einmal etwas schief geht, dann geht auch alles schief! »Wo könnte er hin sein? Ins Ausland?«

Jastorf schüttelte den Kopf. »So einfach geht das nicht. Die Grenzen werden kontrolliert. – Ich habe mir die Akte noch mal vorgenommen. Da gibt es einen Schwager in Kiel, auch kein unbeschriebenes Blatt, da könnten die beiden untergekrochen sein.«

»Dann sollten die Kollegen in Kiel ...«

»Nein, Berger, das kommt nicht infrage. Ich habe mit Kiel telefoniert. Die Kollegen warten auf Sie. Kommissar Blohm. Sie nehmen jetzt den nächsten Zug nach Kiel ...«

»Da bin ich ja erst kurz vor Mitternacht da!«, protestierte Berger.

»Macht nichts. Zugriff morgen früh um fünf Uhr. Reimer ist gefährlich. Es ist am besten, wenn wir ihn im Schlaf überraschen.«

7.

»Was für ein Blödsinn! Was für ein hirnverbrannter Blödsinn!« Gustav Marckmann war außer sich.

Verständlich, dachte Berger. Niemand wurde gern um fünf Uhr früh aus den Federn geholt – schon gar nicht von der Polizei. Vor allem dann nicht, wenn es dafür keinen Grund gab. Und es gab keinen erkennbaren Grund. Die Polizisten durchsuchten die Wohnung, guckten unter die Betten und in die Schränke, aber es fand sich keine Spur von Paul Reimer und seiner Frau. So dumm waren sie nicht, sich gerade beim Schwager zu verstecken, dachte Berger.

»Was für ein Skandal!«, schimpfte Frau Marckmann, eine dicke, rothaarige Person, die sich rasch in einen Morgenmantel gehüllt hatte.

»Regen Sie sich ab«, sagte einer der Polizisten.

»Das ist leicht gesagt! Sie haben ja nicht den Ärger – den haben wir! Was glauben Sie denn, was die Nachbarn sagen werden?«

»Nichts vermutlich. Das ist ja nicht das erste Mal, dass hier Polizei auftaucht«, erwiderte der Kieler Kripobeamte. Er ärgerte sich, dass er so früh hatte aufstehen müssen.

Die Kollegen hatten inzwischen die Durchsuchung beendet.

»Und?«, fragte Blohm.

»Nichts.«

»Natürlich nichts! Die Reimers haben wir doch seit Jahren nicht mehr gesehen! Die Entfernung ist doch viel zu groß! Was glauben Sie denn, was so eine Fahrkarte nach Kiel kostet?« Herr Marckmann hatte sich inzwischen angezogen.

»Nichts für ungut«, sagte Berger. »Und schönen Dank für Ihre Unterstützung!«

Unten auf der Straße hielt Berger seinen Kieler Kollegen zurück. »Da ist was faul!«, sagte er.

Blohm nickte. »Ja. Die wissen was.« Mit der Zeit bekam man ein Gespür für so etwas. Blohm schickte seine Kollegen nach Hause. Zusammen mit Berger legte er sich auf die Lauer.

Sie brauchten nicht lange zu warten. Es dauerte keine fünf Minuten, bis Gustav Marckmann in großer Hast das Haus verließ. Er lief, ohne sich umzusehen, in Richtung Innenstadt. Die Beamten folgten ihm in großem Abstand.

»Nun wird es schwierig«, sagte Blohm.

Marckmann nahm sich eine Droschke. Die Polizisten warteten, bis er außer Sicht war, dann folgten sie ihm ebenfalls per Droschke. Die Fahrt ging durch das Zentrum, am Bahnhof vorbei, dann weiter in Richtung Osten. Hoffentlich geht das gut, dachte Berger. Selbst wenn der Mann vor ihnen sich nicht umdrehte – der Hufschlag auf dem Straßenpflaster war kaum zu überhören. In dem Moment, wo der andere anhielt, musste er sie bemerken.

»Das ist Gaarden, wo wir hier sind«, sagte Blohm.

Berger nickte. Er kannte sich in Kiel nicht aus. Sie bogen links ab, nach kurzer Zeit noch einmal.

»Jetzt sind wir in der Stoschstraße«, sagte Blohm. »Jeden Moment ...«

Da verlangsamte die Droschke vor ihnen das Tempo.

»Anhalten!«, rief Berger. Es klappte. Noch bevor der Wagen vor ihnen zum Stehen gekommen war, hielt ihre Droschke. Blohm und Berger sprangen ab und rannten los. Sie erreichten die Haustür unmittelbar nach Marckmann. Erschrocken sah der sich um.

Drinnen wurde bereits Licht gemacht. Marckmann hatte schon geläutet. »Keinen Laut!«, verlangte Blohm. Er hatte seine Pistole gezogen.

Die Tür wurde geöffnet. Paul Reimer stand im Schlafanzug vor ihnen. »Oh Gott!«, sagte er.

Damit war das letzte noch fehlende Mitglied der Petersen-Bande verhaftet.

Paul Reimer legte sofort ein Geständnis ab. Willi Schade, Arnold Petersen, Fritz Wehner, Friedrich Junge, Karl Plau, Neuberger, Heinrich Drescher, Karl Heitmann – alle hatten inzwischen Geständnisse abgelegt. Selbst Rudolf Boesch hatte am Ende zugegeben, den Wachtmeister Brandt erschossen zu haben.

Am 22. April 1922 gab schließlich auch Adolf Petersen auf. Nun begann eine Serie von Prozessen, die sich über mehr als ein Jahr hinziehen sollte. Eines der ersten Verfahren war der Prozess gegen Lohberg und Genossen. Dazu gehörte auch Frieda Gehrken.

Sieger und Verlierer

15. November 1922

1.

Da saß sie nun und hörte sich an, was über sie verhandelt wurde. Es sah schlecht aus für Frieda Gehrken.

Der Staatsanwalt fasste zusammen, was gegen sie vorlag: »Die gestohlene Wäsche lag in der Gepäckaufbewahrung am Dammtorbahnhof. Die Wäsche war getragen worden. Sie befand sich in einer Handtasche, die der Angeklagten gehört. Der Gepäckschein für die Handtasche fand sich in einem Versteck in der Wohnung der Frau Gehrken. Damit ist eindeutig belegt, dass die Angeklagte hehlerische Handlungen begangen hat.«

Wenn man es so formulierte, klang es geradezu hoffnungslos.

Die Verteidigung rief daraufhin Adolf Petersen als Zeugen auf.

»Nein«, behauptete der, »so ist es nicht gewesen. Frau Gehrken war nicht beteiligt. Ich habe damals einen Teil der gestohlenen Wäsche in die Wohnung meiner Mutter gebracht.«

»Dann erklären Sie uns bitte, wie es kommt, dass diese Wäsche, als sie schließlich sichergestellt wurde, bereits getragen war? Sie werden sie doch nicht selbst benutzt haben?«

Petersen schüttelte den Kopf. »Herr Staatsanwalt, die Wäsche war nicht getragen; sie war lediglich gewaschen. Ich hatte sie zunächst im Kohlenkeller des Hauses am Pulverteich untergebracht, und dort war sie schmutzig geworden.«

»Wie ist dann die Wäsche in die Gepäckaufbewahrung gekommen?«

»Nach der Festnahme Lohbergs schien es mir zu unsicher, sie noch länger im Haus zu haben, ich habe sie deshalb zum Dammtorbahnhof gebracht.«

»In der Handtasche der Frau Gehrken?«

»Ja, ich hatte mir zu diesem Zweck die Tasche meiner Bekannten geliehen.«

»Und wie ist dann der Gepäckschein in die Wohnung der Gehrken gekommen?«

»Ich selbst habe ihn dort hingebracht. Ich hatte ja einen Schlüssel zu der Wohnung.«

»Ohne der Frieda Gehrken irgendetwas davon zu sagen?«

»Ohne ihr etwas zu sagen. Herr Staatsanwalt, ich habe mir die größte Mühe gegeben, gegenüber meiner Bekannten die wahre Herkunft meiner Einkünfte zu verschleiern. Ich glaube, dass mir das bis zuletzt gelungen ist.«

Lüge, dachte Frieda. Alles war so offensichtlich gelogen! Jetzt brach alles zusammen. Jeder einzelne Punkt war so unlogisch, dass es geradezu zum Himmel schrie! Was hatte Odsche denn wohl ausgerechnet mit diesen paar Wäschestücken für den Bedarf einer jungen Frau im Kohlenkeller seiner Mutter machen wollen? Hatte Frau Mohnsen keine Handtasche gehabt, in der er sie hätte wegtragen können? Warum war er mit meiner Handtasche erst nach Barmbeck gefahren, hatte die Wäsche gewaschen, eingepackt und dann wieder zurück zum Dammtorbahnhof gebracht? Die Gepäckaufbewahrung am Hauptbahnhof wäre doch viel näher gewesen! Und wie kommt es, dass dieser verdammte Gepäckschein in meinem Kassiber erwähnt wird, wenn ich angeblich gar nichts davon gewusst habe?

Auch Wilhelm Berger, der als Zuschauer der Verhandlung beiwohnte, hielt den Atem an. Mein Gott, dachte er, das ist alles umsonst gewesen!

Doch der Staatsanwalt hakte nicht nach. Frieda Gehrken war ihm egal. Er musste sich darauf konzentrieren, die Haupttäter aus dem Verkehr zu ziehen. Ging nun doch noch alles gut? Da kam das Urteil:

In der Strafsache

Wilhelm Karl Christian Lohberg, geboren 9. August 1895 in Hamburg,

Julius Adolf Petersen, geboren 7. Oktober 1882 in Hamburg.

Heinrich August Emil Drescher, geboren 25. Februar 1883 in Hamburg,

Heinrich Christian Neuberger, geboren 27. März 1896 in Rheydt,

Alice Ottilie Juliane Lohberg, geborene Brause, geboren 10. Oktober 1896 in Hamburg,

Karl Alfred Paul Heitmann, geboren 26. Juli 1881 in Leipzig,

Adelheid Franziska Frieda Follmer, geborene Gehrken, geboren 10. Mai 1890 in Hamburg,

wegen gemeinschaftlichen schweren Diebstahls, hat das Landgericht in Hamburg, Strafkammer 4, in der Sitzung vom 15. November 1922 für Recht erkannt:

Es werden verurteilt: Petersen, Drescher, Neuberger, Heitmann, Lohberg wegen gemeinschaftlichen schweren Diebstahls, von Petersen, Drescher und Heitmann begangen in wiederholtem Rückfall, Petersen außerdem wegen Beihilfe zur Urkundenfälschung, und zwar:

Petersen zu 2 Jahren, 6 Monaten und 2 Wochen Zuchthaus,

Drescher zu 2 Jahren, 3 Monaten Zuchthaus,

Neuberger zu 1 Jahr 9 Monaten Zuchthaus,

Heitmann zu 2 Jahren 3 Monaten Zuchthaus

Lohberg zu 2 Jahren und 3 Wochen Gefängnis.

Lohberg weinte. Oh Gott, oh Gott, dachte Frieda. Hilf mir!

Die Angeklagten Frau Lohberg und Follmer werden freigesprochen. Soweit Freisprechung erfolgt ist, trägt die Staatskasse, im

Übrigen tragen die verurteilten Angeklagten die Kosten des Verfahrens.

Sie war frei! – Plötzlich wurde ihr bewusst, wem sie das zu verdanken hatte. Danke, dachte sie. Danke, Odsche! Petersen wirkte völlig ruhig. Eine Viertelstunde noch konnte sie ihn ansehen, während der Richter die endlos lange Urteilsbegründung verlas. Einmal schaute er kurz zu ihr herüber. Sie zwinkerte ihm zu. Hatte er es gesehen?

Für Petersen war dies nur einer von einer ganzen Serie von Prozessen, nur eines von einer ganzen Serie von Urteilen. Erst im Mai 1923 würden die Prozesse abgeschlossen sein. Frieda war frei, aber ihren Odsche würde sie viele Jahre lang nicht wiedersehen.

2.

»Du hast recht gehabt«, sagte Friedrich Berger. »Wer hätte das vor zwei Jahren gedacht, dass das so kommen würde!«

Ich, dachte Hjalmar Schacht. Er sagte: »Ich hoffe, du hast damals meinen Ratschlag befolgt?«

Berger nickte. Zumindest die Hälfte seines Vermögens hatte er in Immobilien umgesetzt; der Rest war verloren.

»Kredite aufgenommen?«, fragte Schacht.

»Nein, das nicht.«

»Schade. – Zwar ist es noch nicht zu spät, aber es ist inzwischen äußerst schwierig, noch jemand zu finden, der bereit ist, sich von Sachwerten zu trennen.«

»Ach, das macht nichts. Die Hauptsache ist doch, dass diese Spirale des Wahnsinns irgendwann einmal ein Ende findet! Ein paar Millionen Mark für ein Brötchen – ich bitte dich!«

»Es wird aufhören«, versprach Schacht. »Noch in diesem Jahr.«

»Wie soll das gehen?«

»Das ist nicht so einfach. – Sag mal, hast du noch immer diese köstlichen Zigarren?«

»Nicht mehr viele«, sagte Berger. »Das hier ist der Rest!«

Schacht nahm sich eine der drei Zigarren aus der Kiste, zündete sie an und rauchte genüsslich. »Eine Rückkehr zum Goldstandard ist natürlich nicht möglich«, sagte er.

»Das ist klar, es ist ja kein Gold da.«

»Eben. – Aber es gibt andere Möglichkeiten, und auf deren Durchsetzung werde ich dringen.«

»Aber bist du auch in der Position, deine Vorstellungen durchzusetzen? Ich meine, als Bankier bist du schließlich einer unter vielen, und ich könnte mir vorstellen ...«

»Du weißt wahrscheinlich, dass der Reichsbankpräsident Havenstein nicht länger das Vertrauen der Regierung besitzt.«

»Ja, Helfferich wird der Nachfolger, heißt es.«

Schacht schüttelte den Kopf. »Es ist zwar richtig, dass Karl Helfferich ein ausgewiesener Fachmann in Wirtschaftsfragen ist. Und richtig ist auch, dass das Reichsbankdirektorium geschlossen die Meinung vertritt, dass er der Nachfolger Havensteins werden sollte. Aber das Reichsbankdirektorium hat in dieser Angelegenheit keine Entscheidungsbefugnis. Die liegt bei der Reichsregierung, beim Bundesrat und letztlich beim Reichspräsidenten. Ich habe mich daher nicht weiter um die niederen Chargen gekümmert, sondern um einen Termin beim Reichspräsidenten nachgesucht.«

»Das war schon immer deine Stärke!«, musste Berger bewundernd zugeben. Er nahm sich die vorletzte Zigarre.

»Ich habe dem Herrn Ebert versichert, dass ich zwar kein Sozialdemokrat bin, aber doch immerhin auf freiheitlich-liberalem Boden stehe, und dass ich politisch damit der ursprünglichen Weimarer Koalition wesentlich näher stehe als der Herr Helfferich von der DNVP, das versteht sich von selbst. Immerhin hat Helfferich ja öffentlich die Republikaner der ersten Stunde als Novemberverbrecher bezeichnet, und die Ermordung Rathenaus und Erzbergers zumindest moralisch mit zu verantworten.«

»Das ist ja starker Tobak. Du wirst am Ende doch noch zum Sozi, Hjalmar!«

»Nein.« Schacht hatte auch nicht die Absicht, seinen Freund Berger darüber aufzuklären, dass sein Plan zur Rettung der deutschen Währung im Wesentlichen auf den Ideen seines Widersachers Helfferich beruhte und auf dessen Drängen längst in die Wege geleitet war. Es waren eben Vorstellungen, die sozusagen in der Luft lagen. Man wartete ja nur noch auf die günstigste Gelegenheit. Sollte er es Berger sagen? Ach, warum nicht! Der Mann war harmlos, der konnte es ruhig wissen.

»In dem Moment, wo der Wechselkurs den Stand 4.200.000.000.000 Mark gegen einen Dollar erreicht, wird als neue Währung die Rentenmark eingeführt. Die Vorbereitungen sind getroffen. Die Marke 4,2 Billionen ist natürlich von großer symbolischer Bedeutung, weil ja vor dem Krieg 4,2 Goldmark einem Dollar entsprochen haben. Genau das setzen wir jetzt für die Rentenmark fest. Das heißt, es werden jeweils 1.000.000.000.000 Mark gegen eine Rentenmark umgetauscht.« Schacht ließ die großen Zahlen einen Augenblick lang wirken. Dann fügte er hinzu: »Da fällt mir gerade ein, dieser – dieser ›Lord von Barmbeck‹, den dein Sohn gejagt hat, von dem hieß es doch, er habe eine Million erbeutet und auf Bankkonten angelegt? – Du siehst, Friedrich, ich lese in der Zeitung auch solche trivialen Sachen! – Jedenfalls, wenn er das getan hat, dann ist sein Vermögen jetzt noch genau 0,0001 Pfennig wert! Ist das nicht lustig? Er bekommt genau denselben Brief von seiner Bank, wie all die anderen kleinen Privatkunden, dass ihr Konto jetzt wegen Geringfügigkeit aufgelöst wird!«

»Aber die Rentenmark, die du da einführen willst, die ist doch genauso wenig durch Sachwerte abgesichert wie die gute alte Mark!«

»Theoretisch doch. Durch Hypotheken im Wert von umgerechnet schätzungsweise 3,2 Milliarden Goldmark. Was immer das heißen mag. Keine Währung der Welt ist wirklich durch Sachwerte abgesichert. Glaubst du denn im Ernst, dass die Bank von England jedem Überbringer einer Pfundnote ein Pfund Silber aushändigen könnte? Wichtig ist, dass das Volk an die neue Währung glaubt. Und das wird es. Es würde alles glauben, um aus der Hölle der Inflation herauszukommen.«

»Dann bist du, mein Lieber, der Retter Deutschlands?« Unglauben und Bewunderung mischten sich in Bergers Stimme.

»Ja«, sagte Schacht. Er nahm sich die letzte Zigarre.

3.

»Du bist noch wach?« Friedrich Berger war schon im Schlafanzug.

»Mach das große Licht aus«, sagte Wilhelm. Seine Stimme klang etwas undeutlich.

»Hast du getrunken?«

»Hier, nimm dir auch ein Glas!«

»Danke, sehr großzügig.« Es war Friedrichs eigener Wein, den sein Sohn ihm hier anbot. Ein teurer französischer Rotwein – und die Flasche war fast leer.

Friedrich setzte sich. »Wilhelm, so geht das nicht.«

»Nein, Papa, so geht das nicht. Da hast du völlig recht. Ich bin ausgezogen, um Verbrecher zu fangen. Es hat sogar geklappt. Wir haben sie alle gekriegt. Jeden einzelnen. Aber um welchen Preis? Bei dem einen hat sich der Vater erschossen, ein anderer ist auf der Flucht vor uns aus dem Fenster gesprungen und zum Krüppel geworden, einer ist wahnsinnig, und wenn ich nicht im letzten Moment eingeschritten wäre, dann wäre er jetzt tot. Aber das ist ja nicht alles. So viele Hoffnungen zerstört, so viele Leben verpfuscht. Es sind ja doch alles Menschen, die wir gejagt haben, die meisten gar nicht böse, nur dumm und vom Pech verfolgt. Dieser – ach, den kennst du ja sowieso nicht! Dieser Lohberg, dieser Luftikus, zehn Jahre hinter Gittern! Oder diese Mädchen, die geglaubt haben, sie müssen für ihre Männer lügen – aber dann waren es plötzlich keine Lügen mehr, sondern Meineide – hohe, heilige Scheißmeineide! Emmi Schween, die Harmlose. Knapp zwei Jahre Zuchthaus hat sie für diesen Quatsch gekriegt, und ich sitze hier zufrieden im Sessel und trinke deinen Wein!«

Jetzt oder nie, dachte Friedrich. »Wilhelm, ich glaube, das ist der falsche Beruf für dich!«

»Ja.«

»Du weißt, dass ich unsere Firma später irgendwann in andere Hände übergeben muss. Ich bin zwar noch keine fünfzig, aber man muss ja vorausplanen. Natürlich kann so ein Wechsel nicht ohne Vorbereitung geschehen, aber wenn du zum Beispiel jetzt ein Studium der Wirtschaftswissenschaften anfangen würdest ...«

»Nein.«

»Am besten natürlich im Ausland. England. Dieser Keynes, der soll ja einfach genial sein. Und Cambridge ist eine wunderbare Stadt. Ich bin vor dem Krieg da gewesen, und ich kann dir versichern ...«

»Nein.«

»Schon gut. – Wilhelm, du musst jetzt gar nichts entscheiden. Denk einfach drüber nach. Komm, wir trinken jetzt diesen Wein zusammen aus; dann hole ich eine neue Flasche aus dem Keller, und dann reden wir nicht mehr über dieses Thema.«

Friedrich stand auf, holte sich ein Glas aus dem Schrank. Wilhelm nahm die Flasche, verteilte den Rest auf beide Gläser. So nahe wie in diesem Moment waren sie sich seit zehn Jahren nicht mehr gewesen.

»Nein«, sagte Wilhelm schließlich. »Ich will nicht aufgeben. Das tun wir nicht, wir Bergers. Du hast nicht aufgegeben, als die Kolonien plötzlich weg waren, und ich werde auch nicht aufgeben. Ich mache weiter. Aber ...«

»Ein anderer Ort vielleicht?«, fragte Friedrich.

»Ja, vielleicht.«

»Düsseldorf?«, schlug Friedrich vor.

»Wie kommst du gerade auf ... Ach so, ja klar, deine Freunde ...«

Friedrich schüttelte den Kopf. »Wir haben ein Haus in Düsseldorf«, sagte er. »Hast du das vergessen? Es ist eigentlich schade, wenn es nur von fremden Leuten genutzt wird.«

»Ja, vielleicht. – Und diese, diese – wie heißt sie doch noch gleich? Diese Dagmar, die hat immer noch unser Handtuch. Das werde ich uns zurückholen.«

III. Entscheidung

Falschgeld

1. August 1932

1.

»Willkommen in Hamburg!« Krohn begrüßte ihn. »Kommissar Berger, Mensch, du hast ja Karriere gemacht!«

»Unsinn!« Wenigstens ein bekanntes Gesicht, dachte Berger. Das Präsidium im Stadthaus war nahezu unverändert, aber die Belegschaft war nicht mehr dieselbe. Neun Jahre waren eben doch eine lange Zeit. Es war erst später Vormittag und schon unerträglich warm.

»Ja, hier hat sich einiges geändert«, sagte Krohn. »Jastorf ist weg. Schade. Ich bin ganz gut mit ihm klargekommen. Aber da gab es andere, die fanden, dass seine Methoden nicht immer ganz den Richtlinien entsprachen, und da hat man ihm nahegelegt, sich was anderes zu suchen. Was er auch gefunden hat, nebenbei bemerkt.«

Berger nickte. Den Verlust würde er verkraften.

»Du arbeitest jetzt ja mit dem Fehlandt zusammen. Junger Mann, sehr tüchtig. Auch schon Kommissar inzwischen.«

»Ja«, sagte Berger, »Fehlandt kenne ich. – Und du? Was ist aus deiner Beförderung geworden?«

Krohn zuckte mit den Achseln. »Zum Inspektor haben sie mich gemacht, das ist alles. Ohne Gymnasium läuft da nichts. Der Chef hat mir nahegelegt, das Abitur nachzumachen, nebenher, in der Abendschule. Aber bei unserem Dienst – du weißt ja, wie das ist.«

Berger nickte.

»Aber du bist inzwischen in Düsseldorf groß rausgekommen? Hast einen Massenmörder zur Strecke gebracht?«

»Schieres Glück«, sagte Berger. Es war nicht einmal übertrieben.

»Das gehört dazu in unserem Beruf. – Warum bist du nicht da geblieben?«

Klar, diese Frage hatte ja kommen müssen. »Es hat ein paar Entscheidungen gegeben, mit denen ich nicht einverstanden war.«

»Unfähige Vorgesetzte? – Davon sind wir bisher gottlob verschont geblieben.«

Darüber konnte man verschiedener Ansicht sein. Berger sagte: »Heiß habt ihr es hier in Hamburg!«

»Wenn es dich beruhigt: In Düsseldorf ist es im Augenblick noch heißer. Ich habe heute Morgen die Stationsmeldungen gehört.«

»Du hast ein Radio?«

»Irgendeinen Luxus muss ich mir ja schließlich auch mal gönnen! – Übrigens kannst du gleich da weitermachen, wo du vor neun Jahren aufgehört hast. Alle, die wir damals eingelocht haben, sind inzwischen wieder frei – bis auf den Boesch, der ist schon wieder drinnen.«

»Tatsächlich?«

»Selbst der Pohl ist inzwischen wieder gesund und frei.«

»Pohl auch? Und seine – wie hieß sie noch?«

»Emmi? – Die hat ihn vom Tor abgeholt mit einem großen Blumenstrauß!«

»Ehrlich?«

»Ja, ganz ehrlich!« Das hab ich jedenfalls gelernt bei der Polizei, dachte Krohn, ich kann lügen ohne rot zu werden.

»Und Adolf Petersen? Ich denke, der hat fünfzehn Jahre gekriegt damals – der müsste doch noch auf Jahre hinaus ...«

»Wegen guter Führung begnadigt.«

Berger sah Krohn an. Der Kollege glaubte offenbar nicht, dass Petersen plötzlich ein besserer Mensch geworden war. »Und Arnold?«

»Der hatte ja nur zehn Jahre, der ist schon 1930 wieder raus.«

»Und seitdem hat er sich nichts zuschulden ...?«

Krohn lachte. »Das glaubst du doch nicht im Ernst. Die Jungs, die sehen wir doch alle wieder, jeden einzelnen. Nur Windhorst nicht, der ist ja gestorben. Was nun Arnold Petersen betrifft, kein Jahr hat es gedauert, dann war er wieder drin. Diesmal hat er was völlig anderes versucht, aber das war auch nicht besser. Brandstiftung und Versicherungsbetrug. Zwei Jahre Z.«

»Dann sitzt er ja noch ...«

»Der doch nicht. Bei dem heutigen Strafvollzug! Ist gleich wieder ausgebrochen.«

»Und jetzt?«

»Untergetaucht. Vor einem Jahr schon. Wir nehmen an, dass er sich irgendwo in Hamburg versteckt hält.«

»Vielleicht ist er ja doch ehrlich geworden? Man soll die Hoffnung nie aufgeben!«

»Ich glaube eher, er plant jetzt das ganz große Ding«, sagte Krohn.

2.

Später beim Bier packte Krohn aus. »Wir sind am Ende«, sagte er. »Wir sind völlig am Ende. Der Senat regiert ohne Mehrheit; es ist nur noch eine Frage der Zeit, bis die Regierung abgesetzt wird. Und auf der Straße – es ist wie ein Bürgerkrieg. Altonaer Blutsonntag – das hast du gehört, oder?«

Berger nickte. Ja, das war durch alle Zeitungen gegangen.

»Die SA hat einen Werbezug durch das rote Altona unternommen – auf der Suche nach Zoff natürlich. Am 17. Juli war das. Die Polizei hat den Demonstrationszug geschützt – musste sie wohl, nachdem die Veranstaltung genehmigt worden war. Hätte nie genehmigt werden dürfen. Und da ist dann natürlich geschossen worden. Breite Straße – Im Grund – Große Johannisstraße – ich weiß nicht, wie gut du die Gegend kennst? Alles Arbeiterquartiere.«

Berger nickte. Das war ein Gebiet, in das er freiwillig nicht hineingehen würde. Musste er auch nicht. Altona gehörte ja zu Preußen.

»Die Kommunisten haben auf den Dächern gehockt und geschossen.«

»Auf die Nazis«, vermutete Berger.

»Auf die Nazis?«, Krohn lachte. »Die Polizei haben sie beschossen, die Herren Kommunisten. Mit den Nazis sollen sie sich ja verbrüdern, laut Weisung aus Moskau. Es ist ein völliger Wahnsinn. In den offiziellen Verlautbarungen wird das heruntergespielt, aber ich habe die echten Zahlen: sechzehn Tote, über sechzig Verletzte.«

»Scheiße«, sagte Berger. Er merkte, dass er zu viel Bier getrunken hatte.

»Ja, kannst du wohl laut sagen. – Drei Tage später hat Papen dann ja die preußische Regierung abgesetzt, weil die Polizei nicht mehr Herr der Lage ist. Dabei ist er ja selbst nicht Herr der Lage!«

»Ist jetzt wenigstens Ruhe eingekehrt?«

»Nicht die Bohne. Schießereien und Messerstechereien gehen unvermindert weiter. Im Vergleich dazu sind unsere ›normalen‹ Verbrecher kleine Fische.«

»Trotzdem müssen wir sie fangen«, sagte Berger.

»Natürlich. Trotzdem müssen wir sie fangen, am Ende wählen sonst die verschreckten Bürger noch Thälmann oder Hitler zum Reichskanzler.«

»Du siehst zu schwarz«, sagte Berger.

Krohn starrte in sein Bier. »Weißt du was, Berger?«, sagte er schließlich. »Ich habe keine Lust mehr. Ich habe einfach keine Lust mehr!«

Berger sah den älteren Kollegen an. Wie oft hatte er diesen Spruch schon gehört? Am Ende machten doch alle weiter. »Denk an deinen König Georg! Der hat sich auch nicht unterkriegen lassen!« Als er das gesagt hatte, wurde Berger schlagartig bewusst, dass das kein gutes Beispiel war.

»Ja«, sagte Krohn. »Ich denke ständig daran. Die Schlacht gewonnen und den Krieg verloren. Genau so sieht es hier aus. Wir haben unsere Schlacht gegen die Verbrecher gewonnen, 1921-22, aber es hat nichts genützt; jetzt geht alles zum Teufel.«

3.

»Hier ist alles wie früher«, sagte Wilhelm Berger. Es war eigentlich nicht als Lob gemeint, aber sein Vater fasste es so auf.

»Es wird immer schwieriger, das große Haus zu halten«, sagte er. »Du weißt ja, dass man kaum noch Personal bekommt heutzutage. Und die man kriegt, die sind zu nichts zu gebrauchen. Da wäre es mir sehr recht, wenn ihr bei mir einziehen würdet.«

»Als dein Personal?«

»Das ist nicht nett, Wilhelm!«, sagte Dagmar. Und an Friedrich Berger gerichtet: »Das meint er nicht so!«

»Ich weiß.« Friedrich lächelte gequält. Zu dem kleinen Horst sagte er: »Komm, wir gehen zusammen spielen.«

»Susanne und ich können uns inzwischen in der Küche nützlich machen«, schlug Wilhelm vor. Ein Friedensangebot.

»Wir helfen gern«, sagte Dagmar. »Der Empfang – das kannst du doch unmöglich alles allein machen.«

»Ich weiß gar nicht, was du hast«, sagte Dagmar. »Dies ist ein wunderbares Haus. Eine richtige Villa! Und er wohnt ganz allein da drin. Kein Wunder, dass er sich einsam fühlt!«

»Und der riesige Garten!«, schwärmte Susanne. »Wir könnten sicher ein paar von den dunklen Büschen herausreißen und irgendwo eine Schaukel aufhängen. Oder ein Baumhaus bauen!«

»Wahrscheinlich.« Berger ging davon aus, dass sein Vater allem zustimmen würde, was die Schwiegertochter vorschlüge. Wenn es nach ihm gegangen wäre, hätte Wilhelm schon vor zehn Jahren heiraten und hier einziehen sollen. Und nun die Kinder im Haus – einfach großartig. Aber es würde fortwährend Reibereien geben, das wusste er. Es war einfach eine Frage der Vernunft, in eine eigene Wohnung zu ziehen. Und mit den Mieteinnahmen aus Düsseldorf konnten sie sich das auch leisten.

»Wo sind denn hier eigentlich die Bratpfannen?«

Berger musste gestehen, dass er keine Ahnung hatte. Während er wahllos verschiedene Türen und Schubladen öffnete, hörte er aus dem Wohnzimmer plötzlich ein eigenartig schnarrendes Geräusch.

»Was macht ihr?«, fragte er. Keine Antwort. Sein Vater hockte auf der Erde und spielte mit Horst mit der Aufzieheisenbahn.

»Bahn!«, rief Horst begeistert. »Bahn!«

Wilhelm schluckte. »Ich denke, du hast es im Rücken«, sagte er.

»Das geht noch«, sagte sein Vater. »Mit der Eisenbahn spielen, das geht gerade noch.«

Diese Bahn stammte noch aus der Zeit vor dem Krieg. Vater hatte sie gehütet wie einen Schatz; Wilhelm hatte nur selten damit spielen dürfen; Friedrich Berger hatte Angst gehabt, dass sein Sohn sie kaputt machen könnte.

»So«, sagte Friedrich. »Und jetzt wollen wir hier mal die Weiche stellen. Kannst du das schon?«

Horst versuchte es, aber der Hebel war zu schwergängig für ihn.

»Warte, ich helfe dir!«

4.

Der Empfang war wie immer eine steife Angelegenheit. Zwei Senatoren waren erschienen, mit ihren Gattinnen, der englische Generalkonsul, mehrere Reeder und Kaufleute, ein Marineoffizier. Gut, dass sich das Wetter gehalten hat, dachte Wilhelm Berger. So konnte man jederzeit in den Garten flüchten, wenn man von der belanglosen Unterhaltung die Schnauze voll hatte.

»Haben wir auch etwas anderes als Sekt?«, fragte Susanne.

»Cognac«, sagte Wilhelm.

Dagmar warf ihm einen Blick zu und holte Saft aus der Küche. »Guckst du mal bitte, was Horst macht?«

Wilhelm nickte.

Sein Vater sprach mit den Reedern. »... noch immer nicht aufwärts«, sagte er. »Ich bin gestern draußen gewesen. Waltershofer Hafen, Griesenwärder Hafen – es ist ein Trauerspiel. Über zweihundert Schiffe!«

»Das ist der Schiffsfriedhof der Nation«, bestätigte sein Gesprächspartner. »Selbst die stolze Cap Polonio! Solch ein schnittiges Schiff! Ein Schnelldampfer von zwanzigtausend Tonnen, mit Platz für über tausend Passagiere! Neunzehn Knoten ist sie gelaufen.«

»Ja, die Hamburg-Süd merkt natürlich auch die Krise.«

»Rostet vor sich hin, der Kasten. Ob der noch mal wieder fahren wird? Die Zeit der Dampfschiffe geht natürlich allmählich ...«

Wo steckte Horst?

»Hast du ihn immer noch nicht gesehen?«, fragte Dagmar. »Draußen – der Teich! Er wird doch nicht ...«

Nein, Horst war nicht ertrunken. Er stand am Rand des Teiches und warf Steinchen ins Wasser.

»Nicht tun!«, sagte Dagmar. »Da sind doch Goldfische drin!«

»Wilhelm, könntest du mal bitte nach dem Sekt schauen?«

»Ist der schon alle?« Berger eilte in den Keller. Das war der Nachteil. Für seinen Vater würde er immer der kleine Sohn bleiben, den man nach Belieben herumschicken konnte.

Als er zurückkam, unterhielt sich Dagmar mit dem englischen Generalkonsul. »Nein«, sagte sie gerade. »Gar nichts halten wir davon.«

»Selbst in einem solchen Fall?«

Wilhelm ahnte, dass es um die Todesstrafe ging. Nicht schon wieder dieses Thema, dachte er. Er hatte zu oft darüber geredet, mit allen möglichen Leuten in Düsseldorf, und am Ende hatte er nichts erreicht, außer sich unbeliebt zu machen.

»Damit ist doch gar nichts gewonnen«, sagte Dagmar. »Und im Falle dieses Mörders, auf den Sie da anspielen – der Mann hat doch geredet. Man hätte zuhören sollen, was er zu sagen hatte. Aber das ist unseren Behörden ja zu aufwendig, zu teuer. Wenn man aber die Kriminalität eindämmen will, dann muss man doch die Ursachen ...«

Der Konsul nickte. Ihm gefiel diese lebhafte junge Frau, die sich so ereifern konnte.

»Und was machen Sie jetzt, Rogge?«, begrüßte einer der Kaufleute den Marineoffizier.

»Es heißt, wir bekommen ein neues Schulschiff, nach der Niobe-Katastrophe ...«

»... die Kriminalität«, sagte der Reeder. »Wenn man sich in seinen eigenen vier Wänden nicht mehr sicher fühlen kann, dann ist etwas faul im Staate, das ist meine Meinung.«

»Darf ich Sie mit meinem Sohn bekannt machen«, sagte Friedrich Berger. »Das ist Wilhelm. Er ist einer derjenigen, die dafür sorgen, dass die Sicherheit, die wir alle so schätzen, wieder hergestellt wird.«

5.

»Du bist frei?« Arnold Petersen konnte es gar nicht fassen.

»Seit dem 29. April«, sagte sein Bruder Adolf. »Ein gutes Jahr schon. Aber nur auf Bewährung. Ich muss vorsichtig sein.«

Sein Bruder lachte. »Ich muss noch viel vorsichtiger sein. Ich bin aus dem Zuchthaus abgehauen, Mensch! Mich suchen sie.«

»Warum bist du denn dann nach Hamburg zurück?«

»Wo soll ich denn sonst hin, Adolf? Hier bin ich doch zu Hause!«

Adolf nickte. Das hatten sie ihm im Knast schon erzählt, sein Bruder sei sentimental geworden. Daher auch dieser verrückte Ausbruch aus dem Zuchthaus in Rendsburg, nur weil er zu seiner Liebsten zurück wollte. »Das ist doch bestimmt ziemlich teuer, hier stiekum zu wohnen, ohne Anmeldung, ohne alles?«

Arnold nickte. »Kostet doppelt.«

»Hättest die paar Monate abwarten sollen«, meinte Adolf.

»Wozu?«

»Das viele Geld hättest du sparen können.«

»Ach, Geld! Das spielt doch gar keine Rolle. Demnächst haben wir Geld in Hülle und Fülle!«

»Das ganz große Ding?« Adolf war skeptisch.

»Nee, wir machen das, was der Staat auch macht. Wir drucken uns unser Geld selber!«

»Du?«, sagte Adolf nur. Sein Bruder konnte noch schlechter zeichnen als er, und das wollte etwas heißen.

»Ich hab im Zuchthaus einen kennengelernt, der kann das.«

»Wenn er das wirklich können würde, Arnold, dann wäre er ja wohl nicht in den Knast gewandert!«

»Nee, das war wegen 'ner anderen Sache.«

»Trotzdem. Das ist ungewohnte Arbeit, das geht bestimmt schief.«

»Unsinn! Das Beste weißt du ja noch gar nicht! Das Wichtigste haben wir schon!« Arnold nahm einen Zettel aus der Brieftasche. »Hier, fühl mal!«

»Papier«, sagte Adolf.

»Richtiges Banknotenpapier ist das! Und jede Menge davon!« Adolf drehte den Schein um. Das Papier war auf beiden Seiten weiß. »Jetzt müsste man diesen Schein nur noch bedrucken«, sagte er.

Das war das Problem. »Die Maschine ist noch nicht da«, gab Arnold zu.

»Wann kommt sie?«

»Sobald wir sie bezahlen können. – Adolf, du hast doch Geld, willst du nicht als Partner in unser kleines Geschäft mit einsteigen?«

»Kommt nicht infrage. Ich bin sauber. Und das soll auch so bleiben.«

»Als stiller Teilhaber! Niemand muss wissen, dass du mit dabei bist!«

Geld selber drucken, dachte Adolf Petersen. Wenn man das wirklich könnte, das wäre nicht schlecht. Aber konnte Arnold das wirklich? »Du kannst mir ja mal die Druckplatten zeigen«, sagte er.

6.

Dagmar zitterte vor Kälte. Zwanzig Grad waren für heute angesagt, aber jetzt, wenige Minuten nach sechs Uhr morgens, war es noch unangenehm kühl.

»Da!« Ein Aufschrei ging durch die Menge.

Berger, der den kleinen Horst auf den Schultern trug, hatte große Mühe, den Kopf zu drehen.

»Da drüben, Wilhelm!«

Ja, nun sah er auch das riesige Flugboot, das in geringer Höhe über die Häuser am Jungfernstieg hinwegschwebte und dann zur Landung auf der Außenalster ansetzte.

Beängstigend nahe kam ihnen der Riesenvogel bei der Landung. Vierzig Meter lang, achtundvierzig Meter breit, zehn Meter hoch, getrieben von zwölf Propellern. Kurz hinter der Alsterlust setzte das Flugzeug auf. Wie ein Rennboot pflügte es durch das Wasser, eine gewaltige Schaumwelle hinter sich herziehend, bis es schließlich nach etwa zweihundert Metern zum Stehen kam. Beifall brandete auf. Auch Horst klatschte in die Hände.

Berger sah sich um. Überall an den Fenstern und auf den Dächern der Umgebung standen Menschen. Es war richtig gewesen, so früh herzukommen. Die Besichtigung begann zwar erst um 14 Uhr, aber jetzt standen sie weit vorn in der Schlange der Schaulustigen, und es konnte kein Zweifel bestehen, dass sie es tatsächlich schaffen würden, die Do X zu besichtigen.

Das Flugboot hatte inzwischen gewendet und war in langsamer Fahrt zum Anleger an der Alsterlust zurückgekehrt. Es wurde jetzt an einer Boje festgemacht. Breite Laufstege wurden montiert, als Verbindung vom Ponton zu den Schwimmern, und dann war eigentlich alles für die Besichtigung bereit.

»Worauf warten wir?«, fragte Susanne.

Berger wusste es nicht. Fliegende Händler und Fotografen waren inzwischen aufgetaucht. »Möchten Sie ein Foto von sich und Ihrer Familie vor der Do X? Zur Erinnerung?«

Berger lehnte dankend ab. Aber er kaufte Eis für sich und die anderen.

»Mmm, lecker!«, sagte Horst.

Wilhelm Berger hatte ihn wieder auf die Schultern genommen. Ein Fehler, wie er jetzt feststellen musste: Das Eis tropfte ihm in den Nacken.

Um zehn Uhr kamen die Honoratioren. Deshalb hatten sie also gewartet! Da waren die beiden Bürgermeister und einige der Senatoren.

»Schönfelder ist nicht dabei«, bemerkte Dagmar.

»Das macht nichts.« Der Polizeisenator kannte Berger ja sowieso nicht persönlich.

Plötzlich kam Unruhe auf: »He, he, so geht das aber nicht!«, rief eine ältere Dame empört. Ein Mann drängte sich an den Wartenden vorbei nach vorn.

»Halt du mal den Kleinen«, sagte Berger zu Dagmar.

Der Mann, der sich da vordrängelte, das war Fehlandt. »Hab mir schon gedacht, dass ich dich hier finde! Komm mit, ich muss dir etwas zeigen!«

»Dauert das lange?« Berger wollte die Besichtigung nicht verpassen.

»Fünf Minuten!«

»Halt meinen Platz frei, Dagmar, ja?«

»Hier hast du etwas Kleingeld!« Kommissar Fehlandt reichte Berger einen Zwanzigmarkschein. Sie hatten sich im Garten des Restaurants an einen der freien Tische gesetzt.

Berger besah sich den Geldschein in aller Ruhe. *Reichsbanknote. Zwanzig Reichsmark. Ausgegeben auf Grund des*

Bankgesetzes vom 30. August 1924. Werner von Siemens guckte, als ob er es als Zumutung empfinde, auf diesem Lappen abgebildet zu sein. Nur ein Zwanziger. Noch dazu ein falscher. Allerdings musste Berger zugeben: Auf den ersten Blick war kein Unterschied zum echten Geld festzustellen. »Saubere Arbeit!«

Fehlandt nahm einen echten Zwanziger aus der Brieftasche und legte ihn neben die Blüte. »Die Farbe stimmt nicht«, sagte er. »Etwas zu kräftig.«

»Ja, und wenn man genau hinsieht, dann entdeckt man auch die Unsauberkeiten bei den Schnörkeln. Hier zum Beispiel.«

Berger hielt den Schein gegen das Licht.

Fehlandt sagte. »Das Wasserzeichen ist natürlich durch einen blassen Aufdruck ersetzt.«

»Das Papier fühlt sich echt an«, sagte Berger.

»Es ist jedenfalls die Art Papier, die zur Herstellung von Banknoten verwendet wird. Irgendwo im Ausland. Dänemark vielleicht. – Die Scheine sind in Itzehoe gefunden worden.«

»In Itzehoe? – Dann kommt womöglich alles aus Dänemark.«

»Kann sein. Wir müssen die Augen offen halten.«

»Und deshalb stöberst du mich hier am Sonntag auf? Wie hast du mich überhaupt gefunden?«

»Ich hab deinen Alten angerufen.«

»Was? – Mensch, Fehlandt, musste das sein? Das ist doch kein Notfall!«

»Es ist ein Notfall, Wilhelm. Ein Mord, so traurig er auch sein mag, der trifft meist nur ein Opfer. Falschgeld trifft uns alle. Falschgeld destabilisiert die Währung. Wenn es gut gemacht ist und in großen Mengen auftaucht. Und diese Blüten sind gut gemacht.«

»Du übertreibst!«

»Haben die Herrschaften schon gewählt?« Die beiden Kriminalisten hatten den Kellner nicht kommen hören.

»Ja, am 31. Juli«, sagte Berger. »Ich habe SPD gewählt. Und Sie?«

Fehlandt packte die beiden Zwanziger ein; sie ließen den verdutzen Kellner sprachlos zurück.

»Eindrucksvoll«, musste Berger zugeben. Sie waren über die rechte Seitenflosse der Maschine zu einer kleinen Tür gelangt, und von dort ins Innere des Flugbootes. Statt der erwarteten Kabine, wie man sie sonst aus Flugzeugen kannte, glich das Innere der Do X einem luxuriös eingerichteten Wohnhaus. Hier standen gepolsterte Sessel und richtige Tische, mit Tischdecken versehen. Berger fragte sich, wie schwer der Vogel auf diese Weise wohl sein mochte.

»Voll beladen etwa tausend Zentner!« Flugkapitän Christiansen führte sie selbst durch das Flugboot.

»Wie viele Fluggäste können Sie denn mitnehmen?«, fragte Dagmar.

»Sechzig Personen. Dazu kommen elf Mann Personal.«

»Und wann fliegen wir los?«, fragte Susanne.

Christiansen lachte. »Heute nicht, meine junge Dame. Aber am Mittwoch, da fliegen wir weiter nach Travemünde, und wenn deine Eltern es erlauben ...«

»Bitte, Papa!«

Sie fragt mich, dachte Berger. Mama würde sowieso ja sagen. Sie wusste, dass ihre Mutter ihr keinen Wunsch abschlagen konnte. Berger schob alle Zweifel beiseite. Es war eine einmalige Gelegenheit. Sechzig Leute konnten sie mitnehmen; die meisten waren sicher irgendwelche Wirtschaftskapitäne. Und von Bezahlen war keine Rede – oder?

»Was würde das kosten?«, fragte Berger.

»Die junge Dame ist unser Gast.«

»Danke, Papa!«, rief Susanne, dabei hatte er noch gar nicht zugestimmt. »Und danke, Herr Kapitän!«

Christiansen zeigte ihnen die Motorenzentrale. Hier war es deutlich enger. Wie im Inneren eines U-Boots.

Anschließend kletterten sie hinauf in den Kommandostand. Von hier aus hatte man einen herrlichen Blick über die Alster. Berger reckte den Hals. Die Motoren konnte er von hier nicht sehen. Das Flugboot war natürlich als Hochdecker gebaut, und die Motoren waren oben auf der Tragfläche angebracht.

»Zwölf Curtiss-Maschinen«, sagte Christiansen. »Siebentausend PS. – Wir haben es erst mit Siemens-Jupiter-Motoren versucht, aber die haben die Leistung auf Dauer nicht gebracht.«

»Da gehört ja auch einiges zu, dieses Schiff in die Luft zu bringen«, meinte Berger anerkennend.

»Ja, der Treibstoffverbrauch ist natürlich entsprechend hoch.«

»Wie hoch?«

»Zehn Liter«, sagte Christiansen.

»Auf hundert Kilometer? Der Vogel verbraucht ja kaum mehr als ein Auto«, wunderte sich Dagmar.

Der Flugkapitän lachte. »Auf einem Kilometer! – Das sind tausendsiebenhundert Liter in der Stunde.«

»Donnerwetter.« Berger fragte sich: Kann man so ein Fluggerät wirtschaftlich betreiben? Der Weltflug im vergangenen Jahr hatte natürlich dazu gedient, dieses Gerät zu vermarkten. »Wie viele Bestellungen liegen denn inzwischen vor?«

Christiansen wich aus. »Die großen Schifffahrtsgesellschaften haben starkes Interesse«, sagte er. »Und das nächste

Modell wird auch noch einige Verbesserungen aufweisen. Es heißt, dass sich damit die Reisegeschwindigkeit auf fast zweihundertfünfzig Kilometer in der Stunde erhöhen lässt.«

»Aber wie viele konkrete Bestellungen ...«, beharrte Berger.

Dagmar fiel ihm ins Wort. »Wilhelm, du bist unmöglich! Du siehst doch, dass der Herr Kapitän uns darüber keine Auskunft geben möchte!« Und an Christiansen gewandt: »Er ist nämlich bei der Kriminalpolizei, müssen Sie wissen! Daher diese ganze Fragerei.«

Christiansen lachte. »Nein, warum soll ich es nicht sagen: Bisher haben wir keine einzige feste Bestellung.«

7.

»Mit dem Falschgeld ist das so eine Sache«, sagte Fehlandt. »Die Scheine können durch mehrere Hände gehen; wenn die Fälschung gut genug ist, wird sie erst gestoppt, wenn jemand versucht, das Geld bei der Bank einzuzahlen. Und dann ist es meist zu spät, noch herauszubekommen, wo der Schein herkommt.«

»Man kann also nur abwarten?«

»Material sammeln und abwarten. Du kennst das aus dem Lehrgang: Fahndungsmaßnahmen versprechen nur dann einen Erfolg, wenn das Falschgeld an verschiedenen Punkten auftaucht und man daraus vielleicht Rückschlüsse auf den Sitz der Werkstatt ziehen kann. Solange man das nicht hat, kann man nur versuchen, wenigstens die Absatztäter durch die Mangel zu drehen. Wenn man denn welche fassen kann.«

»Haben wir aber nicht.«

»Auf lange Sicht ist natürlich eine Schwäche bei der Geldfälscherei, dass man die Sache kaum allein betreiben kann. Man braucht einen Fälscher – also irgendeinen Graveur oder so etwas –, dann einen Drucker, der sich mit der Technik auskennt, ferner verschiedene Leute, die die Scheine an den Mann bringen – und natürlich einen Chef, der das Ganze organisiert.«

»Eine ziemlich große Bande also.«

»Ja, genau. Und seit 1922 wissen wir, dass die großen Banden nur so stark sind wie das schwächste Mitglied. – Wo wir schon bei 1922 sind: Was macht denn dein Petersen?«

»Noch immer nichts«, sagte Berger.

Fehlandt rührte seinen Milchkaffee um, nahm einen tiefen Schluck. »Ich habe darüber nachgedacht. Es ist schlecht, wenn wir hier nur sitzen und einfach abwarten, dass das große Ding steigt. Ich meine, wir sollten zusehen, dass wir wenigstens Arnold Petersen aus dem Verkehr ziehen. Gegen den liegt ja ein Haftbefehl vor, und vielleicht wirkt es ja wie so eine Art letzter Warnung für den ehemaligen Lord von Barmbeck, es in Zukunft doch lieber mit ehrlicher Arbeit zu versuchen.«

»Leider wissen wir aber nicht, wo Arnold sich versteckt hält!«

»Noch nicht, aber das kann man doch ändern. Wir wissen ja schließlich, wo Adolf Petersen wohnt. Wenn wir den überwachen, wird er uns wohl hinführen.«

»Das wird nicht funktionieren; mich kennt er.«

»Mich aber nicht.«

8.

»Es war irrsinnig aufregend!«, sagte Susanne. Sie glühte noch immer vor Begeisterung.

»Hat alles geklappt?«, fragte Berger.

Das Mädchen nickte. »Allein schon der Start! Wie ein Rennboot sind wir über die Alster geflitzt – schneller und immer schneller, und das ganze Flugzeug hat gezittert, und dann plötzlich hörte das Zittern auf, und wir sind geflogen!«

Berger hatte den Start der Do X im Präsidium mitgehört. Leise war er nicht gerade, der Riesenvogel.

»Ich habe immer gedacht, ich kenne die Welt, in der wir uns bewegen. Aber bis heute habe ich sie nicht gekannt. In dem Moment, wo wir höher und immer höher gestiegen sind, da ist das plötzlich ganz deutlich geworden. Es ist, als ob man ein kleiner Käfer ist, der immer nur im Gras herumkrabbelt und denkt, das sei die Welt. Und plötzlich merkt er, dass er fliegen kann, und er fliegt los, und sieht, dass das alles nur ein winziger Teil ist, und dahinter ist so viel mehr, was er gar nicht kennt, und auch darüber ist so viel mehr, was er noch nie beachtet hat, der Himmel, die Wolken – das ist kein Deckel über ihm, sondern das gehört alles mit dazu. – Schade, dass ihr nicht mit dabei sein konntet.«

»Jedenfalls freue ich mich, dass du heil wieder gelandet bist«, sagte Dagmar.

9.

Die beiden Polizisten warteten an einem Imbiss am Gänsemarkt.

»Bist du dir sicher, dass er zu Hause ist?«, fragte Berger.

Fehlandt zuckte mit den Achseln. »Wo soll er sonst sein? Bei seiner Frau jedenfalls nicht, die lässt ihn nicht mehr rein, und 'ne andere Freundin? Früher hätte ich gesagt, das ist wahrscheinlich. Aber heute? Der Mann ist fünfzig, Wilhelm, und das Geld, das er jetzt hat, das gehört ihm gar nicht. Ich glaube, die Frieda würde ihm schon was erzählen, wenn er sich von ihrem Geld eine Freundin halten würde.«

»Kennst du die Frieda?«

»Nur aus den Akten. Ich war ja damals noch nicht dabei.«

»Ich kenne sie«, sagte Berger. »Das ist 'ne anständige Frau, würde ich sagen.«

»Ist sie das da?«

Berger guckte rüber in Richtung Colonnaden. »Nee, die nicht. Kleiner, zierlicher. – Aber da kommt Petersen.«

»Gut, den kann ich nicht verfehlen.«

»Pass bloß auf, dass er dich nicht bemerkt. Er ist ziemlich aufmerksam.«

»Ich werd mir Mühe geben!«

Fehlandt ließ seinen Milchkaffee stehen und folgte Petersen in Richtung Dammtorbahnhof.

10.

Eine Wanderung durch Harvestehude an einem sonnigen Oktobertag hatte durchaus ihren Reiz. Es war nicht gerade die ärmste Gegend Hamburgs, und man streifte vorbei an gepflegten Gärten und vornehmen Villen. Stundenlang, wenn man wollte. Und genau dieses schien Petersens Absicht zu sein. Er verfolgte kein bestimmtes Ziel, ging Straße auf Straße ab, sah sich in aller Ruhe um, und von Zeit zu Zeit machte er sich Notizen. Fehlandt folgte ihm in großer Entfernung. Dennoch konnte er nicht ausschließen, dass Petersen ihn bemerkt hatte. Sollte er die Beschattung abbrechen? Es war offensichtlich, dass Adolf Petersen nicht auf dem Weg zu seinem Bruder war. Vermutlich suchte er nach geeigneten Objekten für einen Einbruch.

Im Grunde könnte das schon reichen, um den Mann aus dem Verkehr zu ziehen, dachte Fehlandt. Diese Entlassung auf Probe war eine gute Einrichtung. Wenn die Staatsanwaltschaft mitspielte. Aber da konnte man sich heute nicht so ganz sicher sein. Die Behörde wollte Erfolge ihrer Resozialisierung vorweisen; da passte es nicht gut ins Bild, wenn man einen so prominenten Gefangenen wegen bloßer Indizien wieder hinter Gitter schickte. Und überdies war das im Augenblick nicht das Ziel. Sie wollten den Bruder.

Jetzt hatte Petersen seine Wanderung offenbar beendet. Er ging geradewegs zum U-Bahnhof Kellinghusenstraße. Fehlandt musste sich beeilen, dass er nicht den Anschluss verlor. Er rannte die Treppe zu den Bahnsteigen hinauf; die U-Bahn fuhr hier oberirdisch, er hatte sie von der Straße aus schon kommen sehen.

»Zurückbleiben bitte!«

Fehlandt kümmerte sich nicht um den wütenden Einspruch des Aufsichtsbeamten. Er riss die Tür auf und sprang in den ersten Wagen. Geschafft! Eine ältere Frau sah ihn vorwurfsvoll an. Fehlandt lächelte sie an, bis sie wegguckte. Dann sah er sich im Wagen um. Wo war Petersen? Nicht in diesem Wagen jedenfalls.

In der nächsten Station lief Fehlandt zum zweiten Wagen. Doch auch hier dasselbe Bild. Kein Petersen. Der Mann hatte ihn abgehängt.

11.

»Vorhin war einer hinter mir her«, sagte Adolf Petersen.

Sein Bruder starrte ihn an. »Ein Bulle?«

»Weiß ich nicht. Kann auch ein Privater gewesen sein. – Jedenfalls habe ich ihn abgehängt. Du wolltest mich sprechen?«

»Ja. Wir müssen das Verteilernetz ausdehnen«, sagte Arnold Petersen.

Sein Bruder sah ihn an. »Vorsichtig«, sagte er. »Arnold, sei vorsichtig! Es ist immer gefährlich, wenn man zu schnell zu viel Geld haben will. Ich bin ja nur der Berater, ich hab mit der Geschichte nichts zu tun. Aber ich bin der Ansicht: Itzehoe – Stade – Hamburg, das reicht. Danach hat jeder von uns zehntausend Mark verdient; wir verschrotten die Presse, und niemand kann uns je etwas nachweisen.«

Arnold schwieg. Du hast gut reden, dachte er. Du bist ja reich. Diese Pension in den Colonnaden – eine Goldgrube war das. Und was hatte er? Aber er wollte sich nicht streiten. Er stritt ohnehin zu oft mit seinem Bruder. Dabei brauchte er ihn so dringend.

Adolf sah, dass sein Bruder nicht zufrieden war. Er zögerte. »Berlin«, schlug er schließlich vor. »Wir könnten nach Berlin gehen.«

»Das dauert zu lange«, sagte Arnold. »Die Fahrt, meine ich. Hin und zurück – da bist du ja tagelang unterwegs!«

»Bald nicht mehr. Ich hab gelesen, die Reichsbahn hat einen neuen Schnelltriebwagen in der Erprobung.«

»Ach, hör auf! Das wird doch nie was.«

»Im letzten Jahr – wann war das? Im Juni, glaube ich – da hat doch dieser Schienen-Zeppelin seine Probefahrt gemacht. Junge, war das eindrucksvoll! Ich hab es ja nicht selbst miterlebt, aber was die anderen so erzählt haben ...«

Arnold Petersen schüttelte den Kopf. »Viel zu gefährlich. Dieser Antrieb mit der Luftschraube. Ich habe gehört, dass der Propeller die Steine aus dem Gleisbett schleudert. Eine Fahrt mit diesem Ding, und der gesamte Schienenstrang von Hamburg nach Berlin ist ruiniert!«

»Blödsinn!« Adolf wusste, dass Kruckenberg in einer Spezialvorführung für die Skeptiker seinen Schienenzepp über ein mit Zeitungen ausgelegtes Gleis hatte fahren lassen, und nicht ein Blatt Papier war hochgeflogen. »Zweihundertdreißig Kilometer in der Stunde«, sagte er. »Unvorstellbar!«

»Bleib auf dem Teppich«, sagte Arnold. »Wir müssen nicht nach Berlin. Noch nicht. Wir grasen erst einmal die Umgebung ab.«

12.

»Jetzt also in Stade.«

»Wieder so ein Nest«, sagte Berger. »Die Täter sind leichtsinnig. In so einem kleinen Ort kennt jeder jeden, und die Geschäftsleute erinnern sich daran, wen sie bedient haben, selbst bei so kleinen Beträgen.«

Fehlandt schüttelte den Kopf. »Die Burschen haben sich dumm angestellt, sonst hätten die Kollegen sie nie erwischt. Sie haben die Dinger auf dem Wochenmarkt abgesetzt, da ist natürlich großes Gedränge, und da kann man auch nicht erst jeden Geldschein gegen das Licht halten und gucken, ob das Wasserzeichen auch echt ist.«

»Aber es ist trotzdem schiefgegangen?«

Fehlandt nickte. »Erster Fehler: Es waren zwei junge Männer, die das gemacht haben. Achtzehn und zwanzig Jahre alt. Das ist schon einmal auffällig. Die meisten Kunden auf dem Wochenmarkt sind Frauen.«

»Ja, das ist wohl wahr.«

»Zweiter Fehler: Sie haben es zweimal an derselben Stelle versucht! Das darf man natürlich nie machen, aber Stade ist eben eine kleine Stadt, da gibt es nicht Hunderte von Marktständen, und irgendwie will man das Geld ja an den Mann bringen; man hat ja schließlich dafür bezahlt.«

»Wie viel?«, fragte Berger.

»Gleich. So weit bin ich noch nicht. – Da kommt also dieser junge Mann – so schlau waren sie immerhin, dass sie nicht obendrein noch gemeinsam aufgetreten sind – da kommt also dieser junge Mann und kauft ein Pfund Äpfel. ›Ich hab's leider nicht klein‹, sagt er. Und das war der dritte Fehler, denn genau diesen Satz hat er beim ersten Mal auch benutzt. Die Frau wird stutzig, einmal ist sie schon reingefallen auf einen falschen Zwanziger, ein zweites Mal soll ihr das nicht passieren. Sie hält den Schein gegen das Licht, und da rennt der junge Mann los. ›Halt!‹, ruft sie, ›Haltet den Dieb!‹ – Da haben sie dann zugepackt, die anderen Marktbeschicker, oder es jedenfalls versucht. Es gab ein wüstes Gerangel, und vielleicht hätte der junge Mann am Ende doch noch entkommen können, wenn nicht ein Polizist eingegriffen hätte.«

»Ende der Vorstellung«, sagte Berger.

Fehlandt schüttelte den Kopf. »Anfang der Vorstellung. Der Junge streitet natürlich alles ab. Falschgeld? Den Schein habe er irgendwo als Wechselgeld bekommen, wahrscheinlich als er sich die neue Hose gekauft habe. Er hat tatsächlich eine neue Hose an. Warum er weggelaufen sei? Ihm sei nur plötzlich eingefallen, dass er ja mit seiner Freundin verabredet gewesen sei. Hätte er völlig vergessen. Sie durchsuchen ihn natürlich, aber er hat kein Falschgeld dabei, nur eine größere Menge Kleingeld. Warum er das Obst nicht damit bezahlt habe? Darauf weiß er keine Antwort. Ob das denn verboten sei? Nein, verboten ist der Besitz von Kleingeld natürlich nicht.«

»Dreist«, sagte Berger.

»Darauf nehmen sie sich die Ausrede mit der Verabredung vor. Mit wem er verabredet gewesen sei? Mit der Karin aus der Apotheke. Ein Beamter geht zur Apotheke. Es gibt die Karin, und sie ist sogar mit dem jungen Mann verabredet, aber erst für heute Abend. – Ach, dann hat er das wohl verwechselt.«

»Wohnungsdurchsuchung«, sagte Berger.

Fehlandt nickte. »Auch hier kein Falschgeld. Aber große Mengen von Münzen, verteilt auf alle möglichen Schubladen und Schrankfächer. Insgesamt 371,50 Mark.«

»Nicht schlecht.«

»Aber nicht gut genug. Die Kollegen haben sich dann noch den Mülleimer vorgenommen; der war randvoll mit Obst, das er offenbar auf dem Wochenmarkt gekauft hatte. Das sei ihm schlecht geworden, hat er gesagt, es war aber ganz frisch.«

»Selbst das ist nicht verboten«, sagte Berger.

»Nein, aber nun wird es natürlich doch ein bisschen eng für unseren jungen Helden. Und in dem Moment geht die Tür auf, und sein Kollege kommt rein. Der sieht die Polizei und rennt los. – Ja, und dann haben sie ihn natürlich. Und er hat Falschgeld bei sich, zehn falsche Zwanziger. Ja, und da ist es dann selbstverständlich vorbei. Die beiden geben alles zu ...«

»Schön«, sagte Berger. »Aber das ist ja nun nur das äußerste Endglied der Kette. Wo kommt das Geld her?«

»Sie sagen beide – die Kollegen in Stade haben sie natürlich einzeln verhört – sie sagen beide, dass sie das Geld aus einer Kneipe in Stade haben. Da war ein Mann, der hat ihnen den Krempel angeboten: Hundert Zwanziger für fünfhundert Mark. ›So ein Angebot kommt nie wieder‹, hat er gesagt.«

»Moment mal«, sagte Berger. »Die haben doch bestimmt keine fünfhundert Mark bei sich gehabt?«

»Nein, natürlich nicht. Es gab ein zweites Treffen am nächsten Tag.«

»Wieder in der Kneipe?«

»Nein, diesmal auf dem Bahnhof. Da haben sie dann getauscht: Falschgeld gegen echtes Geld.«

»Das ist der Schwachpunkt«, sagte Berger. »Da kann man sie packen. Wenn sie an jemand geraten, der sich auf das Angebot nicht einlässt ...«

»Aber das ist genau das Problem. Sie suchen sich ihre Kandidaten sehr genau aus. Und wer nur ein bisschen labil ist und die Chance erhält, für fünfhundert Mark zweitausend einzukaufen, der greift natürlich zu.«

»Das ist eine Milchmädchenrechnung«, sagte Fehlandt. »In Wirklichkeit bekommt man ja nur das Wechselgeld der jeweiligen Einkäufe. Also – je nach Risikobereitschaft – hat man nur einen Gewinn von fünfhundert bis tausend Mark. Vielleicht sogar noch weniger. Denn das Zeug muss ja raus, bevor in der Zeitung steht: Falschgeld in Stade!«

»Übergabe am Bahnhof – das heißt, der Verteiler kommt vermutlich aus Hamburg«, sagte Berger.

»Muss nicht, kann aber.«

»Wenn es die gleichen Scheine wie in Itzehoe sind, spricht viel dafür.«

»Es sind die gleichen Scheine.«

»Wie steht es mit der Täterbeschreibung? Die beiden Jungs haben doch den Überbringer des Geldes zweimal gesehen.«

»Alles sehr vage.«

Berger hatte nichts anderes erwartet.

»Was werden die Fälscher als Nächstes versuchen?«, fragte Fehlandt. »Lüneburg? Mölln?«

Berger schüttelte den Kopf. »Hamburg«, sagte er. »Hundert Scheine in Stade und vielleicht noch einmal hundert in Itzehoe. Das ist nur ein Test, nichts weiter. Sie wollen feststellen, ob das funktioniert. Aber auf diese Weise können sie nicht reich werden; dazu müssen sie größere Mengen absetzen, und das geht nur in der Großstadt. Und die einzige Großstadt weit und breit ist Hamburg. – Rufst du bitte in Stade an? Die sollen dafür sorgen, dass nichts in die Zeitung kommt! Die Burschen müssen glauben, dass der Absatz problemlos funktioniert.«

13.

»So«, sagte Fehlandt, »nun sind sie da.«

Berger nickte. Fast gleichzeitig waren die Meldungen heute hereingekommen. Drei falsche Zwanziger in Eimsbüttel, zwei in Winterhude, zehn in Barmbeck, einer in Hamm, einer in der Innenstadt. »Alles dieselbe Produktion.«

Sie hatten die bisher beschlagnahmten Scheine vor sich auf dem Tisch ausgebreitet. Kein Zweifel, sie gehörten alle zusammen.

»Also los!«

Berger griff zum Telefon. Sie hatten sich gut vorbereitet. Das Labor hatte gestochen scharfe Aufnahmen der falschen Zwanziger angefertigt. Ein Pfeil zeigte auf den auffälligsten Fehler der Blüten: Das linke Ohr des Werner von Siemens war etwas verzeichnet, wirkte runder und größer als im Original. Es war nicht die stärkste Abweichung, aber die Fehler im Gewirr der Linien im Hintergrund der Banknote fielen einem Laien nicht auf. Das Ohr dagegen war ein markanter Punkt, den man leicht finden und überprüfen konnte. Tausend Abzüge dieses Bildes hatten sie machen lassen, klein genug, dass sie unauffällig an jeder Kasse angebracht werden konnten, groß genug, dass man den entscheidenden Punkt auch wirklich sah. Diese Bilder wurden jetzt verteilt an alle Postämter und Sparkassen, aber auch an Kassiererinnen und Marktfrauen. Bei Verdacht sofort die Polizei alarmieren. Wenn möglich, den Kunden festhalten. Zumindest sich sein Aussehen merken. Vielleicht auch ihm unauffällig folgen.

»Wie lange wird das gut gehen?«, fragte Fehlandt.

»Nicht mehr als zwei, drei Tage. Dann haben die Fälscher das gemerkt, oder aber es steht in der Zeitung.« Eine so umfangreiche Aktion konnte nicht lange geheim bleiben. Musste sie aber auch nicht. Die Fälscher waren jetzt dabei, ihr Geld unter die Leute zu bringen. Siebzehn Blüten an einem Tag sichergestellt. Eine unbekannte Menge weiteres Falschgeld im Umlauf. Wie viele Scheine konnten sie an einem Tag absetzen? Hundert? Noch mehr? Es kam darauf an, wie viele Verteiler im Einsatz waren. Aber sie würden sie erwischen. Einer tappte bestimmt in die Falle.

14.

Friedrich Berger nahm sich eine Zigarre. »Du hast dich ja aus allem herausgehalten die letzten Jahre.«

Hjalmar Schacht überhörte den leisen Vorwurf. »Anders ging es nicht«, sagte er. »In einer Wirtschaftskrise Deflationspolitik zu betreiben, das ist einfach hanebüchen. Das kann ich nicht verantworten; unter diesen Bedingungen musste ich mein Amt niederlegen.«

»Die Lage ist natürlich schwierig ...«

»Was heißt schwierig? Nicht alle Tricks, die man anwenden kann, stehen im Lehrbuch. Aber dieser steht da. Die Herrschaften haben ihren Keynes nicht gelesen. Und meine Schriften natürlich auch nicht. Jetzt muss investiert werden, das ist das Gebot der Stunde.«

»Aber wenn du zu viel investierst, bekommst du sofort wieder eine Inflation. Und – hast du nicht selbst vor Kurzem noch gesagt, dass die Regierung zu viel Geld ausgibt?«

»Für unnütze Sachen, das ist der entscheidende Punkt. Kleinkram, der nichts einbringt.«

»Ich nehme an, die Regierung Papen schmeckt dir sowieso nicht?«

»Mit dem Mann rede ich gar nicht. Ich hatte neulich ein persönliches Gespräch mit dem Reichspräsidenten; ich habe ihm vorgeschlagen, dass er jetzt endlich Hitler mit der Regierungsbildung beauftragt.«

»Und? Was hat Hindenburg gesagt?«

Schacht zuckte mit den Achseln. »Er sträubt sich noch immer.«

»Kein Wunder. Er ist immerhin General; Hitler hat es nur bis zum Gefreiten gebracht.«

»Das ist unsachlich, mein Lieber! Darum geht es nicht. Wir brauchen ein Programm, das Deutschland aus der Krise führt.«

»Und das hat der Herr Hitler?«

Schacht wich aus. »Jedenfalls hat er im Gegensatz zur Konkurrenz bisher noch keine Fehler gemacht. Du weißt ja selbst, wie es aussieht. Hamburg, der Hafen – ich habe mir die Zahlen geben lassen. Im Vergleich zu 1929 liegen die Im- und Exporte immer noch bei unter fünfzig Prozent.«

»Dass wir eine Krise haben, bestreitet niemand. Die Frage ist nur, wie wir da herauskommen. Ich habe mir das Programm dieser Partei sehr genau angesehen, Hjalmar. Ich habe nichts, aber auch gar nichts gefunden, was der deutschen Wirtschaft weiterhelfen würde. Diese Nazis, das sind Schwätzer, die nur dem Volk nach dem Maul reden.«

»Du unterschätzt sie. Gerade da sie sich nicht auf ein konkretes Programm festgelegt haben, sind sie für Anregungen offen! Ausgaben in großem Stil, darauf kommt es jetzt an. Straßenbau, Rüstung – besonders für Hamburg dürfte die Aufrüstung attraktiv sein. Die ist doch schon längst überfällig. Eine Belebung des Schiffbaus ...«

»Moment mal bitte!« Das Telefon hatte geklingelt. »Berger?«

»Entschuldige, Friedrich, ich wollte nicht stören. – Ist Wilhelm bei dir?«

»Wilhelm? Nein.« Friedrich Berger hielt die Sprechmuschel zu. »Meine Schwiegertochter«, sagte er zu Schacht. Der nickte.

»Dann will ich dich nicht länger stören, und entschuldige ...«

»Der ist sicher noch unterwegs wegen dieser Geldfälscher«, sagte Berger. »Mach dir keine Sorgen.«

»Ja, danke.« Sie legte auf.

»Geldfälscher?«, fragte Schacht.

»Ja. Eine üble Geschichte. Falsche Zwanziger haben die in Umlauf gebracht. Der Schaden geht in die Tausende ...«

Schacht nickte abwesend. Er dachte in größeren Dimensionen.

»Wo waren wir stehen geblieben, Hjalmar? Ach ja, bei der Aufrüstung. Also – das geht nicht. Was du da sagst, das verstößt gegen den Versailler Vertrag und – davon abgesehen – es ist überhaupt nicht zu finanzieren. Das kostet mehrere Milliarden, das gibt der Haushalt nicht her.«

»Es gibt Mittel und Wege ...« Schacht war ungeduldig.

»Gibt es nicht. Geld drucken kommt nicht infrage. Das wäre nicht gedeckt, dann ist sofort wieder die Inflation da, und die Wirtschaft geht noch tiefer in den Keller.«

»Man muss kein Geld drucken. Es gibt doch Kredite...«

»Ich bitte dich, mein lieber Hjalmar. Das scheitert doch an zwei Dingen. Erstens: Niemand gibt dieser Regierung Kredite. Schon gar nicht für Rüstungsaufträge. Wir dürfen ja gar nicht aufrüsten. Und zweitens: Wenn du Kredite aufnimmst, wird das Ausland doch sofort alarmiert, denn die Kredite müssen ja in der Bilanz ausgewiesen werden, und damit ist eine mögliche heimliche Aufrüstung von vornherein gescheitert.«

»Die Kredite müssen nicht ausgewiesen werden«, sagte Schacht.

Berger schüttelte den Kopf.

»Glaub's mir, altes Haus! Wir finanzieren es über Wechsel. Die sind so gut wie Geld und tauchen im Staatshaushalt nirgendwo auf.«

Berger kratzte sich den Kopf. Sein Gegenüber erläuterte ihm, wie das Geschäft im Einzelnen ablaufen sollte. Es würde eine eigene Firma gegründet, sogar über den Namen dieses Unternehmens hatte er sich schon Gedanken gemacht: MEFO, Metallurgische Forschungsanstalt GmbH. Diese Firma, die von verschiedenen Großbetrieben getragen würde, erhielt eine Million Mark Geschäftskapital. Das war natürlich nicht viel, aber mehr brauchte sie auch gar nicht. Der einzige Sinn dieser Firma war es, reichsbankfähige Wechsel auszustellen.

»Reichsbankfähige Wechsel«, warf Berger ein. »Das müssen gute Handelswechsel sein, von zwei oder drei zahlungsfähigen Wechselverpflichteten unterschrieben ...«

»In diesem Fall nur von einem«, widersprach Schacht.

Berger hob die Augenbrauen.

»Du darfst nicht vergessen, mein Lieber, es wird auch eine Veränderung an der Spitze der Reichsbank geben. Wenn es soweit ist – die Reichsbank, das bin dann ich!«

»Und – was glaubst du, wie viel Geld man über deine MEFO-Wechsel erzeugen kann?«

»Mittelfristig – also über einen Zeitraum von vielleicht drei oder vier Jahren – mindestens zehn bis zwölf Milliarden Reichsmark!«

»Zehn bis zwölf Milliarden!« Berger überschlug, wie groß die gesamten Steuereinnahmen des Deutschen Reiches wohl sein mochten. Kaum mehr als fünf Milliarden im Jahr, so viel stand fest. »Das könnt ihr nie zurückzahlen«, sagte er. »Die Wechsel sind durch nichts gedeckt. Das ist blanker Betrug.«

Schacht blies einen Rauchring in die Luft. »Betrug? – Nein, mein lieber Berger, das ist Wirtschaft!«

15.

»Alles klar?«, fragte Fehlandt. Niemand war in die Falle getappt. Ihre große Aktion war ins Leere gelaufen; dafür hatten sie jetzt einen Tipp von einem V-Mann aus der Unterwelt bekommen. Ein gewisser Großkurth sollte eine Druckerpresse gekauft haben. Eine echte Notgeldpresse, zehn Jahre alt. Angeblich um Ansichtskarten zu drucken. Das Ding war in die Eiffestraße geliefert worden. Nummer 49, Hinterhof.

Eiffestraße 49. Zwischen Brekelbaumspark und Ausschlägerweg war das. Alte Villen aus den Gründerjahren, aber die Hinterhöfe und Gärten wurden längst gewerblich genutzt.

Ein sehr unübersichtliches Gelände. Zwölf Beamte hatten sie eingesetzt, um die Werkstatt großräumig zu umstellen. Jetzt, wo alle in Position waren, nickte Berger seinem Kollegen zu. Die beiden machten sich auf den Weg.

Falschmünzer waren keine Räuber oder gar Mörder. Die Pistole führte Berger zwar gewohnheitsmäßig mit, aber er war sich ziemlich sicher, dass er sie nicht brauchen würde.

»Trotzdem vorsichtig sein!« Auch Fehlandt hatte seine Waffe eingesteckt. Erst gestern war ein Polizist erschossen worden. Hauptwachtmeister Lauckenmann; es hieß, das waren wieder die Kommunisten.

Der Schuppen war hell erleuchtet, aber man konnte von außen nicht sehen, was drinnen vorging. Die Fenster waren mit bunten Vorhängen verhängt. Geräusche drangen nach außen. Könnte das eine Druckerpresse sein?

Berger riss die Tür auf. Es war eine Druckerpresse. Die Männer, die eben noch damit beschäftigt gewesen waren, neue Bogen einzuführen, erstarrten in der Bewegung. Fehlandt trat vor und schaltete das Gerät ab. Der Lärm erstarb.

»Kriminalpolizei«, sagte Berger. »Sie sind verhaftet!«

Die Männer ließen sich widerstandslos festnehmen. Den einen der beiden kannte Berger. Es war Arnold Petersen.

16.

»So sieht man sich wieder!« Sie saßen sich im Präsidium gegenüber.

Arnold Petersen starrte ihn an. »Könnten Sie bitte etwas lauter sprechen? Ich höre nicht mehr so gut.«

»Haben Sie deshalb das Einbrechen aufgegeben und sich auf die Falschmünzerei umgestellt?« rief Fehlandt so laut, dass Berger zusammenzuckte.

»Ja.«

»Das ist also die neue Gemeinschaftsproduktion der Gebrüder Petersen?«, mutmaßte Berger.

Aber Arnold Petersen schüttelte den Kopf. »Adolf weiß da nichts von.« Er starrte dem Polizisten dreist ins Gesicht. Weis mir das Gegenteil nach, dachte er. Das kannst du nicht!

Berger hatte zwei Mann vor Ort gelassen und die Druckmaschine wieder eingeschaltet. Wenn noch jemand käme, sollte er keinen Verdacht schöpfen.

»Zwanzigmarkscheine – lohnt sich das denn überhaupt?«, wollte Fehlandt wissen.

»Jetzt nicht mehr«, brummte Petersen.

»Und vorher?«

»Zwanziger – die wird man am leichtesten los.«

»Und – wie viele sind Sie losgeworden?«

»Knapp tausend.«

Das deckte sich mit Bergers Schätzung. Er sagte: »Blüten im Wert von zwanzigtausend Mark. Nicht schlecht. Aber nun wird die Produktion eingestellt. Und Falschmünzerei – das gibt wieder Zuchthaus. Mindestens sechs Jahre bei Ihren Vorstrafen. Wahrscheinlich eher acht oder zehn.«

17.

»Ich hätte anrufen sollen«, sagte Berger. Er hatte ein schlechtes Gewissen

»Macht nicht«, sagte Dagmer.

Berger sah seine Frau an: »Du wirkst so versonnen.«

»Ja. – Denk nur, mir ist heute etwas ganz Seltsames passiert: Wir haben doch zur Zeit Besuch von unseren amerikanischen Geschäftspartnern.«

»Aus Philadelphia, ja, das hast du erzählt.«

»Und auf einmal, als die Herren heute Mittag bei uns durchgehen, da bleibt der eine bei mir stehen, fasst mich an der Schulter und sagt: ›Schöne Grüße aus Philadelphia!‹ – Ich war vielleicht platt!«

»Aus Philadelphia? Wen kennst du denn in Philadelphia?«

»Niemand – hatte ich jedenfalls gedacht. Aber als ich ihn so verblüfft angeguckt habe, da hat der Mann gelacht und gesagt, die Grüße seien von meinem Freund!«

»Von deinem Freund?«

»Ja, von meinem früheren Freund. Roth.«

»Friedhelm? Susannes Vater? – Ich dachte, der ist irgendwo in Südamerika verschollen!«

»Das hatte ich ja auch gedacht. Die letzte Nachricht war eine Postkarte aus Buenos Aires – und das ist Jahre her. Das war noch bevor wir uns kennengelernt haben.«

»Das ist ja eine Überraschung!«

»Ja. Er ist inzwischen verheiratet, mit einer Amerikanerin ...«

»Die sei ihm gegönnt!«

»Ja«, sagte Dagmar, »die sei ihm gegönnt.« Sie dachte: Amerika. Wir kennen jemand in Amerika. Wenn es hier unerträglich wird in Deutschland, dann gehen wir da hin.

Hannack ist raus!

5. Dezember 1932

1.

»Hannack ist ausgebrochen.«

»Wer ist Hannack?«, fragte Berger.

»Richtig, das kannst du ja nicht wissen!« Fehlandt schob ihm die Akte rüber. »Da warst du ja noch in Düsseldorf, als das passiert ist.«

Berger überflog den Text. Ernst Hannack hatte am 26. Juni 1928 bei einem missglückten Banküberfall in Bramfeld wild um sich geschossen und dabei den Kassierer Bienwald getötet.

»Brutal«, sagte Berger.

Fehlandt nickte. »Wie in Amerika! – Unser Freund Krohn würde sagen, das kommt alles von den Gangsterfilmen. Fest steht jedenfalls, dass wir es mit einer neuen, brutaleren Generation von Verbrechern zu tun haben.«

»Ihr habt ihn aber trotzdem gekriegt.«

»War schwierig genug. – Und im Zuchthaus haben sie ihn nicht festhalten können; jetzt ist er wieder raus.«

Berger runzelte die Stirn. Krohns pessimistische Äußerungen fielen ihm ein. Die Schlacht gewonnen, den Krieg verloren? Unsinn, der Mann durfte nicht recht behalten! »Wenn er ausgebrochen ist, fangen wir ihn eben wieder ein! – Wenn er denn überhaupt in Hamburg ist.«

»Er ist in Hamburg. Seine beiden Kumpane haben wir heute Mittag festgenommen.«

So sieht jemand aus, der gerade verhaftet worden ist, dachte Berger. Enttäuscht und trotzig saß der junge Mann vor ihm. Vor allem trotzig.

»Tja, Herr Steinberg, Ihr Ausflug in die Freiheit hat ja nicht lange gedauert!« Steinberg und seinen Kumpanen Schulenburg hatten sie heute früh in der Großen Reichenstraße erwischt.

»Pech«, sagte Steinberg.

»Pech? Ich würde sagen, in Ihrem Fall ist es ausgesprochenes Glück. Was haben Sie sich denn bisher zuschulden kommen lassen? Einbrüche in Serie. Na schön. Aber die beiden Herren, mit denen Sie sich auf Wanderschaft begeben haben, die sind doch ein ganz anderes Kaliber. Kaltblütige Mörder. Besonders der Hannack, mit dem ist nicht zu spaßen.«

Steinberg schwieg.

»Da hätten Sie leicht in irgendetwas hineingezogen werden können, wofür sie am Ende für immer hinter Gitter wandern.«

»Mit Hannack habe ich nichts zu tun.«

»Immerhin sind Sie zusammen ausgebrochen.«

»Wir haben uns getrennt.« Steinberg zuckte mit den Schultern. »War wohl besser so.«

So kommen wir nicht weiter, dachte Berger. »Zigarette?«, fragte er.

Steinberg nickte.

Eine Weile rauchte er schweigend. Schließlich sagte er: »Es war Hannack, der das organisiert hat.«

»Den Ausbruch?«

»Ja.«

»Wie ist das gelaufen?«

»Hannack hatte ein Seil, Schlüssel und Dietriche. Hannack hat uns die Zellen aufgeschlossen, und dann sind wir über das Dach zu einem Bodenraum, wo wir uns erst mal versteckt haben. Bis zum Abend.«

»Und das hat keiner gemerkt?«

Steinberg schüttelte den Kopf.

Villa Sonnenberg! Das war mal wieder typisch. Berger wusste, dass das für seinen modernen Strafvollzug berühmte Zuchthaus in Oslebshausen nicht besonders ausbruchsicher war.

»Da auf dem Boden, da hatten wir schon vorher eine Wärteruniform deponiert.«

»Wer hat die besorgt?«

»Hannack. Da gab es dann so eine Wendeltreppe. Über die hat er uns dann nach unten geführt. Er hat den Aufseher gespielt, wir waren seine Gefangenen. Er hatte einen echten Schlüssel unten für die Tür. Wir mussten raus und dann warten, bis er wieder zugeschlossen hatte. Dann sind wir mit ihm über den Hof marschiert, ganz gemächlich, damit das nicht auffällt.«

»War da kein Posten auf dem Hof?«, fragte Berger,

»Doch, natürlich. Aber wir hatten ja die Uniform. Der Wachtposten hat gegrüßt, und Hannack hat zurückgegrüßt.«

»Der Mann hat nichts gemerkt?«

»Er hat wohl gedacht, dass der Wärter uns zur Küche führt. Oder zum Lazarett. Hätte ja sein können. Und dann sind wir durch diesen Durchgang; da war so eine kleine Tür, ein Nebenausgang. Der ist immer verschlossen, aber Hannack hatte ja den Schlüssel. Er hat aufgemacht, und das war's.«

»Das muss doch sofort aufgefallen sein«, sagte Berger.

»Nee, der Hannack, der hat ja wieder zugeschlossen.«

Na, dachte Berger, das wird Ärger geben in Oslebshausen. Da wird sich der Herr Direktor wohl einiges anhören müssen. Berger hatte ja nichts gegen einen modernen Strafvollzug, aber was der Sonnenberg da trieb, das ging ihm doch entschieden zu weit. »Und wo ist Hannack jetzt?«, fragte er.

Steinberg zuckte mit den Achseln. »Hab ich doch gesagt: Wir haben uns getrennt. Gleich nach dem Ausbruch.«

»Und dann sind Sie einfach so in Ihrer Anstaltskleidung in den Zug gestiegen ...«

»Nee, natürlich nicht. Erst haben wir noch einen Bruch gemacht in Bremen; wir mussten ja was zum Anziehen haben.«

Berger nickte. Bis dahin hatten die Bremer Kollegen die Spur leicht verfolgen können. Die Ausbrecher hatten ihre Anstaltskleidung und die Wärteruniform in der Wohnung zurückgelassen.

»Und Hannack?«, fragte er.

»Der war da schon weg.«

»Die lügen«, sagte Fehlandt, der den anderen Ausbrecher vernommen hatte. »Die lügen beide. Am 5. Dezember sind sie in Oslebshausen ausgebrochen. Und heute, drei Tage später, nehmen wir zwei von ihnen in Hamburg fest. Steinberg kommt aber aus Hannover, und dieser Schulenburg, der stammt aus Trier. In Hamburg sind sie beide noch nie vorher gewesen. Der Einzige, der aus Hamburg kommt und sich hier auskennt, das ist Hannack.«

»Ja«, sagte Berger. »Da sind die Kollegen etwas zu voreilig gewesen. Anstatt die beiden festzunehmen, hätten sie warten sollen, bis sie sich mit Hannack treffen.«

»Die Kneipe wird überwacht«, sagte Fehlandt. »Wenn der Hannack noch auftauchen sollte, nehmen wir ihn fest.«

Berger sah auf die Uhr. Um elf waren die beiden Ausbrecher festgenommen worden. Jetzt war es halb fünf. »Der kommt nicht mehr.«

»Abwarten«, sagte Fehlandt.

Sie warteten bis kurz nach Mitternacht, bis die Kneipe zumachte. Hannack war nicht gekommen.

2.

»Und ich habe ihn nicht sehen können!« Susanne war noch immer empört. »Nie bin ich dabei, wenn irgendetwas Wichtiges passiert!«

Dagmar erinnerte sie an den Flug mit der Do X. »War das etwa gar nichts?«

Ja, das war schön gewesen, aber das zählte jetzt nicht. Kinder waren unersättlich.

»Nächstes Mal bist du wieder dabei«, tröstete sie Berger. »Aber diesmal ging es wirklich nicht. Es ist ja Montag, und du hattest schließlich Schule!«

»So kurz vor Weihnachten, das lohnt sich doch gar nicht mehr!«

Berger lachte. »Die meisten Hamburger haben den Zug nicht sehen können!« Er verriet nicht, dass er die Ankunft und Abfahrt des Schnelltriebwagens von der Brücke Rentzelstraße aus beobachtet hatte.

Susanne las aus der Zeitung vor. Sie sagte: »Hier steht, der Zug ist vom Lehrter Bahnhof aus gestartet. Also von Lehrte nach Hamburg, nicht von Berlin!«

Dagmar klärte sie auf, dass der Lehrter Bahnhof mitten in Berlin sei.

Horst zeigte auf das Foto des Triebwagens auf der Titelseite des Fremdenblatts und sagte: »Bahn!«

Es war selten, dass das Fremdenblatt Fotografien auf der ersten Seite brachte; schon das unterstrich die Bedeutung dieses Ereignisses. Und dazu die fette Schlagzeile:

Der schnellste Zug der Welt pünktlich in Hamburg.

»Bahn!«

Dabei sah der Schnelltriebwagen gar nicht so aus wie die Bahnen, die Horst bisher kennengelernt hatte.

Die Fahrt war in allen Einzelheiten beschrieben, als ob es ein Flug zum Mond wäre. Aber der war und blieb natürlich unmöglich.

Zwei Minuten vor acht Uhr werden die Motoren angelassen. Ihr Geräusch ist nicht so groß, wie man bei der Stärke der Motoren vermuten könnte. Aus den Auspuffrohren, die senkrecht über dem Kopf und dem Ende des Wagens angebracht sind, steigt kerzengerade der bläuliche Qualm empor. Punkt acht Uhr ertönt ein Hupensignal. Der schnellste Zug der Welt setzt sich langsam in Bewegung. Schon nach wenigen Sekunden geht er in eine unerhörte Geschwindigkeit über ...

»Ist das nicht gefährlich, so schnell zu fahren?«, fragte Susanne.

Berger wusste, dass die Signale für die hohe Geschwindigkeit neu aufgestellt worden waren. Der Abstand zwischen Vor- und Hauptsignal war von siebenhundert auf tausendzweihundert Meter vergrößert worden, um dem längeren Bremsweg des Schnelltriebwagens Rechnung zu tragen.

Punkt acht Uhr vom Lehrter Bahnhof abgefahren und fahrplanmäßig um 10.22 Uhr in Hamburg eingetroffen. Damit ist die 286,8 Kilometer lange Strecke, für die bisher der schnellste FD-Zug 179 Minuten brauchte, in 142 Minuten zurückgelegt worden.

»Hier steht«, sagte Dagmar, die über Kopf mitlas, »dass der Zug im Normalbetrieb noch dreizehn Minuten schneller sein soll als heute bei der Probefahrt. Das heißt, man ist praktisch in zwei Stunden in Berlin!«

»Ja«, freute sich Susanne, »wir leben in einer herrlichen Zeit!«

»In einer herrlichen Zeit«, sagte Wilhelm Berger, plötzlich ernüchtert. Er wusste von den umfangreichen Sicherheitsvorkehrungen entlang der gesamten Strecke, die getroffen werden mussten, um einen Terroranschlag von Rechts oder Links auszuschließen. Nicht ohne Grund hatte er selbst auf der Brücke stehen müssen. Alle Bahnübergänge waren scharf bewacht worden; das Betreten der Bahnanlagen, etwa zum

Fotografieren, streng verboten. Aber es hatte keine Zwischenfälle gegeben.

Das Fremdenblatt schloss die Berichterstattung mit einem kleinen Scherz:

In Berlin wird der Zug schon als »Der fliegende Hamburger« bezeichnet. Wie wäre es, wenn wir uns revanchierten und ihn »Der rasende Berliner« nennten!

Auch die Ernennung Hitlers zum Reichskanzler am 30. Januar vermochte das Fremdenblatt nicht sonderlich aufzuregen. *Ruhige Aufnahme des Kabinetts Hitler im In- und Auslande,* schrieb die Zeitung. Und die nächtliche Huldigung des neuen Kanzlers per Fackelzug bezeichnete sie leicht ironisch als *Regierungswechsel in neuer Form.* Nur zwei der neuen Minister seien Nationalsozialisten, und: *Die neben Hitler stehenden Politiker sind Persönlichkeiten, die sich durch den Reichskanzler nicht ohne Weiteres ausschalten lassen.*

3.

»Herrn Berger bitte. Oder Herrn Fehlandt.«

»Hier ist Berger. Wer spricht dort?«

»Schmolke, Polizeiwache 48. Hören Sie, wir haben hier einen Privatdetektiv, der uns gerade berichtet, dass er den Raubmörder Hannack gefunden hat.«

»Ja, prima«, erwiderte Berger, der von den Fähigkeiten irgendwelcher Privatdetektive keine besonders hohe Meinung hatte. »Hat er ihn festgenommen? Dann schlage ich vor ...«

»Herr Berger, es ist ernst«, unterbrach ihn der Wachhabende. »Der Mann hat den Kerl durch die halbe Stadt verfolgt und schließlich gesehen, wie er in einem Haus in der Fruchtallee verschwunden ist.«

Berger blickte auf die Wandkarte. Fruchtallee, Fruchtallee, irgendwo in Eppendorf oder Eimsbüttel war das doch – ah, hier. Und die Polizeiwache 48 war sogar direkt in der Fruchtallee. Hervorragend.

4.

Beim ersten Morgengrauen trafen sie sich. Schmolke hatte Landkarten besorgt. Karten im Großmaßstab, frisch aus der Lichtpauserei. Sie rochen penetrant nach Salmiakgeist. Das Haus, in dem der Verdächtige verschwunden war, lag in einem dicht bebauten Gebiet mit unübersichtlichen Hinterhöfen, sogenannten Terrassen, alles irgendwie miteinander verbunden und verschachtelt.

»Fast wie im Gängeviertel«, brummte Fehlandt.

Das stimmte nicht ganz. Das Gängeviertel der Neustadt war aus polizeilicher Sicht eine wahre Hölle, ein Himmel dagegen für gesuchte Verbrecher. Die Bebauung hier war wesentlich neuer, alles erst Ende des vorigen Jahrhunderts errichtet. Typische Mietshäuser; die Toiletten später auf der Rückseite angebaut.

Haben wir alles bedacht?, fragte sich Berger. Ja, hatten sie. Eigentlich konnte nichts schiefgehen. Der Häuserblock war umstellt. Eppendorfer Weg – Weidenstieg – Fruchtallee. Auch bei der Christuskirche und in den nächstgelegenen U-Bahn-Stationen waren Posten aufgestellt. Das musste reichen. Diesmal hatten sie ihn.

»Los!«, sagte Berger.

Die Wohnung lag im obersten Stock. Berger stellte fest, dass er zugenommen hatte und nicht mehr so sportlich war, wie er sein sollte. Die vier Treppen brachten ihn fast aus der Puste.

Jetzt standen sie vor der verdächtigen Wohnung. *Bollmann* stand an der Tür. Klingeln oder nicht? Sie entschieden sich dagegen. Zwei Polizisten stellten sich rechts und links der Tür auf, die Waffe im Anschlag. Berger nahm Anlauf, warf sich gegen die Tür. Es krachte gewaltig; die Tür wankte, aber sie hielt. Neuer Anlauf. Fehlandt und Berger warfen sich gemeinsam gegen die Tür; die flog mit einem erneuten Krach aus den Angeln. Die beiden Polizisten rappelten sich auf. Vor ihnen stand ein etwa dreißig Jahre alter Mann im braunen Anzug, der sie überrascht anstarrte.

»Herr Bollmann?«

»Ja, der bin ich.«

»Herr Bollmann, Sie sind verhaftet!«

Handschellen klickten. Diesmal kommst du uns nicht davon, dachte Berger. Jetzt haben wir dich. Oder war es am Ende gar nicht Hannack? Doch, kein Zweifel, das war er. Das musste er sein.

Fehlandt war sofort in das Schlafzimmer gestürmt, er riss das Bett auseinander. Und er wurde fündig. Unter dem Kopfkissen lag eine geladene Schusswaffe.

»Was liegt gegen mich vor?«, fragte Bollmann, der sich inzwischen wieder gefasst hat. »Ich war gerade auf dem Weg ...«

»Unerlaubter Waffenbesitz!«

»Das ist mein Revolver«, sagte Bollmann.

»Haben Sie einen Waffenschein?«

Bollmann schüttelte den Kopf.

5.

Während die Wohnung ordnungsgemäß durchsucht wurde, brachten sie Bollmann zur Wache 48. Sie führten den Mann in den Aufenthaltsraum. Er musste seine Taschen ausleeren. Dann legten sie ihm die Handschellen wieder an. Sicher war sicher. Der Mann schwieg. Er sah die Polizisten an. Als ob er abschätzen wollte, ob sie ihn wirklich aufhalten könnten, wenn er es darauf anlegte, dachte Berger. Aber jeder Fluchtversuch war sinnlos. »Das ist Hannack«, sagte Fehlandt. Er hatte noch einmal das Gesicht mit dem Fahndungsplakat verglichen.

Berger nickte. Zwei Beamte hielten bei dem Mann Wache, während Berger und Fehlandt in einem Nebenraum seine Sachen inspizierten.

Unter dem Krempel, den die Kollegen aus der Wohnung mitgebracht hatten, fanden sich zwei Pässe, einer auf den Namen Bollmann und einer auf den Namen Hannack. Berger hielt dem angeblichen Bollmann die beiden Dokumente unter die Nase.

Der blieb völlig ungerührt. »Ja«, sagte er. »Ich bin Ernst Hannack.«

Berger ging zurück zu Fehlandt; der hatte inzwischen drei Taschenuhren auf dem Tisch ausgebreitet. »Scheint ein Pünktlichkeitsfanatiker zu sein, der Herr Hannack«, sagte er.

Hannack hörte ihn nicht. Die bei ihm zurückgebliebenen Polizisten versuchten, ihn in ein Gespräch zu verwickeln. Der Moment unmittelbar nach der Festnahme war entscheidend. Das war die beste Gelegenheit, Dinge zu erfahren, die man sonst später nicht mehr zu hören bekam. Der Festgenommene war zwangsläufig erschüttert, und da gab manch einer schon mal etwas preis, was er bei ruhiger Überlegung niemals zugeben würde.

Schmolke gab sich als Kumpel: »Na, Herr Hannack, wie ist's denn gelaufen die letzte Zeit?«

Hannack schwieg.

»Ach kommen Sie, das ist doch jetzt sowieso alles egal«, behauptete Schmolke.

Hannack stellte sich stur. »Nee«, sagte er. »Ich hab ja noch nicht mal gefrühstückt. Erst einmal brauch ich einen Kaffee und was zu essen, vorher sag ich gar nichts.«

Schmolke warf seinem Kollegen einen auffordernden Blick zu. Der ging nach drüben und setzte Kaffee auf. Einen Augenblick durchzuckte Schmolke ein ungutes Gefühl, als ob hier etwas laufen könnte, das er nicht mehr unter Kontrolle hatte. Aber das war Unsinn. Zur Tür hinaus konnte der Gefangene nicht, da hätte er ja bei den Kollegen vorbei müssen. Die Fenster waren seit dem Hamburger Aufstand vergittert, und außerdem hatte Hannack ja Handschellen an. Nein, der Mann hatte keine Chance.

Der Wachtmeister kam mit dem Kaffee. Er brachte auch zwei mit Wurst belegte Stullen mit; sein eigenes Frühstück. Er würde sich später etwas Neues besorgen müssen.

»Das sieht ja gut aus«, lobte Hannack, dem der Duft des Kaffees in die Nase stieg.

»Ist nur Ersatzkaffee«, gab der Wachtmeister zu, »aber etwas Besseres haben wir hier nicht.«

»Tausendmal besser als im Knast.«

»Ja, das ist wohl war.«

Einen Augenblick passierte gar nichts. Hannack sah die Brote an; die Beamten sahen ihn an.

»Greif doch zu!«, sagte Schmolke schließlich.

»Geht nicht«, sagte Hannack. »Mit der Acht kann ich nicht essen.« Er hielt ihm die gefesselten Hände hin.

»Ach, das geht schon«, widersprach der Wachtmeister.

Hannack schüttelte den Kopf.

Schmolke dachte: Was soll passieren? Wir sind zu zehnt hier in der Wache, dazu kommen noch die zwei Hanseln von der Kripo aus dem Stadthaus. Wir sind bewaffnet, er nicht – er kann hier nicht weg. Wichtig ist, dass wir in

Kontakt kommen, dass er redet. Er schloss ihm die Handschellen auf.

»Ach, das ist schon besser!« Hannack rieb sich die Handgelenke. Dann griff er zu der bereitgelegten Stulle. »Lecker! So feine Sachen gibt's im Knast nicht.«

»Der Einbruch neulich in der Isestraße ...«, sagte Schmolke.

»Moment.« Hannack deutete auf seinen vollen Mund. Er kaute. Er kaute gründlich. Wie war das noch, dachte Schmolke, wie oft soll man jeden Bissen kauen, bevor man ihn runterschluckt? Hannack schien gewillt, in dieser Hinsicht alle Rekorde zu brechen. Schließlich war er aber doch soweit; er spülte den letzten Rest des Bissens mit einem ordentlichen Schluck Kaffee herunter.

»Isestraße«, erinnerte Schmolke.

»Affenfett«, sagte Hannack, der so tat, als habe er die Frage nicht gehört.

»Das ist gute Butter!«, verteidigte sich der Wachtmeister.

»Ja, natürlich. Danke. – Nein, ich meinte doch im Knast, da kriegen wir dann wieder Affenfett zu essen.«

Der Wachtmeister guckte zweifelnd.

»Isestraße«, versuchte es Schmolke noch einmal, aber Hannack hatte schon wieder abgebissen und war nicht ansprechbar.

Er kaute und sah sich in aller Ruhe im Raum um. Schade, dass die Fenster vergittert waren. Von außen, als Schutz gegen Angriffe von der Straße her. Aber außen oder innen – der Effekt war derselbe, man konnte nicht raus. Oder?

»Diese Uhren stammen wahrscheinlich aus dem Einbruch in der Isestraße«, sagte Fehlandt. Er hatte die gefundenen Objekte mit der Beschreibung der gestohlenen Gegenstände verglichen. »Das ist ja erst ein paar Tage her, die hat er noch nicht absetzen können.«

»Wenig Bargeld«, bemerkte Berger. »Das wundert mich. Bei einem erfolgreichen Einbrecher hätte ich erheblich mehr erwartet.« Ganze 7,50 Mark hatte er bei sich gehabt.

»Er hat es versteckt«, mutmaßte Fehlandt. »Aber das werden die Kollegen schon noch finden; die nehmen jetzt die ganze Wohnung auseinander. Die Nachbarn sagen, er sei da so etwa um Weihnachten rum eingezogen. Das wäre zwei Wochen nach dem Ausbruch aus Oslebshausen.«

»Das ergibt Sinn. Er musste sich ja erst Geld beschaffen, um neue Papiere herstellen lassen zu können.«

Schmolke sagte: »Hol uns auch mal zwei Becher.« Er sah es gar nicht ein, dass der Verhaftete Kaffee trank und er nicht.

Der Wachtmeister erhob sich.

»Wunderbar«, sagte Hannack. Er kaute noch immer; das Wort war kaum zu verstehen. Hannack legte das angebissene Brot zur Seite, reckte sich; der Stuhl knackte.

»Ise...«, setzte Schmolke an. Weiter kam er nicht.

Hannack war aufgesprungen und hatte dem Polizisten die Faust unter das Kinn geknallt, dass der samt Stuhl hintenüber flog. Hannack wirbelte herum; unter dem Fenster stand ein Tisch, die Lüftungsklappe des Fensters war nicht vergittert, Hannack sprang auf den Tisch und verschwand mit einem Hechtsprung durch das geschlossene Fenster nach draußen.

Schmolke brüllte vor Schmerz und Wut; der heiße Kaffee war ihm ins Gesicht gespritzt.

»Er ist weg! Verdammt, er ist weg!«

»Los, raus, raus, hinterher!« Berger und Fehlandt rannten an Schmolke vorbei in Richtung Ausgang. Die anderen Polizisten folgten ihnen.

»Der liegt unten«, sagte einer. »Wetten, dass er unten auf der Straße liegt? Das sind fünf Meter von hier oben, das schafft keiner, ohne sich das Bein zu brechen. Oder den Hals«

Sie stürzten ins Freie, die Waffen in der Hand. Da lag die Fruchtallee im Sonnenschein. Autos fuhren vorbei, Fußgänger blieben stehen, blicken neugierig auf die Gruppe von Polizisten. Hannack war weg.

»Da drüben ist er lang!«, rief jemand. Er wies in Richtung Christuskirche.

Sie liefen los. Wir hätten die Posten nicht abziehen dürfen, dachte Berger. Herrgott, was für eine Dummheit! Na, das wird Ärger geben!

Sie rannten bis zur Christuskirche. Niemand zu sehen. Auch im U-Bahnhof nicht. Schließlich mussten sie einsehen: Der Flüchtige war spurlos entwischt.

»Spurlos?«, sagte Berger. »Das kann ich nicht glauben.«

Sie gingen langsamen Schrittes zurück zur Polizeiwache. Nur ein Häufchen Glasscherben auf dem Gehweg zeugte noch von dem tollkühnen Ausbruch des Raubmörders. Ein Polizist war gerade dabei, die Splitter zusammenzufegen.

»Halt!«, rief Berger. »Alles liegen lassen! Ruft sofort in der Zentrale an; wir brauchen einen Fährtenhund.«

Doch die Fährte war so klar erkennbar, dass es des Hundes eigentlich gar nicht bedurfte. Hannack hatte sich beim Sprung durch das Fenster geschnitten; es gab Blutflecke auf den Gehwegplatten. Einen großen Fleck wo der Mann aufgekommen war; kleinere Flecke wiesen in die Richtung, in die er geflohen war.

Berger sah Fehlandt an: »So viel zum Thema Mithilfe der Bevölkerung«, sagte er. Die Blutspur wies in die entgegengesetzte Richtung.

Fehlandt zuckte mit den Achseln. »Die Beliebtheit der Polizei hat in den letzten Wochen arg gelitten«, sagte er. »Kann ja keiner wissen, dass wir hier nicht gerade hinter irgendeinem armen verfolgten Kommunisten herrennen, sondern hinter einem gefährlichen Mörder.«

Zu zweit machten sie sich auf den Weg; der Hundeführer sollte nachkommen.

»Vielleicht hat er sich ja ordentlich verletzt«, sagte Berger. »Vielleicht ist er nicht weit gekommen.«

Die Blutspritzer führten zu einem Hauseingang. Hier hatte Hannack offenbar gestanden und abgewartet, bis die Polizisten in die falsche Richtung davongerannt waren.

»Wir hätten ihn gehabt«, sagte Berger. Er rüttelte an der Eingangstür, aber die war verschlossen. Hannack war nicht in das Haus geflüchtet.

»Hier geht es weiter!« Fehlandt hatte den nächsten Blutspritzer auf dem Gehweg entdeckt.

Ein paar Häuser weiter war Hannack über ein niedriges Gitter in freies Gelände und weg von der Straße gekommen. Von dieser Stelle an wurden die Blutspritzer kleiner und seltener.

Sie wollten schon entmutigt aufgeben, als schließlich der Hundeführer eintraf. Dem Hund machte es keine Schwierigkeit, die Fährte weiter zu verfolgen. Tornquiststraße – Sillemstraße – Apostelkirche. Doch da endete die Spur.

»Er ist wahrscheinlich nach Langenfelde rüber oder nach Altona«, sagte Schmolke, der inzwischen auch herangekommen war.

Der Hundeführer schüttelte den Kopf. »Er ist wahrscheinlich in die Straßenbahn eingestiegen«, sagte er. »Deshalb ist für Hasso hier die Spur zu Ende!«

6.

Geschafft, mein Gott, dachte Hannack, ich habe es tatsächlich geschafft! Das Kleingartengelände nördlich der Landesgrenze – hier würde ihn keiner finden. Und dennoch: bei jedem Geräusch zuckte er zusammen. Ob die preußische Polizei auch alarmiert war inzwischen? Wahrscheinlich. Aber Preußen war groß, viel größer als Hamburg, und die Polizei konnte nicht überall sein. Und dennoch: Ewig konnte er sich hier nicht verbergen. Er beobachtete, wie jemand einige Parzellen weiter seinen Garten umgrub. Und da kam noch jemand, ein alter Mann mit einem Fahrrad. Hannack fürchtete, dass irgendwann einer käme, um genau nach diesem Garten zu sehen, in dem er hockte. Aber er musste es darauf ankommen lassen. Er musste warten. Nur bis es dunkel wurde. Ihm knurrte der Magen. Doch darauf konnte er jetzt keine Rücksicht nehmen.

Gegen sieben Uhr abends schließlich machte er sich auf den Weg. Ihm war klar, dass er eine sehr auffällige Erscheinung abgab. Er hatte Schnittwunden im Gesicht und an den Händen. Der eine tiefe Riss an der Hand blutete noch immer. Das teure Jackett – es war zerrissen. Beim Sprung über den Eisenzaun war er damit hängen geblieben. Das konnte er wegwerfen. Aber noch nicht, noch brauchte er es.

Hannack klingelte an der Tür eines Hauses in Lokstedt. Hoffentlich war es nicht gerade die falsche Adresse!

Die Frau, die die Haustür öffnete, schrie erschrocken auf, als sie den blutverschmierten Mann vor sich sah. Sie wollte die Tür rasch wieder zuschlagen, aber schon hatte Hannack den Fuß dazwischen. »Um Gottes willen, bitte helfen Sie mir! Ich bin – ich bin von politischen Gegnern überfallen und zusammengeschlagen worden!«

»Das ist ja furchtbar! Kommen Sie herein.«

»Politische Gegner?« Der Ehemann kam dazu. Er schien misstrauisch. »Waren das wieder diese verdammten Nazis? Das ist wirklich eine elende ...«

»Nicht so laut!« Die Frau fiel ihrem Mann ins Wort.

»Ja, die Nazis«, sagte Hannack. Nun wusste er jedenfalls, woran er war mit diesen Leuten. »Sie müssen mich erkannt haben. Ich bin – ich bin SPD-Mitglied.«

»Soll ich die Polizei anrufen?«, fragte die Frau.

Blitzschnell überlegte Hannack, ob er damit durchkommen könnte. Hier in Preußen – vielleicht kannten sie ihn nicht. Nein, Hamburg würde seine Flucht gemeldet haben; das Risiko war zu groß.

»Schönen Dank«, sagte er. »Aber das gäbe nur Scherereien. Sie wissen ja, wie das ist – die Polizei heute ...«

Der Mann nickte.

»Könnten Sie mir vielleicht ein Taxi besorgen?«, fragte Hannack. »Ich habe Angst, allein nach Hause zurückzugehen. Wenn diese Kerle mir womöglich irgendwo auflauern ...«

»Sind Sie denn verfolgt worden?«, fragte der Mann erschrocken.

Hannack beruhigte ihn: »Ich hab sie abgeschüttelt. – Aber ich muss vorsichtig sein; sie wissen natürlich, wo ich wohne ...«

Das leuchtete ein.

Der Mann telefonierte. Hannack überlegte, ob es hier irgendetwas gab, was er mitnehmen könnte. Er entschied sich dagegen. Es reichte, wenn er unbeschadet entkam. Und es gab hier nichts, was sich wirklich lohnen würde.

»Das Taxi muss jeden Moment kommen.«

»Entschuldigen Sie«, sagte Hannack. »Das ist mir jetzt entsetzlich peinlich, aber bei dem Überfall – meine Brieftasche, mein ganzes Geld ...«

»Ich bitte Sie, das Taxi, das bezahlen wir natürlich.«

Sehr gut, da brauchte er das eingenähte Geld aus der Hose nicht erst anzugreifen. Er würde jede Mark brauchen, um sich neu auszustatten; Papiere und Waffen waren teuer, jetzt noch teurer unter dem neuen Regime.

Das Taxi kam. »Wo soll's denn hingehen?«

»Zur Telemannstraße«, sagte Hannack.

7.

»Telemannstraße!« Lange hatte es nicht gedauert, bis die Kripo den Fluchtweg Hannacks rekonstruiert hatte. Aber dennoch zu lange. Und sie kamen nur bis zu diesem Punkt. Da war Hannack aus dem Taxi gestiegen und verschwunden.

»Ist er in eines der Häuser gegangen?«

Das wusste der Taxifahrer nicht. »Ich bin gleich weitergefahren. Die Fahrt war ja bezahlt; damit war der Fall für mich erledigt.«

Berger sah den Mann an. Der verzog keine Miene. Wahrscheinlich hatte er genau gesehen, wo der Mann hingegangen war, aber er wollte es ihnen nicht sagen.

»Das ist Hannack, den wir suchen«, sagte Berger. »Ernst Hannack, der Raubmörder.«

»Ich hab nichts gesehen«, sagte der Mann. »Sind viele Räuber und Mörder unterwegs diese Tage«, setzte er hinzu. »Kommt auf einen mehr oder weniger nicht an.«

Berger seufzte. »Danke für Ihre Hilfe; Sie können gehen.«

8.

Die Polizisten inspizierten die Ausbeute der Wohnungsdurchsuchung. Das Ergebnis war überaus mager. Die Pässe und die Pistole hatten sie ja sofort gefunden gehabt. Sonst gab es nur alte Kleidung, alte Zeitungen und einen einzelnen Dietrich.

Berger nahm den Sperrhaken in die Hand, betrachtete ihn von allen Seiten. »Damit hat er nun seine ganzen Einbrüche gemacht?«

»Er wird sein Werkzeug woanders untergebracht haben«, mutmaßte Fehlandt. »Holla, was ist denn das?«

Fehlandt hatte sich die alten Kleidungsstücke vorgenommen. »Hier ist etwas eingenäht!« Er betastete das Futter. »Papier«, sagte er. »Geld!«

Aber es war kein Geld, was da zum Vorschein kam, als sie die Naht auftrennten, sondern ein kleines schwarzes Notizbuch.

»Lass sehen«, sagte Berger.

Auf der ersten Seite stand in sauberer Handschrift: *Ernst Hannack, Hamburg, Wachtelstraße* 12.

»Na bitte!«

Aber Fehlandt schüttelte den Kopf. »Da hat er früher gewohnt.« Die Anschrift war mit Bleistift durchgestrichen. »Und das hier, *K* – damit meint er Külsen, seinen Partner von damals. Die Adresse kenne ich.« Aber auch die war durchgestrichen, nicht mehr aktuell. Eine neue fand sich nicht.

Sie blätterten das Heft durch. »Das hier«, sagte Berger, »das scheint noch zu gelten. Berlin. Er kennt also jemand in Berlin. Kannst du die Straße lesen?«

Fehlandt schüttelte den Kopf. »Und der Name – der wird uns auch nicht viel weiterhelfen!«

Berger nickte. *Votze* stand da.

9.

»Papa – oh, du hast Besuch.«

»Komm rein. Wir haben gerade über dich gesprochen!«

»Guten Abend«, sagte Wilhelm Berger erschrocken. »Oder vielmehr – Heil Hitler!«

»Hier doch nicht.« Karl Kaufmann lachte gutmütig. »Hier sind wir unter uns.«

»Was verschafft uns denn die Ehre Ihres Besuches?«

Wilhelms Vater zog die Augenbrauen hoch. Der Gauleiter reagierte gelassen. »Ihr Vater ist ein Fachmann für Wirtschaftsfragen. Auch wenn er seit einigen Jahren im wohlverdienten Ruhestand ist – mehr oder weniger – , so ist sein Wissen doch von unschätzbarem Wert.«

»Als Berater?«, fragte Berger. Er warf seinem Vater einen wütenden Blick zu. Du berätst also die Nazis?

»Wir stimmen nicht in allen Punkten überein, das muss ich zugeben, aber in einem sind wir uns einig: Auch in der neuen Regierung wird es ganz wesentlich darauf ankommen, dass der hanseatische Geist darin maßgeblich vertreten ist.«

»Der Herr Kaufmann hat in diesen Dingen sehr vernünftige Ansichten«, sagte Friedrich Berger. »Irgendwelche Raufbolde haben im Senat keinen Platz. Der Bürgermeister für Hamburg wird auch in Zukunft ein alteingesessener Geschäftsmann sein.«

Berger fragte sich, wo in den Reihen der NSDAP wohl ein namhafter Hamburger Geschäftsmann zu finden sein könnte. Soweit er wusste, hatten sich die echten Pfeffersäcke bisher bezüglich des politischen Engagements vornehm zurückgehalten.

»Sie gucken so skeptisch«, sagte Kaufmann. »Krogmann. Sagt Ihnen der Name etwas?«

»Alte Kaufmannsfamilie«, half ihm sein Vater auf die Sprünge. »Und noch nicht einmal Mitglied in der NSDAP.«

»Das wird sich natürlich ändern. Und auch der Stellvertreter – ach, mein Gott, ich langweile Sie mit diesen Dingen. Sie kommen müde nach Haus und wollen bestimmt nichts von Politik hören.«

»Sie hatten über mich gesprochen?«, fragte Berger.

»Ja, richtig. Ihr Herr Vater hat mir gesagt, dass Sie ganz maßgeblich an der Jagd auf die gefährlichsten Verbrecher Hamburgs beteiligt sind.«

»Zu viel der Ehre«, sagte Berger. Der Gedanke durchzuckte ihn, jetzt müsste er den Kopf schütteln und sagen: Der gefährlichste Verbrecher steht mir gerade gegenüber! Aber das sagte er nicht.

»Seien Sie nicht zu bescheiden. Ihre Arbeit ist wichtig. Für Hamburg, für die Volksgemeinschaft, für uns alle.«

Berger nahm sich zusammen. Er berichtete, dass ihnen gerade heute der Raubmörder Hannack wieder entwischt sei.

Kaufmann sagte: »Wenn ich das so höre, muss ich schon sagen, dass dieser Ernst Hannack ein toller Bursche ist. Hut ab! Schade, dass er ganz offensichtlich auf der falschen Seite steht.«

War das jetzt eine Ohrfeige für die Polizei? Nein.

Kaufmann fuhr fort: »Sie kriegen ihn, das ist sicher. Wenn Sie dafür jemals Hilfe brauchen, die sie auf normalem Wege nicht bekommen können, Herr Berger, wenden sie sich an mich. Direkt an mich. Denn eines müssen Sie wissen: Ich bin kein Freund der Bürokratie; ich bin ein Freund der Tat.«

»Danke«, sagte Berger. Er war sich sicher, dass er dieses Angebot niemals annehmen würde.

Sein Vater begleitete den Gauleiter zur Tür. Als er zurückkam, sagte er: »Da hast du einen echten Bewunderer deiner Arbeit!«

»Unsinn!«

»Doch, doch!«

Wilhelm griff zu der Kristallkaraffe und schenkte sich ein großes Glas Cognac ein. Er nahm einen kräftigen Schluck.

»So trinkt man den nicht!«, sagte sein Vater vorwurfsvoll.

»Vater!«, sagte Wilhelm. »Dieser Mann, dem du hier eben die Hand gegeben hast, das ist der ranghöchste Nazi in Norddeutschland! Dass du konservativ bist, weiß ich, habe ich immer gewusst, aber dass du dich mit diesen – diesen Verbrechern einlässt, das hätte ich nie für möglich gehalten.«

Sein Vater blieb ruhig. »Die Zeiten ändern sich«, sagte er. »Am 5. März ist Wahl. Danach ist die NSDAP an der Macht. Im Reich und in Hamburg – überall. Da halte ich es für wichtig, dass die neue Regierung keinen Unsinn macht, verstehst du, denn das ist unsere Stadt, das ist unser Land, um das es hier geht.«

Berger schüttelte den Kopf. Die Haltung seines Vaters war ihm unbegreiflich. Aber was ihn noch mehr erschütterte, war, dass es ihm nicht gelingen wollte, den höchsten Nazi Norddeutschlands unsympathisch zu finden. Karl Kaufmann hatte ihn beeindruckt.

Führungswechsel

5. März 1933

1.

Sie saßen gemeinsam vor dem Radiogerät. An normale Arbeit war nicht zu denken. Heute entschied es sich, welchen Weg Deutschland einschlug. Die Hamburger Regierung hatte den Tag mit einem starken Votum für die Demokratie begonnen. Berlin hatte gewünscht, dass der SA-Standartenführer Alfred Richter zum Hamburger Polizeichef ernannt werden sollte. Das hatte der zuständige Senator abgelehnt.

»Glück gehabt«, sagte Fehlandt schließlich, als am Abend die ersten Ergebnisse der Reichstagswahl über den Sender Hamburg der NORAG bekanntgegeben wurden.

»Abwarten!«, brummte Berger. Zwar sah es so aus, als hätten die Nazis wieder die absolute Mehrheit verfehlt, aber da gab es ja noch diese neu gegründete Kampffront Schwarz-Weiß-Rot aus DNVP und Stahlhelm, und deren Stimmen lagen deutlich über fünf Prozent. Die Kampffront würde mit Sicherheit für einen Reichskanzler Hitler stimmen.

Hitler oder nicht Hitler, das war das einzige Thema des Wahlkampfs gewesen. Und die Nazis hatten sich als Retter der Nation dargestellt.

Der Reichstag in Flammen! Von Kommunisten in Brand gesteckt! So würde das ganze Land aussehen, wenn der Kommunismus und die mit ihm verbündete Sozialdemokratie auch nur auf ein paar Monate an die Macht kämen!

Das war der Text eines der Nazi-Wahlplakate. Berger hatte sich gefragt: Können die Deutschen so dumm sein, auf diesen Quark hereinzufallen? Sicher nicht, hatte er geglaubt. Jetzt fürchtete er, dass er sich geirrt hatte.

Das Telefon klingelte. Fehlandt ging ran. »Unfassbar«, sagte er schließlich.

»Was ist passiert?«, fragte Berger.

»Auf nichts einlassen, abziehen, abwarten!« Er legte auf. Er war kreidebleich geworden. »Das war die Rathauswache«, sagte er. »Soeben haben SA und SS das Hamburger Rathaus besetzt. Sie haben die Fahne der Republik heruntergeholt und zerrissen und stattdessen die Hakenkreuzfahne gehisst.«

»Wo ist der Bürgermeister? Und der Senat?«

»Keine Ahnung. Jedenfalls nicht im Rathaus.«

»Und – wieso ruft der Mann dich an?«

»Das ist mein Bruder«, sagte Fehlandt.

Jemand riss die Tür auf. Berger und Fehlandt fuhren hoch. Es war Krohn.

»Kannst du nicht anklopfen?«

Krohn schüttelte den Kopf. »Das wisst ihr noch nicht«, sagte er. »Das wisst ihr noch nicht!«

»Dass das Rathaus besetzt ist?«

»Quatsch, Unsinn, das ist völlig unwichtig. – Nein, eben ist ein Fernschreiben aus Berlin eingetroffen. Unterzeichnet von Frick.«

Dem Innenminister, dachte Berger. Das konnte nichts Gutes bedeuten.

»Die Hamburger Regierung wird angewiesen, den SA-Standartenführer Alfred Richter zum kommissarischen Leiter der Polizei zu machen.«

»Nun also doch: Den Bock zum Gärtner!«, sagte Berger.

Fehlandt sah ihn an. »Die Stimmen sind noch nicht einmal ausgezählt, und schon gebärden sie sich wie die Herren der Welt. Das ist das Ende.«

Krohn schüttelte den Kopf. »Sie brauchen nicht mehr weiterzuzählen. Die kommunistischen Stimmen werden annulliert, das hat der Frick auch gesagt. Damit sind die Mehrheitsverhältnisse im Reichstag klar.«

»Das ist ein klarer Bruch der Verfassung.«

»Die Verfassung kannst du dir in den Arsch stopfen«, sagte Krohn. »Was willst du denn damit machen? Sie den Nazis an den Kopf schmeißen?«

»Die Reichswehr ist verpflichtet, die Republik zu schützen«, sagte Fehlandt. »Sie muss dieses unwürdige Schauspiel beenden.«

»Und? Marschiert die Reichswehr?«, fragte Berger.

Krohn schüttelte den Kopf.

2.

»Es gibt nichts Schöneres«, sagte Friedrich Berger.

»Ja«, bestätigte Block. Er war ein erfahrener Ballonfahrer. »Schade nur, dass es so kalt ist!«

»Das macht gar nichts, das wissen Sie doch. Der Auftrieb beruht allein auf dem Dichteunterschied von Luft und Wasserstoff, und der ist im Winter nicht geringer als im Sommer.«

»Trotzdem ist mir der Sommer lieber.« Er hatte sich warm angezogen; es wehte ein unangenehmer Nordostwind – auch das keine günstige Voraussetzung für ihren Flug.

Friedrich Berger sah zu, wie die Hülle mit Gas gefüllt wurde. Einen Moment lang fragte er sich, ob es nicht doch besser gewesen wäre, Helium zu verwenden. Sicherer jedenfalls. Aber der Auftrieb wäre viel geringer, und sie könnten nicht so lange oben bleiben. Das Helium entwich auch durch die beste Ballonhülle; Wasserstoff hielt sich länger. Und er wollte lange oben bleiben.

»Wie lange soll's denn diesmal dauern?«, fragte einer der Helfer.

»Sechs Stunden. Mindestens sechs Stunden.« Die politische Entwicklung der letzten Tage hatte ihn überrascht. Zu brutal war die neue Führung mit der Opposition umgesprungen. Wie konnte man da gegensteuern? Er brauchte Zeit zum Nachdenken.

»In sechs Stunden, da sind Sie doch schon über der Nordsee!«

Berger schüttelte den Kopf. »Der Wind dreht sich«, sagte er.

Endlich war es soweit. Block winkte ihm. Sie stiegen in den Korb. Noch einmal sah Berger sich um. Alles frei. Um diese Zeit war in Fuhlsbüttel noch kein Flugbetrieb. Und dann ging es ab. Der Korb ruckte an, der Ballon stieg langsam in die Höhe. Zu langsam.

»Zu viele Vorräte mitgebracht, was?«, fragte Block.

»Die Stromleitung«, sagte Berger. »Vorsicht!«

»Das schaffen wir.«

Der Wind fasste den Ballon. Das schaffen wir nicht, dachte Berger. Er sah, wie die Leute am Boden winkten und in die Richtung zeigten, in die der Ballon trieb. »Raus mit dem Ballast!«, schrie er.

Block warf Ballast ab. Berger griff selbst mit zu, wollte helfen, nestelte verzweifelt an einem der Sandsäcke, kriegte ihn nicht los.

»Das schaffen wir«, sagte Block. Aber Berger war in Panik. Er schrie auf. Block sah, wie der alte Mann sich ans Herz griff.

Der Ballon stieg. Block warf weiter Ballast ab, und sie schwebten ruhig und sicher über die Stromleitung hinweg. Als sie in Sicherheit waren, sah Block sich um. Berger war in seiner Ecke zusammengesunken.

»Herr Berger?«

Friedrich Berger antwortete nicht. Er lag still da.

3.

»Jedenfalls war es ein schneller Tod«, sagte Dagmar.

»Ja.« Wilhelm Berger sah sich um. Es war nur eine kleine Trauergemeinde, die dem Sarg folgte. Wilhelm hatte es so gewollt. Er hatte die Trauerkarten erst heute verschickt; die

Todesanzeige würde erst morgen erscheinen, und auch nur im Fremdenblatt. Wilhelm Berger wollte mit den Geschäftsfreunden seines Vaters so wenig wie möglich zu tun haben.

Er wird uns nicht fehlen, dachte er. Mir nicht. Jedenfalls redete er sich das ein. Aber ganz stimmte es nicht. Es ließ ihn nicht unberührt, dass sein Vater tot war. Warum hatten sie sich nicht verstanden? Hätten sie mehr Zeit füreinander gebraucht? Wie dem auch sei – jetzt war es zu spät.

Horst würde ihn am meisten vermissen, auch wenn er das jetzt noch nicht merkte. Er war der Einzige von uns, für den Vater sich wirklich interessiert hat. Die Eisenbahn – er hat mit dem kleinen Knirps auf dem Fußboden gehockt und mit ihm mit der Eisenbahn gespielt. Susanne hatte er akzeptiert, die war eben da, die hatte er in Kauf genommen, genau wie Dagmar. Korrekt hatte er sich ihnen gegenüber verhalten, das musste man zugeben, völlig korrekt. Aber mehr auch nicht. Dass wir in sein Haus ziehen, das hatte er ja schon immer gewollt. Jetzt würden sie es tun.

Schon waren sie am Grab angelangt. Der Pastor sprach ein paar Worte, der Sarg wurde hinuntergelassen. Berger zuckte zusammen, als Susanne Blumenzwiebeln ins Grab warf. Die Knollen polterten auf den Sarg.

»Ein Blumenstrauß geht doch kaputt, wenn man Sand drauf wirft«, sagte sie. »Ich will, dass meine Blumen leben.«

Berger nickte. Er sagte ihr nicht, dass auch die Tulpenzwiebeln in dieser Tiefe keine Chance haben würden.

4.

In einer verräucherten Kaschemme hatten sie sich nach Dienstschluss zusammengesetzt.

»Das ist schön«, sagte Berger. »Die Not ist jetzt per Gesetz abgeschafft worden!«

Fehlandt sah ihn besorgt an. Berger trinkt zu viel, dachte er. Sie hatten es sich zur Gewohnheit gemacht, bei Ärger abends noch einen trinken zu gehen. In der letzten Zeit hatte sich der Ärger vervielfacht.

»Hast du dir das durchgelesen?«, fragte Berger.

Ja, Fehlandt hatte sich das »Gesetz zur Behebung der Not von Volk und Reich« sehr genau durchgelesen. Es war ebenso kurz wie klar, und der Inhalt hatte mit der Überschrift wenig zu tun. Fehlandt hatte den Text dabei. Er zitierte: »Der Artikel 1 sagt: *Reichsgesetze können außer in dem in der Reichsverfassung vorgesehenen Verfahren auch durch die Reichsregierung beschlossen werden. Dies gilt auch für die in den Artikeln 85 Abs. 2 und ...* – Der Rest ist unwichtig.«

»Im Klartext heißt das«, sagte Berger, »im Klartext heißt das, dass unser verehrter Herr Reichskanzler sich die Gesetze jetzt selber machen kann und niemanden mehr fragen muss.«

»Jede Art von Gesetzen«, bestätigte Fehlandt. »Im Artikel 2 heißt es ja ausdrücklich, dass die Gesetze auch gern von der Reichsverfassung abweichen können!«

»Die Affen haben freie Bahn, und der Reichstag hat zugestimmt«, lallte Berger.

»Gegen die Stimmen der SPD«, warf Fehlandt ein. »Und du solltest besser etwas leiser sprechen!«

Die Leute vom Nebentisch guckten schon zu ihnen herüber.

Berger kümmerte sich nicht um Fehlandts Bedenken. »Der Reichstag hat zugestimmt, alle haben zugestimmt, diese Idioten, das Zentrum, die Bayrische Staatspartei, die DVP, der Christlich-Soziale Volksdienst, bloß die SPD nicht und die Kommunisten nicht, aber die sind ja sowieso längst verhaftet.«

Fehlandt legte ihm die Hand auf den Arm. »Lass gut sein, Berger! Dies ist ein öffentliches Lokal hier!«

Berger hörte nicht. »Wär alles gar nicht nötig gewesen«, sagte er. »Hätte er gar nicht zu verhaften brauchen, dieser Oberaffe. Alles überflüssig. Bis auf die SPD haben alle demokratischen Kräfte für dieses – dieses Ermächtigungsgesetz – oder wie soll man das nennen? – jedenfalls haben sie dafür gestimmt. Die Weimarer Republik hat sich selbst abgesetzt. – Abschießen sollte man sie, diese Nazis!«

»Komm«, sagte Fehlandt, »ich glaube, ich bring dich jetzt besser nach Hause.«

5.

»Berger?« Wilhelm Berger war ans Telefon gestolpert. Wer rief denn jetzt noch an – jetzt, mitten in der Nacht.

»Hör zu!«, sagte der Mann am anderen Ende der Leitung. »Es klappt tatsächlich!«

»Das ist gut«, sagte Berger. Dieser Anruf war nicht für ihn. Das war irgendeiner der Freunde seines Vaters, der noch nicht wusste, dass der Alte tot war. Die Verbindung war nicht besonders klar, wahrscheinlich ein Ferngespräch.

»Ich habe alles mit dem Reichskanzler besprochen.«

Mit dem Reichskanzler? Hitler? Das wird ja interessant, dachte Berger. Er kannte die Stimme, aber er konnte sie im Augenblick nicht zuordnen.

»Hjalmar, hat er gesagt, so machen wir das!«

Jetzt wusste Berger, wen er am anderen Ende der Leitung hatte. »Entschuldigung«, sagte er, »mir ist im Augenblick ...«

»Du hast das Gesetz ja sicher gesehen.«

»Ja, ja«, sagte Berger. »Das Gesetz zur – zur Behebung ...«

»Eben«, unterbrach ihn der andere. »Das Entscheidende steht im Kleingedruckten. Hast du das bemerkt? Artikel 1. Da heißt es nämlich: *Dies gilt auch für die in den Artikeln 85 Abs. 2 und 87 der Reichsverfassung bezeichneten Gesetze.*«

»Ja, hab ich gesehen«, brummte Berger. Was für Gesetze das auch immer sein mochten ...

»Und was sind das für Gesetze?«, fragte Schacht. Berger hatte keine Ahnung, aber er brauchte nicht lange nachzudenken. Schacht beantwortete seine Frage selbst. »Haushaltsplan und Kreditaufnahme!«

»Aha«, sagte Berger.

»Der Weg für die MEFO ist frei!«

»Für was?«

»Für – wer spricht da eigentlich?«

Scheiße, nun hat er es doch gemerkt, dachte Berger. »Wilhelm Berger.«

Stille am anderen Ende der Leitung. Schließlich sagte Schacht: »Ich würde gern Ihren Herrn Vater sprechen!«

»Würde ich auch gern«, sagte Berger. »Geht aber nicht. Meinen Herrn Vater haben wir gestern beerdigt.

6.

Zwei Männer gingen über das Heiligengeistfeld. Es war später Nachmittag, leichter Dunst hing in der Luft.

»Das kommt von der Kohlenfeuerung«, sagte Weinberg.

Sein Kollege Albers nickte. Da konnte man nichts machen. Es war kalt; geheizt musste werden, auch wenn das Geld noch so knapp war.

Ein anderer Mann kam ihnen entgegen. Als er vorbei war, stieß Albers seinen Nachbarn an. »Das ist doch der Hannack!«

»Wer?«

»Hannack, der Raubmörder!«

»Blödsinn.«

»Doch, ganz bestimmt! Ich kenn doch die Fahndungsbilder!«

Sein Nachbar glaubte ihm nicht. Allerdings hatte er keine Ahnung, wie der gesuchte Raubmörder aussehen könnte.

»Komm!«, sagte Albers. »Hinterher!«

Zögernd folgte der andere. Wenn das wirklich Hannack ist, dachte er, dann sollten wir das jetzt nicht tun. Der Mann ist gefährlich, der schießt uns über den Haufen.

Die drei Männer gingen hintereinander her in Richtung Neuer Pferdemarkt. Der Unbekannte mit großen Schritten vorneweg, Albers hastig hinterher, in kurzem Abstand dahinter sein Kollege. Auch Albers hatte inzwischen Bedenken. Was soll das werden, dachte er. Was sollen wir tun, wenn der Kerl sich nun plötzlich umdreht und fragt, was wir von ihm wollen? Aber der Mann drehte sich nicht um.

Da sah Albers einen Polizisten. Aufgeregt winkte er den Schutzmann heran.

»Na, wo brennt's denn?«

»Der Mann da vorn«, keuchte Albers. »Das ist der Hannack!«

»Der Große da? – Das werden wir gleich haben!« Im Nu hatte der Schutzmann den Unbekannten eingeholt. »He, Sie da!«

Der Mann blieb stehen, drehte sich um.

»Dürfte ich bitte mal ihre Papiere sehen?« Das ist Hannack, dachte der Polizist. Mein Gott, das ist wirklich Hannack!

Der Angesprochene blieb völlig ruhig. »Ja, bitte?«

»Ihre Papiere«, wiederholte der Wachtmeister. Sie standen auf dem Neuen Pferdemarkt; um sie herum herrschte reges Treiben.

»Ich habe im Augenblick – im Augenblick, glaube ich, keinen Ausweis dabei...«

»Dürfte ich Sie dann bitten...«

»Oder tut es auch ein Meldeschein?«

Der Polizist griff instinktiv nach seiner Pistole, aber sein Gegenüber zog tatsächlich nur ein amtliches Formular aus der Jackentasche.

Es ist Hannack, dachte der Polizist. Es ist Hannack. Genau, wie sie ihn beschrieben haben, die Größe von gut 1,80 Meter, das kommt hin, der schwarz gefärbte Schnurrbart, die Narbe an der Nase ...

»Hier, bitte!«

... und die Narbe an der rechten Hand. Alles passte. Aber der Meldeschein, den der Mann ihm vorwies, war auf einen August Behrendal ausgestellt, wohnhaft in Eimsbüttel, Hohe Weide 18. Ein Katzensprung von hier. Aber in der anderen Richtung. Wenn der Mann nach Hause wollte, ging er falsch.

Der Wachtmeister sah den Mann zweifelnd an. Hannack oder nicht Hannack? Hannack!

In dem Augenblick riss der Mann eine Pistole aus der Tasche und richtete sie auf den Beamten.

»Nein!«, schrie der Polizist. Instinktiv, wenn auch vergeblich, hielt er die Hände vor die Mündung der Waffe.

Klick machte es. Die Pistole hatte versagt. Der Polizist rettete sich hinter einen Baum.

Wie der Blitz wirbelte Hannack herum, warf Hut und Mantel von sich und rannte davon.

Es dauerte eine Sekunde, bis der Polizist sich gefasst hatte. Eine Sekunde zu viel. »Bleiben Sie stehen!«, schrie er. Er riss die Pistole heraus. Aber Hannack war schon zwischen den Passanten; der Polizist konnte nicht schießen, ohne die Menschen zu gefährden. Feierabendverkehr. Die Leute strebten nach Hause.

»Stehen bleiben!«, rief er noch einmal. Dann rannte er los. Doch er war nicht mehr der Jüngste.

Hannack drehte sich um und schoss. Der Schuss ging ins Leere, ohne zu zielen, diente nur dazu, sich die Leute vom Leib zu halten. Das gelang, aber nun war die Bahn auch frei für den Wachtmeister. Der blieb stehen und schoss auf den

Flüchtenden. Hannack hatte jetzt in jeder Hand eine Waffe und feuerte abwechselnd mit links und rechts auf den Polizisten. Das ist das Ende, dachte der. Irgendwann erwischt er mich. Aber ich kann nicht stehen bleiben, muss hinterher. Der Kerl rannte nach Süden, der wollte nach St. Pauli. Er glaubte wohl, dass er sich da verkriechen konnte. Und tatsächlich bog Hannack jetzt in die Sophienstraße ein.

Der Abstand war zu groß geworden, der Polizist konnte nicht mehr schießen, aber im Laufen blies er seine Trillerpfeife, um Verstärkung herbeizurufen. Und da kamen sie auch schon von vorn, von der Reeperbahn her, SA-Männer und Hilfspolizei. Der Wachtmeister fragte sich, was die wohl auf der Reeperbahn gemacht hatten. Egal. Jetzt saß Hannack in der Falle. Sie hatten ihn!

Sie hatten ihn noch nicht. An der Ecke Sophienstraße/Seilerstraße verschwand Hannack blitzartig in einem Hauseingang.

Als der Polizist hinterher wollte, fand er die Tür verschlossen. »Schnell, schnell! Einer läuft zur Davidwache und holt Verstärkung!«, rief der Wachtmeister.

»Das schaffen wir auch so, Opa!«, erwiderte einer der SA-Männer großkotzig.

Der Polizist schüttelte den Kopf. »Das ist Hannack, der da drinsteckt! Wir brauchen Verstärkung! Sie sollen alles abriegeln!«

Der eine rannte los, die anderen brachen die Haustür auf.

Zwei Mann durchsuchten den Keller. »Los, rauskommen!«, schrie der eine.

Es kam niemand heraus.

»Wir wissen, dass du hier bist, Hannack! Komm raus, oder wir holen dich!«

Aber die Kohlen gaben keine Antwort.

Endlich kam Verstärkung. Zwei Polizisten blieben als Wache draußen auf der Straße, während die anderen das

Haus durchsuchten, Stockwerk für Stockwerk. Wo auf ihr Läuten niemand öffnete, wurden die Türen kurzerhand aufgebrochen. Doch die Suche blieb erfolglos. Einen nackten Mann fanden sie in einem Schrank in der Erdgeschosswohnung, aber es war nicht Hannack. Das junge Mädchen im Bett hätte seine Tochter sein können. Gut sah sie aus. Die SA-Männer grinsten. Einer zog ihr die Decke weg.

Da schrie jemand von oben: »Hier ist er lang! Da geht eine Luke aufs Dach!«

Der Wachtmeister war zuerst auf der Leiter, schwang sich nach oben. Vorsichtig ging er in die Hocke, sah sich nach allen Seiten um. Hier war niemand.

Die Polizisten unten auf der Straße waren auf die gegenüberliegende Seite gelaufen, versuchten zu erfassen, was sich auf den Dächern abspielte. Aber der Winkel war ungünstig.

Und doch: »Da drüben ist er!«

»Wo?« Das hatte er jetzt nicht gesehen, der Polizist.

»Da! Auf dem Dach!« Eckernförder Straße 62 musste das sein, das vierte Haus von hier.

Oben beugte sich der Wachtmeister über die Kante. »Seht ihr ihn noch?«

»Da hinten!«

Haus stand an Haus, die meisten Dächer waren flach, sodass man darauf gut vorankommen konnte. Das nächste nicht. Der Wachtmeister stieg hinüber auf die schräge Fläche. Er wusste, dass man darauf gehen konnte, auch wenn es einiger Überwindung bedurfte. Was Dachdecker können, können Polizisten auch!

»Los, kommt!«

Aber die anderen zögerten. Der Wachtmeister geriet ins Stolpern, fing sich, lief allein weiter. Nummer 62, dachte er. Da hinten. Aber die Häuser waren unterschiedlich hoch, und was sich bei Nummer 62 abspielte, das konnte man von hier nicht erkennen.

Der Wachtmeister wurde allmählich ungeduldig. Ungeduld macht leichtsinnig; er ging aufrecht über das nächste Flachdach, sprang auf der anderen Seite herunter. Der Sprung war tiefer, als er gedacht hatte. Er landete auf allen Vieren; seine Hände brannten. Als er sich aufrichtete, merkte er, dass seine Finger feucht waren. »Verdammt!«, dachte er. Es dauerte einen Moment, bis ihm bewusst wurde, das das nicht sein Blut war, das er da an den Händen hatte.

»Hierher!«, schrie er. »Hier ist er! Er ist angeschossen!«

Niemand kam. Und nun ging er doch wieder in die Hocke. Angeschossenes Wild, dachte er. Ein verwundeter Bär, in die Enge getrieben. Zum Äußersten entschlossen. Der Hannack, der zögerte nicht. Der versuchte noch bis zum letzten Moment, ein paar von ihnen mitzunehmen. Da vorn – lag er da etwa? Es war inzwischen fast dunkel geworden. Vorsichtig bewegte sich der Polizist voran. Doch das, was dort am Boden lag, halb durch den Schornstein verborgen, das rührte sich nicht mehr.

»Hannack?«, sagte der Wachtmeister.

Keine Antwort. Ich hab ihn erschossen, dachte er, und ihm war nicht wohl bei dem Gedanken. Vorsichtig blickte er um den Schornstein herum.

»Hannack?«

Doch es war nicht Hannack, was da lag. Nur dessen Jacke. Hannack war verschwunden.

7.

»Es gibt etwas Neues«, sagte Fehlandt. Er legte einen Zwanzigmarkschein auf den Tisch.

»Falschgeld? Schon wieder?« Berger nahm die Lupe, betrachtete den Schein. Schließlich sagte er: »Der ist alt, der gehört zu den Dingern, die Arnold Petersen gedruckt hat.«

»Er ist aber jetzt erst aufgetaucht.«

»Das gibt's,« sagte Berger, »das ist doch gar nicht so ungewöhnlich. Manche Leute geben ihr Geld nicht sofort aus, die tun es in Strümpfe oder Spardosen, und erst wenn sie eine größere Anschaffung machen wollen, dann kommt dieser Schein ...«

Fehlandt legte noch einen Zwanziger auf den Tisch.

»Gleich zwei?«

Fehlandt schüttelte den Kopf. Er zog ein ganzes Bündel falscher Zwanziger aus der Brieftasche. »Zweiunddreißig Scheine«, sagte er.

»Das kann doch gar nicht sein«, sagte Berger. »So viele falsche Zwanziger – und wo sind die aufgetaucht?«

»Über das ganze Stadtgebiet verteilt.«

»Die Druckerei haben wir doch beschlagnahmt – das müssen noch Restbestände von damals sein. Aber wer soll die gehabt haben? Wir haben die ganze Bande doch hochgehen lassen, und alle sind noch im Gefängnis, der Prozess ist ja noch nicht einmal abgeschlossen!«

»Einer sitzt nicht im Gefängnis«, sagte Fehlandt. »Der Lord von Barmbeck.«

»Das kann ich nicht glauben. Keiner hat ihn belastet. Ich habe mir all die Protokolle angesehen. Das wäre doch rausgekommen, wenn er mit dabei gewesen wäre!«

»Vielleicht ja, vielleicht nein. Vielleicht ist er im Hintergrund geblieben, hat Geld gegeben und Geld kassiert.«

»Und warum soll er jetzt plötzlich diesen Haufen Blüten in Umlauf gebracht haben?«

»Weil er Geld gebraucht hat. Ich habe mich erkundigt. Bei Frieda Gehrken wird eine neue Heizung eingebaut.«

»Klingt logisch«, sagte Berger. »Aber glaubst du, wir können ihm das beweisen?«

Fehlandt schüttelte den Kopf.

8.

Dagmar hatte sich nichts dabei gedacht. Natürlich hatte sie die beiden SA-Männer vor der Ladentür gesehen, aber sie hatte dem keine Bedeutung beigemessen. Es liefen viele Leute in braunen Uniformen herum. Alle hatten plötzlich entdeckt, dass sie im Grunde ihres Herzens doch eigentlich Nazis waren. Die NSDAP hatte einen Aufnahmestopp verhängen müssen, um der Flut der Anträge Herr zu werden.

Einer der beiden Männer trat ihr in den Weg. »Ich würde da nicht reingehen«, sagte er.

Dagmar war eine mutige Frau. »Und wenn ich es doch tue?«

Der zweite SA-Mann fasste den ersten am Ärmel. »Wir haben strikte Anweisung, jede Anwendung von Gewalt zu unterlassen«, sagte er. »Wir sollen lediglich die Bevölkerung aufklären.«

»Ich bin aufgeklärt«, entrüstete sich Dagmar.

Der Mann lächelte nicht. »Sie sollten sich dieses Plakat hier durchlesen«, schlug er vor, »und dann lieber nach Hause gehen. Oder woanders einkaufen.« Es klang wie eine Anweisung.

Das Plakat hatte Dagmar erst jetzt bemerkt, obwohl es groß genug war. »Ich kann es nicht lesen, Sie stehen davor!«, behauptete sie.

Die beiden SA-Männer traten zur Seite. Der Text war ebenso kurz wie dämlich:

Deutsche verteidigt euch gegen die jüdische Greuelpropaganda, kauft nur bei Deutschen!

»Ich gehe da jetzt trotzdem rein«, sagte Dagmar.

»Wir haben unsere Anweisungen«, sagte der SA-Mann. Als Dagmar die Tür öffnete, rief er ihr nach: »Wenn das nicht so wäre, würde ich Ihnen jetzt die Fresse polieren, junge Frau!«

9.

Als Dagmar nach Hause kam, zitterte sie am ganzen Körper. Sie hatte es zwar gewagt, den Laden zu betreten, aber danach hatte sie dann doch der Mut verlassen. Die ganze Szenerie, die weinende Frau Nussbaum hinter dem Ladentisch.

»Was sollen wir denn machen? Was sollen wir denn bloß machen?«

Darauf hatte Dagmar keine Antwort gewusst.

Aber jetzt, in der Sicherheit ihrer Wohnung, jetzt wusste sie, was getan werden musste. Und zwar rasch, bevor Wilhelm nach Hause kam und alles wieder in Zweifel zog. Ein Brief musste geschrieben werden, jetzt sofort. Eine vorsichtige Kontaktaufnahme.

Lieber Friedhelm! schrieb sie. Nein, das war schlecht. Außerdem zitterte sie noch immer. Sie zerknüllte den Bogen, warf ihn in den Papierkorb. Einen Augenblick lang atmete sie tief durch. Dann begann sie noch einmal von vorn:

Friedhelm! Schön, nach so langer Zeit einmal von dir zu hören. Ich freue mich, dass es dir gut geht. Ich habe inzwischen auch geheiratet, und seit drei Jahren einen kleinen Sohn. Er heißt Horst. Ich werde dir demnächst einmal ein Foto schicken. Was nun unsere kleine Susanne betrifft ...

Das ist gut, dachte sie, »unsere Susanne« – da musste er sich angesprochen fühlen. Und von dem Boykott der jüdischen Geschäfte und all den Drangsalierungen musste er in Amerika auch gehört haben. Er würde sofort zurückschreiben. Er würde anbieten, ihnen zu helfen.

Berufsbeamte

7. April 1933

1.

»Wo haben wir denn unsere Geburtsurkunden?«, fragte Berger.

»Im Stammbuch wahrscheinlich. Wofür brauchst du denn die?«

»Ach, unwichtig. Nur so eine neue Vorschrift. Ich muss nachweisen, dass ich arisch bin.«

»Arisch?«

»Ja, jedenfalls nicht jüdisch. Innerhalb von vierzehn Tagen muss ich den Krempel vorlegen: Geburtsurkunde, Geburtsurkunden der Eltern und Großeltern, Heiratsurkunden.«

»Das haben wir nicht«, sagte Dagmar. »Ich jedenfalls nicht.«

»Bei uns sieht das wahrscheinlich besser aus. Papa hat ja diesen ganzen Kram irgendwo aufbewahrt. Im Keller wahrscheinlich. Müssen wir am Wochenende mal suchen. Aber meine eigenen Urkunden – ach, da ist es ja, das Stammbuch.«

Berger hatte den schmalen Band zwischen den Büchern im Wohnzimmer gefunden. *Familienstammbuch für die Familie Berger*. Berger blätterte darin herum. Die meisten Seiten waren leer. Da war der Heiratsschein, da war der Geburtsschein von Horst, aber den brauchte er jetzt nicht. Susanne hatten sie nachtragen lassen wollen – vergessen. Und dann der Teil mit den »Nichtamtlichen Eintragungen«. *Familien-Chronik. Die Eltern des Ehemannes, die Eltern der Ehefrau, die Großeltern des Ehemannes* ... Er hatte gewusst, dass diese Seiten leer waren. Immerhin lag klein zusammengefaltet am Ende des Hefts seine Geburtsurkunde.

Dagmar hatte zugesehen, wie er zwischen den Büchern herumwühlte. Jetzt fragte sie: »Wilhelm, brauche ich auch diesen Nachweis?«

»Nein, keine Sorge, das ist nur für Beamte«, sagte Berger. »›Gesetz zur Wiederherstellung des Berufsbeamtentums‹, so heißt das.«

»Wiederherstellung? Ich denke, du bist Beamter!«

»Ja, weiß ich auch nicht, warum das so heißt. Es geht wohl in erster Linie darum, alle Juden und alle Gegner der Nazis aus dem Staatsdienst zu entlassen.«

Als er das Buch wieder zurückstellen wollte, fiel ein kleiner Zettel heraus, den er beim Durchblättern übersehen hatte. *Entlassungsschein* stand darauf, mit der Schreibmaschine getippt. Ausgestellt auf den 15.1.1919. Gestempelt und unterschrieben vom Soldatenrat.

»Das reicht!«, sagte er. »Ich brauche nicht weiter zu suchen. Frontkämpfer sind von dem Gesetz ausdrücklich ausgenommen. – Ich hoffe jedenfalls, dass dieser Wisch gilt.« Er dachte: Vielleicht hatte Papa doch recht, als er gesagt hat, ich hätte mir das von der Reichswehr bestätigen lassen sollen.

Dagmar dachte: alle Juden. Was ist, wenn nur ein Elternteil jüdisch ist? Weiß Wilhelm eigentlich, dass mein Vater Jude ist? Haben wir je darüber gesprochen? Wahrscheinlich nicht. Es hatte ja überhaupt keine Bedeutung. Bislang.

2.

»Hier sind die Fotos«, sagte Fehlandt. Er legte das *Fremdenblatt* auf den Schreibtisch.

»Ja, habe ich schon gesehen.« Berger war nicht interessiert. »Der Fliegende Hamburger, seit dem 15. Mai regulär im Fahrplan. War ja in allen Zeitungen!«

»Gar nichts hast du gesehen«, sagte Fehlandt. Er wies auf eines der Bilder. Als Berger immer noch nicht darauf ansprang, malte er mit dem Bleistift einen Kreis um das, worauf es ihm ankam. »Da!«

Berger schüttelte den Kopf. »Diese Leute – du glaubst, dass das Hannack und Petersen sind? Ich bitte dich, auf einem Foto von so schlechter Qualität, das ist ja alles aufgerastert für den Druck, da kannst du doch gar nichts erkennen.«

»Hannack hat ein sehr markantes Gesicht«, gab Fehlandt zu bedenken.

»So markant nun auch wieder nicht. Das könnte – das könnte genauso gut Max Schmeling sein, der da steht. Oder irgendein beliebiger anderer Kerl.«

Fehlandt zog ein Foto aus der Tasche. Eine gestochen scharfe Ausschnittsvergrößerung des Bereichs, den er eben eingekreist hatte. »Jetzt immer noch?«

Berger schüttelte den Kopf. »Du bist ein Genie«, musste er zugeben. »Der Rechte ist jedenfalls Petersen. Da gibt es wohl keinen Zweifel. Und der andere – ja, das könnte Hannack sein.«

»Hier sind noch ein paar Aufnahmen!« Fehlandt blätterte die Abzüge vor Berger auf den Tisch. Der Zeitungsfotograf hatte eine ganze Serie von Bildern geschossen. Kein Zweifel: Hannack und Petersen zusammen auf dem Hauptbahnhof.

»Gut gesehen«, musste Berger zugeben. »Und gut reagiert. Bleibt nur die Frage, was die beiden auf dem Bahnhof gewollt haben. – Vielleicht die Stadt verlassen? Sich ins Ausland absetzen?«

Fehlandt schüttelte den Kopf. »Gestern ist eine Wohnung in St. Georg leer geräumt worden«, sagte er. »Am helllichten Tag. Als die Bewohner von der Arbeit zurückgekommen sind, waren Geld und Schmuck verschwunden. Und der Tresor war auch angeknabbert.«

»Na gut«, sagte Berger. »Für Petersen mag das reichen. Mal sehen, was der Staatsanwalt dazu sagt.«

3.

»So ein Zufall! Hamburg ist doch wirklich ein Dorf!«

Dagmar lächelte. Sie hatte Mr. Fletcher sofort wiedererkannt, als sie ihn auf der Mönckebergstraße getroffen hatte. Der englische Generalkonsul hatte sie zum Kaffee eingeladen. Jetzt saßen sie auf der Terrasse des Alsterpavillons und schauten hinaus auf das Becken der Binnenalster. Die Hakenkreuzfahne hing schlapp am Mast.

»Wie gefällt Ihnen denn unsere neue Regierung?«, fragte Dagmar.

Der Konsul zog die Stirn kraus. Dies war nicht der Ort, an dem man über die Nazis vom Leder ziehen konnte. »Für mich als Engländer ist es zumindest eine ungewöhnliche Regierungsform«, sagte er diplomatisch.

Dagmar lachte.

»Aber für Sie als direkt Betroffene hat es doch vermutlich einiges an Umstellungen mit sich gebracht.«

»Ja, das kann man sagen. Alles ist heller und freundlicher geworden. Blumen und Fähnchen überall ...«

Fletcher brauchte einen Augenblick, bis ihm klar wurde, dass die junge Frau ihn ganz offensichtlich auf den Arm nahm. »Auch für Ihren Mann dürfte die Arbeit jetzt um einiges leichter geworden sein!«, nahm er ihren Ton auf.

»Es ist ein so viel angenehmeres Arbeiten!«

»Hat es denn auch personelle Veränderungen gegeben? Eine Beförderung für Ihren Mann vielleicht?«

Dagmar machte eine verschwörerische Miene, lehnte sich über den Tisch und hauchte dem Engländer ins Ohr: »Noch nicht! – Kann aber noch kommen! Immerhin hat er gerade einen der gefährlichsten Verbrecher Hamburgs verhaftet: den ›Lord von Barmbeck‹.«

»Donnerwetter«, sagte Fletcher mit gespielter Bewunderung. »Das war sicher ein kriminalistisches Meisterstück!«

»O ja!« Dagmar verschwieg, dass Petersen ganz einfach in der Wohnung der Gehrken festgenommen worden war. Sie dachte: Gut sieht er aus, der Herr Konsul. Adrett gekleidet. Ganz anders als diese Polizisten!

Fletcher gefiel das Spiel. Ein zarter Hauch von Dagmars Parfüm umwehte ihn. Er wusste sehr wohl, dass Wilhelm Berger kein Anhänger der neuen Regierung war, und er ging davon aus, dass das auch für seine Frau galt. Wahrscheinlich würden bei diesem absurden Gedankenaustausch am Ende doch einige Informationen für ihn abfallen. Außerdem machte es ihm Spaß, mit der jungen Frau zu flirten; dass sie verheiratet war, störte ihn nicht im Geringsten.

»Dieser Schlips, den Sie da tragen – ist das Ihre Schulkrawatte?«

Fletcher lächelte. »Nein. Das ist die Krawatte vom Jesus College. Ich habe in Cambridge studiert, Wirtschaftswissenschaften. Und diese Hahnenköpfe hier in dem Wappen ...«, er rückte nahe an sie heran, um ihr den Schlips zeigen zu können, »... die weisen auf den Gründer des College hin: Bischof Alcock von Ely.«

»So etwas haben wir hier in Deutschland nicht.«

»Vielleicht sollten Sie es einführen? Die neue Regierung scheint auf Symbole ja großen Wert zu legen.«

»Ja, vielleicht. – Es muss schön sein, drüben bei Ihnen zu leben. London, Cambridge – das kenne ich ja alles nur aus Büchern!«

Das war also ihr Thema. Sie ist Jüdin, dachte Fletcher. Oder mindestens Halbjüdin. Sie flirtet mit mir, aber sie will etwas anderes von mir, genauso wie auch ich etwas von ihr will. Schade, dass wir nicht genau dasselbe wollen! Er sagte: »Sie sollten einfach hinfahren!«

»Ja, vielleicht!« Sie lächelte ihn an. Er lächelte zurück.

Drei Stunden später lächelte er immer noch. Er hatte Dagmar zu Hause abgesetzt und unterwegs noch so manches von ihr erfahren. Er schrieb:

An die Britische Botschaft, Berlin.

Bericht des Generalkonsuls Lawrence Marc Fletcher über die Lage in Hamburg. Bei der Polizei scheint es bisher keine größeren Umbesetzungen gegeben zu haben. Lediglich die Führungsspitze ist ausgetauscht worden, und die politische Polizei erheblich verstärkt. Die auch hier verbreiteten Verhaftungen von Regimegegnern werden von der Hilfspolizei durchgeführt. Obwohl nicht alle Polizisten mit der neuen Regierung übereinstimmen, ist von einer spürbaren Opposition nichts festzustellen ...

4.

»Sie machen nichts«, sagte Fehlandt. »Verstehst du das? Sie sind doch nicht dumm, sie wissen, dass wir gegen sie sind. Aber das ignorieren sie einfach. Es gibt keine Repressalien, gar nichts.«

»Sei doch froh! Ich nehme an, sie wollen die Polizei nicht durcheinanderwirbeln, denn die Aufrechterhaltung von Ruhe und Ordnung liegt ihnen ja sehr am Herzen«, sagte Berger.

Es hatte auch ihn überrascht, bei aller Brutalität, die die Nazis sonst an den Tag gelegt hatten, dass ihnen bisher nichts passiert war. Na gut, für die Drecksarbeit hatten die Nazis ja das »Kommando z.b.V.« – eine Sondertruppe zur Unterstützung der Staatspolizei, wie es offiziell hieß, aus Schutzpolizisten, SA- und SS-Angehörigen. Und was die im Keller des Stadthauses trieben, das wollte er lieber nicht wissen. Die Kriminalpolizei arbeitete ungestört weiter. Bis jetzt jedenfalls. Vielleicht ging alles gut, solange sie sich aus der Politik heraushielten.

»Ich habe mit dem Staatsanwalt gesprochen«, sagte Fehlandt. »Ich habe ihm meinen Plan erläutert. Er wäre damit einverstanden.«

»Ich weiß nicht«, sagte Berger. »Wenn das schiefgeht, sind wir am Ende diejenigen, die den Petersen rausgelassen haben. Das ist dann wirklich ein Fehler zu viel. Da deckt uns keiner.«

»Aber wenn es gut geht und wir Hannack auf diese Weise kriegen, dann stehen wir blendend da.«

»Wenn du das sagst!« Berger dachte: Es war falsch, Petersen zu verhaften. Wir hätten ihn beschatten sollen, observieren, bis wir ihn mit Hannack zusammen gefasst hätten. Aber genau wie Fehlandt hatte er geglaubt, einen schnellen Erfolg vorweisen zu müssen. Niemand hatte Notiz davon genommen. Und jetzt? Er dachte: Ganz gleich, was wir tun, selbst wenn wir die größten Erfolge zu verzeichnen hätten – ob die Nazis sich davon beeindrucken ließen, das ist völlig ungewiss. Es gibt keine klaren Vorgaben, keine Rechtssicherheit mehr; wir bewegen uns im luftleeren Raum.

Fehlandt sagte. »Lass es uns versuchen!«

5.

»Wir geben Ihnen eine Chance«, behauptete Fehlandt. Der Staatsanwalt hatte zugestimmt, aber Fehlandt fühlte sich nicht wohl in seiner Haut; Berger entging das nicht. Berger hielt sich im Hintergrund. Dies war Fehlandts Spiel. Fehlandt war früher in der SPD; jetzt brauchte er den großen, möglichst sensationellen Erfolg, um den Job nicht zu verlieren. Daher auch sein unglaublicher Diensteifer in den letzten Monaten.

»Eine Chance?« Petersen war wenig begeistert. »Solche Sprüche hab ich schon öfter gehört«, sagte er. »Ich hab dann meinen Teil der Verabredung eingehalten; die Polizei leider nicht.« Dabei sah er Berger an. Der wurde rot.

»Uns ist bewusst«, sagte Fehlandt, »dass man nicht immer ganz fair mit Ihnen umgegangen ist. Ich kann nur sagen, dass es an keinem von uns beiden gelegen hat. Und denjenigen, die Sie schlecht behandelt haben, denen hat das am Ende auch keinen Vorteil gebracht.«

»Ihr seid alle gleich«, sagte Petersen.

»Stimmt nicht. Und in diesem Fall erfolgt die Bezahlung gewissermaßen vor der Arbeit. Wir lassen Sie frei, ohne besondere Auflagen und nur mit einem einzigen Auftrag: Finden Sie Hannack!«

»Das ist nicht euer Ernst!«

»Doch«, sagte Fehlandt. »Das ist unser voller Ernst.«

»Wie oft habt ihr ihn schon gehabt? Dreimal? Viermal? Und jedes Mal habt ihr ihn wieder entwischen lassen! Selbst wenn ich es schaffen sollte, Hannack zu finden, was ich nicht glaube, selbst wenn das gelingen sollte – was dann? Soll ich zum nächsten Schutzmann laufen, ihn am Ärmel zupfen und sagen: Hallo, da drüben, da geht ein ganz böser Onkel?«

»Geschenkt«, sagte Fehlandt. »All diese Sprüche können Sie sich sparen. Ich möchte Ihnen nur Folgendes zu bedenken geben: Es ist Sommer, ein wunderbarer Sommer – wollen Sie die beste Zeit des Jahres in der Zelle verbringen oder lieber draußen?«

Einen Augenblick herrschte Stille. Dann fragte Petersen: »Wie viel Zeit habe ich?«

»Sagen wir – ein halbes Jahr?«

Petersen schüttelte den Kopf. »Das geht nicht. Der Hannack, der ist doch nicht dumm. Der ist längst weg aus Hamburg, nach Berlin oder München, was weiß ich ...«

»Hannack ist hier«, sagte Berger. »Und Sie müssen uns helfen, ihn zu kriegen.«

»Ich muss gar nichts.«

Die Polizisten schwiegen, warteten ab.

»Ich werd's mir überlegen«, sagte Petersen schließlich.

Als Petersen wieder in der Zelle war, sahen die beiden Polizisten sich an.

»Das geht schief«, sagte Berger.

Fehlandt nickte. »Wir müssen vorsichtig sein.«

»Ich bin mir ziemlich sicher, dass Petersen morgen bereit ist, das Angebot anzunehmen. Aber das heißt gar nichts. Er wird versuchen, uns aufs Kreuz zu legen.«

»Warum glaubst du das? Nur so ein Gefühl?«

Berger schüttelte den Kopf. »Er hat zwar eine ganze Menge gesagt, aber etwas, das ich eigentlich erwartet hatte, das hat er nicht gesagt: ›Ich mach so etwas nicht. Ich verpfeife keine Leute.‹«

»Vielleicht glaubt er, dass ihm das nach seinem Geständnis von 1922 sowieso keiner mehr abkauft?«

»Er sieht sich anders, ganz anders als wir ihn sehen. Er hat auch damals nicht geglaubt, dass er irgendwen verpfiffen hat. Er hat sich stets als Opfer gefühlt, nie als Täter.«

»Wir müssen es probieren.«

Berger dachte: Es geht noch aus einem anderen Grunde schief. Die letzten Wochen waren so unnatürlich ruhig. Hannack ist gar nicht mehr in der Stadt.

6.

Sommer an der Ostsee – dass er das noch erleben durfte! Strandkörbe, Strandburgen, spielende Kinder. Auf der Promenade eine Mutter, die ihre Tochter zurechtwies: »Du sollst doch die Möwen nicht füttern!«

Die Möwen protestierten kreischend und verzogen sich. Sie würden sicher anderswo auf ihre Kosten kommen.

»Was machst du denn hier?« Hannack hatte den Mann, der da wie ein Urlauber auf der Bank saß, sofort erkannt.

»Hallo Ernst«, sagte Petersen. »Freut mich, dich zu sehen!« Warum klang seine Stimme so belegt?

»Lass den Schmus«, sagte Hannack. Unauffällig sah er sich um. Nichts Verdächtiges zu sehen. Oder doch? Nein. »Wieso bist du draußen?«

»Mich haben sie entlassen«, sagte Petersen.

»Ja, weil demnächst Weihnachten ist«, brummte Hannack. »Sind ja nur noch fünf Monate. – Du bist getürmt, Petersen.«

Der Lord schüttelte den Kopf. »Ganz echt entlassen«, sagte er.

»Das kann nicht sein, bei deinen Vorstrafen!«

»Sie haben mir in der Falschgeldsache nichts nachweisen können.«

»Ach.«

»Und außerdem haben sie gesagt, ich soll losgehen und dich suchen ...«

Weiter kam er nicht. Hannack hatte ihn am Kragen gepackt und schrie ihn an: »Mich verpfeifen, ja? – Das versuch mal, Petersen, da schieß ich dich über den Haufen, hier vor allen Leuten, wenn es sein muss.«

»Sei doch still!« Petersen hatte Mühe, den Kerl zu beruhigen.

Hannack ließ ihn los, sah sich um. In der Tat waren einige Spaziergänger stehen geblieben und starrten ihn an. Hannack lächelte. »Ein Scherz«, sagte er. Vermutlich glaubte das keiner. Aber als sich nichts weiter tat, gingen die Leute zögernd weiter.

»Hör zu«, sagte Petersen. »Wenn ich dich verpfeifen wollte, dann hätte ich doch die Polizei gleich mitgebracht. Dann würden die jetzt von allen Seiten auf dich losstürmen. Tun sie aber nicht. Oder?«

Misstrauisch sah sich Hannack um. »Wie hast du mich überhaupt gefunden?«, fragte er.

»Ich hab einfach ein paar Leute gefragt.«

Hannack kratzte sich den Kopf. So einfach konnte das nicht gewesen sein. Es gab nicht viele Leute in Hamburg, die wissen konnten, dass er jetzt hier in Travemünde saß. Ob Anni geredet hatte?

»Du hast Glück«, sagte Hannack. »Ich wollte gerade weiterziehen. Hier ist nichts mehr zu holen; die Polizei wird allmählich aufmerksam.« Er überlegte. Sollte er Petersen abschütteln? Das wäre riskant. Besser war es, ihn einzubinden. Wenn er mit ihm zusammen auf Diebestour ging, dann hing er mit drin. Wenn er dann immer noch glaubte, ihn der Polizei verraten zu können, dann lochten sie ihn ein bis zum Ende aller Tage. Und ihn – ihn kriegten sie nicht!

»Bist du bereit?«, fragte er.

»Wie bereit?« Petersen hatte dagesessen und den Möwen zugesehen.

»Das Haus hier hinter uns«, sagte Hannack. »Die Villa steht leer. Gehört irgendeinem Hamburger Anwalt. Jetzt in der Woche ist er nicht da. Die räumen wir aus.«

»Jetzt, am helllichten Tag?« So hatte Petersen sich die Sache nicht vorgestellt.

»Natürlich. Das fällt am wenigsten auf. Und vielleicht haben sie ja einen Tresor, dann kannst du deine Fähigkeiten gleich einsetzen.«

»Ich hab kein Gerät dabei«, sagte Petersen.

»Los«, sagte Hannack. »Oder traust du dich nicht? Bist du weich geworden im Knast?«

Zögernd erhob sich Petersen und ging mit Hannack zusammen auf die Villa zu.

7.

Einbrechen lohnte sich noch immer. Und sie ergänzten sich hervorragend. Petersens Intelligenz gepaart mit Hannacks Brutalität – da konnte gar nichts schiefgehen. Den ganzen September blieben sie an der Ostsee. Erst als das Wetter kühler wurde und die Urlauber seltener, mussten sie ihr Tätigkeitsfeld verlagern.

»Wir fallen langsam auf«, sagte Petersen. »Lass uns nach Hamburg zurückfahren.«

Ein Einbruch zu viel

1. Oktober 1933

1.

»Schön, dass du wieder da bist, Odsche!« Frieda Gehrken hatte schon befürchtet, sie würde ihren Adolf gar nicht mehr wiedersehen.

Petersen stellte den Koffer ab. »Ich bin an der Ostsee gewesen«, sagte er. »Zusammen mit ...«

»Das will ich gar nicht wissen«, fiel ihm Frieda ins Wort. »Was ich nicht weiß, das kann ich auch niemand verraten.«

»Du würdest mich doch sowieso nicht verraten.«

»Sicher ist sicher«, widersprach Frieda. »Du kennst doch die Polizei.«

Ja, die kannte er wirklich. Frieda hatte recht. Die quetschten jeden aus, ob er nun reden wollte oder nicht. Dabei hatte er so sehr gehofft, endlich mit jemand sprechen zu können, dem er alles anvertrauen konnte. Jemand, der ihn verstand, jemand mit Herz – nicht nur dieser eiskalte Raubmörder Hannack.

»Kann ich bei dir wohnen?«, fragte Petersen.

»Natürlich. – Du musst dir aber darüber klar sein, dass sie hier zuerst nach dir suchen werden.«

»Sie suchen mich gar nicht«, behauptete Petersen. »Ich bin ganz normal entlassen worden.«

»Wie schön.« Frieda glaubte ihm kein Wort. Sie wusste, dass sie aufpassen musste, dass sie hier nicht in irgendeine Geschichte mit hineingezogen wurde. Das war knapp genug gewesen damals. Sie hatte ihre Lektion gelernt. Sie wollte nicht riskieren, ihre gesicherte Position einzubüßen. Die Pension machte Gewinn, trotz der schlechten Zeit, und die

Einnahmen würden für zwei reichen. »Wir können von meinem Geld leben«, sagte sie.

»Ja.« Geld war im Augenblick nicht das Problem; die Einbruchsserie mit Hannack hatte genug eingebracht. Ein paar tausend Reichsmark. Aber Petersen war klar, dass das nicht ewig so weitergehen konnte. Ein grundsätzlicher Schnitt war erforderlich – früher oder später. »Was hältst du von Amerika?«

»Amerika?« Das kam jetzt völlig überraschend.

»Ja. Warum nicht? Mein Bruder lebt doch schon lange drüben; er hat einiges Geld von mir; wir könnten dort ein völlig neues Leben anfangen ...« Hannack hatte von Amerika geredet. Er hatte damals mit seiner Freundin nach Amerika auswandern wollen, hatte schon alles arrangiert gehabt, falsche Pässe, das Einreisevisum – aber dann hatten sie ihn geschnappt.

Frieda schüttelte den Kopf. »Ich gehe nicht nach Amerika«, sagte sie. »Aber du – vielleicht solltest du wirklich auswandern? Sie haben die Gesetze verschärft, hast du das gehört?«

Petersen schüttelte den Kopf.

»Hier, am 2. August war das; ich hab's ausgeschnitten. Irgendein Staatssekretär, Kreisler oder Freisler oder so ähnlich, der hat das verkündet. Künftig soll die Strafe wieder eine echte Sühne sein. Auf die übertriebene Humanität, die in der Weimarer Republik um sich gegriffen hat, wird jetzt verzichtet, sagt er. Die Strafe soll so hart sein, dass der Häftling alles tut, um nie wieder in den Knast – wo habe ich denn bloß diesen Artikel ...«

Petersen winkte ab. »Nicht nötig«, sagte er. »Ich bin sauber.«

»Schön«, sagte Frieda. »Und schön, dass du wieder da bist! Komm, jetzt essen wir zusammen, du musst ja ordentlich Hunger haben nach der langen Fahrt. Ich mache eine Flasche Wein auf, und dann wird alles wie früher.«

Nichts war wie früher. Als Frieda schlief, stieg Petersen vorsichtig aus dem Bett. Im Dunkeln zog er sich an. Frieda hatte die Vorhänge zugezogen, damit die Nachbarn nicht hereingucken konnten. Übertrieben natürlich. Die Colonnaden waren fast fünfzehn Meter breit. Und viele der Häuser gegenüber beherbergten Arztpraxen und Büroräume, in denen sich nachts sowieso niemand aufhielt.

Petersen tappte zur Tür. Er hatte Socken über die Schuhe gezogen, um keinen Lärm zu machen, aber die Dielen der Holzbalkendecke knarrten dennoch verräterisch, sodass Petersen stehen blieb und lauschte. Nichts. Frieda schlief weiter.

Nun stand Petersen im Treppenhaus. Er machte kein Licht, sondern schlich im Schein seiner Taschenlampe nach oben. Es war genau so, wie er gedacht hatte: Über dem obersten Treppenabsatz gab es eine Luke, die aufs Dach führte. Der Schornsteinfeger benutzte diesen Weg. Aber der hatte wahrscheinlich eine Leiter dabei. Die Luke war zu hoch; Petersen konnte sie nicht erreichen. Er sah sich um. In der Ecke stand ein großer Farn in einem Blumenkübel. Und dieser Kübel stand auf einer Art Hocker.

Petersen wuchtete den Kübel herunter und stellte den Hocker unter die Dachluke. Jetzt ging es. Wenn er sich streckte, konnte er die Luke öffnen. Und dann? Mit äußerster Kraftanstrengung stemmte er sich nach oben. Er war nach wie vor schlank und kräftig, aber es fiel ihm doch schwer, sich über die Kante hinaus auf das Dach zu schwingen. Das Alter! Ein Kater fauchte böse und sprang zur Seite.

Geschafft. So sah es also aus auf dem Dach. Nicht schlecht. Nach beiden Seiten gab es Fluchtmöglichkeiten. Wenn sie ihn wirklich suchen sollten, konnte er auf diesem Wege verschwinden.

2.

... Der Herr Stern sprach: »Sein se froh,
s ist mein schönster Paletot.
Gebn se acht auf die Pracht
Wird gestohln bei Tag und Nacht
Sind se mal im Lokal ...

»Hast du die Garderobenmarken?«, fragte Frieda.

Petersen nickte. Ja, hier würde ihnen der Überzieher nicht gestohlen. Ob das der Otto Reutter war, der da sang? Petersen hatte sich die Ankündigung nicht genau durchgelesen; den Mann hatte er sich älter vorgestellt.

»Hast du 'ne Zigarette?«, fragte Frieda.

Petersen wies auf das Schild, das über ihr an der Wand klebte: *Die deutsche Frau raucht nicht.*

Berger und Dagmar saßen weiter vorn. Susanne war zu Hause geblieben, passte auf den Kleinen auf. Auch wenn der Sänger nicht Otto Reutter war und an dessen Qualitäten nicht heranreichte, es war ein gelungener Abend. Reutter war ja leider vor zwei Jahren gestorben.

Die Veranstaltung näherte sich dem Ende. Den fleißigen Maurer hatten sie schon gehört, und jetzt kam das Finale.

Denk stets, wenn etwas dir nicht gefällt,
es währt nichts ewig auf dieser Welt.
Der kleinste Ärger, die größte Qual,
Sind nicht von Dauer, sie enden mal ...

Plötzlich wurde Berger bewusst, dass es jetzt kritisch wurde. Auch dem Sänger konnte es nicht entgangen sein, dass einige der Tische von NSDAP-Mitgliedern besetzt waren. Weiter rechts sah Berger eine ganze Gruppe von jungen Kerlen in SA-Uniformen. Bis jetzt hatten sie sich köstlich amüsiert. Aber nun kam's.

Und liest du 'ne Zeitung, dann schau nicht hin,
Es steht ja doch nur was Schlechtes drin.

Dagmar lachte.

Berger hielt den Atem an, sah zu den Uniformierten herüber. Kannten sie den Text? Wussten sie, was jetzt folgte?

Und schafft dir die Politik Verdruss,
Es kommt ja doch alles, wie's kommen muss.
Und macht das Ausland auch Schererei –
In fünfzig Jahren ist alles vorbei!

Beifall von der SA. Berger atmete auf. Cleverer Bursche, dachte er. Hatte gesehen, was hier los war und den Text einfach geändert.

Auch Petersen und Frieda Gehrken amüsierten sich königlich.

Und bist du ein Ehemann und kommst nach Haus
Halb drei in der Nacht und sie schimpft dich aus,
Dann schmeiß dich ins Bette und sag »Verzeih,
Wär ich zu Hause geblieben, wär's auch halb drei.«

Petersen hörte plötzlich auf zu lachen. Da vorn, ganz auf der linken Seite, war das nicht dieser Polizist? Ja, kein Zweifel, das war Berger. Dem wollte er jetzt nicht begegnen. Auf keinen Fall.

Und fürchte dich nicht, ist der Tod auch nah,
Je mehr du ihn fürchtest, um so eher ist er da.
Vorm Tod sich zu fürchten, das hat keinen Zweck,
Man erlebt ihn ja nicht, wenn er kommt, ist man weg ...

Petersen stieß Frieda an.

»Was ist denn?«

»Komm, lass uns gehen, dann sind wir die Ersten an der Garderobe!«

»Ach was, dein Überzieher wird schon noch da sein!«

Drum hast du noch Wein, dann trink ihn aus,
Und hast du ein Mädel, dann bring's nach Haus.
Und freu dich hier unten beim ersten Licht.
Wie's unten ist, weißt du, wie's oben ist nicht!

Petersen stand auf, zupfte Frieda am Ärmel. Unwillig folgte sie ihm.

Nur einmal blüht im Jahre der Mai,
Und in fünfzig Jahren ist alles vorbei!
Sie strebten zum Ausgang.
Du Rindvieh! Dann ist es vorbei!

3.

Zu Hause war Licht in allen Zimmern. Schon im Garten hörten sie die Musik.

»Was ist denn das Grauenvolles?«, fragte Berger.

»Das ist Jazz«, sagte Dagmar.

»Negermusik!«, brummte Berger. Gut, dass sie nicht irgendwo zur Miete wohnten.

Dagmar schloss die Tür auf. Susanne hörte gar nicht, wie sie hereinkamen. Aufgekratzt tanzte sie durch die Wohnung.

Jedenfalls war sie allein. Wilhelm Berger hatte schon befürchtet, ihre ganze Klasse wäre zu Besuch.

Erst als die Platte zu Ende war, merkte das Mädchen, dass die Eltern in der Tür standen. »Huch!«, sagte sie. »Habt ihr mich aber erschreckt!«

»Was machst du für einen Lärm«, sagte Berger.

»War das zu laut? – Das sind Schallplatten, die Sarah mir geliehen hat. Ihr Papa hat sie aus Amerika mitgebracht. Jazz ist das. Das muss so laut sein.«

»Dann ist es ja gut«, sagte Berger.

Susanne sah ihn überrascht an. »Seid ihr etwa sauer?«, fragte sie.

Dagmar schüttelte den Kopf. »Nein, wir sind nicht sauer. Solange der Kleine davon nicht aufwacht ...« Sie eilte ins Kinderzimmer.

Da lag Horst in seinem Bettchen und schlief fest und ruhig.

4.

Neuyork, die größte Stadt der Erde.

Petersen hatte das farbige Titelbild zusammengeklappt und überflog den Artikel. Nicht alles schien rosig zu sein drüben in Amerika:

Schon jetzt ist trotz aller Verkehrsampeln und ähnlicher Maßnahmen die Verstopfung der Fahrdämme in Downtown so schlimm, dass man mit jedem öffentlichen Verkehrsmittel und sogar zu Fuß viel schneller vom Fleck kommt. Die Zustände sind hier so weit gediehen, dass man bereits von einer Götterdämmerung der Wolkenkratzer sprechen kann. Weiter aber gesellt sich dazu auch eine physische Dämmerung. Die alten, engen, von Wolkenkratzern umsäumten Straßen in Downtown sind wirklich dämmerig, weil niemals ein Sonnenstrahl bis zu den Tiefen ihres Pflasters dringt.

Hannack rumorte im Nebenzimmer. »Doktor ist er!«, rief er. »Und so wenig Geld im Haus! Es ist nicht zu fassen!«

Drüben klirrte es. Eine Vase war zu Bruch gegangen.

Aber auch diese reiche Riesenstadt im reichsten Lande der Welt ist von der großen Wirtschaftskrise schwer betroffen ... Viele der Aktiengesellschaften, die die einzelnen großen Wolkenkratzer finanziell repräsentieren, stehen vor dem Zusammenbruch. Auch das neueste und größte Hochhaus, das Empire State Building, ist nur mit Mühe und Not zum vierten Teil vermietet worden, während drei Viertel seiner Räume leer stehen.

Petersen setzte sich in einen der Sessel. Auf dem Empire State Building gab es einen Ankermast für Luftschiffe. Dort jetzt hinfahren, dachte er. Mit dem Luftschiff womöglich. Karl treffen, noch einmal völlig von vorn anfangen!

Hannack hatte die Beute zusammengeräumt. Was machte Petersen? Petersen saß da, völlig in Gedanken versunken, und las in einem Buch.

»Schlaf nicht ein!«

»Ich komm ja gleich!« Petersen ließ sich nicht stören.

Er wird alt, dachte Hannack. Es hat keinen Sinn mehr, mit ihm zusammenzuarbeiten. »Was liest du denn da? Nimm doch mit, den Scheiß!«

Aber Petersen wollte das Buch nicht mitnehmen. *Das Neue Universum*. Dafür hatte er keine Verwendung mehr. Hatzel war achtzehn geworden. Dem konnte er damit nicht mehr kommen.

5.

Er musste ihn sehen. Er hatte Helmi geschrieben, gleich nach seiner Entlassung, aber sie hatte nicht geantwortet. Sie wollte nichts mehr mit ihm zu tun haben. Und natürlich würde sie nicht zulassen, dass ihr Sohn sich mit dem Zuchthäusler traf. Das war er jetzt für sie geworden, ein Zuchthäusler.

So haben sich die Verhältnisse umgedreht, dachte er. Als wir uns kennen gelernt haben, da hat sie gebettelt, und ich hatte das Geld. Heute habe ich kein Geld mehr. Ehrliche Arbeit? Die ist nicht leicht zu finden. Ich habe ja nichts gelernt, und jetzt bin ich fünfzig, fast schon einundfünfzig – mich will keiner mehr.

Den Briefumschlag hatte Frieda ihm schreiben müssen; falls Helmi den Brief fand, sollte sie den Absender nicht gleich an der Schrift erkennen. Petersen hatte den Umschlag selbst bei Helmi und Hatzel in den Briefkasten eingeworfen, am Vormittag; da war sie hoffentlich bei der Arbeit. Und wenn Hatzel von der Schule käme – er ging doch wahrscheinlich noch zur Schule? – wenn er nach Hause käme, dann würde er den Brief vorfinden. Er würde sehen, dass er für ihn war, und er würde ihn gleich aufreißen. In dem Umschlag steckte die Titelseite aus dem Neuen Universum; Petersen hatte sie herausgerissen und darauf geschrieben: *Heute Abend, 19 Uhr, Dammtor-Bahnhof.*

Vielleicht war das dumm gewesen. Vielleicht ließ Helmi ihn abends nicht raus; sie war manchmal so übertrieben fürsorglich. Oder er hatte ihr den Brief gezeigt, und sie hatte natürlich gewusst, was es damit auf sich hatte, und er durfte nicht gehen.

Petersen stand mitten in der Bahnhofshalle und wartete. Der Bahnhof war unübersichtlich, daran hatte er nicht gedacht. Es gab zwei Eingänge, und die Halle war durch zwei Reihen von Läden und durch die Treppen stark untergliedert. Und dann gab es natürlich noch die Fahrkartenschalter und die Gepäckaufbewahrung. Und es war Feierabend. Wahre Menschenmassen hasteten an ihm vorüber.

Er fuhr zusammen, als ihm plötzlich jemand auf die Schulter tippte. »Hatzel!«, rief er. Doch es war nicht Hatzel.

»Ich bin lieber selbst gekommen«, sagte Helmi. Ihre Stimme klang kühl.

»Helmi, das ist ja eine Überraschung!«

»Ja – das war auch für uns eine Überraschung. Keine besonders angenehme, wie du dir vielleicht denken kannst.«

»Helmi, ich bitte dich, wir haben doch immer...«

Sie schüttelte den Kopf. »Das Leben ist auch so schon hart genug. Hatzel hat Glück gehabt. Er kriegt seine Lehrstelle. Ich hatte dafür gesorgt, dass er rechtzeitig in die HJ eingetreten ist. – Schmuck sieht er aus in seiner Uniform!«

»Das will ich gern glauben.« Petersen schluckte. Sein Sohn in der Hitler-Jugend. Und in Uniform. Er hatte es stets vermieden, Uniform zu tragen. Aber Arnold, sein Bruder ... Verdun fiel ihm ein, der Kampf um Douaumont, wo Arnold verschüttet worden war. Er war nie wieder der Gleiche geworden danach.

»Endlich geht es aufwärts«, sagte Helmi. »Als ob ein Ruck durch Deutschland gegangen ist. Auf einmal sind alle wieder stolz darauf, Deutsche zu sein. Und wir gehören dazu. Und wir wollen auch weiterhin dazugehören. Da geht es nicht an, dass wir Verkehr mit Verbrechern haben.«

»Das ist doch alles längst vorbei«, behauptete Petersen. Er log, so gut er nur lügen konnte, aber er wusste schon, dass es vergeblich war.

Helmi schüttelte den Kopf. »Ich kenne dich zu gut. Du wirst dich nie ändern!« Sie drehte sich um und ging.

»Helmi!«, rief er.

»Mach's gut!« Sie sah sich nicht einmal um.

6.

Berger holte Dagmar von der Bank ab. Zur Sicherheit, wie er sagte. Er glaubte nicht, dass etwas passieren könnte, aber Dagmar war unruhig. Wenn Berger Überstunden machte, blieb sie so lange in der Bank, bis er kam.

Heute waren sie spät dran. Susanne sollte längst schlafen, aber in der Wohnung brannte Licht.

»Oh Gott, es wird doch nichts passiert sein?«

Berger fasste Dagmars Hand. »Wird schon nicht«, sagte er.

Er hatte recht.

Im Wohnzimmer waren Tisch und Stühle zur Seite geräumt. Auf der freien Fläche hatte Susanne die Bücher aufgebaut, in konzentrischen Kreisen, aufrecht stehend, halb aufgeschlagen, die Rücken nach außen. Es sah aus, wie die Stacheln eines Igels. Kleine, wirkungslose Stacheln.

»Susanne!«, rief Dagmar. »Wie oft habe ich dir gesagt, dass du nicht mit den Büchern bauen sollst! – Hörst du mich, Susanne?«

Aber Susanne hörte nicht. Sie lag zusammengerollt in der Mitte ihrer kleinen Festung, die Puppe im Arm, und schlief.

Dagmar fing an, die Bücher aufzunehmen und ins Regal zurückzustellen.

»Lass doch«, sagte Berger. Was bedeutete das Ganze? Susanne war anders als er. Völlig anders. So hatte er nie gespielt. Und sein Vater hätte es ihm auch nicht erlaubt.

»Das ist schlecht für die Bücher«, sagte Dagmar. »Guck mal, der Umschlag ist verknickt. Vielleicht kann ich das bügeln ...«

»Nicht nötig«, sagte Berger. *»Im Westen nichts Neues* – das sollte hier sowieso nicht herumstehen. Die Dinger haben sie doch verbrannt neulich, am Kaiser-Friedrich-Ufer, am 15. Mai, weißt du das nicht?«

»Willst du etwa deine Bücher wegschmeißen? Das ist nicht dein Ernst.«

»Wir werden sie zumindest wegschließen müssen. Es muss ja nicht gleich jeder sehen, was wir für Leute sind. Und das hier erst recht nicht!«

Das Buch, das er aufgehoben hatte, war der Band von John Reed, *Zehn Tage, die die Welt erschütterten*. Berger schüttelte den Kopf. Ein paar Tage mehr als die Kommunisten damals in Petersburg hatten die Nazis schon gebraucht. Aber nicht viel mehr als zwei Monate, und schon war aus der Weimarer Republik eine braune Diktatur geworden. Berger schlug das Vorwort auf. Ja, da stand es, er hatte sich recht erinnert:

Was man auch vom Bolschewismus denken mag, unbestreitbar ist, dass die russische Revolution eine der größten Taten in der Geschichte der Menschheit ist ...

Ob er das wohl heute noch so sehen würde, wenn er noch am Leben wäre, der gute John Reed? Und ob er am Ende gar dasselbe über diese Revolution schreiben würde?

»Wir stellen das alles in die zweite Reihe. Morgen. Und jetzt gehen wir schlafen.«

Er trug Susanne rüber in ihr Bett.

7.

»Schaffst du den?«, fragte Hannack. Hinter dem Bild im Wohnzimmer hatte er einen Tresor freigelegt.

Petersen nickte. Älteres Modell, damit hatte er keine Schwierigkeit. Er packte das Knabbergeschirr aus; Hannack sah sich indessen im Raum um. Er zuckte zusammen, als Petersen dem Panzerschrank mit dem Stemmeisen zu Leibe rückte.

»Mach nicht solch einen Krach!«

»Ist gleich vorbei!«

Nervös lief Hannack zur Tür, lauschte durch den Briefschlitz nach draußen. Da kam jemand. Verdammt, da kam jemand! Er rannte zurück ins Wohnzimmer. Petersen, alarmiert, legte den Hammer zur Seite.

»Da kommt einer!«, hauchte Hannack.

»Kann gar nicht«, sagte Petersen. »Du hast doch gesagt, dass die beide arbeiten. Und die Kinder sind in der Schule und ...«

»Ja. Scheiß-Doppelverdiener!«, zischte Hannack. Dann sagte keiner mehr etwas. Deutlich vernahm man jetzt Schritte, die vor der Haustür endeten. Hannack zog die Pistole, zielte auf den Eingang.

»Was soll das, Hannack! Mach keinen Unsinn!«

Hannack hörte nicht. »Dem puste ich den Kopf vom Hals!«

In dem Augenblick rappelte es am Briefschlitz; die Post fiel auf den Fußboden.

»Nur die Post«, sagte Hannack. Er steckte die Waffe wieder ein.

Noch ist der Mann nicht weg, dachte Petersen. Noch ist der Mann nicht weg! Hoffentlich hat er jetzt nicht auch noch ein Einschreiben dabei!

Kein Einschreiben. Der Briefträger setzte sich wieder in Bewegung. Hannack spähte ihm durch die Gardine nach; der Mann klappte die Gartenpforte hinter sich zu, schwang sich auf sein Fahrrad und radelte ein Haus weiter.

Im Wohnzimmer quietschte gequältes Metall; Petersen machte sich daran, den Tresor aufzuknabbern. War die Panzerung nun dicker als sonst, oder war Petersen einfach aus der Übung? Es fiel ihm ungewohnt schwer, die äußere Hülle des Stahlschrankes aufzubiegen. Es knirschte und krachte; schließlich rutschte Petersen die Zange aus den schweißnassen Händen; sie fiel polternd zu Boden.

»Du machst mich nervös!«, rief Hannack, der seine Einbrüche sonst lautlos über die Bühne brachte. »Kauf dir mal einen Schweißbrenner!« Er entschwand ins Nebenzimmer.

Der Panzerschrank sah jetzt aus, als habe in seinem Inneren eine Explosion stattgefunden. Zerfetztes Metall ragte scharfkantig nach außen. Endlich kriegte Petersen den Schließmechanismus zu fassen. In dem Augenblick klirrte es im Nachbarzimmer.

»Was machst du?«, fragte Petersen besorgt.

Keine Antwort.

Petersen würgte die Tresortür auf. »Jetzt hab ich ihn!«, rief er.

Hannack antwortete nicht. Drüben zerschepperten Gegenstände. Als Petersen die Tür öffnete, sah er, dass Hannack das Büffet aufgerissen hatte und Teller, Tassen und Gläser auf den Boden schmetterte.

»Hör auf!«, sagte Petersen. Vandalismus war ihm zuwider.

»Diese elenden Blutsauger!«

»Komm rüber, der Tresor ist auf! – Mein Gott, komm doch!« Petersen sah zu seinem Entsetzen, wie Hannack einen wunderschönen Spielzeugkran vom Fußboden aufhob, und das teure Stück mit beiden Händen verdrehte und zusammendrückte. Und die Eisenbahn – die Schienen hatte er schon zertreten.

Petersen starrte den Rasenden fassungslos an.

Der bemerkte schließlich den Kollegen. »Was gibt's denn? Was glotzt du mich so an?«

»Der Tresor ist auf«, sagte Petersen tonlos.

8.

»Putt«, sagte Horst. »Putt«. Er saß zwischen den Trümmern.

Susanne weinte.

»Warum tun Menschen so etwas?«, fragte Dagmar.

Berger schwieg. Er hatte einen Massenmörder gejagt, er wusste, dass Menschen noch ganz andere Dinge taten, vom Krieg ganz zu schweigen.

Dagmar fegte die Scherben zusammen.

Es läutete an der Tür. Berger ging hin. Draußen standen Fehlandt und zwei Mann von der Spurensicherung. »So, denn wollen wir mal sehen, was wir hier noch ausrichten können. Geh mal aus dem Weg, Wilhelm, und Sie auch, junge Frau!«

Susanne ließ sich zur Seite schieben. Sie hörte auf zu weinen und starrte die fröhlichen Männer an.

Berger nahm Fehlandt zur Seite. »Was geht hier denn ab? Das hier ist ein Einbruch, weiter nichts!«

»Schlimm genug, alter Junge. Du hast recht – normalerweise würden wir ein Protokoll aufnehmen, und das war's. Aber Einbruch beim Kollegen, da sieht die Geschichte dann schon ein bisschen anders aus!«

»Ich will keine Extrawurst ...«

»Du bist jetzt mal still und lässt die Männer arbeiten. Oder noch besser, du erzählst mir erst einmal, was nun genau vorgefallen ist.«

»Da gibt es nicht viel zu erzählen. Als wir heute Abend von der Arbeit gekommen sind, da haben wir dies hier vorgefunden.«

»Klassisch«, sagte einer der Techniker.

»Was ist klassisch?«

»Der Tresor. Wie der aufgeknabbert ist – das macht nur einer auf diese Weise!«

»Das glaube ich nicht«, sagte Berger. »Das kann doch überhaupt nicht sein! Der wird doch nicht so dämlich sein und bei einem Polizisten den Tresor knacken. Ausgerechnet bei einem derjenigen, die ihn jetzt gerade wieder freigelassen haben! Und dieses ganze Chaos hier – das ist doch überhaupt nicht sein Stil!«

»Wenn sie nun vielleicht zu zweit gewesen sind? Petersen und Hannack?«

»Nein, das ist zu unwahrscheinlich.«

»Draußen steht nicht dran, dass hier ein Polizist wohnt«, sagte Fehlandt. »Und so aussehen tut es hier auch nicht. Du bist der einzige Polizist, den ich kenne, der einen eigenen Tresor hat. Und sein eigenes Meißener Porzellan. Gehabt hat jedenfalls. Bis jetzt.«

»Das ist alles von meinem Vater«, sagte Berger. »Und von diesem Tresor haben wir überhaupt nichts gewusst. Den hätten wir jahrelang nicht gefunden, wenn die Einbrecher ihn nicht entdeckt hätten.«

»Dann weißt du also auch nicht, was drin war?«

Berger schüttelte den Kopf.

»Igitt!« rief Susanne. »Das ist ja eklig! Wie geht das wieder ab?« Der Beamte hatte ihre Fingerabdrücke genommen.

»Waschen«, sagte er. »Irgendwann ist es weg.«

»Bist du versichert?«, fragte Fehlandt.

»Weiß ich gar nicht. Da hat mein Vater sich drum gekümmert – wahrscheinlich geht das alles immer noch auf seinen Namen.«

»Dann kriegst du nichts. Schade.«

»Bei Vandalismus gibt es sowieso nichts«, sagte Berger.

»Vandalismus?«, fragte Fehlandt. »Seht ihr hier irgendwelche Spuren von Vandalismus?«

Die Techniker schüttelten den Kopf. »Das Porzellan – das muss wohl alles geklaut sein!«

»Schluss jetzt«, sagte Berger. »Das gibt's nicht, das machen wir nicht. Wir brauchen kein Geld von der Versicherung und kein Meißener Porzellan und keinen Tresor.«

Fehlandt schüttelte den Kopf. »Dich sollte man ausstopfen«, sagte er. »Ich hab schon verrückte Typen bei der Polizei kennengelernt, aber du bist der verrückteste von allen! ›Wir brauchen kein Geld!‹ – Wenn ich das den Kollegen erzähle, die lachen sich schlapp.«

Berger wurde rot. »Es tut mir leid«, sagte er. »Ich kann nichts dafür. Es ist doch alles nicht mein Geld. Stammt doch alles von meinem Vater. Und ich – ich hab ihn noch nicht einmal gemocht!«

»Entschuldige«, murmelte Fehlandt. »Das hab ich nicht gewusst.«

Der kleine Horst drängte sich zwischen die beiden Männer. Er hielt Fehlandt die Lokomotive hin: »Putt!«

»Ja«, sagte Fehlandt. »Das kann man wohl sagen.« Er rief den einen der Techniker: »Schult!«

Schult kam. Fehlandt hielt ihm die Lok hin. »Putt!«

»Ach du Scheiße«, sagte Schult.

»Du bist doch technisch begabt«, sagte Fehlandt. »Kriegst du das hin?«

»Das weiß ich nicht. Also – ich würde in diesem Fall eigentlich sagen: Neu kaufen!«

»Es geht aber um diese spezielle Lok.«

»Ich versuch's.«

»Danke«, sagte Berger.

»Danke«, wiederholte Horst. »Danke, danke, danke!«

Später, als alle gegangen waren und die Kinder im Bett lagen, sagte Dagmar: »Du hast irrsinnig nette Kollegen.«

»Ja«, sagte Berger. »Die meisten sind ganz in Ordnung. – Morgen fangen wir an und gucken, was wir alles neu kaufen müssen.«

»Ja, das tun wir.« Dagmar gab Wilhelm einen Kuss. Sie lächelte. Aber sie dachte: So wie früher wird es nicht mehr werden.

9.

Eine Nacht lang überlegte er es sich, dann stand sein Entschluss fest. Er wurde das Bild des rasenden Hannack nicht wieder los. Der schreckte vor nichts zurück; der würde auch Kinder über den Haufen schießen, wenn sie ihm im Weg waren. Und er, Petersen, hatte geglaubt, dies wäre der Partner für die nächsten Jahre. Das war unmöglich. Verrat – wie weit hatte er das von sich gewiesen damals auf der Parkbank an der Ostsee – und jetzt? Nur ein ganz kleines bisschen stach es noch irgendwo da unten, im Bauch, wo wohl das Gewissen saß, als er in der Telefonzelle den Hörer abhob.

»Bitte verbinden Sie mich mit der Kriminalpolizei, mit Kommissar Berger.«

»Einen Moment bitte!«

Noch könnte er umkehren. Er hatte sich nichts anmerken lassen gestern, hatte mit Hannack die Beute geteilt, und sie hatten sich verabredet, auf dieselbe Weise wieder in Kontakt zu treten. Per Brief, postlagernd. Petersen wusste nicht, wo Hannack in Hamburg wohnte. Am Anfang hatte er versucht, es herauszubekommen, aber Hannack hatte gemerkt, dass er ihm nachgestiegen war und hatte ihm Prügel angedroht für den Fall, dass er das noch einmal versuchen sollte. Prügel und Schlimmeres.

»Berger?«

Endlich! »Kommissar Berger, guten Morgen, hier ist Adolf Petersen.«

»Das wird auch Zeit, dass Sie sich melden«, sagte Berger. »Ich hatte schon befürchtet, sie wären wieder in ihren alten Trott zurückgefallen.«

»Ich doch nicht«, wehrte Petersen ab. »Herr Kommissar, ich habe Ihnen damals hoch und heilig versprochen, dass ich nicht wieder rückfällig werde, und wenn ich das einmal zugesichert habe, dann halte ich das auch. Auf mein Wort ist Verlass, das sollten Sie wissen; Sie kennen mich ja inzwischen lange genug ...« Ganz automatisch kamen ihm diese Sätze.

Berger glaubte ihm kein Wort, und Petersen wusste, dass er ihm kein Wort glaubte.

»Nun hören Sie schon auf«, sagte Berger. »Das will ich alles gar nicht hören. Mich interessiert nur eines: Wo ist Hannack?«

»Ich habe mich mit ihm verabredet«, sagte Petersen. »Morgen Abend um 17 Uhr bei der Johanniskirche in Harvestehude. Wissen Sie, wo das ist?«

»Ja, natürlich.« Jetzt kriege ich euch, dachte Berger. Jetzt kriege ich euch beide!

10.

»Papa?«

Susanne sah verheult aus. »Was gibt es denn?«

»Die Jungs haben mich geärgert. Sie haben gefragt, ob ich jüdisch bin. Ich hätte so eine jüdische Nase.«

»Unsinn«, sagte Berger. »Dein kleines, süßes Näschen ...«

»Tut mir leid«, sagte Dagmar. »Aber deine Nase ist wirklich ein bisschen zu groß ausgefallen. Da hab ich wohl bei der Geburt nicht aufgepasst!«

Susanne lachte.

»Aber wenn ihr zusammen nach Hause geht, die Sarah und du, dann werden sie euch schon in Ruhe lassen. Ihr seid doch beide große, kräftige Mädchen.« Gut, dass sie in dem Alter meist noch größer sind als die Jungs, dachte sie.

»Die Sarah ist weg.«

»Was?«

»Sie sind weg, die Rosenbaums.«

»Wie weg?«

»Haben alles stehen und liegen lassen, nur ein paar Taschen gepackt und dann ab ins Ausland. Dänemark oder so.«

»Warum denn das?«

»Gleich als Sarahs Papa aus dem Lager zurück war. Die hatten ihn ja verhaftet und in dieses – dieses Lager gesteckt. Er war doch in der SPD und hat Sachen gegen Hitler gesagt und Flugblätter verteilt. Ja und jetzt ist er zurückgekommen. Sarah sagt, er sah ganz alt aus, und sein Rücken – auf dem Rücken – er hatte lauter Narben, quer über den Rücken ...«

Susanne sah Berger an.

»Sarah sagt, das war Polizei, die das gemacht hat. Aber ich hab gesagt, so was macht die Polizei nicht. Das stimmt doch, Papa?«

»Ich mache so was nicht.« Die Konzentrationslager wurden von der Hilfspolizei geleitet. SS und SA im Wesentlichen. Damit hatte Berger nichts zu tun.

Susanne sah ihren Papa an. Das war nicht die Antwort auf meine Frage, dachte sie. Sie war zutiefst erschrocken. Sie sah Berger mit großen Augen an, aber mehr sagte ihr Papa nicht.

11.

Als Susanne nebenan bei ihren Schularbeiten saß, fragte Dagmar: »Sollen wir auch ins Ausland gehen wie die Rosenbaums?«

»Wohin denn? Nach Dänemark vielleicht? Ich spreche kein Dänisch.«

»Aber Englisch.«

»Kaum. Was wir in der Schule gelernt haben, das ging kaum über *How do you do?* hinaus. Der Unterricht ist meistens ausgefallen; es war ja Krieg. Und später, als ich Soldat war – da habe ich dann auch nicht mehr viel dazugelernt. *Hands up!* – Das war alles.«

»Das reicht doch schon, um bei der englischen Polizei anzufangen!«, scherzte Dagmar.

Berger überlegte. Ins Ausland gehen? Nach England? Womöglich einen der Männer wieder treffen, auf die er 1918 geschossen hatte? Außerdem – die Bestimmungen waren verschärft worden; sie würden ihr Vermögen nicht mitnehmen können. »Ich denke, wir bleiben besser hier.«

Dagmar sah ihren Mann an. Ob er dasselbe sagen würde, wenn sie eine Einladung aus Amerika hätten?

Die Falle

24. Oktober 1933

1.

Hannack holte seine Post jeden Morgen beim Postamt 6 in der Susannenstraße ab. Mit wachen Augen suchte er die Umgebung ab, bevor er die Schalterhalle betrat. Diese Schreiberei – das war natürlich ein Schwachpunkt. Irgendwann würde jemand Wind davon bekommen und ihm auflauern. Aber bis jetzt war alles gut gegangen, und es sah auch nicht so aus, als ob das heute anders wäre. Er fühlte sich sicher.

Hannack schrieb sich regelmäßig mit einer früheren Freundin, die jetzt in Berlin wohnte. Womöglich würde er die noch einmal brauchen, als Anlaufstation, falls er aus Hamburg verschwinden musste.

Außerdem kam natürlich die Post von Petersen. Es gefiel ihm nicht, mit dem alten Mann zusammenzuarbeiten, aber es musste wohl sein. Er brauchte das Geld, und die Tipps, die der Lord von Barmbeck beisteuerte, die waren Gold wert. Dieser Tresor zum Beispiel! – Fast tausend Mark waren da drin gewesen. Ein hübsches Sümmchen.

Hannack setzte sich an einen der Tische. Was schrieb er denn diesmal, der Lord? In dem Briefumschlag steckte eine Ansichtskarte. Spielende Kinder, irgendwelche Geschenke, dazu die Aufschrift *Herzlichen Glückwunsch!* – Wo er dieses Ding wohl aufgetrieben hatte? Nach der Kleidung zu urteilen stammte die Karte aus der Zeit vor dem Krieg.

Hannack drehte die Karte um. *Johanniskirche, 17 Uhr* stand da. *Einzelhaus, Heimhuder Straße. Ruhige Lage, Inhaber verreist.* Kein Datum, keine Unterschrift. Aber es war klar, dass das heutige Datum gemeint war. 17 Uhr – er würde dort sein. Hannack zerriss Umschlag und Karte und warf beides in einen der großen Papierkörbe.

2.

»So«, sagte Fehlandt. »Hier ist der Bericht von der Spurensicherung.«

Schnee von gestern, dachte Berger. »Und? Was haben sie herausbekommen?«

Fehlandt legte wortlos die Fotografien auf den Tisch. Es waren die Aufnahmen der Fingerabdrücke. Links die Abdrücke, die sie bei ihm in der Wohnung gefunden hatten, rechts die Abdrücke aus der Kartei.

»Identisch«, sagte Berger.

Fehlandt nickte. »Petersen und Hannack. – Dieses Treffen nachher, willst du dich da nicht lieber raushalten?«

»Wieso? – Keine Angst, ich drehe den Burschen schon nicht den Hals um!«

Fehlandt zuckte mit den Achseln. »War nur ein Vorschlag.«

»Danke.«

»Ach ja, ich habe noch etwas für dich!« Er gab Berger die Lokomotive.

»Donnerwetter!«

»Besser ging es nicht. Sie fährt wieder. Aber wo das Blech geknickt war, das kriegt man nicht völlig weg. Du musst halt denken, dass die Lokomotive schon mal irgendeinen Unfall gehabt hat.«

3.

»Geh nicht hin«, sagte Frieda Gehrken. Petersen hatte ihr alles gebeichtet. »Die Polizei ist doch sowieso da. Die liegen im Versteck, und wenn der Hannack da auftaucht, dann schnappen sie ihn sich.«

Petersen schüttelte den Kopf. »Ich muss hin«, sagte er. »Wenn der Hannack mich da nicht stehen sieht, dann kommt er gar nicht erst.«

»Wenn er dich da stehen sieht, und wenn dann plötzlich die Polizei auftaucht, dann knallt er dich ab. Dich zuerst!«

»Keine Angst, Frieda, ich hab ja selbst meinen Kracher dabei.« Er zeigte seiner Freundin die Pistole. Groß und gefährlich sah sie aus. Gut gepflegt; kein bisschen Rost angesetzt. Petersen schob die Patronen in das Magazin. Sechs Stück; mehr hatte er nicht, das musste reichen.

»Ist ja nur für den Notfall«, sagte er, als er Friedas besorgtes Gesicht sah.

»Adolf«, fragte sie ganz sanft, »wann hast du denn zum letzten Mal mit so einer Waffe geschossen?«

»Ach, so vor zwei, drei Wochen erst!«, behauptete er.

»Vor zwei, drei Wochen?« Frieda seufzte. Sie wusste, dass das gelogen war.

4.

»Komm Mädchen, wir gehen hier quer durch, dann kommen wir zur U-Bahn in der Hallerstraße und können von da nach Hause fahren.«

Susanne nickte. Mama war enttäuscht. Da wäre es nicht richtig, vorzuschlagen, doch lieber noch einmal mit dem Alsterdampfer zu fahren. Die Anlegestelle in der Alten Rabenstraße wäre gar nicht weit gewesen. Aber wahrscheinlich war die U-Bahn schneller.

Die U-Bahn ist schneller, dachte Dagmar. Sie fühlte sich erschlagen. Erst die Arbeit, dann das lange Warten im amerikanischen Konsulat, und am Ende doch nur der abschlägige Bescheid. Kein Visum für Amerika. Ja, wenn eine Einladung vorliegen würde ... Aber es lag keine Einladung vor. Sie musste es noch einmal versuchen. Allen Stolz überwinden und bei ihm betteln, dass er doch bitte wenigstens das Mädchen zu sich holen möge. Nur so lange, bis der Spuk hier vorbei war. Er hatte doch selbst geschrieben, dass es höchstens ein paar Monate dauern könne. Das Land der Dichter und Denker werde sich doch nicht auf Dauer von einem Mann wie diesem Hitler regieren lassen.

Sie selbst glaubte nicht, dass es so schnell vorüber gehen würde. Sie saßen fest im Sattel, die Nazis, alles, was sie anpackten, das gelang ihnen, und die Deutschen waren damit hochzufrieden. Bis auf die Kommunisten und die Juden natürlich. Aber wer war schon Kommunist oder gar Jude? Zwei Prozent, hatte sie irgendwo gelesen. Zwei Prozent waren Juden. – Dichter und Denker! War nicht auch Heine ein Jude gewesen? Hatte er sich nicht auch ins Ausland absetzen müssen?

Die Zeitung fiel ihr ein. Irgendjemand hatte das Hamburger Fremdenblatt vom letzten Wochenende liegen gelassen, und sie hatte darin gelesen. Alles voll von Aufrufen für die Reichstagswahl am 12. November. Diesmal allerdings nur von einer Seite. *Der 12. November als Treuebekenntnis zu Hitler,* so lautete die Schlagzeile auf der Titelseite der nach eigener Einschätzung »größten politischen Tageszeitung Nordwestdeutschlands«. Und darunter der Aufruf des Reichsstatthalters:

Während die Regierung Adolf Hitlers einen gigantischen Kampf um den wirtschaftlichen Wiederaufstieg Deutschlands und damit der Welt führt, während Millionen deutscher Volksgenossen zurückkehren an Schraubstock und Maschine, wachsen die Rüstungen der Länder der Erde ins Unermessliche. Die Regierung Adolf Hitlers ist nicht gewillt, den Rüstungswahnsinn anderer Staaten mitzumachen. Sie will nicht, dass noch einmal Menschenleiber zerfetzt, dass Städte und Provinzen zur Wüste werden ...

Schöne Worte, Herr Kaufmann! Und doch hatte diese Regierung die Abrüstungskonferenz verlassen und war aus dem Völkerbund ausgetreten.

Den Posten bei der Bank – sie würde ihn wohl aufgeben müssen. Zwar hatte sie noch niemand direkt darauf angesprochen, aber wenn diese Kampagne gegen das Doppelverdienertum anhielte, dann musste sie aufhören. Dabei war es wenig genug, was sie beide zusammen verdienten. Und wenn sie allein von Wilhelms Gehalt leben sollten – sie würden sich einschränken müssen.

Susanne riss sie aus den Gedanken. »Mama, da steht jemand!«

»Wo?«

Sie waren jetzt bei der Johanniskirche. Das Mädchen deutete auf die Büsche vor der Kirche.

»Unsinn!« Dagmar sah niemand. Aber jetzt, wo sie darauf achtete, hörte sie, dass da etwas raschelte. »Komm, gehen wir schnell weiter!«

Die Kirchturmuhr begann zu schlagen. Es war fünf Uhr.

Der Weg könnte besser beleuchtet sein, dachte sie. Es gab Laternen, aber sie standen in großem Abstand, und ausgerechnet hier war keine. Aber da vorn – da war noch ein einsamer Spaziergänger. Das heißt – er ging gar nicht; er stand im Licht der Laterne und wartete. Auf sein Mädchen wahrscheinlich. Nein, vielleicht doch nicht. Dazu war er wohl zu alt.

Wieder raschelte es in den Büschen rechts neben ihr. Eine Maus, dachte Dagmar. Bestimmt ist das eine Maus! Aber jetzt wurde ihr doch ein wenig unheimlich. Und als sie sich umdrehte, aus einem irgendwie unbehaglichen Gefühl heraus, da sah sie, dass jemand hinter ihnen herging. Auch ein einzelner Mann. Er ging zügig, mit sicheren Schritten.

»Was meinst du«, sagte sie, und ihre Stimme zitterte ein wenig, »wollen wir ein Stück laufen?«

Susanne nickte.

»Komm!«

In dem Augenblick als sie losrannten, fiel ein Schuss.

5.

»Stehen bleiben!«, rief Berger.

Hannack antwortete nicht. Er rannte davon, in Richtung Alster. Einer der Beamten versperrte ihm den Weg. Hannack stieß ihn zur Seite.

»Schieß doch!«, rief Berger.

Aber es war Hannack, der stehen blieb, sich kurz umdrehte und schoss. Zwei gezielte Schüsse in rascher Folge. Berger hörte die Kugel vorbeisirren, die ihm gegolten hatte.

»Los«, rief Krohn, »den haben wir!«

Von allen Seiten kamen sie jetzt, die Polizisten. Es sah so aus, als hätten sie ihn diesmal wirklich. Aber die Abstände waren zu groß, Berger hatte die Beamten zu weit vom Treffpunkt postiert, damit sie dem misstrauischen Hannack nicht auffielen. Das rächte sich nun.

In wilder Jagd stürmten sie über die Straße. Entrüstete Autofahrer hupten. Sie kümmerten sich nicht darum. Hannack schoss wieder. Er war der Einzige, der hier schoss. Es waren Menschen auf der Straße, die jetzt aufgeregt in die Hauseingänge flohen. Aber bei der wilden Verfolgungsjagd konnte auch ein Hannack nicht genau zielen. Alle Schüsse gingen ins Leere.

Wir müssen ihn kriegen, dachte Berger. Herrgott, wir müssen ihn doch kriegen! Es geht um Fehlandt. Wenn wir ihn nicht packen, ist Fehlandt endgültig erledigt. Dieser Plan, der ist einfach zu hirnrissig gewesen. Jetzt haben wir zwei Ganoven zu jagen statt nur den einen.

Und dieser eine, auf den es ankam, war abermals schneller. Die Verfolger trauten sich nicht nah an ihn heran. Sie hofften darauf, dass ihm die Munition ausgehen möge, und dass sie ihn irgendwo in eine Ecke treiben könnten, aus der er nicht mehr weg konnte. Aber Hannack kannte sich aus im Gewirr dieser kleinen Straßen in Harvestehude, besser als Berger. Die Jagd ging um mehrere Ecken, und schließlich, als die Polizisten in die nächste Straße einbogen, war Hannack weg.

Schwer atmend blieb Berger stehen. Er lauschte in die Dunkelheit, doch er hörte nur seinen eigenen Atem. Und die Schritte der heraneilenden Kollegen. »Wo ist er?«

»Hier in einem der Gärten«, sagte Berger. »Los, die Straßenecken besetzen! Er muss hier noch drin sein!«

Diesmal hatten sie vorgesorgt, diesmal waren genügend Polizisten im Einsatz. Sie konnten den Häuserblock abriegeln und gleichzeitig das Gelände durchkämmen. Er war in Richtung Alster. Durch das Wasser konnte er nicht entkommen; jetzt hatten sie ihn.

6.

Eine Stunde später mussten sie sich eingestehen: Hannack war weg. Wieder einmal entwischt. Berger war wütend. Als die Jagd abgebrochen wurde, trafen sie sich bei der Johanniskirche.

»Er ist angeschossen«, sagte einer. Er deutete auf ein paar dunkle Flecke auf dem Boden. Berger trat hinzu, leuchtete mit der Taschenlampe. Ja, kein Zweifel, das war Blut.

»Das ist nicht von Hannack, das ist der andere!«

Der andere! Den hatte er jetzt völlig vergessen. Die Jagd hatte sich ganz auf Hannack konzentriert. Aber wo war Petersen?

»Es war eindeutig Hannack, der zuerst geschossen hat«, sagte einer der Männer. Es klang nach einer Rechtfertigung.

Ja, dachte Berger, Hannack hatte zuerst geschossen. Aber warum? Er musste etwas Verdächtiges bemerkt haben. Er musste ihre Männer im Gesträuch entdeckt haben. Das hatten sie gründlich verpatzt. Ärgerlich.

»Den hat's ganz schön erwischt!« Der Polizist deutete auf eine Reihe von Blutspritzern unterschiedlicher Größe, die sich in Richtung Westen, zum Rothenbaum hinzogen. Petersen war offenbar in die entgegengesetzte Richtung gelaufen wie sie.

»Der ist gerannt!«, stellte der Polizist fest.

Die Form der Spritzer zeigte eindeutig, dass der Mann sich im Laufschritt abgesetzt hatte. Also konnte die Verletzung nicht so schwer gewesen sein. Im Schein der Taschenlampe folgten sie der Blutspur. Doch nach knapp hundert Metern hörte die Spur plötzlich auf.

»Hier ist er stehen geblieben«, sagte einer.

Tatsächlich war der letzte Blutfleck etwas größer als die anderen und beinahe kreisrund.

»So eine Wunde hört nicht einfach auf zu bluten«, sagte Berger. »Er muss stehen geblieben sein, um sich zu verbinden.«

»Ende«, sagte jemand.

Als die anderen nach dem Fährtenhund telefonierten, stieß Fehlandt Berger an: »Komm mit, wir sind schneller als der Spürhund!«

»Wo willst du denn hin?«, fragte Berger.

»Colonnaden.«

Die Haustür war unverschlossen. Sie hasteten die Treppe hinauf, Berger voran. Er läutete an der Tür. Niemand antwortete.

»Nicht da«, sagte Berger.

»Oder er macht nicht auf«, brummte Fehlandt. »Vermutlich sind sie beide da, Petersen und die Gehrken. Komm, wir sehen nach!«

»Du kannst doch nicht einfach ...«, sagte Berger.

Bevor er den Satz zu Ende gesprochen hatte, hatte Fehlandt schon die Wohnungstür geöffnet. »Diese alten Schlösser sind ein Witz«, sagte er. Und dann – lauter: »Kommen Sie raus, Petersen, wir wissen, dass Sie hier sind!«

Niemand antwortete. Petersen war nicht hier. Niemand war hier.

»Schade«, sagte Fehlandt. »Aber das wäre natürlich auch zu einfach gewesen.«

Petersen beobachtete von einem Hauseingang auf der gegenüberliegenden Straßenseite, wie die beiden Polizisten unverrichteter Dinge wieder abzogen. Unter dem Bogengang der Colonnaden stand er vollständig im Schatten.

Nirgendwo ist man so sicher wie in einem Versteck, das gerade durchsucht worden ist, dachte er. Außerdem hatte er keine Wahl. Der Arm war zwar notdürftig verbunden, aber er schmerzte höllisch. Hannack hatte ihn voll erwischt.

7.

»Weißt du, was sie heute bei uns in der Bank erzählt haben?«, fragte Dagmar.

»Was denn?«, fragte Wilhelm. Es interessierte ihn nicht. *Hannack entwischt! Petersen entwischt!* Er konnte an gar nichts anderes denken.

»Ein Bankbote aus Wedel, den haben sie angezeigt, weil er sich in der S-Bahn abfällig über Hitler geäußert hat.«

»Ja.« Berger hatte davon gelesen. Wie Fehlandt wohl mit dieser Pleite fertig wurde?

»Gestern war die Verhandlung.«

Berger riss sich zusammen. Jetzt ging es um etwas anders.

»Weißt du, was der Mann bekommen hat?«

Ja, das wusste er. »Zwei Monate Gefängnis. Stand heute im Fremdenblatt. – Die Zeitung schreibt, das Urteil sei so milde ausgefallen, weil der Mann sich damit entschuldigt hat, dass er im Krieg schwer verwundet worden sei, seit jener Zeit sei er leicht reizbar und nervös.«

»Mildes Urteil?«, fragte Dagmar. »Wilhelm – glaubst du wirklich, dass dieses Land noch unser Land ist?«

Berger schwieg. Nein, ist es nicht. Nicht drüber nachdenken! Auch er war inzwischen angezeigt worden. Er habe sich beim Bier abfällig über die neue Regierung geäußert, hieß es. Aber das fragliche Gespräch, das war doch schon Monate her. Das musste sich klären lassen – irgendwie.

»Es wird schon besser werden«, sagte er schließlich. »Wenn die Nazis erst einmal etwas fester im Sattel sitzen, dann werden sie sich schon beruhigen.« Berger glaubte nicht, was er da sagte. Und dass er seit gestern das Zimmer mit einem SA-Mann teilte, das erzählte er Dagmar lieber gar nicht erst.

8.

Der SA-Mann hieß Herbert. Mit seiner Uniform wirkte er hier völlig fehl am Platze.

»So kannst du nicht rumlaufen«, sagte Berger. »Wir sind hier nicht bei der Schutzpolizei.«

Herbert zuckte mit den Schultern. »Ich muss fragen«, sagte er.

Berger sah den Neuling an.

»Tut mir leid, dass ich hier so auf diese Weise reingekommen bin«, sagte der. »Ich weiß, dass ich noch viel lernen muss.«

»Wie bist du denn überhaupt zur Kripo gekommen?«, wollte Fehlandt wissen.

»Ganz einfach. Ich hab gesagt, dass ich mich für die Kriminalpolizei interessiere, und schon war ich hier.«

Berger sah Fehlandt an. Der dachte vermutlich dasselbe: Den haben sie hier reingesetzt, damit wir ihn ein bisschen anleiten, und am Ende soll er dann einen von uns ersetzen. Wen wohl? Wir sind beide unsichere Kandidaten.

»Bist du schon lange bei der SA?«, fragte Fehlandt.

Herbert schüttelte den Kopf. »Erst seit einem Jahr ungefähr.« – Er guckte die beiden Kollegen an. »Ihr guckt beide so skeptisch. Ich bin – ich bin einer von den Guten!«

Das war jetzt bestimmt nicht die Tonart, die die SA ihm beigebracht hatte, dachte Berger. Ein richtiges Milchgesicht. Wie alt mochte er sein? Kaum über zwanzig. Wahrscheinlich war er harmlos.

»Herbert Richter«, sagte Fehlandt. »Bist du irgendwie – verwandt?«

»Mit dem Standartenführer? Unserem obersten Chef? – Ja, über ein paar Ecken.«

Au Backe, dachte Berger. Irgendeinen Haken musste die Sache ja haben.

Herbert Richter starrte sie an. »Seid ihr – ich meine, ihr seid doch sicher – seit wann seid ihr denn in der Partei?«

»Bisher noch gar nicht«, sagte Fehlandt. »Wir sind einfach noch nicht dazu gekommen.«

Da läutete das Telefon.

»Das ist wahrscheinlich für mich!« Herbert nahm den Hörer ab.

Fehlandt zog die Stirn kraus. Aber es war nicht für Herbert Richter. Die Stimme war laut genug, dass alle im Raum sie verstehen konnten:

»Berger zum Chef!«

9.

»Reiß dich zusammen«, hatte Fehlandt gesagt. »Wilhelm, reiß dich zusammen!«

Und er riss sich zusammen. »Heil Hitler!« Es klang zackig und fast überzeugend.

»Heil.« Richter war ungnädig. »Sie wissen, weshalb ich Sie hergebeten habe?«

»Die Vorladung?«, fragte Berger.

»Die Vorladung«, bestätigte der Chef. »Das ist eine ernste Sache, Berger, so eine Verhandlung vor dem Sondergericht. Wenn Sie verurteilt werden, heißt das beinahe sicher, dass Sie eine Haftstrafe bekommen. Wenn Sie eine Haftstrafe bekommen, müssen Sie aus dem Dienst ausscheiden.«

Amerika, dachte Berger. Wenn das passiert, gehen wir nach Amerika! – Aber da fiel ihm ein, dass er dann vorbestraft war und Amerika ihn wahrscheinlich gar nicht einreisen liess.

»Ist das klar?«, fragte Richter.

»Jawohl.« Berger war rot geworden. Arschloch, dachte er.

»Bis zum Abschluss des Verfahrens sind Sie natürlich vom Dienst suspendiert.«

»Das geht nicht«, empörte sich Berger, »wir sind doch gerade ...«

»Haben Sie mich nicht verstanden? Sie sind mit sofortiger Wirkung vom Dienst suspendiert!«

10.

Als Berger in sein Zimmer zurückkam, war er kreidebleich.

»Was ist dir denn passiert?«, fragte Fehlandt.

»Wo ist dieser Herbert?«

»Weiß ich nicht. Wahrscheinlich nach Hause gegangen.«

»Darf ich – darf ich mal eben telefonieren?« Bergers Stimme zitterte.

»Bist du verrückt geworden? Natürlich darfst du telefonieren, Mensch!«

Berger schüttelte den Kopf. »So natürlich ist das nicht. Ich bin suspendiert.«

»Scheiße. – Ich meine, das weiß ich ja noch gar nicht. Das kann ich doch noch gar nicht wissen. Und auch sonst. Natürlich kannst du telefonieren. Wen willst du denn anrufen? Die Reichsbahn? 10.51 Uhr ab Altona, das kann ich dir so sagen, dann bist du kurz nach zehn Uhr abends in Fredericia. – Oder willst du einen Anwalt anrufen? Ich könnte dir da ...«

Berger schüttelte den Kopf. »Den Gauleiter.«

11.

Petersen biss die Zähne zusammen. Der Kerl hatte ihn voll erwischt. »Um einen Gefallen muss ich dich noch bitten«, sagte er zu Frieda. »Der Kracher, der muss weg. Ich habe ihn nicht benutzt, aber es ist schon besser, wenn ich ihn überhaupt gar nicht gehabt habe, verstehst du? Ich war unbewaffnet.«

»Ich bringe ihn weg«, sagte Frieda Gehrken.

Sie blieb an Petersens Bett sitzen, bis er eingeschlafen war. Dann nahm sie die Pistole aus seinem Jackett und legte sie in ihre Handtasche.

Und jetzt? Alle Absprachen mit der Polizei waren ungültig. Petersen wurde jetzt genauso gesucht wie Hannack, das war klar. Und es war naheliegend, dass er sich hierher zurückgezogen hatte. Frieda Gehrken machte sich keine Illusionen. Wahrscheinlich wurde das Haus schon überwacht.

Sowie ich einen Schritt vor die Tür setze, nehmen sie mich fest! – Nein, wahrscheinlich lassen sie mich durch. Sie kennen mich nicht. Mit diesem Hut und der Brille sehe ich aus wie eine uralte Frau.

Gebückt ging sie, auf einen Stock gestützt. Schon war sie durch die Haustür. Nichts, dachte sie. Hier ist keiner. Sie humpelte weiter. War da jemand hinter ihr? Nicht umdrehen! Ach, es war nur ein kleiner Junge auf dem Fahrrad. Er bremste, stieg ab. »Frau Gehrken, sind Sie das?«

»Ja, Junge, ich hab mir den Fuß verknackst. – Müsstest du nicht längst zu Hause sein?«

»Ja, ich hab mich verspätet.«

»Na, dann mach!«

Er radelte davon. Auffälliger ging's nicht, dachte Frieda. Wenn irgendjemand hier war, musste er das mitgekriegt haben. Aber es kam niemand. Und Frieda Gehrken humpelte die ganzen langen Colonnaden lang bis zur Alster.

Auf dem Neuen Jungfernstieg hörte sie auf zu humpeln. Sie überquerte die Straße, ging rasch unter den Bäumen entlang bis zu einer Stelle, an der ein kleiner Bootssteg auf die Alster hinausführte. *Nur für Mitglieder* stand auf dem Schild. Das ignorierte sie. Sie ging ein Stück weit auf die Planken hinaus, bückte sich und ließ schließlich die Pistole ins Wasser gleiten, sodass sie unter dem Bootssteg zu liegen kam.

Das war's dann, dachte sie. Ruhe sanft! Hier im Modder des Seegrundes wird dich niemand finden.

12.

»Na, haben Sie Petersen und Hannack endlich gefasst?«, fragte der Gauleiter.

»Nein.« Berger musste gestehen, dass ihm beide erneut entwischt waren.

»Ein Erfolg wäre nicht schlecht«, sagte Kaufmann. »Sicherheit und Ordnung, das ist es, was wir brauchen.«

Berger stimmte zu. »Aber deshalb bin ich nicht hier.«

»Ich weiß – Was machen Sie denn für Sachen?« Karl Kaufmanns Stimme klang noch immer wohlwollend.

Berger zuckte mit den Schultern. Er erzählte, was geschehen war. Er schämte sich zutiefst, ausgerechnet diesen Mann um Hilfe bitten zu müssen. »Die Worte, die hier in dem Schreiben erwähnt sind – die sind tatsächlich gefallen«, gab er zu.

»Das können Sie doch gar nicht wissen!«

»Doch.«

Kaufmann schüttelte den Kopf. »Das weiß ich besser. Sie waren betrunken, das ist alles. Sie haben irgendetwas vor sich hingemurmelt, und die Zeugen haben das missverstanden.«

»Nein, ich habe wirklich ...«

»Reden Sie keinen Unsinn! – Sie wollen gesagt haben – wie heißt es hier? – ›Diese Nazis sollte man abschießen‹? Das kann ich nicht glauben. Ich stelle Sie einfach auf die Probe. Wir sind hier allein, ganz unter uns. Sie haben Ihre Dienstwaffe vermutlich nicht dabei?«

Berger schüttelte den Kopf.

»Macht nichts, nehmen Sie meine!« Karl Kaufmann griff in die Schreibtischschublade, hielt ihm eine Pistole hin.

Berger starrte ihn an.

»Na los, Mensch, greifen Sie zu!«

»Nein.«

»Sehen Sie?« Kaufmann legte ihm die Hand auf die Schulter. »Ich will ganz offen mit Ihnen sprechen. Wenn wir noch unter der alten Regierung wären, dann wären Sie jetzt dran, Berger, da könnte niemand mehr etwas für Sie tun. Aber die Zeiten haben sich geändert. Justitia waltet nicht mehr blindwütig. Jetzt ist es möglich, dass Menschen in das Räderwerk eingreifen. Und genau das tue ich hiermit.«

»Aber die Wahrheit ...«

»Mein lieber Herr Berger: Auch in dieser Hinsicht haben sich die Verhältnisse geändert. Recht ist, was dem deutschen Volke nützt, das hat Dr. Frick ja gerade auf dem Juristentag eindeutig zum Ausdruck gebracht. Und was hier die Wahrheit ist, das bestimme ich!«

»Danke«, sagte Berger. Was blieb ihm anderes übrig?

»Sind Sie eigentlich schon in der Partei?«

»Ich hatte noch nicht ...«

»Sie sollten eintreten, Berger. Das ist ein gut gemeinter Rat: Sie sollten eintreten!«

Dagmar, dachte Berger. Und vor allem Susanne. Weiß er das? Kann er das wissen? Oder ist das einfach nur, wie er sagt, ein ganz allgemeiner Ratschlag? »Ich werde mich drum kümmern«, versprach er. »Und – was wird jetzt mit meiner Suspendierung?«

»Ich rufe Richter an«, sagte Kaufmann. »Sie sind jetzt wieder im Dienst.«

13.

»Du kannst hier nicht bleiben!«, hatte Anni gesagt. Hannack wusste, dass sie recht hatte. Er hatte die Nacht bei der alten Frau gegenüber von Annis Wohnung verbracht. Anni hatte die Alte überredet. Das war nicht schwer gewesen. Sie wusste, dass er ein Raubmörder war, und dass er ohne zu zögern schoss. Sie hatte Angst vor ihm.

Er hatte auf dem Fußboden geschlafen, gleich hinter der Wohnungstür. Mitten in der Nacht war er hochgeschreckt. Jemand hatte gegen die Tür getreten und gerufen: »Aufmachen! Polizei!« Es hatte einen Moment gedauert, bis ihm klar geworden war, dass es nicht seine Tür war, sondern gegenüber, bei Anni. Er hörte, wie Anni aufmachte. »Ja, was ist denn?« Es klang überzeugend ahnungslos. Hannack lachte leise.

»Wir müssen die Wohnung durchsuchen!«

»Kann ich mich wenigstens anziehen?«

Was die Polizisten darauf geantwortet hatten, hörte er nicht mehr. Drüben fiel die Tür ins Schloss.

»Soll ich einen Kaffee machen?«

Hannack fuhr herum. Die Alte war barfuß, im Nachthemd; er hatte sie nicht kommen hören.

»Ich glaube, jetzt brauchen wir einen Kaffee!« Ihre Stimme zitterte leicht.

Kein Wunder, dachte Hannack. Er steckte die Pistole ein. »Ja, ein Kaffee wäre jetzt nicht schlecht.«

Sie schlurfte davon. Einen Augenblick lauschte Hannack noch an der Tür; dann folgte er der Alten in die Küche. Er sah zu, wie sie den Kaffee aufgoss. »Das ist echter Bohnenkaffee«, sagte sie.

Hannack glaubte ihr kein Wort, bis der Duft in seine Nase drang. Ja, das war wirklich richtiger Kaffee. Dabei kostete das Kilo immer noch 5,50 Mark – viermal so viel wie ein Kilo Schweinefleisch.

Hannack setzte sich auf den besten Stuhl; er knackte bedenklich, als der Mann sich streckte. Die Frau – sie hieß Marquardt, das hatte er inzwischen herausgefunden – nahm zwei Tassen aus dem Schrank. Schönes Porzellan mit Goldrand. Ob das Service wohl noch vollständig war?

»Hier, trinken Sie!«

Hannack nahm seine Tasse. Zu heiß! Schon hatte er sich den Mund verbrannt.

»Soll ich kaltes Wasser dazugeben?«

»Nein, ist schon gut so.« Das fehlt noch, dachte er, dass sie den guten Kaffee verwässert!

»Sie wundern sich wahrscheinlich über das Porzellan?«, fragte Frau Marquardt.

Hannack nickte. In Wirklichkeit wunderte er sich über nichts.

»Ich bin nicht auf St. Pauli geboren«, sagte die Alte. »Aber wir haben Pech gehabt. Erst die Inflation und nun die Weltwirtschaftskrise – da ist nicht viel nachgeblieben.«

Ich hab weniger, dachte Hannack. »Auch ich bin nicht als Raubmörder geboren«, sagte er. »Manchmal – manchmal wünschte ich, ich könnte noch einmal neu anfangen.«

In dem Augenblick wurde es auf der Treppe laut. Hannack sprang auf, riss die Pistole raus, zielte auf die Tür. Doch die Polizei verabschiedete sich nur von Anni. »Wir kommen wieder!«, rief jemand. »Verlassen Sie sich drauf! Und wir kriegen ihn, da können Sie Gift drauf nehmen!«

Hannack schüttelte den Kopf. »Sie kriegen mich nicht.«

14.

Hannack saß im Zug. Alles überstanden, dachte er. Alles gut gegangen. Am Hauptbahnhof hatte er die Fahrkarte nach Berlin gelöst. Niemand hatte ihn erkannt. Jetzt, im Berufsverkehr, herrschte dichtes Gedränge an den Schaltern, in der Wandelhalle, auf den Bahnsteigen. Da fiel er nicht auf. Erst hatte er erwogen, direkt mit dem Fliegenden Hamburger zu fahren. Das wäre am schnellsten gegangen. Aber das wäre auch am auffälligsten gewesen. Sicher kontrollierten sie die Züge. Das konnte er nicht riskieren.

Er entschied sich, keinen der Fernzüge zu benutzen, sondern zunächst mit der Vorortsbahn nach Bergedorf zu fahren. Dort vermutete ihn keiner. Da stiegen vermutlich die Polizisten aus dem Berliner Schnellzug aus, und er stieg ein. Ganz einfach.

Hannack sah aus dem Fenster und erschrak. Bahnpolizei! Doch die Männer hatten keine Augen für den Vorortszug, sie gingen zur anderen Seite, zu einem der D-Züge. Als sie drüben einstiegen, kam endlich der erlösende Pfiff, und seine Bahn setzte sich in Bewegung.

Tschüss, Hamburg! Auf Nimmerwiedersehen!

Jetzt musste er nur achtgeben, dass ihn niemand erkannte. Das war der Nachteil, wenn man so ein markantes Aussehen hatte, dass die Leute sich an das Gesicht erinnerten. Den kennen wir doch! Ist das nicht der, der gesucht wird? Dessen Foto auf diesen roten Fahndungsplakaten an jeder Litfasssäule hängt? Nein, dazu würde es nicht kommen. Hannack entfaltete das Hamburger Fremdenblatt.

Hitlers Appell an Ehre und Gewissen – so ein Quark! Der Mann hatte genauso wenig Ehre und Gewissen wie Hannack selbst, das stand mal fest. Überhaupt diese ganzen Burschen da oben in Berlin. Und dieser Hjalmar Schacht, der war auch wieder mit dabei. War der nicht gerade noch bei den Sozis? Aber so war das: Scheiße schwamm immer oben, das hatte er gelernt im Leben.

Mit der Titelseite war er rasch durch. Die lokalen Nachrichten kamen später, auf Seite 5. *Roter Terror in Barmbeck.* Ob da dieser verdammte Petersen seine Finger im Spiel hatte? Nein, offenbar nicht. Die Zeitung sprach von einem von langer Hand vorbereiteten kommunistischen Terrorakt, und die Täter standen bereits vor Gericht. Saubande. Schossen aufeinander, bloß wegen irgendwelcher Politik. Für nichts also. Hannack schüttelte den Kopf.

Fassadenkletterer macht große Beute. Wo war das gewesen? Am Rehhagen? Eppendorf war das, Nähe Krankenhaus. Reiche Gegend; da hatte er auch schon mal was geholt. *Zwei goldene Herren-Taschenuhren, etwa sechs bis acht goldene*

Brillantringe – Teufel auch, diese Pfeffersäcke wussten nicht einmal, wie viele Brillantringe sie eigentlich hatten! Ja, dachte Hannack, das klingt wirklich nach reicher Beute. Und was hab ich gekriegt? In dem Portemonnaie von der alten Marquardt waren nur zwanzig Mark gewesen. Na ja, besser als gar nichts. Schade, dass er keine Möglichkeit gehabt hatte, das Service mitzunehmen. Er war sich sicher, dass es vollständig war. So pfleglich, wie die Alte damit umging. Dabei brauchte sie es gar nicht mehr. Zwölf Tassen, zwölf Teller – sie war doch allein!

»Die Fahrkarten bitte!« Unwillig legte Hannack die Zeitung zur Seite.

»Hier, bitteschön!«

»Nach Berlin? – Da müssen Sie in Bergedorf umsteigen.«

»Danke.« – Hannack dachte: Das weiß ich doch! Muss dieser Idiot durch den ganzen Zug schreien, dass ich nach Berlin will? Jetzt gucken natürlich alle. Hannack verbarg sich wieder hinter der Zeitung.

Da stand auch etwas über ihn drin; das hätte er jetzt fast übersehen. *Raubmörder Hannack gestellt. Nach wilder Schießerei abermals entkommen.* Ja, das stimmte. Den kriegt ihr nicht, den Hannack. Den kriegt ihr nicht! Was schrieben sie da? ... *einer der gefährlichsten Verbrecher der früheren Hamburger Unterwelt* ... Wieso früheren? Glaubten diese Heinis denn, sie hätten das Verbrechen ausgerottet inzwischen? Wohl kaum! – Und doch musste Hannack zugeben, dass es schwerer geworden war in Hamburg. Keiner wollte mehr etwas mit ihm zu tun haben. Hannack in Hamburg – das brachte zu viel Unruhe. Dauernd irgendwelche Razzien, bei denen ganz andere Sachen auffliegen konnten, viel wichtigere Sachen – das wollte keiner. Deshalb war er ja auch an die Ostsee ausgewichen. Das Pflaster war ihm zu heiß geworden.

Selbst Anni – aber die konnte ja nichts dafür. Die würde er nachholen, nach Berlin, so schnell wie möglich. Wenn er ein bisschen Geld zusammen hatte, dass sie sich falsche Papiere besorgen konnten. Und dann reisten sie aus. Nach Amerika. Mit dem Flugzeug. Ja, warum nicht? Seit Kurzem gab es Postflüge nach Südamerika mit einer Zwischenlandung mitten auf dem Atlantik. Mit einem Dornier-Wal-Flugboot. Sicher konnte man da mitfliegen. *Flieger, grüß mir die Sonne!*

Wie schrieb das Fremdenblatt so treffend: *Ihr Schicksal liegt in Ihrer Hand*. Genau. Da hatten sie recht, diese Schreiberlinge. Und die Wahrsagerin Alessandra, die das vermutlich gesagt hatte. *Roosevelt besitzt eine Genielinie, und auch Lindbergh steht unsterblicher Ruhm in die Hand geschrieben* ... Und was steht mir in die Hand geschrieben? Hannack betrachtete seine rechte Hand. Keine Genielinie, dachte er. Die auffälligsten Linien waren die Narben von einer Messerstecherei.

Bevor Hannack dazu kam, über die Bedeutung seiner speziellen Handlinien nachzudenken, waren sie schon in Bergedorf. Hannack faltete die Zeitung zusammen und stieg aus.

15.

Berger war bei Anni. Zu spät hatten sie ihn unterrichtet, viel zu spät! Die Spur war schon kalt. »Wo ist er hin?«, fragte Berger.

Anna Hansen schwieg.

»Sie tun sich keinen Gefallen und ihrem Freund auch nicht«, sagte Berger. »Wir erwischen ihn sowieso. Je eher desto besser. Noch ist nichts passiert, noch geht es bloß um Einbruch, aber Sie wissen doch selbst, wie er ist. Er ist mit dem Schießeisen schnell bei der Hand, ihr Freund, und wenn da etwas passiert, dann gute Nacht!«

Anni schwieg.

»Beihilfe«, sagte Berger. »Das ist Beihilfe, was Sie da machen.«

Sie schüttelte den Kopf.

»Waren Sie schon mal im Gefängnis?«, setzte Berger nach. Er wusste, dass sie nicht vorbestraft war. »Ich kann Ihnen versichern, dass das kein sehr angenehmer Aufenthaltsort ist. Schon gar nicht für hübsche junge Damen.«

»Ich bin keine Dame«, sagte Anni, »und ich sage nichts.«

»Okay«, sagte Berger. »Wie Sie wünschen. Sie sind vorläufig festgenommen ...« Er nannte ihr die Paragraphen, die hier in Anwendung kommen könnten.

»Arschloch«, sagte Anni.

»... und wegen Beamtenbeleidigung«, fügte er hinzu. Ihm war klar, dass er nicht viel gegen sie in der Hand hatte, aber sie musste aus dem Verkehr gezogen werden, damit sie sich nicht mit Hannack in Verbindung setzen und ihm weiterhelfen konnte.

»Die Wohnung wird versiegelt!«

In der versiegelten Wohnung ließ Berger er einen Beamten zurück. Vielleicht klappt's ja, dachte er. Vielleicht kommt er wirklich zurück. Wenn er sieht, dass die Wohnung versiegelt ist, denkt er, wir sind weg und geht rein. Und dann haben wir ihn.

16.

»Nach Berlin wollen Sie?« Der Mann an der Sperre sah Hannack überrascht an: »Hier von Bergedorf aus? Die Schnellzüge halten hier nicht. Am besten fahren Sie wieder zurück nach Hamburg ...«

Hannack schüttelte den Kopf.

»Oder aber – ja, Sie können den Personenzug nach Ludwigslust nehmen. Von da aus dann mit dem Schnellzug nach

Schwerin. Ja, das würde klappen. Dann sind Sie bis heute Abend in Berlin.«

»Da kann man nichts machen«, sagte Hannack. »Wann geht der Zug nach Ludwigslust?«

Der Mann sah auf die Uhr. »In genau drei Stunden. Wir haben hier leider im Augenblick keinen Wartesaal ...«

»Danke«, sagte Hannack. »Ich sehe mir noch ein bisschen die Stadt an.

Als Hannack sich auf den Weg machte, starrte der Bahnbeamte ihm nach.

»Entschuldigung!« Der nächste Fahrgast, der noch eine Frage hatte.

»Moment mal bitte!« Der Bahnbeamte überlegte. Wer war das? Der Mann vom Fahndungsplakat! Das war Hannack!

»Ich möchte gern ...«

»Jetzt nicht! Ich muss – das ist Hannack, der da eben weggegangen ist!«

»Wer?«

»Der Mörder Hannack! – Ich muss telefonieren!«

17.

Hannack sah sich um. Die Bergedorfer Innenstadt war belebt. Und unübersichtlich. Hier fiel er nicht auf. Da hinter ihm – waren das nicht Polizisten? Hannack blieb stehen, guckte in ein Schaufenster. Ein Blick zur Seite – ja, es waren Polizisten. Warum auch nicht? Hier im Zentrum, warum sollten hier keine Polizisten herumlaufen? Sollte er stehen bleiben und sie vorbei lassen? Nein, am besten war es, er ging ihnen aus dem Weg. Wo war er hier? Große Straße? Er bog nach links ab.

Kaiser-Wilhelm-Platz. Na schön. Hier war es schon deutlich ruhiger. Und die Polizisten – nicht mehr zu sehen. Doch, jetzt! Er sah sie, und sie sahen ihn. Kein Zweifel, sie waren aufmerksam geworden. Ärgerlich. Auf die Entfernung konnten sie ihn unmöglich erkannt haben. Aber sie kamen hinter ihm her.

Eilig ging er nach links in den Schlosspark hinein. Für eine Sekunde oder zwei war er den Blicken seiner Verfolger entzogen. Diesen Augenblick nutzte er, streifte den Mantel ab und warf ihn ins Gebüsch. Konnte er die Polizisten damit verwirren? Er eilte weiter.

Nein, sie waren hinter ihm. »Halt, stehen bleiben!« – Da rannte er los.

Ein Warnschuss.

Nicht stehen bleiben! Er musste rennen; er war schneller als sie. Bis jetzt war er immer schneller gewesen.

18.

Berger hatte inzwischen begonnen, alle Polizeidienststellen der Umgebung anzurufen. Hannack war auf der Flucht; sie hatten seinen Hamburger Unterschlupf aufgestöbert; nun konnte er nirgendwo hin. Die Bahnhöfe wurden bewacht; er würde versuchen, sich ins Umland abzusetzen.

»Polizei Bergedorf.«

»Berger hier, Kripo Hamburg. Hören Sie, wir sind auf der Suche nach Ernst Hannack, dem Raubmörder. Wir haben den dringenden Verdacht ...«

»Vorhin hat schon irgendein Spinner angerufen, dass er hier bei uns ...« Der Sprecher brach mitten im Satz ab.

Berger stutzte. »Dieses Geräusch da eben, war das ein Schuss?«

»Moment mal.«

Berger hörte weitere Schüsse, dann die aufgeregte Stimme des Wachhabenden: »Er ist hier, der Hannack, er ist tatsächlich hier!«

Hannack fluchte und feuerte im Laufen auf seine Verfolger. Das kam davon, wenn man sich nicht auskannte! Musste er ausgerechnet auf die Polizeiwache zurennen? Noch hatte er eine Chance, noch waren sie nicht heran. Sie versuchten, ihn einzukreisen, aber der Weg von der Stadt weg, der war noch offen. Und wenn er erst da hinten in den Gärten war ...

Hannack schrie auf. Ein Schuss hatte ihn von den Beinen gerissen. Seine Schulter! Irrsinnig weh tat das. Er rappelte sich wieder auf, presste sich die eine Hand auf die verletzte Schulter, in der anderen hielt er den Revolver, schoss blindlings um sich.

Da kam noch mehr Polizei. Überfallwagen. Aber jetzt hatte er es fast geschafft. Da war der erste Garten, wenn er bis dort hinter die Büsche käme – er schwang sich über den Zaun. Da erwischte ihn die zweite Kugel, diesmal am Kopf. Blut lief ihm in die Augen, er konnte nicht mehr weiter. Er warf den Revolver weg.

»Ich gebe auf!«

19.

»Wilhelm?« Ihr Mann war müde, das wusste sie, aber den Brief musste sie ihm zeigen.

»Was gibt es, Dagmar?«

»Post aus Amerika!«

Eine schlechte Nachricht, dachte Berger. »Was schreibt er denn, der Herr Roth?«

Dagmar las vor: »Beste Dagmar! Danke für deinen ausführlichen Brief. Ich hätte schon längst antworten sollen, aber im Geschäft ist im Augenblick so viel los, da bin ich gar nicht dazu gekommen. Auch jetzt habe ich nur Zeit für ein paar Zeilen. Ja, wir lesen in der Zeitung von den Ereignissen in Deutschland. Natürlich wird unglaublich übertrieben, wie immer. Jedenfalls scheint es ja wirtschaftlich jetzt aufwärts zu gehen. Bei uns auch. Dieser Roosevelt hat einiges bewegt. – Was die Benachteiligung von Juden angeht, so muss ich sagen, dass ich es hier auch nicht leicht gehabt habe. Man denkt ja immer, dass Amerika so ein freies Land sei, aber auch hier ist es so, dass zum Beispiel viele Hotels keine Juden aufnehmen. Aber da lachen wir drüber; man muss sich einfach – man muss sich einfach – darauf – darauf einstellen ...«

Dagmar weinte.

20.

»Wie spät ist es?« Petersen reckte sich. »Au!«

»Esel reck dich, Esel streck dich!«, sagte Frieda.

»Au, mein Arm.« Nein, Petersen war kein Goldesel mehr. Das bisschen Geld, das die Einbrüche mit Hannack eingebracht hatten – einen großen Teil davon hatte er verbraucht. Natürlich brauchte er Kleidung zum Wechseln, natürlich musste er auch sein Aussehen verändern. Der blonde Bart – er hatte ihn abrasiert. Fing sowieso an, grau zu werden.

»Komm, ich verbinde dich neu.«

»Wie spät ist es?«, fragte Petersen noch einmal.

»Kurz nach neun. Du hast lange geschlafen. – Komm, ich mach deinen Verband neu.«

»Ist die Zeitung schon da?«

»Ja. Steht aber nichts Wichtiges drin.« Frieda wickelte den Verband ab. »Das ziept jetzt ein bisschen!«

Petersen biss die Zähne zusammen.

»Den Hannack, den haben sie jetzt übrigens erwischt!«

Petersen fuhr hoch.

»Sitz doch still, wie soll ich dich denn verbinden, wenn du so rumzappelst!«

Hannack verhaftet. Aus, dachte er. Jetzt ist alles aus.

»Das sieht aber nicht gut aus mit deiner Wunde«, sagte Frieda. »Ich glaube, du solltest doch besser mal zum Arzt gehen damit. Ich kenn da einen, der nicht so viele Fragen stellt.«

Petersen schüttelte den Kopf. »Unwichtig. – Frieda, ich glaube, meine Freikarte ist jetzt abgelaufen.«

»Schon damals in der Schule hab ich dich immer bewundert. So selbstbewusst, wie du warst, deiner Sache so sicher. Und ich dagegen? Ein schwächlicher Knirps, gezeichnet von der Englischen Krankheit, wie so viele andere auch. Arbeiterkind aus der Kellerwohnung am Borstelmannsweg.«

»Dass du schwächlich warst, ist mir nicht aufgefallen.«

»Ich hab mich nicht unterkriegen lassen. Ich war mir immer sicher: Ich schaff das, ich komm da raus, eines Tages bin ich einer von diesen reichen Bürgern, und dann heirate ich Frieda.«

Frieda lachte. »Das denkst du dir jetzt aus; davon hast du mir nie was erzählt!«

»Nein. Es ist dann ja auch ganz anders gekommen. Ich bin in den Knast gekommen, und du, du hast ...«

»Odsche, wir können immer noch heiraten! Selbst wenn sie dich jetzt verhaften, in ein paar Jahren bist du doch wieder draußen, und dann ...«

Petersen lächelte.

Sie kamen um halb elf. Wie hatte er sich das vorgestellt? Frieda sollte sie in die Wohnung führen, während er hinter der Tür stand, und dann Flucht über das Dach. Und jetzt? Undurchführbar! Er wartete im Bett, bis sie da waren. Den einen kannte er; das war Berger.

»Julius Adolf Petersen«, sagte er. »Ich verhafte Sie wegen ...«

Weiter kam er nicht; Frieda Gehrken spuckte ihm ins Gesicht.

»Lass sein, Frieda«, sagte Petersen. »Ich komme mit.«

21.

»Herr Hannack«, sagte Berger. »Sie sind in einer sehr ernsten Lage.«

Hannack saß ihm gegenüber in der Sprechzelle und schwieg.

»Sie können Ihre Situation nur verbessern, wenn Sie endlich reinen Tisch machen. Wenn Sie alles, aber auch wirklich alles, was sie jemals getan haben, hier auspacken und dann auf einen milden Richter hoffen.«

Hannack schwieg.

Er weiß es natürlich, dachte Berger. Das »Gesetz zur Gewährleistung des Rechtsfriedens« vom 13. Oktober 1933. Darin hieß es im §1:

Wer es unternimmt, auf Beamte, die sich in dienstlicher Tätigkeit befinden, zu schießen, wird mit dem Tode bestraft.

Ausnahmen waren nicht vorgesehen.

»Ist es nicht besser, über alles zu reden?«

Hannack schwieg.

»Sie müssen sich natürlich nicht selbst belasten. Aber uns würde zum Beispiel auch interessieren, was Sie über ihren Bekannten Adolf Petersen sagen können. Die Geschichte mit der Falschmünzerei. War er nun daran beteiligt, oder nicht?«

Hannack schwieg.

Schließlich, als Berger schon gehen wollte, murmelte er: »Ihr Ärsche, ihr kommt auch noch dran!«

Petersen war wesentlich redseliger. Ohne lange Umstände gab er seine Beteiligung an vierunddreißig Einbrüchen zu, alle gemeinschaftlich mit Hannack ausgeführt.

»Aber – das war doch alles nur, um den Hannack zu kriegen.«

»Vierunddreißig Einbrüche? Einen, das könnte ich ja vielleicht noch verstehen, aber gleich vierunddreißig?«

»Ich musste den Hannack doch erst nach Hamburg locken!«

Alles gelogen! Berger sagte: »Auch in Travemünde gibt es Polizei. Und in Sierksdorf und in Scharbeutz und wo Sie noch zusammen gewesen sein mögen.«

»Es war vereinbart, dass ich Ihnen Hannack liefere, und genau das habe ich getan.«

Nein, dachte Berger, das stimmte so nicht. Er schrieb schon lange nicht mehr mit; dieser Teil ihrer Unterhaltung war nicht für die Öffentlichkeit bestimmt. »Und wie war das mit der Falschmünzerei?«

»Damit habe ich nichts zu tun.«

»Herr Petersen, ich bitte Sie. Sie haben doch ständig mit ihrem Bruder in Verbindung gestanden.«

»Nein.«

»Sie haben ihm außerdem die ganze Einrichtung für dieses Unternehmen finanziert. Die Geräte, die Druckerpresse und nicht zuletzt das Papier. Diese Dinge sind teuer. Sie haben das bezahlt.«

»Nein.«

»Warum sagen Sie das? Es gibt eine Zeugin. Die Frau, der die Lagerhalle gehört, in der die Druckerei ...«

»Die Zeugin lügt.«

Das alte Spiel, dachte Berger. Wir werden wieder Monate brauchen, bis wir alles beisammen haben. »Sie haben mir selbst erzählt, dass Sie in der Wohnung von Frieda Gehrken Heizung legen lassen wollten. Das sollte doch aus dem Erlös der Falschmünzerei bezahlt werden!«

»Jetzt widersprechen Sie sich aber, Herr Berger. Erst behaupten Sie, ich hätte meinem Bruder jede Menge Geld gegeben, damit er seinen Betrieb gründen konnte, und im nächsten Moment behaupten Sie, ich hätte kein Geld gehabt, um Friedas Heizung bauen zu lassen ...«

»Seien Sie doch nicht spitzfindig! Sie haben selbst Verbesserungsvorschläge für den Druck der Banknoten gemacht!«

Petersen sagte: »Geben Sie sich keine Mühe, Herr Berger. In meiner heutigen Lage, wo ich doch nie wieder aus dem Knast rauskomme, würde ich Ihnen doch die Wahrheit sagen. Aber ich habe damit nichts zu tun.«

Das glaubte Berger nicht. Aber er kam hier nicht weiter. Er sah Petersen eine Weile an, sagte nichts mehr.

Auch Petersen schwieg.

»Überlegen Sie es sich!«, sagte Berger. »Ich komme wieder!«

Berger stand auf. Petersen erhob sich ebenfalls.

»Mehr erfahren Sie von mir nicht.«

Der Lord von Barmbeck wurde ins Untersuchungsgefängnis in seine Zelle zurückgeführt.

Berger würde ihn nicht wiedersehen. Einige Tage später hieß es, Petersen habe sich in seiner Zelle umgebracht.

22.

Berger holte Dagmar von der Bank ab. Er hatte Susanne und Horst mitgenommen; den Kleinen trug er auf den Schultern. Die Wahl vom 12. November warf ihre Schatten voraus. Überall Spruchbänder und Parolen. Dabei gab es ja gar keine Wahl im eigentlichen Sinne mehr; alle Parteien außer der NSDAP waren inzwischen verboten oder hatten sich selbst aufgelöst, und die Neugründung von Parteien war per Gesetz untersagt.

Auf der Straße zog eine SA-Kolonne vorbei, zackig, im Gleichschritt. Als sie auf der Höhe der Bergers waren, fingen sie an zu singen:

SA marschiert, die Reihen fest geschlossen,
SA marschiert, mit ruhig festem Tritt.

»Das Bäckerlied!« Horst wippte auf Bergers Schultern und sang begeistert mit: »Das A marschiert!«

Kam'raden, die Rotfront und Reaktion erschossen,
Marschier'n im Geist in unsern Reihen mit!

»Solange sie nur singen, sind sie ganz harmlos«, sagte Berger. »Warum ist das das Bäckerlied?«

»Zweite Strophe. Der Tag für Freiheit und für Brot bricht an«, erläuterte Dagmar.

»Jetzt, wo die Zeit des Terrors erst einmal vorbei ist, wo die Regierung fest im Sattel sitzt – vielleicht normalisiert sich ja alles!«

»Ja.«

»Das A marschiert, das A marschiert!«, rief Horst fröhlich. Er winkte den jungen Männern hinterher.

»Es gibt auch weiterhin Verbrechen. Solange ich meine Arbeit tun kann, solange ich nicht unmittelbar zum ...« Berger sah sich rasch um. Niemand hörte zu. »... zum Handlanger dieser Leute werde, solange mag es ja noch angehen.«

»Ja.« In der Tasche ihres Mantels spürte sie den Einladungsbrief für den Empfang im englischen Generalkonsulat, den Fletcher ihr zugeschickt hatte. Sollte sie Wilhelm davon erzählen?

Susanne stieß sie an: »Da winkt einer!«

Tatsächlich, auf der anderen Straßenseite winkte ihnen jemand aufgeregt zu. »Das ist Fehlandt«, rief Berger. »Da muss etwas passiert sein!« Er setzte Horst von der Schulter.

Fehlandt rannte über die Straße, ein Auto bremste scharf. »Gut, dass ich dich erwischt habe – Entschuldigung, Frau Berger, tut mir leid – gut, dass ich dich erwischt habe!«

»Was ist denn los, Mensch?« Fehlandt war völlig außer Atem.

»Sprengstoffanschlag auf den Reichsstatthalter! Vor einer Stunde!«

»Ist er ...?

»Karl Kaufmann ist unverletzt, aber einen der Polizisten hat's erwischt. Alle Kräfte müssen sofort zum Tatort, Spuren sichern und so weiter. Der Täter muss um jeden Preis gefasst werden.«

Dagmar sah Berger an: »Wie hattest du das eben so schön formuliert?«

Berger sagte nichts. Er hatte keine Wahl.

»Das A marschiert!«, wiederholte Horst.

»Genau«, sagte Fehlandt. Und zu Berger: »Komm!«

KBV-HISTORISCH

Jürgen Ehlers
NEBEN DEM GLEIS
Taschenbuch, 368 Seiten
ISBN 978-3-937001-90-6
9,50 EURO

Hamburg, Juni 1959. Der spektakulärste Bankraub in der Freien Hansestadt. Ein Maskierter überfällt die Hamburger Zentrale der Deutschen Bank, weniger als 200 Meter von der nächsten Polizeiwache entfernt.

Alarmsirenen schrillen, die Türen schließen sich automatisch, doch der Räuber springt durch ein offenes Fenster, schießt sich auf der Straße den Weg frei und entkommt mit 20.000 DM nach einer waghalsigen Flucht durch den U-Bahn-Tunnel.

Kommissar Horst Berger merkt rasch, dass dieser Überfall zu einer Serie gehört, deren Beginn schon Jahre zurückliegt. Aber wer ist der Täter? Der Hamburger Bankräuber narrt seine Verfolger ein ums andere Mal.

»Mit präziser Recherche und einer lakonischen, gelegentlich ironischen Erzählweise kreiert er einen eigenwilligen und vor allem spannenden historischen Kriminalroman.« (Hamburger Abendblatt)

KBV-HISTORISCH

F.G. Klimmek
DER RABEN SPEISE
Taschenbuch, 226 Seiten
ISBN 978-3-937001-39-5
9,50 EURO

Der fulminante Auftakt des mittelalterlichen Krimivergnügens rund um Frederik von dem Kerkhof, Spion und Auftragsmörder im Dienst des Fürstbischofs von Münster. Wir schreiben das Jahr 1534. Die Wiedertäufer haben den Münsteraner Fürstbischof vertrieben und die Herrschaft über die Stadt übernommen. Der Vertriebene belagert die Stadt, in der Hoffnung sie zurückzuerobern.
Da erreicht ihn in die Nachricht, dass ein Bote, der Geld und materielle Unterstützung bringen sollte, getötet und beraubt worden ist. Nun soll es Frederik richten. Der stößt bei seinen Nachforschungen gleich auf mehrere Verschwörungen und muss sich nicht nur mit aufständischen Bauern und Meuchelmördern herumschlagen.
Am Ende erkennt er, dass Freund und Feind gemeinsame Sache machen und ihm einmütig einen Platz auf dem Schafott zugedacht haben. Doch damit ist Frederik ganz und gar nicht einverstanden!

»Es ist ein Riesenspaß, wie er genau das Lokalkolorit und die historischen Fakten nachzeichnet.« (Westfälischer Anzeiger)